Elke Kulot

# Ein Regenbogen für David

Fantasy

BoD™
BOOKS on DEMAND

**Die Autorin:**

Elke Kulot wurde 1962 in München geboren, lebt aber seit fast 40 Jahren in Waldkraiburg, einer Kleinstadt ca. 70 km westlich der bayerischen Landeshauptstadt. Sie erlernte den Beruf der Damenschneiderin und legte 1983 ihre Meisterprüfung ab.

Aufgrund einer schweren Erkrankung ihrer Tochter fand Elke eine Möglichkeit, sie von den Schmerzen abzulenken. Sie erdachte sich immer wieder neue Geschichten, die sie ihr erst am Krankenbett erzählte, dann aber schließlich zu einem fantastischen Roman zusammenfasste. „Ein Regenbogen für David" ist Elkes Erstlingswerk.

Sie hat Spaß am Schreiben gefunden und darum ist, unabhängig vom Erfolg, bereits ein weiterer Roman, „Der Feuerdrache" in Entstehung.

# Elke Kulot

# Ein Regenbogen für David

## Fantasy

Bibliografische Information der Deutschen Nationalbibliothek:

Die Deutsche Nationalbibliothek verzeichnet diese Publikation in der Deutschen Nationalbibliografie; detaillierte bibliografische Daten sind im Internet über http://dnb.dnb.de abrufbar.

Herstellung und Verlag: BoD – Books on Demand, Norderstedt

ISBN: 9-783734-729737

# Kapitel 1

Es regte sich kein Windhauch, als sie durch den leicht bewölkten Himmel flog. Sie liebte es, wenn die Sonne ihren Körper wärmte und ihren Flügeln einen silbrigen Glanz verlieh. Genussvoll schloss sie die Augen, während sie ihre Flügel nach oben bewegte, so dass sie sich fast berührten, um sie dann kraftvoll wieder nach unten zu schlagen.

Mit jedem Flügelschlag kam sie der City näher.

Eigentlich mied sie die Stadt, den Verkehr, denn überall lauerten Gefahren. Aber es gab da einen Ort, der eine magische Anziehungskraft auf sie ausübte. Durch Zufall hatte sie ihn entdeckt, als sie von einem Regenschauer überrascht wurde und dringend ein geschütztes Plätzchen, möglichst weit oben und weg vom lauten Straßenverkehr, gesucht hatte. Es war eine Fensternische mit einem breiten Fenstersims. Als sie sich dorthin hatte flüchten können, hörte sie zum ersten Mal mit ihren feinen Ohren diese Musik. Woher die Musik kam und was es hervor brachte, wusste sie nicht. Nur dass diese Klänge, diese gefühlvollen und doch kraftvollen Klänge sogar ihren Zauber aufheben konnten! Als ein zarter Wind aufkam, um ihrem Körper eine kleine Erfrischung zukommen zulassen, stöhnte sie wohlig auf. Weit breitete sie ihre Flügel aus, um sich von der aufkommenden Thermik empor tragen zulassen.

Je näher sie den Häusern der Stadt kam, desto unwohler fühlte sie sich. Sie hatte keine Angst, dass man sie entdecken würde, denn durch die unzähligen Fenster, die verglasten und verspiegelten Hausfronten, wurde das Sonnenlicht immer und immer wieder reflektiert, so das ihr Körper dabei einfach durchsichtig wurde. Nein, die Unbehaglichkeit, die sie in sich spürte, ließen der Straßenlärm, der Gestank nach Benzin, Abgasen und nach heißem Asphalt in ihr aufkommen.

Durch das Labyrinth der vielen Hochhäuser konnte sie die drohende Wolkenfront, die auf sie zukam, nicht erkennen. Wurde etwa der Wind stärker oder zehrte bereits die Übermüdung des langen Flugs an ihren Kräften? Sie wusste es nicht!

Während ihre Sinne mit Ungeduld auf das bevorstehende musikalische Ereignis warteten, merkte sie zu spät, dass der Himmel sich in ein tiefes

Schwarz verfärbt hatte. Immer heftigere Windböen kamen auf. Sie musste sich sehr anstrengen, um ihre Flugrichtung bei zu behalten.

„Verdammt, wie konnte ich mich nur von meinen Gedanken so sehr ablenken lassen", stieß sie wütend hervor, während der Sturm um sie herum immer heftiger wurde. Mit größter Anstrengung flatterte sie auf ihr Ziel zu. Der Sturm spielte jedoch mit ihr als wäre sie eine Feder im Wind. Immer wieder blies er sie nach oben, um sie dann noch tiefer fallen zu lassen. Es machte ihm Spaß, so schien es, ihre Flugrichtung zu bestimmen und seine Kraft mit ihrer zu messen.

Verzweifelt und mit aller Macht kämpfte sie gegen die ständigen Windböen an. Jetzt fing es auch noch an zu regen. Erst sanft, aber nach einigen Minuten prasselte es immer stärker auf sie herab. Der Regen war so stark, dass sie glaubte, er könne ihre Haut oder die zarten Flügel sofort durchbohren. Wie lang sie noch durchhalten konnte, um ihre sichere Zuflucht zu erreichen, auch das wusste sie nicht.

Immer wieder versuchte sie durch den dichten Vorhang des Regens, den der Wind vor sich her peitschte, hindurchzusehen. An sich hatte sie sehr gute Augen, doch gegen das eisig kalte Wasser musste sie ihre Lieder zusammenkneifen. Wenn nicht bald ein kleiner Dachvorsprung oder eine Dachnische zu sehen wäre, würde das Unwetter sie besiegen.

Aber die Wolkenkratzer um sie herum waren aalglatt gebaut. Ganze Fronten aus Glas, perfekte architektonische Baukunst, ermöglichten nicht einmal einer Taube sich irgendwo festzuhalten, geschweige denn ein Nest zu bauen. Wie sollte dann sie irgendwo einen Halt oder Unterschlupf finden, der die Größe eines Menschen hatte.

Mit ihren ganzen Sinnen konnte sie nichts weiter als hoffen. Der Elfenzauber würde ihr hier nicht weiter helfen. Nur die Hoffnung, dass das Unwetter bald aufhören würde und der Wunsch, dass sie es schaffen könnte und dabei nicht sterben würde, blieben ihr. Doch die Musik, die sie in sich spürte, verlieh ihr neue Kraft. Sie konnte einfach nicht aufgeben, sie musste die Melodien mit ihren eigenen Ohren hören, mit ihrem ganzen Körper spüren.

Da, endlich konnte sie durch den schwallartigen Regen das gesuchte Gebäude ausmachen. Durch eine Sekunde Unachtsamkeit bezahlte sie es fast mit ihrem Leben. Der Wind packte sie erneut und wirbelte sie durch die

Luft. Er spielte mit ihr wie ein Kind mit einem Luftballon, den es mit den Händen in die Luft kickte.

Um den Flügelschlag zu unterstützen, strampelte sie jetzt auch noch mit den Beinen, obwohl sie aus Erfahrung wusste, dass es sie auch nicht schneller machen würde. Mit den Armen versuchte sie das Gleichgewicht zu halten, obwohl sie schon schmerzten und von der Kälte fast taub waren.

Nun hatte eine kräftige Böe sie von unten erfasst und warf sie ein großes Stück nach vorne.

„Nicht mehr weit, dann hast du es geschafft", sagte sie zu sich selbst, „gib nicht auf!"

Durch den feinen Wasserschleier, den ihre eigenen Flügel verursachten, sah sie verschwommen das Ziel näher kommen. So gut sie konnte riss sie ihre Augen auf und fixierte den Fenstervorsprung, der reich mit Stuck verziert war. Der eisige Regen brachte ihre Augen zum Tränen. Dennoch hielt sie sie weit geöffnet.

„Nicht mehr weit", dachte sie abermals.

Mit äußerster Kraftanstrengung führte sie ihre, vom Regen ausgefransten Flügel, nach oben, um sie gleich darauf dynamisch wieder nach unten zu drücken. Durch diesen Schub nach vorne, konnte sie mit den Fingerspitzen das Fenstersims erreichen. Licht strahlte durch das geschlossene Fenster. Zarte Musik ließ sie ihre Ohren spitzen.

„Ja, da war er wieder, der gefühlvollste Klang, den sie je auf Erden gehört hatte", dachte sie lächelnd. Diese Musik, die sie so viele Tage schon vermisst hatte.

Als sie nochmals mit den Flügeln ausholte, um sie darauf gleich für eine Landung auf solch kleiner Fläche zusammen zu falten, passierte es!

Abermals erfasste sie eine Böe, zog an ihr und wirbelte sie herum. Bevor sie nur einen Gedanken an ihre Rettung machen konnte, wurde sie mit solch einer Wucht gegen das Fernster geworfen, dass es ihr sämtliche Luft aus der Lunge presste. Ihr schlaffer Körper blieb reglos liegen.

# Kapitel 2

Als er spät am Abend von einer anstrengenden Tournee nach Hause kam, ahnte er noch nicht was ihn erwartete.

Er betrat sein Apartment, das weit oben, über der Stadt lag. Er wusste nicht, ob er sich erleichtert fühlen würde oder nicht. Hier war er zwar privat, keine Kameras und keine Reporter, aber er war auch allein. Manchmal war er gerne allein, er genoss die Stille. In ihr konnte er neue Melodien für bekannte Lieder im Geiste ausprobieren und versuchen, sie für sich umzusetzen. Bevor die Stille zu drückend wurde, hatte er ja seine beste Freundin dabei, seine Geige. Auch wenn sie seine Stimmungen mit ihm teilte, und mit ihm fühlte, vertrieb sie doch seine Einsamkeit nicht ganz aus seinem Leben.

Wie immer hatte er zuerst die Post durchgesehen, dann den Anrufbeantworter abgehört und schließlich den Kühlschrank begutachtet. Seine Haushälterin, Frau Sue, hatte es gut mit ihm gemeint und ihn reich bestückt. Sie wusste um seine Vorlieben: reichlich Schokolade und einen Mitternachts-Snack, den sie eigenhändig für ihn zubereitet hatte. Alles war attraktiv in Klarsichtfolie verpackt.

Damit der Vitaminhaushalt auch nicht zu kurz kam, stellte Frau Sue immer eine Schale mit frischem Obst auf den Wohnzimmertisch.

Die kleine, alte Chinesin war mehr und mehr zu einem Mutterersatz für ihn geworden. Sie kam drei Mal pro Woche und erledigte nicht nur den Haushalt, sondern erfüllte stets auch all seine kleinen Wünsche, ob er sie aussprach oder nicht. Sie hörte gern zu, wenn er spielte und nicht selten bereicherte sie mit kurzen Kommentaren die neuen Kompositionen.

Auch eine Flasche Weißwein hatte sie für ihn kalt gestellt. Er betrachtete sie eine Weile unschlüssig. Dann nahm er sie aus der Kühlung und goss sich ein Glas ein. Gedankenverloren nippte er daran. Es war der erste Schluck Wein, den er sich seit vier Monaten gönnte. Auf seiner Tournee achtet er immer sehr auf seinen Körper und lebte eher spartanisch. Es war noch nicht spät am Abend, doch der Sturm der draußen aufgekommen war, ließ das Zimmer dunkel und trostlos erscheinen. Müde war er eigentlich nicht, nur irgendwie ausgelaugt. Vielleicht würde ein heißes Bad ihm die innere Ruhe bringen? Als er seine Augen auf die Badezimmertür richtete, fiel sein Blick auf das Gepäck und den Geigenkoffer, der daran lehnte. Mit schnellen Schritten ging er darauf zu, öffnete den Geigenkoffer und holte das wertvolle Instrument heraus. Bevor er die Geige zum Spielen an den Hals setzte, strich er liebevoll mit seinen Fingerspitzen über das glatte, kühle Holz. Dann machte er sich gedämpftes Licht an und begann auf ihr zu spielen.

Ohne nachzudenken ließ er seine Finger die Saiten drücken, während seine andere Hand sachte den Bogen darüber führte. Ungewollt ging sein planloses Spielen in die Melodie eines Liebesliedes über, das ihm im Kopf herum spukte. Über die leisen, gefühlvollen Klänge vernahm er, nur im Unterbewusstsein, das unregelmäßige Klopfen des Regens auf die Fensterscheibe. Er schloss die Augen und genoss die süßen Klänge, die ihm seine Geige ins Ohr flüsterte, als plötzlich ein großer Gegenstand mit dumpfem Schlag gegen sein Fenster flog und die Scheibe vibrieren ließ. Starr vor Schreck, blickte er auf das Fenster. Hatte er eben einen erstickten Schrei gehört? Da war doch etwas! Schnell legte er sein Instrument in den Kasten zurück und ging zum Fenster. Etwas Großes lag da auf seinem Fenstersims.

# Kapitel 3

Als er das Fenster vorsichtig öffnen wollte, drückte der Wind mit einem Mal so gewaltig dagegen, dass es ihn heftig in die Schulter stieß.

„Au, verdammt", fluchte er.

Der Regen, der vorher nur gegen das Fenster getrommelt hatte, ließ ihn binnen Sekunden klatschnass werden. Er hatte kaum Gelegenheit das „Etwas" auf seinem Fenstervorsprung zu begutachten, da holte schon die nächste Windböe zur Attacke aus, um ihm abermals einen kräftigen Schwall Wasser entgegen zu schleudern.

Mit der linken Hand wischte er sich über das Gesicht, während die Rechte nach dem Fensterrahmen tastete, um sich daran festzuhalten. Blinzelnd versuchten seine Augen durch den stetigen Regen etwas zu erkennen. Was lag da nur? Es sah aus wie ein großes Stoffbündel. Als er mit den Fingern danach tastete, erschrak er heftig.

Ein menschlicher Körper lag in Mitten des Stoffbündels.

„Oh mein Gott", flüsterte er. Mehr konnte er nicht hervor bringen. Fieberhaft suchte er nach einer plausiblen Erklärung. „Wie zum Teufel noch Mal, kommt ein menschlicher Körper auf einen Fenstersims im 20. Stock?", überlegte er still in Gedanken. Die einzige Antwort die ihm darauf einfiel war: „ Ein Selbstmörder!"

Erschrocken hörte er sich die Worte flüstern.

„Er muss aufs Dach gestiegen sein, um zu springen. Dann hat ihm der Sturm einen Strich durch die Rechnung gemacht und ihn auf meinen Fenstervorsprung geweht", mutmaßte er.

Der nächste Regenschwall traf ihn so hart ins Gesicht, so dass er aus dem Schockzustand, der ihn für Minuten erstarren ließ, erwachte. Er streckte beide Hände aus und versuchte das „was auch immer" zu fassen. Mittlerweile hatte sich so viel Wasser auf dem Fensterbrett angesammelt, dass er Angst bekam, das „Päckchen" würde, bei der geringsten Bewegung in die Tiefe stürzen.

Er sah schon die Schlagzeilen vor sich: „Berühmter Musiker stürzt Unbekannten in den Tod!"

„Das hat mir gerade noch gefehlt", murmelte er vor sich hin.

Abermals wischte er sich mit der Hand über das tropfende Gesicht. Es war sinnlos die Hände danach an der triefnassen Hose trocken zu reiben, er tat es trotzdem.

„Wie blöd von mir, ist ja alles nass", stellte er ärgerlich fest.

Er beugte sich aus dem Fenster, um über den reglosen Körper zu fassen. Wie ein Bagger zog er ihn an sich und schließlich ins Zimmer hinein. Jetzt erst konnte er den Kopf ausmachen. Er drehte den Körper so, dass er den Kopf in seine Armbeuge betten konnte. Als er den nassen, kalten Körper, vorsichtig anhob, war er über das leichte Gewicht sehr erstaunt. Beim Versuch, sich mit samt seiner Last umzudrehen und sich vom Fenster zu entfernen, rutschte er aus und wäre beinahe gestürzt.

„Verdammt noch Mal!", stieß er wütend hervor.

Schließlich gelang es ihn doch, den schlaffen Körper auf sein Sofa zu legen. Schnell ging er zum Fenster zurück, um es zu schließen. Beim Anblick der Wassermengen am Boden, fluchte er erneut vor sich hin. Sein Blick wanderte zurück zum Sofa. Mit einem Kloß im Hals näherte er sich dem leblosen Bündel.

„Ob es noch lebt? Und wenn nicht, was mach ich dann?", fragte er sich insgeheim.

Es war bestimmt nicht gut der Polizei zu erzählen, er habe einen Toten auf dem Sofa, von dem er nicht Mal wusste, ob er männlich oder weiblich war. Vor dem Sofa blieb er stehen. Mit zittrigen Händen und vor Kälte bibbernd, machte er sich daran, das menschliche Knäuel zu entwirren.

Da waren Unmengen von feuchten Haaren, die er versuchte bei Seite zu schieben, um ein Gesicht auszumachen. Vergeblich! Also hob er mit einer Hand vorsichtig den Kopf an. Sofort fielen die Haare wie von selbst auseinander und umrahmten das oval geformte Gesicht eines Mädchens.

Beim Anblick des Mädchens musste er tief Luft holen. Noch nie in seinem Leben hatte er so eine Schönheit gesehen. Das junge Mädchen hatte die Augen geschlossen. Das regenfeuchte Gesicht war blass und glänzte leicht im Licht. Die nassen, blonden Haare umrahmten jetzt in sanften Wellen, ihr Gesicht. Ihre mandelförmigen Augen verliehen ihr ein exotisches Aussehen. Die langen schwarzen Wimpern ruhten leicht, wie Federn, auf ihren Wangenknochen.

Das Mädchen war das, was man im Allgemeinen als eine natürliche Schönheit bezeichnete. Für einen Moment vergaß er alles um sich herum; das er pitschnass bis auf die Knochen war, dass sich da, wo er stand, bereits eine Lache unter seinen Füßen bildete, und auch, dass er vor Kälte bereits zu zittern begann, spürte er nicht.

Erst als seine Zähne so heftig aufeinander schlugen, dass es zu schmerzen begann, ließ er von der stillen Bewunderung ab. Schnell überlegte er, was zu tun war.

Zuerst rannte er ins Bad und entledigte sich umständlich seiner nassen Kleidung. Nackt lief er ins Schlafzimmer, krallte sich eine Jogginghose und das nächstbeste T-Shirt aus dem Schrank und zog es sich hastig über. Auf der Schwelle ins Wohnzimmer machte er noch einmal kehrt, um eine zweite Garnitur Shirt und Hose für das Mädchen aus dem Schrank zu fischen.

Er warf die Sachen auf den Stuhl daneben. Da fiel ihn ein, dass ein Handtuch auch ganz brauchbar wäre. Also eilte er nochmals ins Badezimmer, holte einen frischen Stapel Badetücher und wandte sich damit dem Mädchen zu.

„Ich sollte vielleicht erst einmal feststellen, ob sie überhaupt noch lebt!", sagte er fast belehrend zu sich selbst. „Aber was wenn sie schon tot ist?", überlegte er weiter.

Vorsichtig beugte er sich über ihren Körper und legte eine Hand an ihren Hals.

„Da müsste ja dann der Puls zu fühlen sein", sagte er sich bestimmt. Aber nach ein paar Minuten der vergeblichen Suche nach ihrem Herzschlag, war er sich sicher, dass er sich keineswegs sicher war.

„Mal überlegen, … man könnte am Brustkorb horchen, ob da das Herz schlägt", schlug er sich selber vor.

Aber konnte er einfach sein Ohr auf ihre Brust legen, auf ein fremdes, vielleicht totes Mädchen? Keine so gute Idee! Nachdenklich betrachtete er das Geschöpf, bis ihm auffiel, dass es am ganzen Leib vor Kälte zitterte.

Das war eindeutig der Beweis! Das Mädchen war nicht tot, es lebte. „Den Tote zittern nicht!", sagte er laut vor sich hin.

Die neu errungene Erkenntnis ließ ihn lächeln. „Ach ja, kalt. Ich sollte sie wohl abtrocknen und warm anziehen", murmelte er in den Raum.

Mit einem der Badetücher tupfte er ungeschickt das Gesicht der Fremden ab. Vorsichtig nahm er einen Arm und wischte zaghaft mit dem weichen Tuch darüber.

„So wird das nichts", ärgerte er sich.

Behutsam schob er seinen Arm unter die Schulter des zitternden Körpers, hob ihn leicht an und schob dann mit der anderen Hand das Badetuch darunter. Sachte wickelte er ihren Oberkörper ein. Ein zweites Tuch schob er ihr unter ihre Hüfte und faltete auch dieses über ihrem Körper zusammen.

„Was waren das bloß für seltsame Stofffetzen, die da an ihren Rücken klebten?", wunderte sich der Musiker.

Mit einem dritten Badetuch umschlang er ihre Beine. Als das Mädchen immer noch zitterte, holte er schnell noch eine kuschlige Decke von seinem Bett und breitete sie über ihren Körper aus. Mit unsicherer Miene betrachtete er sein Werk. Seine Augen schweiften suchend durchs Zimmer. Sie blieben am Weinglas hängen. Nervös griff er danach, tat einen tiefen Zug. Dann fuhr er sich mit beiden Händen durch seine langen, blonden Haare, nahm diese im Nacken zu einem Zopf zusammen, während er das Mädchen auf seiner Couch nachdenklich betrachtete. Dabei zog er sich einen Stuhl heran und setzte sich ihr gegenüber.

„Warum in aller Welt, will sich ein so junger, attraktiver Mensch nur das Leben nehmen?", fragte er sich verwundert.

Ohne dass er es vorhatte, hob er seine Hand und strich ihr sanft eine Haarsträhne von der Wange.

„Was für zarte Haut sie hat", fiel ihm dabei auf. Die Versuchung war zu groß, er musste sie einfach nochmals berühren. Dabei bemerkte er, dass sie nicht mehr zitterte.

„Vielleicht ist sie ja verletzt?", schoss es ihm durch den Kopf. „Bestimmt sogar, nach solch einem Sturz. Vielleicht sollte ich den Notarzt anrufen?", dachte er weiter.

„Nein, bitte keinen Arzt", flüsterte das Mädchen mit geschlossenen Augen.

Erschrocken fuhr er zusammen. Hatte er den Satz etwa laut gesagt? „Ich dachte nur, vielleicht bist du ja verletzt", fragte er vorsichtig nach.

Nachdem er lang Zeit keine Antwort bekam, meinte er schon, sie hätte ihn nicht gehört. Aber dann schlug sie ihre Augen auf und blinzelte.

„Nein, ich bin nicht verletzt, denke ich", brachte sie mühsam hervor. Ihre Augen suchten nach ihm. Als sich ihre Blicke trafen, konnte er nicht anders - er musste sie einfach anstarren. Noch nie hatte er so blaue Augen gesehen. Je intensiver er ihren Blick suchte, umso blauer erschienen sie ihm. Fast meinte er, darin ertrinken zu müssen.

Das Mädchen lächelte und sah verlegen weg, als ob es seine Gedanken lesen konnte!

„Äh, ich heiße übrigens David und … äh, ich habe dich auf meinem Fenstersims gefunden", sagte er etwas verlegen zu ihr.

„Kannst du mir erklären, wie du dort hingekommen bist?", fragte er und hatte dabei das Bild eines Mädchens im Kopf, das mit Angst geweiteten Augen, in einen tiefen Abgrund springt.

„Ich bin nicht vom Dach gesprungen!", rief sie empört und stützte sich dabei auf ihre Ellenbogen. „Ich bin bestimmt keine Selbstmörderin", fügte sie trotzig hinzu.

Komisch, das hatte er doch wirklich nicht laut gesagt, dessen war sich David sicher.

Das Mädchen lächelte wieder. „Ich glaube ich muss dir ein paar Sachen erklären, auch wenn du mich danach wahrscheinlich für verrückt hältst.

Du hast das vorhin nicht laut gesagt. Es ist nur so, dass ich deine Gedanken hören kann."

„ Alles klar", dachte er, „verarschen kann ich mich selber."

Kaum ging ihm das durch den Kopf, als sie ihm auch schon antwortete: „Ich will dich nicht ...verarschen, es ist die Wahrheit. Und wenn ich es möchte, kannst du meine Gedanken auch hören", ergänzte sie etwas leiser.

Er hob die Augenbrauen und sah sie skeptisch an. „Vielleicht hat ihr Kopf bei dem Sturz ja doch etwas abbekommen?", überlegte er. „Gedanken lesen", wiederholte er zerstreut. „Äh, ... das ist jetzt völlig egal", fügte er, härter als beabsichtigt, hinzu. „Ich möchte einfach nur wissen, wie du vor mein Fenster gekommen bist? Wir reden hier immerhin von 20 Stockwerken! Und ... soweit ich weiß, haben sie hier auch noch keinen Außenaufzug installiert!"

Ohne es zu wollen, war seine Stimme mit jedem Wort lauter geworden, aber das, was das junge Mädchen ihm weiszumachen versuchte, war einfach ein Ding der Unmöglichkeit. Da wollte er sich nicht von ihrer Schönheit, oder ihrer wohlklingenden, sanften Stimme einlullen lassen ... Punkt!

„Ich werde es dir sagen, wenn du schwörst es niemandem, und damit meine ich wirklich niemandem, zu verraten", sagte sie eindringlich. „Es ist mir sehr wichtig. Mein Leben hängt davon ab!", fügte sie mit ernster Miene hinzu.

Er sah sie prüfend an und überlegte kurz: „Hoffentlich hat das nichts mit so einem Junkie-Kram oder irgendwelchen Drogen zu tun."

Bevor er seine Gedanken in Worte fassen konnte, sagte sie schon: „Ich gebe dir mein Wort, dass es nichts Kriminelles oder Verbotenes ist."

„Na gut, dann hast du mein Wort. Ich verspreche dir, dein Geheimnis für mich zu behalten", erklärte er feierlich. „Hoffentlich bereue ich es danach nicht!", fügte er in Gedanken noch hinzu. „Also, ich warte...!", meinte er und trommelte dabei ungeduldig mit den Fingern auf seine Knie.

Sie sah zum Fenster hinaus. Der Sturm hatte nachgelassen und war einem beständigen Regen gewichen. Langsam richtete sie ihren Blick wieder auf David und sagte dann, als wäre es das Natürlichste der Welt: „Ich bin geflogen."

O.k., das reichte jetzt! Was glaubte die eigentlich, was für einen „Deppen" sie vor sich hatte? Na gut, er war Künstler, aber das hieß doch nicht automatisch, dass er bekloppt war wie einige seiner Kollegen.

„So, ich würde sagen, das reicht jetzt!", raunzte er sie in schroffem Ton an. „Wenn es dir gut geht, würde ich dich bitten, jetzt zu gehen", fügte er hinzu. Um nicht weich zu werden, vermied er es, sie anzusehen.

Mit gesenktem Blick schälte sie sich aus den Unmengen von Badetüchern. Vorsichtig stellte sie ihre nackten Füße auf den Boden und erhob sich. Als sie nun so leicht taumelnd vor ihm stand, nahm er sie zum ersten Mal richtig wahr.

David blickte auf ein zierliches, junges Mädchen. Das Alter war schwer zu schätzen, vielleicht 20 Jahre. Ihre langen, blonden Haare fielen in sanften Wellen bis zur Taille herab. Sie hatte die schmalste Taille, die er je gesehen hatte. Er war sich sicher, dass er sie mit beiden Händen umfassen konnte. Am Körper trug sie nur ein dünnes, enganliegendes Top, das die Rundung ihrer Brüste zur Geltung brachte. Dazu hatte sie eine kurze Hose an, die ihre Beine geradezu endlos lang erscheinen ließen. Am Rücken hing eine Art grau glitzernder Schal nass und schlaff bis zu den Knien herab. In dem Moment, als sie einen Schritt auf ihn zu machen wollte, taumelte sie und wäre beinahe gefallen. Mit schlechtem Gewissen fing er sie gerade noch rechtzeitig, auf.

„Entschuldige", sagte sie schüchtern, „ich bin gleich weg. Aber ... könnte ich vorher bitte etwas Obst haben? Ich ... ich habe heute noch nichts gegessen. Der Flug ...", sie verstummte.

Ihre Augen waren an den Früchten hängen geblieben, die Frau Sue in einer Schale bereitgestellt hatte. Weil sie ihm Leid tat, führte er sie zum Sofa zurück. Wortlos reichte er ihr mit beiden Händen die Obstschale.

„Vielleicht hat sie ja wirklich einen „Dachschaden" abbekommen und sie kann nichts für den Blödsinn, den sie sagt?", überlegte David.

Sie nahm sich einen Pfirsich und biss zaghaft hinein. Dabei sah sie ihn immer wieder flüchtig an. Währenddessen beobachtete David sie genau. Noch nie hatte er erlebt, dass jemand eine Frucht mit solcher Anmut essen konnte. Es war irgendwie appetitlich anzusehen, wie sich ihre vollen, zartrosa Lippen an den Pfirsich schmiegten. Als sie fertig war, hielt sie den Kern unsicher in der Hand.

„Kann ich noch was haben?", fragte sie flüsternd.

„Ja, klar! Ist ja genug da", antwortete der Geiger nickend.

Während sie nach einer Aprikose griff, stand David auf, um aus der Küche einen Teller und eine Serviette zu holen.

„Hier für die Kerne", sagte er, ohne sie dabei anzusehen.

„Tja, dann gehe ich mal, ... es ist schon spät und ... ich wollte dich nicht aufhalten. Naja ... ähm", ihr Blick fiel auf die Koffer an der Eingangstür. „Vom Verreisen? Danke für alles."

Langsam stand sie auf und ging in Richtung Tür. „Danke nochmals", wiederholte sie leise. Dabei drehte sie sich kurz zu ihm um.

„Halte sie auf!", schrie eine innere Stimme David an, „sonst bist du wirklich ein ziemlicher Depp!"

„Äh, ... warte", sagte er schnell und war mit ein paar langen Schritten bei ihr. „Es ist ja echt schon sehr spät. Wenn du nicht weißt, wo du heute Nacht bleiben kannst, ... die Couch ist heute noch nicht ausgebucht", bot er ihr unsicher lächelnd an.

Sie legte den Kopf auf ihre Schulter und sah ihn neugierig an. „Ich", sagte sie und betonte dieses Wort genüsslich, „brauche keine Hilfe. Ich komme wunderbar allein zurecht! Aber du, glaube ich, könntest eine Menge Hilfe vertragen!"

„Ich? Was meinte sie damit? Ich habe schließlich nicht behauptet auf ein Fenstersims „geflogen" zu sein", dachte er entrüstet. „Wenn sie nicht von so einer Aura umgeben wäre, hätte ich sie wahrscheinlich schon längst der Polizei übergeben."

„Also gut!", er atmete sehr tief ein und noch fester wieder aus. „Erzähl mir dein Geheimnis. Ich verspreche dir, es für mich zu behalten und es niemandem zu verraten und ….", er machte eine kurze Pause, „egal wie verrückt es ist."

Lange sah sie ihn prüfend an, dann nickte sie. „Es ist wirklich wie ich es gesagt habe. Ich lüge nicht und ich nehme auch keine Drogen!"

„Wer hat denn was von Drogen erwähnt", fragte er aufgebracht.

„Du hast über meinen Drogenkonsum nachgedacht, gieb's zu. Ich hab es gehört", beharrte sie.

„Gut, dann eben dabei ertappt", gab er kleinlaut zu.

„Also, ich musste auf deinen Fenstervorsprung notlanden, weil mich das Unwetter überrascht hatte", sprudelte es an Erklärungen geradezu aus ihr heraus. „Normalerweise kann ich so etwas ganz gut einschätzen. Aber heute, naja, sagen wir mal, ich habe geträumt", versuchte sie ihren Fehler zu beschönigen.

Während sie sprach, setzte sie sich wieder auf die Couch. „In so einer Lage, kann ein Tagtraum geradezu tödlich enden", gestand sie und nickte dabei bedeutungsschwer mit dem Kopf.

„Ich, äh bin normalerweise nicht begriffsstutzig", antwortete er stockend, „aber wenn du sagst, du bist geflogen, … äh, wie darf ich mir das vorstellen? Mit einer Art „Fluggerät" oder wie „Karlsson vom Dach" mit einem Propeller?"

Diese Vorstellung belustigte ihn. Er konnte einen Lachanfall nur mühsam unterdrücken. Sie warf ihm einen beleidigten Blick zu. Als er sich beruhigt hatte, sagte sie eindringlich: „Ich habe keinen Propeller, ich habe halt meine Flügel. Ich bin eine Elfe!", behauptete sie vollkommen ernsthaft.

„Eine Elfe", wiederholte er ihre Worte und ließ sie für einige Sekunden im Raum stehen. „Der Tag war einfach zu lange, um noch klar denken zu können", meinte er insgeheim.

„Aber ich kann es dir zeigen, wenn du mir nicht glaubst", beteuerte sie in seine Gedanken hinein.

„Ach wirklich?", fragte er und war nicht gerade überzeugt von ihren Worten.

Sie war ja so gesehen ganz in Ordnung, und sie sah ganz gut aus, dachte er. (Das war wirklich die Untertreibung des Jahres, denn sie sah einfach umwerfend aus. Andere Männer in seiner Situation hätten wahrscheinlich „ihr letztes Hemd gegeben", um so einer „Super-Frau" nahe sein zu können.)

„O.k.!", ging er schließlich auf sie ein. „Zeig schon her. Aber nur, wenn du keinen Dreck dabei machst", fügte er noch hinzu und fand sich äußerst witzig dabei.

Prüfend sah sie sich um. Dann trat sie auf eine nahezu freie Fläche, zwischen „Wohnzimmerliegewiese" und Panoramafenster.

„Gut, ich bin so weit", nickte sie und gab ihm ein Zeichen, etwas zurück zu treten. „Ich habe meine Flügel noch nie in einem geschlossenen Raum ausgebreitet", flüsterte sie etwas verlegen. „Ich weiß nicht, ob ich das alles unter Kontrolle habe. Bist du bereit?", fragte sie theatralisch.

David verdrehte die Augen: „Fang schon an. Verblüff mich einfach!"

Ganz ruhig stand sie da, und konzentrierte sich auf ihren Körper. Normalerweise breitete sie einfach ihre Flügel aus und flog los - das war`s dann. Aber hier wollte sie ihm einfach nur beweisen, dass sie keine Lügnerin war. Sie wollte ihn beeindrucken, ohne ihn zu verängstigen und ohne viel Schaden anzurichten.

Mit einem laut schlagenden Geräusch, breitete sie ihre Flügel aus. Sie reichten weit über ihren Kopf und ihre Schultern hinaus.

Er erkannte diesen komischen grau schimmernden Stoff, der an ihren Rücken hing wieder. Jetzt war er straff gespannt und glitzerte silbrig. Wie bei den Flügeln einer Libelle, schimmerte auch hier das Deckenlicht leicht hindurch.

David war sichtlich beeindruckt.

Ganz sachte ließ sie ihre Flügel vibrieren. Es klang so, als ob hundert Tänzerinnen zum Opernball ihre Kleider rascheln ließen. Mit zwei schwungvollen Flügelschlägen hob sie, vor seinen Augen, ca. einen Meter vom Boden ab. Da der Platz knapp war und sie in der Beweislast lag, flog sie horizontal auf der Stelle wie ein Kolibri und holte dabei voll mit ihren

Flügeln aus. Versehendlich streifte sie mit ihren Flügeln seine Wange, was einen kleinen silbernen Strich auf ihr hinterließ.

„Wahnsinn", kommentierte David das Gesehene. „Ich gebe zu, ich habe es nicht glauben wollen", sinnierte er vor sich hin. „Ehrlich, wem könnte ich davon erzählen, der mich nicht sofort in eine Klapsmühle einweisen würde", sprach er seine Eindrücke offen aus.

Langsam ließ sie sich zu Boden sinken und faltete ihre Flügel sorgsam zusammen. „Glaubst du mir jetzt?", fragte sie mit viel Hoffnung in der Stimme.

„Abgefahren", mehr konnte er nicht hervor bringen. Dabei schüttelte er leicht den Kopf. „Wie kann ich sicher sein, dass das kein Traum ist?"

# Kapitel 4

Plötzlich klingelte es an der Wohnungstür. Erschrocken schauten beide zur Tür.

„Ich erwarte keinen Besuch", entschuldigte sich David, als noch ein zweites Mal, etwas länger, geklingelt wurde. „Warte hier, ich sehe mal kurz nach. Bin gleich wieder zurück", gab er verstört von sich.

Kaum hatte er die Türklinke nach unten gedrückt, wurde sie auch schon von außen energisch aufgestoßen.

„David, Darling, ich hoffe du hast noch nicht geschlafen. Ich habe vergessen meiner Putze zu sagen, dass sie meinen Kühlschrank auffüllen soll. Und dieses dumme Stück denkt ja an solche Sachen überhaupt nicht. Hast du vielleicht etwas Brauchbares zum Essen da? Deine Frau Sue würde dich doch bestimmt nicht verhungern lassen, oder?", plapperte Pandora, seine Managerin einfach auf ihn ein.

Mit selbstgefälliger Miene schob sie sich an David vorbei, ging in die Küche und öffnete, wie selbstverständlich, den Kühlschrank. David, der mit einem Mal das Gefühl hatte, wieder in der Realität gelandet zu sein, folgte ihr nach.

„Hab ich es doch gewusst, deine Frau Sue ist einfach ein Engel. Schade, dass sie nicht auch für mich arbeiten will", bedauerte Pandora.

Sie nahm den Teller mit den kleinen Hors-d'Oevre heraus und ließ anerkennend ein „Mmh, lecker", hören. Anschließend bemächtigte sie sich auch noch der Flasche mit dem Wein. Mit „fetter Beute" schlenderte sie ins Wohnzimmer.

„David, Schatz, ich kann kein Glas finden", trällerte sie mit gespielter Hilflosigkeit.

„Oh Gott, das Mädchen ist ja im Wohnzimmer", fiel es ihm wieder ein. Schnell ging er ins Wohnzimmer zurück, blieb da einen Augenblick stehen, um sich dann verwirrt in der Wohnung umzusehen.

Das Mädchen war weg!

Diese Entdeckung ließ ihn komischerweise traurig werden. Wahrscheinlich ist sie zur Tür hinaus geschlüpft, als wir in der Küche waren. Ob ich sie wohl irgendwann wiedersehe?

„David, wo ist mein Glas", riss es ihn aus den Gedanken.

„Ja, natürlich, entschuldige Pandora", antwortete er verstört und reichte ihr eines.

„Oh, wo sind deine Manieren, Liebling? Schenk mir doch bitte ein, ich bin sehr durstig!"

Er nahm ihr Glas nochmals in die Hand, goss es halb voll und gab es ihr zurück. Dann sah er sich nach seinem Glas um und goss sich noch etwas kühlen Wein auf seinen Rest. Während er seiner Managerin beim Essen „seiner" Speisen zusah, nippte er ab und zu an seinem Wein.

„Du hast sicher schon etwas gegessen, Darling? Es macht dir doch nichts aus, wenn ich alles aufesse, oder? Denn ich bin hungriger als ein Wolf." Bei diesen Worten zeigte sie ihm spielerisch die Zähne und knurrte leicht.

„Nein, eigentlich hatte ich noch keine Gelegenheit dazu, aber es freut mich, dass es dir so schmeckt!", bemerkte er beiläufig sarkastisch.

Als sie bis auf ein paar Krümel alles verspeist hatte, nahm sie noch einen großen Schluck Wein. Dann ließ sie sich wohlig in die dicken Sofakissen zurück plumpsen. Für kurze Zeit schloss sie genüsslich die Augen. Als sie wieder aufblickte stand David immer noch ungemütlich neben dem Tisch. Pandora merkte, dass ihr unter seinem Blick unbehaglich wurde. Um von sich abzulenken, schaute sie sich im Raum um.

„Ach herrje", quietschte sie und ließ David zusammen zucken. „Was ist denn hier passiert? Wo kommt denn das ganze Wasser her? Hattest du einen Wasserschaden oder hat deine Frau Sue vergessen, die Fenster zu schließen? Jaja, sie ist halt doch nicht mehr die Jüngste. Bei den Chinesen weiß man ja nie, wie alt sie sind. Sehen aus wie 60 und dabei sind sie schon 100 Jahre alt. Ich wette es liegt an ihrer Ernährung", philosophierte Pandora.

David ließ sie einfach reden. Er hatte keine blasse Ahnung, wie er das viele Wasser erklären könnte.

„Und die vielen nassen Tücher, Schatz. Wolltest du etwa das Wasser damit wegwischen? Komm, lass uns deine Putze anrufen. Sie soll auf der Stelle herkommen und das in Ordnung bringen, bevor der ganze Boden ruiniert ist. Ich bin mir ziemlich sicher, dass sie das verbockt hat. Wofür bezahlst du sie eigentlich?"

„Nein!" David schüttelte energisch den Kopf. „Das hat Zeit bis morgen. Ähm, sei mir nicht böse, Pandora, aber es ist schon 23 Uhr durch, und ich bin hundemüde. Du wahrscheinlich auch." Bevor sie widersprechen konnte, setzte er hinzu: „Komm ich bringe dich zur Türe."

Widerwillig stand sie auf, nahm ihr Weinglas zur Hand und trank den Rest in einem großen Zug aus. Dabei hatte er Gelegenheit sie zu betrachten. Nicht, dass er das nicht schon früher gemacht hatte, aber jetzt verglich er sie insgeheim mit dem Mädchen, das vor weniger als einer Stunde noch hier gesessen hatte.

Pandora war eigentlich eine sehr attraktive Frau, in seinem Alter. Sie hatte ein hübsches, sonnengebräuntes Gesicht, das von schulterlangen, schwarz-blauen Haaren eingerahmt wurde. Ob sie der Farbe etwas nachhalf, oder nicht, wusste bestimmt nur ihr Friseur. Sie war groß und schlank und verstand es die Vorzüge ihres Körpers gut zu betonnen. Außerdem war Pandora hartnäckig - wenn sie etwas wollte, ging sie jeden Weg um es zu bekommen. Für eine Managerin einfach genial. Für den Ehemann, (den es noch nicht gab) konnte es bestimmt zur Katastrophe werden. Kurz gesagt: Sie war eine reizvolle Frau, aber für „ihn" ohne Reize.

Nachdem sie ihr Glas geleert hatte, folgte sie artig dem Hausherrn bis zur Wohnungstür, die ihr David, als wohl erzogener Gentleman, öffnete. Pandora drehte sich zu ihm um und wollte ihn auf die Wangen küssen, als sie lächelnd die Augenbrauen nach oben zog.

„Warte mal Liebling, du hast da ja Glitter auf der Wange", flötete sie süß und hob schon ihre Hand, um es weg zu wischen. Noch bevor sie seinem Gesicht zu nahe kommen konnte, packte er ihr Handgelenk und hielt es fest. Erstaunt folgte sie seiner Bewegung und sah ihn fragend an.

„Ich, ähm … Jeff … du weißt ja, mein Visagist, hat mir eine neue Effektcreme zum Testen gegeben. Ähm … die muss noch ganz lange einwirken." Wie zur Bestätigung seiner Worte nickte er dazu.

„Ich bitte dich David, das ist ein Mann, glaubst du wirklich er versteht mehr davon als jede Frau? Glaube mir, diese „Creme" ist was für eine Nutte oder bestenfalls für Karneval, aber doch nicht für einen seriösen Musiker, wie du es bist. Aber bitte, probiere sie aus, wenn du meinst. In spätestens zwei Tagen wirst du mir Recht geben."

Überzeugt von sich selbst, warf sie den Kopf in den Nacken und schüttelte dabei leicht ihr Haar. Der Musiker ließ ihr Handgelenk los, gab ihr einen flüchtigen Kuss auf die Wange und wünschte ihr noch eine gute Nacht. Ohne auf eine Erwiderung zu warten, schloss er die Tür und ließ sich erleichtert dagegen fallen.

So „nett" Pandora auch war, so anstrengend konnte sie sein. Es könnte durch aus seinen Vorzügen haben, nicht im selben Haus mit ihr zu wohnen, überlegte er kurz.

Auch er leerte sein Weinglas in einem Zug, als er zur Couch zurückkehrte. Alles andere ließ er stehen und liegen. Müde ging er ins Bad, um sich seine Zähne zu putzen. Beim Anblick seines Spiegelbildes musste er lächeln.

„Effektcreme", das war gut!

David trat näher an den Spiegel und betrachtete konzentriert den silbrigen Streifen. Er war ganz zart und zog sich von der Schläfe bis zum Nasenflügel auf seiner rechten Gesichtshälfte. „Ob das mit Wasser zu entfernen sein würde?", überlegte er.

Fieberhaft wühlte er mit den Händen in den Schubladen seines Badezimmerschrankes, bis er endlich das Gesuchte fand. Vorsichtig tupfte er mit einem Wattestäbchen etwas von dem Glitter ab und legte es auf eine Glasschale.

Sich den Rest abzuwaschen, erschien ihm als Verrat an dem Mädchen, „Elfe", wie sie sagte, und als glaubwürdiger Beweis dafür, dass sie Wirklichkeit war und kein Traum.

# Kapitel 5

Gegen Mittag wurde David unsanft geweckt. Jemand flitzte durch die Wohnung und schimpfte dabei unentwegt vor sich hin. So lange es ging, ließ er die Augen geschlossen. Nicht so, wie er es oft als Kind getan hatte und seine Mutter glauben sollte, dass er noch schlief. Nein, vielmehr weil er die Augen noch nicht bewegen wollte. Schlicht gesagt, war er einfach zu faul dazu. Er wollte den Tag nicht mit Denken beginnen müssen, an unzählige Termine. Er wollte einfach „nichts tun". Bei dem Gedanken grinste er in sein Kopfkissen hinein. Er hatte so gut geschlafen und so schön geträumt... Da wollte er einfach noch nicht aufstehen! Trotzig hielt David sein Kopfkissen umschlungen und versuchte dabei seinen Traum wieder einzufangen, bevor er in die Wirklichkeit hinüber glitt. Ein paar Minuten verharrte er noch so.

„Was zum Teufel war heute nur mit Sue los", schoss es ihm ärgerlich durch den Kopf. Die chinesische Haushälterin war sonst mehr als rücksichtsvoll, wenn er nach Monaten von einer Tournee nach Hause kam. Sie störte auch sonst niemals seinen Schlaf oder mischte sich in seine privaten Dinge ein. Umso mehr wunderte es ihn, dass Sue heute mit aller Gewalt versuchte, ihn wach zu bekommen. Gähnend quälte er sich aus dem Bett und strich sich mit einer angewöhnten Geste das wirre Haar aus dem Gesicht. Danach schlenderte er zur Schlafzimmertür.

„Morgen Sue", nuschelte er und gähnte herzhaft. „Hast du vielleicht zufällig einen Kaffee für mich?"

Die alte Chinesin hielt in der Bewegung inne und schaute David vorwurfsvoll an: „Ja, ich machen Kaffee für Schülzenjäger, kommt sofolt."

„Was ist denn nur in Sue gefahren? Sie war sonst immer höflich und respektvoll. Wer hatte sie nur derart geärgert?", fragte sich David verwundert.

Langsam ging er ins Bad, um sich zu duschen und die Zähne zu putzen. Dabei fiel sein Blick auf den Silberstreifen auf seiner Wange. Er war also noch da. Diese Feststellung ließ sein Herz einen kleinen Hüpfer machen. Mit einem berauschenden Glücksgefühl zog sich David aus, ließ seine

Sachen, der Einfachheit halber, auf dem Boden liegen, und ging unter die Dusche. Das warme Wasser belebte ihn und ließ ihn laut ein Lied singen.

Er stieg aus der Dusche, fand aber keine Badetücher vor. Normalerweise achtete seine Haushälterin immer darauf, genügend Badetücher für ihn bereit zu halten.

„Sue!", rief er zuerst vorsichtig, um seine Haushälterin nicht noch mehr zu reizen. Als keine Antwort kam, schrie er etwas lauter: „Sue, ich habe keine Handtücher hier."

Was sollte er nur machen, wenn sie sich entschloss, herein zukommt? Schließlich war er nackt, schoss es ihm gerade noch rechtzeitig durch den Kopf. Peinlich berührt stieg er schnell aus der Dusche, suchte seinen Bademantel und schlüpfte hinein. Gerade noch rechtzeitig, da Frau Sue in diesen Moment die Türe aufriss.

„Ah-ha", sagte sie schnippisch. „Also keine Badetüchel, oder? Alle Tüchel liegen im Wohnzimmer und sind nass!", setzte sie noch eins oben drauf.

Die Chinesin schimpfte weiter und David war froh, dass er chinesisch nicht verstehen konnte.

Nur mit dem Bandmantel bekleidet ging er in die Küche und goss sich eine Tasse Kaffee ein. Dann schlenderte David zur Couch, um es sich gemütlich zu machen. Frau Sue beobachtete ihn dabei genau.

„David", sagte sie schließlich mütterlich, „du seien wie Sohn für mich. Du fleißig und blav und … sittsam. Ich liebe dich sehl, du dalfst glauben." Mit festem Blick sah sie ihn an.

„Mil macht nichts aus die „Afel-Show-Party", das Schweinellei wed machen. Abel ich machen mil Sorgen, wenn du blingst flemdes Mädchen heim."

Jetzt wurde er hellhörig, was meinte sie bloß damit? „Sue, ich habe nicht die geringste Ahnung wovon du sprichst. Könntest du mir das bitte erklären?"

„Du weißt nicht was ich meinen? Weißt du, ich zwal alt, aber ich nicht blöd", knurrte Frau Sue beleidigt. „Ich haben Augen im Kopf, und sehen zwei Gläsel und leere Flasche Wein. Ich sehen jede Menge nasse Badetüchel, und übelall seien viel Wassel..." Besorgt sagte sie noch: „Couch ist auch ganz nass."

Sie machte eine Pause und holte dabei tief Luft.

„Und du haben im ganzen Gesicht Schminke von Flauen." Als sie ihm das vorwarf, musterte sie ihn mit scharfem Blick.

David zog erstaunt die Augenbrauen nach oben.

„David, ich weiß du seien Mann und auch viel allein, abel du musst suchen anständiges Mädchen. Du nicht Mädchen kaufen für eine Nacht!"

Jetzt konnte er sich nicht mehr beherrschen. Laut platzte er mit einem Gelächter heraus. Er musste so lachen, dass ihm die Tränen in die Augen schossen.

Die alte Chinesin zog die Stirn in Falten und betrachtete ihn argwöhnisch. Als er sich weitgehend beruhigt hatte, stand er auf, ging auf sie zu und nahm sie liebevoll in die Arme.

„Sue, meine liebe Sue. Es tut mir leid, wenn ich dir Kummer bereitet habe. Aber es ist alles anders als du denkst. Du musst dir um mich keine Sorgen machen. Den Wein habe ich mit Pandora getrunken und das Wasser, naja, ich hatte das Fenster geöffnet und vergessen es wieder zu schließen", log er. „Und die Schminke, ist eine Creme, von Jeff zum Testen." Wie sollte er sonst alles erklären, damit es halbwegs logisch klang.

So ganz überzeugt, war seine Haushälterin noch nicht. Weil sie schließlich über eine gewisse Menschenkenntnis verfügte, stellte sie erneut fest: „Pandora hat hiel Wein getrunken, ... und du sagen ich sollen keine Solgen machen. Jetzt mich lassen, ich müssen albeiten schließlich", bemerkte sie und entwand sich seinem Griff.

Er musste immer noch schmunzeln, über die blühende Fantasie seiner Angestellten. Andererseits, so viele Notlügen, wie in den letzten zwei Tagen, hatte er in den letzten fünf Jahren nicht gebraucht. Und alles nur wegen einer Elfe! Aber einer süßen, bezaubernden, wunderschönen Elfe. Die genauso schnell aus seinem Leben verschwand, wie sie gekommen war.

Die Erinnerung machte ihn traurig.

# Kapitel 6

Der Tag plätscherte so dahin, wie ein kleiner, kühler Wildbach.

Nachdem er Frau Sue überzeugen hatte, dass ihr „anvertrauter Junge", wie sie oft sagte, sich keine nächtliche Schandtat geleistet hatte, war sie wieder zu alltäglichen Sachen zurückgekehrt. Zusammen mit David packte sie seinen Koffer aus. Anschließend reinigte sie das Bad, machte die Küche sauber und putzte seine Schuhe. Da bemerkte sie, dass David sich immer wieder in die Küchen treiben ließ; mal den Kühlschrank öffnete und ein andermal den Brotkasten.

„Herrje, hatte er vielleicht Hunger?" Bei diesen Gedanken bekam sie ein schlechtes Gewissen. Schnurrstraks ging sie zum Kühlschrank, um sich selbst ein Bild über dessen Inhalt zu machen.

Wo ist denn nur der Teller mit den Häppchen geblieben? Er war so voll, dass sie hätte schwören können, er würde auch für diesen Tag noch reichen. Energisch schloss sie den Eisschrank, stemmte die Fäuste in die Hüfte und drehte sich suchend zu David um. Der wollte gerade wieder einen Abstecher in die Küche machen.

„David, walum du nicht sagen, - Flau Sue, ich haben Hungel", forderte sie ihn auf.

David lächelte verlegen: „Ist nicht schlimm, Sue, ich kann mir ja eine Pizza bringen lassen."

„Ist nicht schlimm, ist nicht schlimm!", brauste sie auf. „Ist doch schlimm! Du hunglig und ich melken nicht. Nix da Pizza. Ich machen meine Spezialität für dich, das du so lieben. Dauelt nicht lange."

Mit diesen Worten rannte sie schon zur Haustür, packte ihre Tasche und war verschwunden, bevor David ihr extra Geld für den Einkauf geben konnte. Mit Vorfreude auf das Essen (denn Sue konnte besser kochen, als jedes Chinarestaurant), schnappte er sich seine Geige und fing an zu spielen. Aber kaum hatte er sich mit Tonleitern und Akkorden eingespielt, als auch schon das Telefon klingelte. Ein Blick auf das Display sagte ihm, das er abheben sollte. Es war Franck, sein Freund und Konzertmeister.

„Hallo, David, ich hoffe ich störe dich nicht bei etwas Wichtigem", leitete er das Gespräch ein.

„Nein, ganz und gar nicht, bin nur ein bisschen am „fiedeln". Du kennst mich ja", antwortete David grinsend. „Was gibt es denn? Ich dachte eigentlich, dass du deine Freizeit genießen würdest. Die nächste Probe mit dem örtlichen Sinfonieorchester war doch erst in zwei Tagen ausgemacht, oder?", fragte der Geiger schelmisch.

„Bin halt auch ein Workaholic, genau wie du", neckte Franck zurück. „Ich wollte nur fragen, ob ich wie besprochen, die neuen Stücke mit ihnen vorbereiten soll? Oder hast du etwas Anderes vor?"

„Ich habe mir darüber noch keine Konkreten Gedanken gemacht. Hast du vielleicht einen Vorschlag. Du weißt ja, bin für alles offen!"

„Mal sehen, ich werde mir etwas überlegen. Ich rufe dich dann nochmal an. Um welche Uhrzeit willst du die Probe haben, das war noch nicht ausgemacht?", erkundigte sich Franck.

Nachdenklich fuhr sich David mit der Hand über seine Bartstoppeln und sah dabei aus dem Fenster: „In Anbetracht der momentanen Hitzewelle in der Stadt, schlage ich vor, die Probe so früh wie möglich an zu setzen. Sagen wir mal 9 Uhr. Natürlich nur, wenn du einverstanden bist", fügte er höflich hinzu.

„Alles klar, du bist der Boss!" erwiderte Franck, verabschiedete sich und legte auf.

Stimmt, er war der Boss, bestätigte er sich, auch wenn er oft genug daran zweifelte. Denn schließlich bestimmten der Terminplaner, und seine Managerin sein Leben.

Mit leicht knurrenden Magen, nahm er nochmals die Geige zur Hand, stimmte sie erneut und versuchte dem Magenknurren mit dem Zupfen der Saiten entgegen zu treten. Aber auch dabei hatte er kein Glück. Ließ ihn doch erneut das Klingeln des Telefons genervt aufstöhnen. Die Nummer die es anzeigte, kannte er auswendig.

„Hallo Pandora", begrüßte er gleich seine Managerin, „was hast du für mich?" Denn 95% aller Anrufe von Pandora, hatten mit Auftritten, Partys oder kleinen Gefälligkeiten, die immer absolut wichtig waren, zu tun.

Deshalb erstaunte es ihn gar nicht, als er das aufgeregte Trällern von Pandora vernahm.

„Hallo Darling! Weiß du, wer gerade bei mir angerufen hat? Ach, du errätst es ja doch nicht! Die Frau des englischen Botschafters aus Boston. Stell dir vor, ihr Mann hat Geburtstag…"

„Soll vorkommen", quatschte David dazwischen.

„Und sie gibt eine kleine Privatparty, für nur 300 Personen", ließ Pandora sich nicht ablenken. „Und jetzt kommt es", schwärmte sie, um Spannung aufzubauen, „du bist eingeladen! Ist das nicht wunderbar", ihre Stimme klang glücklich.

„Ich kenne ihn doch gar nicht", erwiderte David trocken.

„Du sollst ja nicht hin, weil du ihn kennst, sondern weil er DICH kennenlernen will, stell dich nicht so an", klang Pandora schon ungeduldiger. „Also Liebling, kommenden Samstag. Du hast da hoffentlich noch nichts vor?"

„Doch", konterte er trotzig, „ich habe ein Rendezvous."

„Sei nicht albern, Schatz, du kennst doch niemanden!", schmetterte sie seine Bemerkung ab. „Also Samstag, 19.00 Uhr. Die Adresse gebe ich deinem Chauffeur, ja? Und ziehe dich bitte ordentlich an."

„Was schlägst du vor", fragte er provokativ.

„Herrgott noch mal, David, natürlich einen Smoking". Jetzt klang ihre Stimme schon leicht gereizt.

„Kommst du auch?", wollte David wissen.

„Ja, aber erst gegen 22 Uhr. Ich habe vorher noch einen Termin und werde es nicht eher schaffen …"

„Da bin ich schon weg", versuchte er sie weiter zu ärgern.

Sie überging seine Bemerkung: „Und David, vergiss deine Geige nicht", erinnerte sie ihn noch.

„Wieso die Geige, … bin ich Gast, oder bin ich Musiker?", wollte er missgelaunt wissen.

„Oh Schatz, hör jetzt bitte auf, mich ärgerlich zu machen. Natürlich bist du beides. Außerdem willst du dem Geburtstagskind bestimmt ein musikalisches Geschenk machen. Er liebt übrigens Mozart", ergänzte sie noch. „Also, ich kann dann wohl zusagen", fragte sie zwar, doch ohne seine Antwort abzuwarten, legte sie auf.

David atmete stöhnend aus und legte das Telefon beiseite. „Eigentlich wollte ich ihm gar nichts schenken", motzte er vor sich hin.

Die Türe sprang ohne Vorwarnung auf und Sue trat mit vollen Einkaufstaschen herein.

„Gleich gibt es essen", beschwichtigte sie David, als sie seine schlechte Laune bemerkte. Er ging eilig zur Tür und nahm ihr die schweren Taschen ab. „Für wie viel Mann willst du den kochen?", erkundigte er sich und deutete auf den Einkauf.

Sie verdrehte die Augen, legte eine Hand auf seine Wange und tätschelte sie leicht. „Ich glauben du hast abgenommen. Wenn viel albeiten, dann müssen viel essen."

„Ist das eine chinesische Weisheit", neckte er sie.

Seit Frau Sue die Wohnung wieder betreten hatte, fühlte er sich bedeutend wohler. Sie hatte etwas Vertrautes an sich, dass immer eine beruhigende Wirkung auf ihn ausübte. Während sie in der Küche mit Töpfen klapperte und mit Gemüse hantierte, setzte er sich verkehrt herum auf einen Stuhl und sah ihr dabei zu. Ab und zu stibitzte er sich ein geschnittenes Gemüse. Es dauerte nicht lange und schon erfüllte ein köstlicher Duft den Raum. David liebte die Leichtigkeit und die Aromen der chinesischen Küche. Das knackig, angebratene Gemüse, kombiniert mit frischen Fleisch oder Fisch. Sein Magen knurrte bereits so laut, dass es schwerlich zu überhören war. Frau Sue fühlte sich durch dieses Geräusch geehrt.

Als letzten „Pfiff" fügte sie noch einige Cashewnüsse und etwas Cilli hinzu. Mit flinken Händen deckte sie den kleinen Küchentisch. Nicht einmal eine Lotusblüte vergaß sie dabei in einer Vase dazu zu stellen.

Sie gab David reichlich von dem Essen auf den Teller und sah ihm gerne dabei zu, wie er es in Windeseile verdrückte. Kaum hatte er den Teller leer gegessen, füllte sie ihm auch schon eine ordentliche Portion nach. David meinte fast zu platzen, als er, aus reiner Höflichkeit, auch noch die letzten zwei Gabelbissen in sich hinein stopfte.

„Sue du bist einfach ein Engel", lobte er. „Können Engel überhaupt kochen?", überlegte er laut weiter. „Wenn Engel nicht kochen können, bist du vielleicht eine Kochgöttin?", schmeichelte er ihr.

Mit beschämtem Lächeln stand sie auf und räumte das schmutzige Geschirr und die Reste weg.

„Das gibt noch ein Essen, du müssen nul walm machen", belehrte sie ihren Chef.

Das restliche, kleingeschnittene Gemüse verwahrte sie in einer Frischhaltedose. Dann machte sie separat ein Salatdressing dazu: „Hiel für einsame Nächte", versuchte sie ihn aus der Reserve zu locken. „Einfach Dressing dalüber, - fertig-. Und bestimmt nicht afrotisierend", kicherte sie über ihren Witz, mit vorgehaltener Hand.

Mit der Routine einer Hausfrau brachte Sue die Küche in Ordnung. Die Haushälterin hatte mit der modernen Technik nicht viel am Hut. Darum spülte sie das Geschirr lieber von Hand. David nahm sich ein Geschirrtuch und fing an, beim Abtrocknen zu helfen. Das erinnerte ihn stark an sein Leben als Teenager. Damals hatte er, manchmal bei der gemeinsamen Tätigkeit, das Gespräch mit seiner Mutter gesucht. Wenn er etwas ausgefressen hatte oder nur, um sie um einen Rat zu bitten.

Auch Sue wies ihn bei dieser kleinen Gefälligkeit nicht zurück, weil sie wusste, dass er es genoss. Oft hatte er dabei auch ihr gegenüber das eine oder andere Problem angesprochen und von ihr einen Rat haben wollen.

Ein Handy klingelte schrill und ungeduldig, bis Frau Sue es endlich in ihrer Handtasche fand. Sie legte es ans Ohr und nickte. Es war ihr Ehemann, sehr erzürnt darüber, dass alle Anderen immer von seiner Frau bekocht wurden, nur er nicht! So schnell sie konnte, packte sie ihre Sachen und hastete zur Tür.

„Mein Junge wenn du blauchen Sue, nul anlufen", sie schnippte mit den Fingern, „und ich seien da, O.k.?"

„Danke, Sue", lächelte er sie aufrichtig an, dann war sie auch schon gegangen.

# Kapitel 7

David ging in die Küche und ließ sich einen Espresso aus dem Automaten. Er schnappte sich die Tasse und brachte sie ins Wohnzimmer. Einen Moment blickte er sich suchend um. Zielsicher ging er auf eine Kommode zu und kramte darin herum.

„Hier ist sie ja", freute er sich über seinen Fund. „Mozarts kleine Nachtmusik", die Noten für eine Geige. Er setzte sich auf die Couch, nahm einen Schluck Espresso und studierte dabei die Fingernoten, die er sich vor einiger Zeit einmal dazu gemacht hatte. Es war lange her, als er das Stück das letzte Mal gespielt hatte. Aber mit ein bisschen Übung würde er schnell wieder rein finden.

„Gut, auf geht's", forderte er sich selbst auf und trank die Tasse leer.

Anschließend nahm er seine Geige zur Hand, stellte das Telefon um auf AB und klippte die Notenblätter in den Ständer. Nochmals stimmte er das Instrument und spielte wild drauf los, bis seine Fingergelenke beweglich und geschmeidig genug waren. Konzentriert stimmte er das Stück an. Seine Finger fanden exakt die richtigen Töne, während der Bogen fast von alleine über die Saiten strich. Mehrmals spielte er das Musikstück durch. Ab und zu schloss er die Augen, bei den Passagen, die ihn noch nicht zufrieden stellten. Nach einer guten Stunde intensiven Spielens legte er die Geige in den Kasten zurück. Das hatte er sich so angewöhnt, da sie dadurch immer einen gewissen Schutz hatte. Das gute Stück war einfach zu teuer, um damit schludrig um zu gehen.

Dann ging David ins Bad, um sich sein Gesicht und die Hände eiskalt ab zu waschen. Bei den Außentemperaturen, die momentan vorherrschten, hatte er diese Erfrischung dringend gebraucht.

„Kuchen", schoss es ihm durch den Kopf, als er seinen zweiten Espresso auf den Wohnzimmertisch parkte. Leider war keiner da. Also musste halt ersatzweise ein Schokoriegel aus dem Kühlfach herhalten. Frisch gestärkt ging es nochmals ans Werk.

Wieder und wieder spielte er das Stück durch. Bald konnte er es mit der Leichtigkeit spielen, die man von ihm kannte. Nach einiger Zeit legte er nochmals die Geige zurück in den Schutz ihres Koffers. Ein Blick auf seine Armbanduhr sagte ihm, dass es 16.30 Uhr war. Noch nicht zu spät um seinen Aufnahmeleiter anzurufen. Er wählte die bekannte Nummer und wartete einige Sekunden.

„Hallo, wer ist dran?", meldete sich eine tiefe Männerstimme.

„Hallo Peter, hier ist David, ich wollte mal fragen, ob ich auf einen Sprung rüber kommen darf. Ich hab da ein Stück, das würde ich mir mal gerne auf Band anhören!", erklärte David pro forma. Er wusste, dass sein Aufnahmeleiter für alles sofort zu haben war.

„Türlich", lachte dieser mit einem tiefen Bass in den Hörer „Du kannst in ca. 20 Minuten ins Studio kommen, schaffst du das?"

David sah nochmals auf die Uhr: „Klar, wenn nichts dazwischen kommt. Also auf gleich", beendete er das Gespräch.

Rasch ging er ins Bad, strich mit der Bürste ein paar Mal grob durch sein langes, blondes Haar. Danach suchte David einen Haargummi und fasste die Haare zu einem schlampigen Pferdeschwanz zusammen.

„Geht schon", nuschelte er mit einem prüfenden Blick in den Spiegel. An der Wohnungstür hatte er noch einen Einfall. David schnappte sich das Wattestäbchen mit den Glitzer darauf. In der Küche fand er, nach einigem Kramen, eine Plastiktüte. Dort hinein legte er das Stäbchen und stopfte es vorsichtig in seine Hosentasche. Anschließend ging er ins Wohnzimmer, holte seine Geige und rief per Telefon den Portier in der Eingangshalle an.

„Sam? Ich bin`s David, würdest du mir bitte ein Auto mit Fahrer bereitstellen lassen? Bin in 10 Minuten bei dir unten."

„Ja klar, Alter", bejahrte der dunkelhäutige Portier lässig, „für dich doch alles, Mann."

Mit schnellen Schritten war er an der Wohnungstür, öffnete sie und warf sie hinter sich einfach ins Schloss. Während der Fahrt nach unten, trommelte er ungeduldig mit einen Fuß auf den Boden. Dann öffnete sich der Fahrstuhl endlich und David ging auf die Eingangstür zu.

Sam der schwarze Portier kam ihm entgegen und hob die Hand zum Einklatschen. „Hey Mann Alter", rief er ihn aus einiger Entfernung zu,

„wieder im Lande, oder was? Warst lange weg. War richtig langweilig ohne dich", lachte der Farbige und zeigte dabei seine weißen Zähne.

„Jep, bin seit gestern da", freute sich David über die herzliche Begrüßung.

„Deine Karre steht vorm Eingang, lass es nicht zu sehr krachen, Dicker", mit diesen Worten wusste David, dass das Gespräch beendet war.

Auf der Straße wartete ein anderer schwarzer, junger Mann, an ein Auto gelehnt auf David. Der schlanke Mann trat auf David zu und fragte: „Mr. Jarretti?"

„Ja, der bin ich, hallo."

Der junge Chauffeur nickte ihm freundlich zu, hielt die hintere Wagentür auf und verlangte nach der Adresse. David nannte dem Fahrer das Ziel und stieg ein. Mit ruhiger Hand lenkte dieser das Fahrzeug durch die Straßen von New York zum gewünschten Ziel. Sie hatten Glück, kein Stau oder Krankenwagen, die in N.Y. ständig zu fahren schienen, behinderte ihren Weg.

„Ich brauche ungefähr eine Stunde", überlegte David laut, „ich weiß nicht, ob sie anderweitig benötigt werden. Sonst würde ich es sehr begrüßen, wenn sie mich hier wieder abholen könnten."

„Sam hat gesagt, was immer sie wollen, ich soll es ermöglichen", entgegnete er gleichgültig.

„Umso besser", nickte David ihm zu und steckte 5 Dollar in seine geöffnete Hand.

Schnell schritt er den bekannten Weg zum Tonstudio entlang. Ungeschickt öffnete er die Türe der Aufnahmeleitung. Peter, der Aufnahmeleiter, kam ihm entgegen und ließ sein kehliges Lachen erschallen.

„Hey David! Dachte nicht, dich so bald wieder zu sehen. Macht dir der Jetlag auch so zu schaffen wie mir?"

„Ja schon, aber darauf nimmt ja keiner Rücksicht, oder?", entgegnete er. „Können wir gleich loslegen, oder hast du Momentan etwas Anderes am Laufen?", fragte David höfflich.

„Nein, geht klar. Jetzt passt mir es ganz gut. Was willst du machen?", interessiert sich Peter.

„Ach Pandora hat mich für Samstag auf einer Geburtstagsfeier verplant. Und da soll ich was von Mozart bringen", erzählte er kurz, „ich dachte an die kleine Nachtmusik", ergänzte er weiter. „Es ist ein sehr beliebtes Stück."

Peter nickte kurz. Er wusste sofort worauf der Geiger hinaus wollte: „Ah, du willst es aufnehmen, um ihn dann deine persönliche Note zu geben."

„Ja, ich wusste du verstehst mich!"

„Gut fangen wir an", forderte Peter ihn auf und setzte sich hinter seinen Schaltpult. Mit geschäftigen Händen bereitete er alles vor. Unterdessen ging David zum Mikro, packte die Geige aus und spielte, wie immer planlos Tonleitern rauf und runter, um seine Finger beweglich zu machen.

Nach ein paar Minuten hörte David, der durch eine Glasscheibe von Peter getrennt war, dessen Stimme aus einem Lautsprecher: „Ich bin dann so weit, und du?"

David bejahte und setzte die Kopfhörer auf. Auf ein Zeichen begann er zu spielen. Gleich als er geendet hatte, gesellte er sich zu Peter und hörte sich das Ergebnis an. Das ging so etliche Male, bis beide mit dem Ergebnis zufrieden waren. Beim Verabschieden klopfte Peter David freundschaftlich auf die Schulter. „Mann, Pandora hat dich ja ganz schön im Griff."

„Zuerst war ich auch nicht begeistert", gestand der Musiker, „aber dann dachte ich, das Stück wäre ganz schön, für meine nächste CD. Findest du nicht?"

„Ja, ganz nett, vor allem, wenn man sieht, was du draus gemacht hast", bestätigte der Aufnahmeleiter.

Bevor David in sein Apartment zurück fuhr, gab er dem Fahrer noch eine andere Adresse bekannt. Es war die eines alten Jugendfreundes, den David aus den Augen verloren hatte. Vor ein paar Jahren liefen sie sich zufällig hier in New York wieder über den Weg. Seitdem trafen sie sich häufiger, wenn auch nicht regelmäßig. Er hatte bereits Familie und lebte in einem kleinen Häuschen in Queens, einem Vorort von N.Y. Als David mit seinem Wagen auf die Einfahrt fuhr, kam sein Freund schon aus dem Haus gelaufen, um ihn herzlich zu begrüßen.

„Hey David, ich dachte du bist auf Tournee", freute sich Axel ihn zu sehen.

„Bin seit gestern Nacht zurück." Auch David freute sich, seinen Freund zu sehen. Es tat ihm gut, wenn er von den kleinen Problemen einer durchschnittlichen Familie erfuhr.

Axel war groß und schlank. Seine hellen, kurzen, gescheitelten Haare ließen schon leichte Geheimratsecken erkennen. Die freundlichen, grauen Augen blickten ihn hinter einer dicken Brille an.

„Bitte komm doch ins Haus", forderte ihn Axel auf. „Möchtest du mit mir Abendessen?"

„Nein, ich will nicht lange stören. Vielleich einen Tee", überlegte David. Während Axel sich am Wasserkocher zu schaffen machte, sah sich David um.

„Wo ist Jenny, deine Frau", interessierte es David.

„Rate mal! … Ich sage nur ein Wort „Heulboje."

„Meinst du damit, dass du schon wieder Vater wirst?"

„Richtig, … sie ist im Krankenhaus zum Entbinden. Wenn es soweit ist rufen sie an. Die beiden Kinder sind solange bei meiner Mutter. Sie denkt, ich würde das nicht schaffen, so als verrückter Chemiker", lachte Axel leise. „Und was ist mit dir? Immer noch nicht an einer Leine", fragte Axel und reichte David den Tee.

„Nö, noch nichts Brauchbares dabei gewesen", antwortete David beiläufig und senkte für einen Moment den Blick.

„Ehrlich gesagt David, welche Frau würde auf Dauer so ein Leben, „ständig auf Achse", mitmachen", gab Axel zu bedenken.

„Ist mir schon klar", nickte der Musiker, „aber ich bin eigentlich nicht hier um über Frauen zu reden. Ich wollte dich um einen kleinen Gefallen bitten."

David griff in seine Hosentasche, und holte das verpackte Wattestäbchen hervor. „Kannst du das für mich Untersuchen? Ich wüsste gerne, was das ist."

Axel nahm den Beutel entgegen, und musterte ihn. „Glitter? Wirst du jetzt Spion für eine Kosmetik-Firma?"

„Nein", lachte David auf, „ ich hab das Zeug auf meiner Wange gefunden …"

„Ach so, und nun willst du Wissen welches Mädchen das getragen hat", fiel ihm Axel ins Wort. „Also geht es ja doch um ein Mädchen."

„Ja, so in etwa", sagte David verlegen. „Kannst du das für mich tun? Und bitte zu Niemanden ein Wort. Ich weiß, ich kann mich auf dich verlassen."

„Klar mach ich, keine Frage. Ich schicke dir dann mein Ergebnis per Post, ok?"

David bedankte sich, trank seinen Tee aus und ließ sich wieder nach Hause bringen. Dem Fahrer, der die ganze Zeit bei seinem Auto gewartet hatte, gab er nochmals ein Trinkgeld.

„Hey alles klar, Mann", begrüßte ihn Sam der Portier und kam David entgegen.

„Hat alles toll geklappt, danke Sam", strahlte David.

„Kein Ding Alter. Du weißt ja, die Rechnung kommt per Post", erinnerte der Portier und schlug nochmals in Davids Hand ein.

# Kapitel 8

Als David seine Wohnungstür aufsperrte, schlug ihm die Stille förmlich ins Gesicht. Nach dem belebten Tag wünschte er sich etwas Small-Talk zum Ausklang. Lustlos schlenderte er in die Küche und öffnete den Kühlschrank. Dabei griff er automatisch nach einen Schokoriegel.

„Nein, erst was Vernünftiges", ermahnte er sich und hielt in der Bewegung inne.

Was hatte Sue ihm nochmal gesagt, „Salat; und das Dressing einfach darüber kippen, umrühren, oder war es unterheben, - egal - fertig", versuchte er sich zu erinnern. „Also machen wir das halt mal so", sprach er halblaut vor sich hin.

Mit einer Gabel fuhrwerkte er in der Plastikschüssel herum, und versuchte das Dressing, das er langsam einlaufen ließ, gerecht unter dem Gemüse zu verteilen. Dann öffnete er nochmals den Kühlschrank, schaute hinein um laut festzustellen: „Tja, Wein ist alle, bleibt nur Wasser, Orangensaft oder Milch."

David entschied sich für Wasser, nahm eine Flasche des kalten Sprudels heraus und setzte sich damit aufs Sofa. Im Vorbeigehen schaltete er den Fernseher an. Während er wahllos durch die Programme zappte, schob er sich lustlos einen Bissen nach dem Anderen in den Mund. An einem Viva Kanal blieben seine Augen hängen. Kritisch begutachtete der Musiker die Sänger, ihren Tanzstil und die erstellten Videos zur ihren Songs. Dabei merkt er zuerst nicht, dass seine Gabel schon ins Leere stocherte.

Mit einem Stöhnen erhob er sich, und brachte die leere Schüssel nebst Gabel in die Küche. David spülte beides kurz mit der Brause ab und stapelte alles in die Spülmaschine. Anschließend kehrte er ins Wohnzimmer zurück und lümmelte sich auf die Couch. Im Fernseher zeigten sie gerade die 20.00 Uhr Nachrichten. Mit geringem Interesse verfolgt er die Berichte.

Immer wieder glitt sein Blick aus dem Panoramafenster, wo sich gerade ein wunderschöner Sonnenuntergang sein Debüt gab. David seufzte leise. „Ich glaube ich brauche jetzt etwas Schokolade", überlegte er.

Sein Blick fiel auf die Schale mit Früchten, vor ihm. „Oder doch lieber etwas Obst", überlegte David weiter. Er betrachtete die Früchte genauer und entschied sich für einen Pfirsich. Entschlossen nahm er ihn in die Hand, warf ihn zwei Mal abschätzend in die Luft, um ihn dann an den Mund zu führen. Mit geschlossenen Lippen strich David sanft über die Haut der Pfirsich. Dabei musste er an die Elfe denken. Mit welcher Anmut hatte das junge Mädchen die Frucht verspeist! Tief zog er den Geruch der süßen Speise mit der Nase ein. Ein Schmunzeln machte sich auf seinem Gesicht breit, als er an das Bild eines Testessers im Webefernsehen dachte.

„Ach was", flüsterte er lächelnd, biss in den Pfirsich und versuchte dabei genauso anmutig zu wirken, wie die kleine Elfe.

Noch nie hatte er eine Frucht so intensiv und mit allen Sinnen gegessen! Der Duft des Pfirsichs war irgendwie erfrischen; und doch so intensiv süß und aufdringlich. Das Fruchtfleisch war nicht wässrig und auch nicht zu trocken, wie etwa bei einer Banane. Es ließ sich leicht mit der Zunge zerdrücken und hinterließ einen samtigen, vollaromatischen Geschmack.

Erstaunt darüber zog er die Augenbrauen nach oben. Der zweite Bissen war bereits nicht mehr so königlich. Das Fruchtwasser spritzte und tropfte ihm höhnisch auf das T-Shirt. Missbilligend betrachtete er die angefressene Frucht.

„Es ist definitiv leichter, einen Schokoriegel zu essen, als ein Obst", erklärte er sich selbst.

Verhalten schaute er auf das restliche Obst, das sortiert auf den Teller lag. Komisch, da war eine Aprikose, die zur Hälfte, bis auf den Kern abgenagt dalag. „Sue würde so etwas nie liegen lassen", dachte er bei sich.

Mit Daumen und Zeigefinger hob er den Obst-Rest, mit Kern heraus, um ihn gleich darauf zu untersuchen. „Da muss eine Raupe dran genagt haben!", wunderte er sich. „Na wenigstens beweist das, dass es sich um Bio-Obst handelt", besänftigte David sich selbst.

Er nahm eine andere Aprikose heraus und erschrak so heftig, dass ihm beinahe die Frucht aus der Hand fiel. Eine Art Schmetterling, nicht größer als ca. 3cm, klammerte sich mit allen Vieren an die Aprikose, und biss beherzt kleine Teile davon ab. Offenbar hatte das Insekt noch nicht gemerkt, dass es ertappt worden war.

Damit David es genauer betrachten konnte, hob er das Obst näher an sein Gesicht. Der Schmetterling sah aber seltsam aus! Natürlich, er hatte ganz feine schillernde Flügel ... Das war´s aber auch schon... Der Körper glich dem eines Menschen. Und der Kopf ... David drehte die Aprikose etwas gegen das Licht, um besser sehen zu können. Ja, der Kopf, ... der hatte wirklich ein Gesicht!

Jetzt hatte das Insekt bemerkt, dass es nicht mehr auf einen Teller und zwischen dem schützenden Obst lag, sondern von zwei neugierigen, großen Augen angestarrt wurde. David glaubte nicht richtig zu sehen. Streckte im wirklich der Schmetterling die Zunge heraus? Noch mehr erstaunte es ihn, als das kleine Tier auch noch die Faust in die Luft streckte und drohend schüttelte.

Plötzlich und ohne Vorwarnung, breitete es seine Flügel aus und flog auf ihn zu. Erschrocken wich David nach hinten, aber da hatte er schon einen leichten Schlag auf die Nase gespürt. Der Schmetterling schwirrte um seinen Kopf, so schnell, dass er Mühe hatte, ihn nicht aus den Augen zu verlieren. Er flatterte jetzt Richtung Fenster, das die Abendsonne in ein blutrotes Licht getaucht hatte.

„Ahha, dem Licht entgegen", flüsterte er.

Auf einmal passierte etwas Seltsames! Das kleine Tier verschwand vor seinen Augen, mitten im Flug. Da wo es eben noch geflogen war, rieselte fast unmerklich ein Glitzerregen, angestrahlt von der Sonne, zu Boden nieder. Das konnte doch nicht sein, oder doch? David wusste, dass Motten vom Licht angezogen wurden, und es ihnen oft zum Verhängnis wurde. Aber das das Sonnenlicht einen Schmetterling auflösen konnte, war höchst unwahrscheinlich. Kaum hatte er das gedacht, erschien an der Stelle, wo gerade der Glitzerregen zu Boden gegangen war, das „Elfenmädchen" von gestern.

# Kapitel 9

Sprachlos starrte er sie an. In seinem Kopf waren hunderte von Fragen und doch wusste er nicht, was er fragen wollte. Auch sie sah in neugierig an. Sie stand vor ihm, wenige Meter entfernt, und sah aus wie aus einer Modezeitschrift entsprungen.

„Wahnsinn", entfuhr es ihm ehrfürchtig. „Das war jetzt echt … Magisch!"

„Elfe halt, du erinnerst dich?", sagte sie achselzuckend.

Und ob er sich erinnerte! Seit gestern, seit er sie gesehen hatte, verging keine Stunde an der er nicht an sie gedacht hatte oder erinnert wurde. „Gestern ja, … ähm … du warst einfach … weg. Ich wusste nicht, ob ich dich nochmal wiedersehen würde", es lag etwas Trauer in seiner Stimme, als er es aussprach.

„Zimt, das hilf gegen Traurigkeit. Entweder in Form eines Tees oder mit etwas Zucker direkt eingenommen", spulte sie ihr Elfenwissen vor ihm ab.

Er schüttelte leicht verständnislos den Kopf: „Was? Ich habe keine Ahnung wovon du sprichst?"

„Ich spüre dass du traurig bist und wollte dir helfen", verteidigte sie sich.

Noch Mal versuchte er seine Gedanken zu ordnen. „Wo warst du plötzlich, … gestern meine ich?", fragte David verwirrt.

„Ich war die ganze Zeit über hier", erwiderte das Mädchen so langsam, als hätte sie es mit einem geistig Beschränkten zu tun.

„Wie hier? Ich hatte Besuch und da warst du plötzlich weg!"

„Ha, dein Besuch, … fällt über dich her, wie eine Heuschreckenplage", lästerte sie. „Es war schon außergewöhnlich für mich, dir mein Geheimnis zu verraten, … aber so einer Schnepfe bestimmt nicht!"

Bei dieser Bemerkung musste David einfach lachen, er konnte es nicht zurück halten. „Du behauptest, du warst die ganze Zeit hier?", fragte er zweifelnd, als er sich wieder beruhigt hatte. „Aber ich konnte dich nicht sehen?" Langsam dämmerte es ihm: „Ach ja stimmt schon oder, du kannst deine Gestalt verändern?", unsicher sah er sie dabei an.

„Bingo", rief sie spontan laut aus, und tanzte dabei vor David herum. „Also ich kann so sein wie ich jetzt bin." „Tatah", machte sie und drehte sich im Kreis. „Und ich kann mich Unsichtbar machen, wenn es sein muss", das klang aber schon weniger begeistert.

„And last but not least, ich kann so sein wie eben – klein, aber fein", setzte sie schmunzelnd hinzu.

Ihre Unbeschwertheit steckte ihn an. „Ich habe dich vermisst!", dachte er und lächelte sie dabei offen an. Sie lächelte zurück und senkte dann verlegen den Blick. Erst jetzt fiel David wieder ein, dass sie ja seine Gedanken hören konnte.

„Der Nachteil ist", fuhr sie fort, „es kostet unheimlich viel Kraft sich zu verwandeln! Darum macht man es ja nicht ständig. Ich habe mich in einen „Schmetterling" verwandelt, weil das am einfachsten ist. Es kostet am wenigsten Energie", erklärte sie ihm.

Als David sie so bewundernd anschaute, wurde sie davon abgelenkt und vergaß für einen Moment weiter zusprechen.

„Sich Unsichtbar zu machen, ist am schwersten.", griff sie das gleiche Thema wieder auf. „Da muss man schon eine Menge Früchte essen, wenn man dazu gezwungen ist!"

Sie lächelte ihn an, und deutete mit dem Kopf dabei auf den Obstteller.

„Aber es hat auch jede Gestalt ihre Vorzüge", belehret sie ihn weiter. „Gestern Abend war ich durch das Unwetter so geschwächt, dass ich mich nur noch in einen Schmetterling verwandeln konnte."

Sie machte eine kleine Pause, ehe sie ihm versicherte: „Ich war die ganze Zeit hier. Wo hätte ich auch hin fliegen können? Alle Fenster und Türen waren geschlossen", rekonstruierte sie leise vor sich her murmelnd.

„Wieso hast du dich nicht einfach bemerkbar gemacht?", sah er sie stirnrunzelnd an und wusste sofort, dass die Frage die blödeste war, die er hätte stellen können.

„Was sollte ich denn machen", sprudelt es aus ihr heraus. „Ich konnte mich gerade noch rechtzeitig in „Klein" verwandeln. Dann hab ich mich einfach in der Obstschale versteckt. Als ich dann natürlich, die Gefräßigkeit von dieser Frau sah, erschien mir das Versteck mehr als unpassend. Aber ich wagte mich nicht heraus. Und später dann, naja, ... bin ich eingeschlafen", schloss das Mädchen mit ihrem Bericht.

„Und heute, ich meine, du hast dich auch da nicht gezeigt?", blickte er sie verständnislos an.

„Natürlich nicht, ... es war ja diese schimpfende Frau da!"

Bei der Erinnerung an die aufgebrachte Sue und was der Grund dafür war, kicherte er wieder. „Ja, aber später, war ich alleine", bohrte David weiter.

„Ich habe geschlafen", sagte sie achselzuckend.

„Als ich Geige spielte?"

„Ich habe geschlafen", wiederholte sie.

„Und später?"

„Da warst du nicht da, dann habe ich weiter geschlafen", erklärte sie gleichgültig. „Und als ich dich vorhin beim Essen sah, bin ich auch hungrig geworden und habe was gegessen."

„Hey, du hast mich geschlagen!", erinnerte David sich belustigt.

„Ja, es ist so viel Obst da, und du willst ausgerechnet das haben, in dem ich schon hinein gebissen hatte", empörte sie sich.

„Nein", lachte er, „du sahst so ... komisch aus. ... Ich wollte dich nur genauer betrachten."

Aufgebracht stemmte sie die Hände in die Hüften: „Ja, das ist ja das Problem mit euch Menschen. Kaum kennt ihr etwas nicht, müsst ihr es untersuchen und zerlegen, ... bis es kaputt ist." Sie atmete einmal tief aus: „Genau deshalb muss meine Existenz geheim bleiben", sagte sie eindringlich. „Um mich und meine Art zu schützen."

David bekam ein schlechtes Gewissen. Er drehte den Kopf zur Seite und versuchte nicht an seinen Freund zu denken.

„O.k., wem hast du es erzählt", fragte sie herausfordernd. Die Elfe hatte ihn also schon durchschaut.

„Niemanden", versuchte David sich zu verteidigen. „Ich habe nur einen Freund gebeten, deinen ... Flügelstaub zu untersuchen. Ich habe ihm nicht gesagt, was es ist."

„Welchen Teil, hast du denn an dem Satz, „bitte erzähl es niemanden", nicht verstanden?", wurde die Elfe aufbrausend.

„Ich sagte doch, ich habe es nicht weiter erzählt, glaub mir."

„Hmm", das Mädchen schnaubte verächtlich aus. „So seid ihr Menschen immer. ... Warum rege ich mich denn so auf? Es ist schließlich meine eigene Schuld."

Sie drehte sich auf dem Absatz um und marschierte zum Fenster. „Also dann, leb wohl", verabschiedete sie sich sauer und öffnete es.

Eine plötzliche Panik durchfuhr Davids Körper. Mit großen Schritten war er an ihrer Seite, und schlug schnell das Glasfenster wieder zu. „Bitte geh nicht", sagte er hastig. „Auf meinen Freund ist Verlass. Er wird es nicht an die große Glocke hängen."

„Das hattest du auch gesagt", erwiderte die Elfe zögernd.

„Zu diesem Zeitpunkt habe ich gedacht, ich sehe dich nie mehr wieder. Da wollte ich nur für mich einen Beweis, dass du Wirklichkeit in meinem Leben warst ... und kein Traum."

Das Mädchen senkte für einen Moment den Blick und dachte nach. Es war viel zu gefährlich, hier zu bleiben. Aber andererseits fand sie diesen Menschen und sein Leben ganz reizvoll ... „Na schön, aber wenn es für mich zu gefährlich wird, dann bin ich weg."

„Ich verspreche dir hoch und heilig, dass ich es niemandem mehr erzählen werde", beteuerte der Geiger mit ernster Miene. „Auch das Ergebnis, der „Glitzerprobe", wird niemand erfahren. Mein Wort!"

Sie sah ihn lange und eindringlich an, dann sagte sie feierlich: „Ja, ich glaube dir."

**Kapitel 10**

Schweigend sahen sie sich einen Moment lang an, dann lächelten sie sich zu, bis die Elfe schüchtern zur Seite schaute.

„Warum setzt wir uns den nicht", forderte David sie auf und deutete auf die riesige Couchlandschaft. Er ging voraus um seinen Stammplatz zu belegen.

„Ich weiß nicht wo", kam es prompt von ihr zurück.

David zog die Stirn in Falten. „So groß bist du nun auch wieder nicht, dass der Platz nicht ausreichen wäre", dachte er.

„Türlich ist da genügend Platz, aber darum geht es doch nicht, oder?", griff sie seinen Gedanken auf.

„Hab schon wieder vergessen, dass du meine Gedanken hörst! Ob ich mich irgendwann daran gewöhne?", überlegte er bei sich. Zu ihr gewandt äußerte er jedoch: „Ach so, geht es nicht?" Er setzte sein - „hab ich was verpasst"- Gesicht auf.

„Nein es geht darum, in welchem Winkel ich zu dir sitze. Das kann entscheidend für den Verlauf eines Gesprächs sein. Und vergessen wir nicht, dass auch die Stimmung dadurch erheblich beeinflusst werden kann", hielt sie ihm einen Vortrag.

„Verdammt!", fluchte der Geiger, „vielleicht wäre mein Leben total anders verlaufen, wenn ich das gewusst hätte". Die Ironie in seiner Stimme war nicht zu überhören.

Die Elfe überging seine Äußerung, holte tief Luft und ließ sie stöhnend wieder heraus.

„Ich erkläre es dir, ok? Also, nehmen wir mal an, ich sitze dir gegenüber, dann würden wir uns genau beobachten, jede Bewegung, jede Geste oder jedes Augenblinzeln - wir wären beide nicht entspannt, oder?"

„Ich schon", redete David dazwischen, als sie eine kleine Pause machte. „Ich sehe dich gerne an."

Sie warf ihm einen strengen Blick zu. Darum verkniff sich David jede weitere Bemerkung und ließ die Elfe einfach reden.

„So, stell dir vor, ich würde im rechten Winkel zu dir sitzen, in einiger Entfernung. Wir würden uns höflich ansehen, aber nicht „taxieren." Die Stimmung wäre wahrscheinlich viel entspannter … würde ich meinen", fügte sie noch hinzu. „Aber, wie glaubst du wäre es, wenn ich mich neben dich setzen würde? Sagen wir mal, in einer kleinen Entfernung?", abwartend sah sie ihn an.

„Ah, meine Meinung ist jetzt gefragt", warf er jetzt überrascht dazwischen. „Ich fände es … äh … ganz normal und … äh … schön", überlegte David mit der Einfältigkeit eines Mannes.

„Das war doch nicht die Frage", betont dehnte sie den Satz in die Länge. „Wir könnten uns gar nicht in die Augen sehen und damit die Körpersprache des Anderen nicht deuten. Auch wäre keine Distanz da und man wäre mehr auf das, was man selbst fühlt „sensibilisiert", schloss sie ihre Aussage ab.

„Ich stelle jedenfalls fest, dass sich Elfen von Frauen in dieser Hinsicht, nicht unterscheiden. Sie denken genau so kompliziert", schoss es David durch den Kopf.

„Das hab ich gehört!", ließ es das Mädchen David wissen und lächelte dabei.

„Nein, im Ernst, darüber habe ich mir wirklich noch keine Gedanken gemacht", gab er zu.

„Da siehst du, was eine Elfe alles bedenken muss", sang sie fast. Ohne Vorwarnung hüpfte sie in die Luft, machte einen Salto und landete elegant auf der Couch zu Davids linker Seite.

„Wow", stieß er bei dieser Akrobatischen Aktion verblüfft hervor.

„Ich habe mich nach reiflicher Überlegung entschlossen, hier zu sitzen. Wenn das für dich klar geht?"

„Ja, ich glaube das ist eine gute Wahl", stimmte er ihr zu und schmunzelte. Dann wartete er höflich, bis das Mädchen endlich ihre Sitzposition gefunden hatte und fragte sie dann: „Ich kenne dich schon zwei Tage, und weiß immer noch nicht wie du heißt!?"

„Ja, hab vergessen es zu erwähnen", stimmte die Elfe ihm zu. „Wir Elfen unter uns müssen uns nicht vorstellen. Wir „erahnen" unsere Namen", flüsterte sie geheimnisvoll. „Jede Elfe heißt wie sie ist. Mein Name ist Regenbogen!", verkündete sie stolz.

„Regenbogen? Ist das ein Name?", verwundert hob er eine Augenbraue.

„Ja natürlich!", entsetzt blickte sie ihn an. „Jede Elfe hat den Namen ihres Geburtsortes oder des Geburtsereignisses. Meine Mutter heißt Beispielsweise „Blumenwiese", und mein Vater „Donnerwolke". Ich heiße Regenbogen, weil ich während eines Schauers unter einem strahlenden Regenbogen geboren worden bin, verstehst du?" Sie dachte kurz nach: „Die Natur schenkt jeder Elfe ein bisschen von sich selbst!"

Er sah sie eine Zeit lang forschend an, dann nickte er langsam. „Du hast Recht, jeder der dich näher kennen würde, könnte deinen Namen sofort erraten."

Mit einen breiten, strahlenden Lächeln sah sie ihn an. David lächelte zurück: „Dann gibt es also noch mehr Elfen?"

„Ja sicher, aber leider werden wir immer weniger. Unser Lebensraum wird bedroht. Die Menschen erobern immer mehr Natur, und anstatt sie einfach zu genießen, wird alles abgeholzt, verändert und umgebaut. Das ist nicht gut!", belehrte sie David.

Bei diesen Erklärungen fühlte sich David wie ein Eroberer, der erbarmungslos alles vernichtet, ohne Rücksicht auf Verluste. „Wo lebst du denn sonst so?", wollte der Geiger wissen.

„Kommt darauf an, wo ich mich gerade aufhalte. Im Sommer bin ich meistens an der Grenze zu Kanada, ich glaube, so sagt ihr dazu. Im Winter mehr im Süden, auf kleinen Inseln im Pazifik, die sind zu dieser Jahreszeit bei uns sehr beliebt." Sie lächelte ihn dabei verschwörerisch an und zwinkerte ihm dabei mit einem Auge zu.

„Und wie kommt es dann, dass du hier gelandet bist, in New York?", echtes Interesse lag in seiner Frage.

„Ich bin ein bisschen „rumgegammelt", gab sie verlegen zu und blickte ihn dabei spitzbübisch an. „Es gibt so viel Aufregendes in der Stadt. Die vielen verrückten Leute, überall bunte Lichter und ständig andere Geräusche und Gerüche. Eigentlich wollte ich nur mal kurz gucken, aber dann ...“

Sie machte eine Pause und atmete dabei stöhnend aus: „Unwetter scheinen mein Schicksal zu sein! Es war ziemlich genau vor einem Jahr“, begann Regenbogen zu erzählen.

„Ich war vom Glanz der Stadt geblendet und wollte nur Mal kurz hinsehen, als ein kräftiges Unwetter aufkam. Glücklicherweise war ich damals nicht so weit von deinem Fenster entfernt. Es ist weit und breit das einzige Gebäude, das noch so geschützte kleine Winkel hat, weißt du“, sprach sie David direkt darauf an. „Der breite Fenstersims, mit samt der Nischen. Man kann dort gut landen und einen Unterschlupf finden. Wenn es sein muss auch für mehrere Stunden“, erklärte sie kurz.

„Dabei hab ich zum ersten Mal deine Musik gehört“, mit tiefer Bewunderung blickte sie David sekundenlang in seine braunen Augen. Dann sah sie schüchtern aus dem Fenster und schwärmte weiter: „Ich hatte keine Ahnung, wie lange ich dort gesessen und zugehört hatte, aber ich saß noch da, als das Gewitter schon längst vorbei war. Irgendwann bin ich dann eingeschlafen und erst bei Sonnenaufgang wieder erwacht.“

Verlegen lächelte sie: „Von da an war ich fast täglich hier und oft enttäuscht, wenn ich umsonst gewartet habe.“ Wieder machte sie eine Pause.

David fand das Geständnis so erschütternd, dass er automatisch nach ihren Händen greifen wollte. Bevor er sie jedoch fassen konnte, zog sie sie zurück und verschränkte sie vor der Brust. Um ihn aus seiner Verlegenheit zu retten, blickte Regenbogen auf sein Wasserglas, deutete mit einer Kopfbewegung darauf und fragte: „Kann ich auch Wasser haben, bitte?“ „Oh, natürlich, ... entschuldige. Ich hätte dich vorher fragen sollen!“, antwortete er zerstreut.

Sofort sprang er auf, und holte ein kaltes Sprudelwasser nebst Glas. Am Tisch öffnete er die Flasche, goss das Glas halb voll und reichte es ihr, mit einen kleinen Lächeln auf den Lippen. Wie durstig Regenbogen war, merkte sie erst, als sie das Glas Wasser entgegen nahm. Gierig trank sie einen großen Schluck hinunter. Sie nahm das Glas von ihren Lippen und verzog das Gesicht, während sie fragte: „Was ist denn mit dem Wasser los? Es hüpft im Mund herum und lässt sich nur schwer hinunter schlucken!“

Diese Erklärung war zu viel! David brach in schallendes Gelächter aus. So treffend hatte bestimmt noch nie jemand ein Mineralwasser beschrieben!

Regenbogen sah ihn verwirrt an, dann musste auch sie lachen. „Hast du denn kein Quellwasser?", erkundigte sie sich.

„Wir sind hier in der Stadt, da gibt es keine Quellen", erwiderte er entschuldigend.

„Aber ich habe doch gesehen, wie in der Küche eine sprudelt", beharrte sie weiter.

Wieder überkam David ein Lachanfall. „Naja, das ist zwar Wasser, aber es ist keine Quelle. Das Wasser ist „wiederaufbereitet", teilte David ihr mit, als er sich halbwegs beruhigt hatte.

„Kann man es trinken?", wollte das Mädchen wissen.

„Ja eigentlich schon", antwortete er zögerlich und ging in die Küche, um ihr ein großes Glas frisches Leitungswasser zu holen. Mit entschuldigendem Blick reichte er ihr das Getränk. Prüfend roch sie daran und hielt es dann gegen das gedämpfte Deckenlicht. Bevor sie es kostete, warf sie David noch einen unsicheren Blick zu. Vorsichtig nippte sie daran, legte den Kopf schief und überlegte dabei ihr Urteil. Nach kurzen zögern, trank sie nochmal davon und nickte zufrieden. „Ja, es ist kein Quellwasser, aber es ist genießbar."

Diese Bemerkung erheiterte David wieder. Dieses Mädchen hatte so etwas erfrischend Natürliches an sich, ... es zog ihn förmlich an. Als Regenbogen herzhaft gähnte, sah David auf die Uhr. „Oh Gott, es ist schon kurz vor Mitternacht", erschrak er.

Unschuldig fragte Regenbogen: „Spielst du denn heute Abend noch etwas, für mich?"

„Nein es ist schon zu spät", erwiderte er bedauernd. „Aber wenn du möchtest, ich habe morgen um 9 Uhr eine Probe mit meinen Orchester vereinbart. Ich würde mich freuen, wenn du mich begleiten würdest."

Als wären Geburtstag und Weihnachten an einen Tag, strahlte die Elfe übers ganze Gesicht. „Oh, du nimmst mich wirklich mit, wann geht`s los?"

„Ich denke dass acht Uhr ausreichend ist." Selbst David konnte es kaum noch erwarten zur Probe zu kommen, wenn er in das glückliche Gesicht von Regenbogen schaute.

Ein paar Sekunden schaute er sie an, dann fragte er etwas verlegen. „Möchtest du heute Nacht hier übernachten? Ich denke, bis nach Kanada ist es einfach zu weit", setzte er sein Erdkundewissen fachmännisch ein.

„Ja du hast recht", überlegte auch sie. „Vielleicht kann ich ja, statt im Obstteller, mal zur Abwechslung auf dem Sofa schlafen?", gähnte sie herzlich.

Auch über diese Bemerkung musste David schmunzeln. Nachdem er sich wieder im Griff hatte, bot er ihr fürsorglich noch eine Decke an.

„Decke?", wiederholte sie das Wort, „das ist Menschenkram. Aber ich gebe zu, dass sie ganz angenehm weich ist."

Also startete David grinsend ins Schlafzimmer und holte eine besonders kuschlige Decke aus dem Schrank. „Bitte, hier ist ... sie", wollte er sagen. Doch die Elfe war schon eingeschlafen.

Zusammengerollt lag sie da. Das lange Haar wirr um ihren Kopf. David legte sanft die Decke auf ihren Körper und strich ihr mit den Fingern, eine Haarsträhne aus dem Gesicht. Es fühlte sich schön an. Mit diesem Gefühl ging auch er zu Bett.

# Kapitel 11

Unsanft wurde David um 6. 30 Uhr von seinem Wecker aus den Schlaf gerissen. Er war noch hundemüde. Dennoch fühlte er sich gut, ja sogar glücklich. Er konnte es kaum erwarten, den Tag zu beginnen. Er sprang aus dem Bett, nachdem er sich ausgiebig gestreckt hatte und zog eine alte Jogginghose und ein T-Shirt über. Anschließend ging er leise ins Bad und verrichtete notdürftig seine Morgentoilette. Auf Zehenspitzen schlich er ins Wohnzimmer und war schon an der Türe enttäuscht.

Die Couch war leer. Nur noch die Decke lag verlassen da. David zog die Stirn in Falten. „Vielleicht war ja die Obstschale doch bequemer als die Couch?", überlegte er. Vorsichtig nahm er die Früchte einzeln aus der Schale und untersuchte jedes Stück. Nichts! Enttäuscht sah er sich im Zimmer um.

„Wo könnte sie nur sein!" Er hatte keine Ahnung und eigentlich auch keine Zeit zum Suchen. „Vielleicht ist sie ja mal schnell für „kleine Elfen"?", schoss ihm ein Gedanke durch den Kopf.

Kurz blickte er auf seine Armbanduhr. Es war höchste Zeit für seinen Morgensport. Schnell machte er noch einen Abstecher in die Küche, nahm einen großen Schluck Orangensaft, direkt aus der Packung, und ging, leisen Fußes, aus der Wohnung. Während er auf den Aufzug wartete, überprüfte er nochmals die Uhrzeit.

Es war kurz nach 7 Uhr. Naja, würde er halt eine kürzere Strecke durch den Central Park nehmen müssen. Natürlich würde das Orchester auf ihn warten, falls er zu spät käme, aber das fand er unhöflich.

Als er ins Foyer kam begrüßte ihn Sam grinsend mit einem: „Morning, David. Du willst dich doch nicht etwa so früh schon fertig machen, Mann!"

„Morning Sam", erwiderte er, „nur so hat man Erfolg bei den Frauen." „Und wann stellt sich dein Erfolg, endlich ein? Ich habe noch keine Frau bei dir gesehen", konterte Sam neckend.

„Der Punkt geht an dich", gab sich David geschlagen. „Hör zu Sam, ich brauche für acht Uhr einen Wagen mit Fahrer, kriegst du das hin?", wurde David sachlich.

„Hab ich schon mal versagt, Alter?", gab Sam lässig zurück.

„Danke", rief David ihm über die Schulter hinweg noch zu, bevor sich die Schiebetüre hinter ihm schloss.

Auf der Straße fiel er sofort in einen Laufschritt und steuerte den Weg zum Central Park an. Es war nicht weit, nur zwei Blocks entfernt. Vor einigen Jahren hatte er angefangen mindestens dreimal pro Woche zu joggen. Das brauchte er, als Ausgleich für die vielen musikalischen Übungsstunden und das Proben mit dem Orchester. Einige Zeit später hatte er auch damit begonnen, im hauseigenen Fitnessraum etwas Muskelaufbau zu betreiben. Nicht viel, nur damit sein Körper bei Foto- Shootings nicht schlaff aussah. Es hatte sich gelohnt, denn im Allgemeinen wurde David von der „Presse" als gutaussehend bezeichnet.

Nach einer dreiviertel Stunde kam er verschwitzt und außer Atem im Foyer seines Wohnhauses an.

„Hey Mann, das was du da treibst, sieht irgendwie ungesund aus", äußerte Sam und sah in skeptisch an.

„Man fühlt sich hinterher einfach gut", erklärte David nach Atem ringend.

„Nach dem Sex sehe ich nicht halb so schlimm aus wie du. Aber fühlen tu ich mich bestimmt wesentlich besser, Bruder", gluckste Sam vor Lachen.

David verdrehte die Augen und stieg in den Fahrstuhl.

„Ich würde sagen, der Punkt geht auch an mich", rief ihm Sam nach, und der nächste Lachflash schüttelte ihn.

Mit Spannung betrat David seine Wohnung. War sie da, würde er sie finden? Eigentlich musste sie einfach da sein. Sie hatte sich so gefreut, mit zur Probe kommen zu dürfen. Aber Regenbogen war nirgends zu sehen!

Wieder sah er auf die Uhr. Wenn er jetzt Gas geben würde, musste sein Orchester nicht auf ihn warten. Eilig ging er in die Küche und ließ sich einen Kaffee aus den Automaten. Nebenbei füllte er ein Glas mit Leitungswasser und trank es in einem Zug aus. Er versuchte dabei nicht an die Elfe zu denken. Zügig startete er ins Badezimmer, entledigte sich seiner Kleider und stieg in die Dusche.

„Wow, dass Wasser so entspannend sein kann", murmelte er vor sich hin. Sobald David fertig war stellte er die Dusche ab und versuchte seine zerzausten Haare auszuwringen. Er wollte gerade nach einem Badetuch greifen, da blieb sein Blick erschrocken auf den frischen Stapel Tücher hängen. „Verflixt, wie kommt die hier her?", entfuhr es ihm. Wenn er auch zu geben musste, dass er sich wahnsinnig freute.

Inmitten eines Turms aus Badetüchern lag die schlafende Elfe. Sie hatte sich zum Schmetterling verwandelt.

„Jetzt kann ich sie unmöglich aufwecken, ich bin nackt", dachte David. „Was mach ich jetzt bloß?"

Panik ergriff ihn. Er stieg aus der Dusche, ergriff vorsichtig mit beiden Händen den Stapel sauberer Tücher und balancierte ihn auf das Sofa. Schnell ging er ins Schlafzimmer und holte sich ein frisches Badetuch zum Abtrocknen. In Rekordzeit zog David sich Jeans und T-Shirt an, bürstete die nassen Haare und fasste sie zum Zopf zusammen.

„Sue ist bestimmt nicht begeistert, wenn sie die nassen Fußspuren in der ganzen Wohnung entdeckt", runzelte er besorgt die Stirn. Aber zum Wegwischen verblieb jetzt keine Zeit. Aus der Küche nahm er sich den mittlerweile lauwarmen Kaffee mit und kehrte zum Sofa zurück.

„Wie weckt man einen Schmetterling, warum gab es zu diesem Thema noch kein Handbuch?", überlegte er genervt. David betrachtete sie aus der Nähe, streckte den Zeigefinger aus und stupste die Elfe vorsichtig an. „Aufwachen Regenbogen, wir müssen zur Probe", erklärte er zärtlich.

Die Elfe gähnte und streckte sich dabei behaglich. Als sie die Augen öffnete und dabei Davids Gesicht so nahe war, erschrak sie so heftig, dass sie vom Tücher - Stapel purzelte.

„Ich wollte dich nicht erschrecken", entschuldigte sich David.

Das kleine Ding flatterte aufgeregt und scheinbar ziellos umher. „Wieso verwandelst du dich nicht in „Groß?"", wollte er wissen.

Da flog sie auf seine flache Hand und sagte etwas, das so leise war, dass er es nicht verstehen konnte. Kurz entschlossen hob er seine Hand ans Ohr. Die piepsende Stimme der Elfe war jetzt deutlicher zu verstehen: „Wasser, bitte … dringend!"

Sofort brachte David die Elfe ins Badezimmer, setzte sie vor einer Schale mit kaltem Wasser ab und lies sie taktvoll allein. Regenbogen füllte ihre Hände damit und trank gierig. Als sie ihren Durst gelöscht hatte, wusch sie sich ausgiebig im restlichen Wasser. Sie erinnerte dabei an einen Vogel, der sich in einem Wasserbad erfrischte.

Nachdem sie fertig war, flog sie ins Wohnzimmer zurück und landete direkt auf der Obstschale. Mit großem Appetit machte sie sich über eine Kirsche her. David bemerkte die schmetterlingsartige Elfe erst, als der Kirschkern mit einen leisen „Klong" auf dem Teller fiel.

„Sorry Regenbogen, aber wir müssen weg. Ich lasse das Orchester ungern warten."

Inzwischen hatte David eine kleine Schachtel gefunden und ein paar Luftlöcher hinein gepiekt. Er hielt sie der Elfe hin. Skeptisch sah sie zuerst auf die Schachtel, dann auf David.

„Es geht leider nicht anders", erklärte er mitfühlend. „Aber wenn du nun Mal nicht Menschengröße annehmen willst …", ließ er den Satz unbeendet.

Regenbogen flatterte graziös in die Schachtel. David packte vorsichtig ein paar Kirschen und Trauben dazu. „Hab keine Angst, ich achte bestimmt auf dich", raunte er ihr zu.

In einer Plastikschüssel packte er rasch etwas Obst extra ein, da er nicht wusste, was sie sonst noch zu sich nahm. Beide Schachteln legte er oben auf in eine Tasche mit seinen persönlichen Sachen und los ging es. Als sich in der Eingangshalle der Aufzug öffnete, kam Sam schon auf David zu, um ihm seine Geige und die Tasche ab zu nehmen.

„Was'n los, Alter? Du bist doch sonst immer pünktlich", warf ihn Sam vor.

„Ähm … Telefon", log David flüchtig und folgte Sam zum Auto.

„Noch nie was von Handy gehört, Bruder?", fügte Sam hinzu und sah David an, als könne der nicht bis drei zählen.

„Jetzt wo du`s sagst", spielte David das Spiel mit, „wusste doch, da war noch was!"

Sam öffnete grinsend die Autotür und war David mit dem Gepäck behilflich. Sein Fahrer fuhr den Wagen an, bevor David ihm die Adresse genannt hatte. Mit ca. 10 Minuten Verspätung, kamen sie an einem alten Theaterhaus an. Schon während der langen Fahrt, hatte David dem Fahrer mitgeteilt, dass sie für den Rückweg ein Taxi nehmen würden.

Zügig betrat er, durch eine Nebentür, ein Gebäude, das nur noch zum Üben für werdende Künstler oder Musiker benützt wurde. Sein Orchester war schon auf Position. Ein unmelodisches Instrumentengewirr erfüllte den sonst leeren Saal. Als Franck, sein Konzertmeister, David erblickte, ging er auf ihn zu und begrüßte ihn freudig.

„Sorry", sagte David und erhob dabei die Stimme, damit ihn jeder hören konnte. Augenblicklich lag Stille im Raum. „Sorry, es tut mir wirklich leid, dass ihr alle auf mich warten musstet. Ich weiß, ich kann nur eines dazu sagen, … es wird hoffentlich nicht mehr vorkommen", erklärte David aufrichtig.

Für diese Worte erntete er Applaus.

Nicht wie üblich mit den Händen, sondern mit den Geigenbogen den sie an ihre Notenständern klappern ließen. David behandelte sein Orchester mit Respekt, er wusste, wie wichtig es war, ein harmonisches, ausgeglichenes Arbeitsklima zu schaffen.

Der Musiker stellte seine Tasche zur Seite und bückte sich tief darüber. Niemand sah, wie er den Deckel von der kleinen Schachtel abnahm. Der Schmetterling sah leicht mitgenommen aus. Aber trotzdem schien er zu strahlen, als er sich mühsam aufrappelte. David öffnete die Dose mit dem Obst und stellte sie in seiner Tasche daneben.

„Hör zu, Regenbogen", sagte er eindringlich, „es wird leider etwas dauern. Ich hoffe du langweilst dich nicht. Ich habe Obst für dich eingepackt. Zwischendurch sehe ich nach dir, viel Spaß!"

David nahm seine Geige zur Hand, stimmte sie und fing an, wie üblich sich einzuspielen. Nachdem er mit Franck die Reihenfolge der Stücke, die sie spielen wollten, festlegt hatte, gab er ihm durch ein Kopfnicken zu verstehen, dass dieser den Einsatz geben konnte.

Regenbogen war fasziniert vom Zusammenspiel der einzelnen Musikinstrumente und von dem flüssigen, gleichmäßigen Streichen der Bogen, über die Saiten.

Es war mehr als beeindruckend, wie schnell David die Saiten greifen konnte. Der Musiker spielte seine Instrument so präzise und doch gefühlvoll, als wäre seine Geige eine Geliebte, auf die er sich bedingungslos einlassen musste, damit sie für ihn ihr Lied sang.

Regenbogen lauschte gerührt und verlor sich in der Musik. Manche Stücke ließen ihr Herz jubilieren, andere eine nie gekannte Sehnsucht in ihr aufsteigen. Nie im Leben hätte sie gedacht, dass Menschen zu so etwas Schönem fähig wären. Nach guten zwei Stunden verkündete Franck eine Pause. David ergriff seine Tasche, nachdem er vorher seine Geige gewissenhaft verpackt hatte, und suchte sich einen ruhigen, abgeschiedenen Raum. Fragend abwartend sah er Regenbogen an.

Die flatterte in die Luft, flog ein paar Pirouetten und küsste dann David auf die Wange. Das ging so schnell vonstatten, dass er sich nicht sicher war.

„War das eben ein Kuss?", wollte er erstaunt wissen. Es folgte ein zweiter Kuss und beantwortete seine Frage.

„Du hast ja noch gar nichts gegessen", fiel dem Musiker auf. „Jetzt aber will ich dir dabei zusehen, du bist der Star", bestimmte er.

Die Elfe nickte belustigt und flog zuerst auf eine Kirsche, und dann auf eine Traube, die sie mit großem Appetit verspeiste.

„Darf ich mir auch eine Traube nehmen, oder schlägst du mir dann wieder auf die Nase?"

Die Elfe lachte und nickte dabei. David griff zu und wollte die Traube gerade in den Mund schieben, da hörte er im Flur Gekicher. Er blickte zur Tür und bemerkte erst jetzt, dass sie ein Spalt breit offen stand.

„Ja, was gibt es", erhob der Geiger die Stimme.

„Franck will weitermachen, David", erwiderte eine Frauenstimme und kicherte immer noch.

„Komme sofort!", gab David knapp Antwort. Er sah Regenbogen erwartungsvoll an: „Und du, willst du nochmal mit?" Sie nickte heftig, schwirrte in die Schachtel und setzte sich zum Zeichen, dass sie bereit war.

Alle saßen schon auf ihren Plätzen und unterhielten sich, als der Musiker auf die Bühne zurückkehrte. Behutsam stellte er wieder seine Tasche nebst Inhalt etwas Abseits, aber so, dass Regenbogen alles gut mitverfolgen konnte. Nach weiteren zwei Stunden verkündete Franck eine kurze „Zigarettenpause" von 15 Minuten. Danach wollten sie nur noch das neue Stück perfektionieren.

„David, ähm … geht's dir gut, ähm … wenn du ein Problem hast, … ähm, du weißt, dass du jeder Zeit mit mir reden kannst, ok?" Franck raunte die Worte David zu und passte auf, dass niemand mithörte.

Der Virtuose sah ihn verwirrt an: „Mir geht es gut Franck, nur, etwas müde. Gibt es einen Grund warum du fragst?"

Verlegen betrachtete Franck seine Schuhe, dann erklärte er: „Ein paar Mädchen, aus dem Orchester, behaupten du unterhältst dich mit Motten … in den Pausen."

David platzte mit einem schallenden Lachen heraus.

Erst als er sich etwas beruhigt hatte, stellte er fest: „Franck, ich liebe … dieses Orchester … Es ist meine große Familie, jeder sorgt sich um den Anderen. Nichts bleibt im Verborgenem." Wieder schüttelte ihn ein Lachen.

„Ja es stimmt, du weißt ja wie das ist." David hoffte so sehr, dass Franck es nachvollziehen konnte. „Wenn man keinen Ansprechpartner hat, redet man einfach mit jedem oder mit allen, egal, ob tot oder lebendig!" formulierte er etwas übertrieben und musste schon wieder lachen.

„Ja du hast recht", fiel auch Franck in das Lachen ein.

Mit einem raschen Blick in die Schachtel, vergewisserte David sich, dass es Regenbogen gut ging. Sie saß im Schneidersitz da und verdrückte eine Traube.

Franck rief wieder zur Arbeit auf. Sogleich füllte sich der Raum wieder mit zarten Klängen. Gegen 16 Uhr ließ bei allen sichtlich die Konzentration nach und Franck entließ sie aus der Probe, nicht ohne vorher einen neuen Termin zu vereinbaren. Es wurde laut. Stühle wurden gerückt, Notenblätter raschelnd sortiert, Instrumente eingepackt und laute Verabredungen zum Essen getroffen. Nachdem David sein Instrument verstaut hatte, warf er einen flüchtigen Blick in seine Tasche, um gleich darauf nochmals erschrocken hinzustarren.

Die Schachtel war leer. In der Plastikdose waren nur noch Kerne von den verschiedenen Früchten zu sehen.

„Wo zum Henker ist sie jetzt schon wieder?", dachte David entnervt und blickte sich verzweifelt im großen Theaterraum um. Wie sollte er sie hier nur je wieder finden?

Seit er Regenbogen kennen gelernt hatte, stand sein geordnetes Leben Kopf. In den letzten Tagen hatte er gelogen, sich verspätet, sich „zum Deppen gemacht" und … das alles für eine Frau - in der Beziehung schien sich eine Elfe auch nicht von anderen Frauen zu unterscheiden.

„David, da ist jemand für dich hier", informierte ihn ein Mädchen vom Orchester. „Es ist eine Frau, die aussieht wie ein Topmodell! Sie sagt, sie ist mit dir verabredet. Soll ich sie rein lassen?"

Irgendjemand schien im Raum den Lärmpegel ausgeschaltet zu haben. Alle Augen sahen auf David, als er verdutzt antwortete: „Jemand für mich, bist du sicher?"

David hatte noch nie eine Verabredung mit einer Frau, und schon gar nicht „so öffentlich!"

Da trat, ganz frech, ein hübsches, junges Mädchen auf die Bühne. Jeder, der Augen hatte starrte sie an. Selbst David konnte nicht anders, als Bewunderung zu empfinden. Es war Regenbogen, sie sah frech und doch damenhaft aus. Sie hatte ein farbenfrohes, rückenfreies Sommerkleid an. Der Rock war weit und luftig geschnitten. Man konnte ihre perfekten Beine durchschimmern sehen. Blondes, welliges Haar glänzte wie flüssiges Gold und fiel ihr bis zur Taille herab. Der Musiker erschrak zuerst und dachte dabei an ihre Flügel. Hoffentlich bemerkte sie niemand. Aber als David genauer hinsah, waren sie weg.

„Hallo David", lächelte sie ihn an, „wenn du noch nicht fertig bist, warte ich einfach." Dieser Satz aus ihrem Mund klang, wie ein Glockenspiel. „Nein ich, ähm … wir sind fertig. Nur noch einpacken, … und so", stotterte er und fühlte sich überrumpelt.

Hoffentlich kam Franck nicht auf die Idee und wollte vorgestellt werden. Er hatte keine Ahnung, wie er erklären sollte, dass ein Mädchen auf den Namen „Regenbogen" hörte.

Die Elfe genoss es einfach nur auch einmal im Mittelpunkt zu stehen. Bisher hatte sie sich noch nie einem Menschen so direkt gezeigt. Und nun fanden sie alle auch noch schön. War das denn kein Grund zu strahlen? Ein Orchestermitglied bot ihr seinen Stuhl an. Regenbogen warf ihm ein dankbares Lächeln zu und setzte sich. Franck trat auf sie zu und reichte ihr fasziniert die Hand.

„Wie konntest du nur „so eine" Verabredung vergessen David", strahlte Franck Regenbogen an, richtete die Worte dabei aber an David, der hinter Franck stand.

David wurde innerlich panischer. Was hatte sie sich nur dabei gedacht. Wie um alles in der Welt sollte er da wieder heraus kommen? Bei diesen Gedanken war er einem Schweißausbruch nahe. Regenbogen lachte laut auf. Es klang wie hundert kleine Glöckchen; so hell. An Francks Schulter vorbei, strahlten ihre Augen belustigt David an. Sie schien sich köstlich über seine Gedanken zu amüsieren.

„Hallo ich bin Franck, und anscheinend eine Ernst zunehmende Konkurrenz von David, sonst hätte er mir eine so schöne Frau bestimmt vorgestellt."

Wieder erklang das helle Lachen von Regenbogen, die offensichtlich viel Spaß an der Situation hatte.

„Ok, ich bin fertig, wir können gehen", forderte David die Elfe hastig auf und trat an ihre Seite.

„Ich heiße …", wollte sich Regenbogen gerade vorstellen.

Da fiel ihr David hektisch ins Wort: „Sie hat keinen Namen, weißt du, wurde bei ihrer Geburt von ihren Eltern total vergessen. Seitdem ist sie einfach … Namenlos", versuchte David alles verwirrt zu erklären. Mit dem Erfolg, dass jetzt alle im Raum schallend lachten.

„Ja", versuchte die Elfe David beizustehen. „Es war zwar ein bisschen anders, aber es stimmt, ich hatte keinen Namen. Darum hab ich mir einen ausgesucht. Ich wollte schon immer „Annabella" heißen", verkündete sie und sah David dabei eindringlich an.

David nickte anerkennend und war erleichtert, wie gut Regenbogen die Situation gerettet hatte. Trotz allem nahm er Regenbogens Hand, die immer noch Franck gehalten hatte, unsanft in seine und zog die Elfe mit sich. Im Gehen rief er noch ein lautes „Wiedersehen, man sieht sich!", in den Raum und ließ alle, besonders aber Franck verblüfft zurück.

# Kapitel 12

„Mann, du schaffst mich!", sagte David schwer atmend, als sie endlich ein freies Taxi ergattert hatten.

„Toll, ich bin noch nie Taxi gefahren", freute sich Regenbogen.

„Ich wollte, ich könnte das selbe von mir sagen", nuschelte der Taxifahrer vor sich hin.

„Wo fahren wir hin?", wollte Regenbogen aufgeregt wissen.

„Das wüsste ich auch gerne", quatschte der Taxifahrer unfreundlich dazwischen.

Einen Moment lang überlegte David, dann wandte er sich an seine Begleitung. „Bist du auch hungrig?"

„Nein, nicht so sehr, aber wenn du etwas essen willst, gehe ich gerne mit. Ich könnte ja was trinken", schlug sie vor.

Der Musiker nannte dem Fahrer eine Adresse und wandte sich dann wieder der Elfe zu. „Annabella, also …! Ich dachte mein Herz bleibt stehen, als du plötzlich weg warst!"

„Das ist schön", strahlte die Elfe.

„Was?", fragte David verwirrt.

„Ich meine, es ist schön, dass du dir meinetwegen Sorgen machst. Das hat schon lange keiner mehr gemacht", erwähnte sie schüchtern.

„Hmm", er blies dabei die Luft stoßartig durch die Nase aus. „Und dann tauchst du so", er deutete auf ihr Kleid, „wieder auf."

Sie blickte an sich herab. „Gefällt es dir nicht?", fragte sie, obwohl sie die Antwort ja schon kannte.

„Doch, sehr sogar", gestand er, „nur, wo hast du es her?"

„Elfenzauber", flüsterte sie ihm zu. „Ich habe keine Wohnung, so wie du. Deshalb ist es ganz praktisch, dass man viele Dinge mit Elfenzauber erledigen kann. Wenn du lieber ein anderes Kleid an mir sehen willst, ist das sofort zu machen", sah sie ihn mit großen Augen eifrig an.

„Nein, nein … Ich glaube das wäre jetzt wirklich unpassend", versuchte David die Begeisterung von Regenbogen zu dämmen. „Und deine Flügel, wo sind die?" erkundigte er sich leise.

Sie lächelte ihn spitzbübisch an: „Unsichtbar!"

„Unsichtbar?", wiederholte er das Wort.

„Ja hab ich dir doch schon gesagt, ich kann mich unsichtbar machen. Allerdings hab ich es noch nie nur für Teile meines Körpers ausprobiert", setzte sie noch nachdenklich dazu.

Vor einem großen Gebäude hielt das Taxi an. David zahlte, stieg aus und öffnete Regenbogen die Tür, die sich vergeblich damit abgemüht hatte. „Oh, so einfach geht das", entschlüpfte es ihr erstaunt.

Sie betraten ein großes Restaurant. Regenbogens Augen glänzten und sie schwebte fast vor Aufregung.

Ein gut gekleideter Mann begrüßte sie: „Hallo Mr. Jarretti. Einen Tisch für zwei Personen?", fragte er sachlich und konnte dabei die Augen kaum von der Elfe lassen. David bejahrte und damit wurden sie quer durch den Raum, zu einem kleinen Tisch geführt. Von einigen Gästen wurde David beim Vorbeigehen freundschaftlich begrüßt und Regenbogen dabei neugierig und bewundernd angesehen.

Der riesige Raum war ganz in Weiß gehalten. Die Stühle und Sitzgruppen hatte man mit rotem Samt überzogen. Unzählige Spiegel ließen den Raum noch größer und heller erscheinen. An einer Wand war ein riesiges Büffet aufgebaut, mit allerlei kalten und warmen Speisen. Regenbogen konnte gar nicht genug sehen.

„Ich bin das erste Mal in einem Restaurant, weißt du. So nahe wie heute, bin ich den Menschen noch nie gekommen. Du musst mir sagen, wenn ich etwas verkehrt mache!"

David sah sie lächelnd an: „Du machst alles wunderbar, glaub mir. Was möchtest du trinken?"

„Was schlägst du vor?"

„Vielleicht Wasser oder Orangensaft, oder … Weißwein, ich habe keine Ahnung was du so trinkst!"

„Weißwein kenne ich nicht", raunte sie David zu. „Ich nehme lieber normales Wasser, geht das?"

Er nickte kurz, richtete sich an den Kellner, der schon geduldig wartete und es anscheinend dabei auch noch genoss, Regenbogen ungeniert betrachten zu können.

„Ein stilles Wasser für die Lady und für mich ein Sprudelwasser, bitte." „Sehr gerne", lächelte er dabei Regenbogen an, „kommt sofort."

Als der Kellner wieder gegangen war, sagte David: „Ich habe keine Ahnung, was du, außer Obst, sonst noch so zu dir nimmst? Darum habe ich dieses Restaurant ausgesucht. Da drüben kannst du dir einfach nehmen, was du willst, und so viel du möchtest."

„Das ist ja toll", begeistert sprang sie auf und wollte schon los, als David sie am Handgelenk zurückhielt.

„Warte, wollen wir nicht gemeinsam gehen?"

„Ja, natürlich entschuldige bitte, David", verlegen sah sie auf seine Hand, die ihre festhielt.

Da wo er sie berührte, kribbelte ihre Haut angenehm. David stand auf und ließ ihr Handgelenk los. Dann legte er ihr seine Hand auf den Rücken, um sie mit sanftem Druck zu führen.

„Was isst du denn sonst noch so", flüsterte er nahe an ihrem Ohr. Sein Atem kitzelte sie angenehm am Hals.

„Ich esse fast alle Früchte von Pflanzen und zum Teil auch viele Pflanzen selbst. Weißt du, ich kann nicht wählerisch sein. In manchen Gegenden sind Pflanzen eher selten. Saftiges Obst, wie bei dir, habe ich nicht jeden Tag zur Verfügung."

Ein weiterer Kellner mit weißem Hemd und schwarzer Weste, stand bereits mit einem großen Teller, in der behandschuhten Hand, auf der anderen Seite des Büffets und fragte: „Was darf ich für sie auflegen, Miss?"

Die Elfe drehte sich zu David um, und strahlte ihn an. Der lächelte zurück und nickte ihr aufmunternd zu.

Regenbogen lächelte den Kellner an und zeigte auf den Teller mit klein geschnittenen Gurken: „Bitte davon."

Der Angestellte legte ihr eine Scheibe Gurke auf den riesigen Teller und wartete. Enttäuscht sah ihn Regenbogen an. „Kann ich nur Eine davon haben?"

„Nein, natürlich nicht", entschuldigte sich der Mann und wurde rot. „Ich lege auf, und sie sagen einfach „Stopp", schlug er vor.

David amüsierte sich köstlich. Er musste sich sehr bemühen, seine Haltung zu bewahren. Regenbogen legte also los. Als der Kellner, ihrer Meinung nach, eine angemessene Portion Gurken angehäuft hatte, sagte sie gebieterisch „Stopp."

Der Mann, mit den weißen Handschuhen hielt sofort in der Bewegung inne und wollte der Elfe den Teller reichen.

„Aber da ist doch noch Platz drauf!", protestierte sie.

„Oh, natürlich", der Bedienstete zog den Teller zurück und fragte verlegen: „Was darf ich noch reichen?"

Hinter Regenbogen gluckste David in seine vorgehaltene Hand. Regenbogen zeigte auf eine weitere Schüssel.

„Bitte vier Stücke von der Tomate und dann noch von dem Mais. Sagen wir Mal zwei Löffel. Nein lieber Drei. Ich wusste ja nicht, dass sie den Löffel nicht richtig voll machen", versuchte sie ihre Meinungsänderung zu erklären. Sie deutete weiter auf Oliven, Paprika, grüne Bohnen und scharfe Chilis.

„Soll ich die Chilis auf einen anderen Teller legen", schlug der Angestellte vor.

„Das ist eine ausgezeichnete Idee", lobte ihn Regenbogen.

„Reicht eine Chili, die sind wirklich sehr scharf", warnte er und winkte mit der Hand einen Kollegen herbei. Dem drückte er den ersten vollen Teller in die Hand. Der Kellner ging damit zum Tisch und stellte in dort ab. Regenbogen folgte ihm misstrauisch mit den Augen. Dann wandte sie sich wieder dem Kellner ihr gegenüber zu.

„Nein ich denke, dass ich bestimmt fünf davon schaffe."

Auch diesen Teller wollte ein Bediensteter davon tragen, als Regenbogen meinte, es hätten noch Radieschen darauf Platz. „Die haben ja schließlich auch eine gewisse Schärfe", belehrte sie den Kellner.

„Du entschuldigst mich kurz!", brachte David, mit roten Kopf nur mühsam heraus und schon war er nach draußen verschwunden.

Ein Lachanfall ließ sich einfach nicht mehr unterdrücken. Er lachte ungeniert laut, dass ihm die Tränen in die Augen stiegen. Als er meinte sich wieder im Griff zu haben, kehrte er ins Lokal zurück.

Am Empfang trat wieder der gut gekleidete Mann auf ihn zu und sprach ihn an. „Mr. Jarretti, ich habe mir erlaubt, ihnen einen größeren Tisch zugeben. Da haben sie es bestimmt bequemer."

David suchte mit den Augen den Raum ab. Sein Blick blieb an einem großen Tisch hängen mit ca. 20 großen beladenen Tellern darauf. Das war zu viel! David schaffte es nicht mal bis zur Tür, als der nächste Lachanfall ihn überkam.

„Und sie wollte nur etwas trinken", prustete er laut heraus.

Er musste Regenbogen stoppen, nahm er sich vor, - sobald es seine Gefühle zuließen. Er atmete ein paar Mal tief durch und ging zügig auf Regenbogen zu. Die drehte sich zu ihm um, als sie seine Hand auf ihrem Rücken spürte.

„Ach David, ich dachte du wolltest auch was essen, wo warst du denn so lange?", fragte sie unschuldig. „Beeil dich lieber, sonst esse ich dir alles weg", scherzte sie und stieß ihm dabei leicht den Ellbogen in die Seite.

„Ähm … Annabella, meinst du nicht es ist vorerst genug", versuchte er sie zu bremsen. Dabei zeigte er mit der Hand auf ihren Tisch, der mit überhäuften Tellern bedeckt war.

„Ja, vielleicht hast du Recht. Wollte ich das alles haben?", war die Elfe erstaunt.

„Sieht ganz so aus", beantwortete David grinsend ihre Frage.

David holte sich noch etwas Lachs und ein paar Scheiben Brot. Dann half er seiner Begleitung mit ihrer „großen Portion" fertig zu werden. Wobei das Mädchen erstaunlich viel davon selber verschlang. Beeindruckt sah nicht nur David, sondern auch ihr Kellner zu, als Regenbogen, ohne mit der Wimper zu zucken, eine Chili nach der anderen verspeiste.

Während des Zahlens ließ David ein Taxi bestellen, das dann schon vor dem Lokal auf sie wartete, um sie nach Hause zu bringen.

# Kapitel 13

Das Taxi hielt genau vor dem Eingang von Davids Wolkenkratzer. Diesmal sprang Regenbogen vor David aus dem Fahrzeug, sie wusste jetzt, wie sie es öffnen musste.

„Tja, da wären wir also", sagte David und wusste nicht weiter. Sollte er sich verabschieden oder sie nach oben bitten?

Regenbogen kam ihm zu Hilfe und fragte: „Können wir noch einen Sparziergang machen, es ist ein so schöner Abend?"

„Aber natürlich, wenn du gerne möchtest", war David erleichtert, noch nicht an Abschied denken zu müssen. „Ich glaube ein Verdauungsspaziergang tut uns jetzt beiden gut!"

Der Musiker hob die Geige hoch und sagte: „Kurzen Moment noch." Dann ging er auf die Glasschiebetüre zu und war verschwunden.

„In welche Richtung möchtest du?", wendete er sich der Elfe zu, als er ohne lästiges Gepäck, zurückkam.

„Beim Flug zu dir habe ich durch den Regen eine grüne Fläche mit vielen Bäumen ausmachen können."

„Ja, das ist der Central Park, der ist nicht weit von hier", bestätigte der Musiker und wandte sich in die Richtung zum Gehen.

Das Mädchen folgte ihm. Eine ganze Zeit gingen sie schweigend nebeneinander her. Bei anderen Frauen empfand er die Stille immer als unangenehm. Da zermarterte er sich immer, auf der Suche nach interessanten Gesprächsthemen, sein Hirn. Bei der Elfe war das ganz anders. Instinktiv wusste er, dass sie das Schweigen genoss. Darum konnte er nicht anders, als sich in ihrer Nähe einfach „pudelwohl" zu fühlen. Immer wieder sah er sie von der Seite kurz bewundernd an. Und nicht nur er, auch die Menschen die vorüber gingen, drehten sich nach ihr bewundernd um.

Regenbogen schien das alles gar nicht zu bemerken. Mit großen Augen versuchte sie die lebendige Großstadt einzufangen. Die unendlich vielen Menschen, die eiligst vorüber hasteten. Die Schaufenster, die immer wieder ein neues Bild boten und die bunt–grellen Leuchtreklamen, die von den Hauswänden blinkten.

Als die große Parkanlage vor ihnen auftauchte, fing Regenbogen an zu strahlen. „Es war ein wunderschöner Tag, David, ich danke dir, aber das …", sie zeigte auf die Grünanlage, „… habe ich schon die ganze Zeit vermisst: Bäume und grüne Wiesen!"

Seltsam, als sie ihm das mitteilte, konnte David ihre Gefühle, - nach einer schmerzlichen Entbehrung -, spüren. David wollte ihr gerade antworten, da sauste Regenbogen ohne Vorwarnung schon auf die Grünfläche zu. Im Laufen schleuderte sie ihre Schuhe von den Füßen. Sie warf den Kopf in den Nacken und breitete ihre Arme aus, so als wollte sie alles umschließen.

Für einen kurz Moment, ergriff David die Panik. „Oh Gott, sie wird doch nicht etwa ihre Flügel ausbreiten, vor all diesen Leuten?", murmelte er. Aber seine Sorgen waren unbegründet.

Stattdessen tanzte sie leichtfüßig auf der satt grünen Wiese. Sie drehte sich im Kreis, sprang in die Luft und kam auf einem Bein stehend wieder herunter. Nahm Anlauf, schlug mehrere Flickflacks hintereinander und legte dann eine endlos wirkende Pirouette hinterher. Es schien, als ob sie schwebte. Allein bei ihrem Anblick wurde David schwindlig, aber er empfand dabei genau so viel Freude wie sie.

Abermals nahm sie Anlauf, sprang in die Luft, und streckte beide Arme dabei in die Höhe, wie ein Kunstspringer. Ihr Körper beschrieb dabei einen großen Bogen. Kurz bevor sie das Gras mit den Händen berührte, zog sie den Kopf an die Brust und rollte mit einem perfekten „Purzelbaum" ins Gras.

Außer Atem blieb sie liegen. Ringsherum ertönte Applaus. Diese unbeschwerte akrobatische Leistung, hatte alle, die es gesehen hatten, fasziniert.

„Das ist New York! Nur hier kann man verrückte Sachen treiben und bekommt anschließend Applaus", murmelte David kopfschüttelnd vor sich hin.

Er schlenderte zu Regenbogen und setzte sich neben sie ins Gras. Sie öffnete ihre Augen und lächelte ihm zu. Sie war so natürlich, so wunderschön, wie sie da lag. Der Geiger war voller Bewunderung. Außer Atmen hob und senkte sich ihre Brust schnell. Ihre mandelförmigen blauen Augen und ihre zart-rosa Lippen mit den strahlenden perfekten Zähnen … David verspürte den starken Drang, sie zu küssen.

Doch bevor er auch nur eine Bewegung machen konnte, rollte sie von ihm weg und drehte sich auf den Bauch. Sie stützte sich auf ihre Ellbogen und rupfte ein paar Grashalme aus. Die langen Haare fielen, wie ein dichter Vorhang, seitlich an ihrem Gesicht vorbei. Das machte es David unmöglich, ihr Gesicht zu sehen und ihre Gefühle, die sich darin spiegelten.

„Es gibt einen kleinen See, hier im Park. Er ist nicht weit weg. Wenn du möchtest, könnten wir dort den Sonnenuntergang ansehen", schlug David unsicher vor.

Regenbogen hob ruckartig den Kopf und blickte David erwartungsvoll an. „Worauf warten wir dann noch?"

So schnell, dass David die Bewegung nicht einmal wahrnehmen konnte, war sie auf ihre Füße gesprungen. Sie lächelte auf ihn herab und zog, wie ein ungeduldiges Kind an seiner Hand.

Nicht ganz so schnell, rappelte er sich auf. Regenbogen zog ihn weiter. „Warte mal, wir müssen hier lang", erklärte David schmunzelnd, als er sich nicht bewegen ließ.

„Dann eben hier lang", sang sie fast und wechselte die Richtung.

„Warte, willst du denn nicht deine Schuhe mitnehmen?", wunderte er sich. Es gab anscheinend doch noch Frauen, die nicht „schuhbesessen" waren.

„Nein, ich brauche sie nicht, die werden sowieso nicht mehr da sein", gab sie zur Antwort, ließ seine Hand los und stapfte ohne ihn voran.

„Du erstaunst mich immer wieder", dachte David und folgte ihr zögernd.

„Das freut mich. Wenn man staunen kann, ist man nie gelangweilt", erwiderte Regenbogen, als David wieder neben ihr ging.

Lächelnd schüttelte er den Kopf über ihre Antwort. Um sie zu führen, legte er sanft eine Hand auf ihren Rücken. Da ihr Kleid rückenfrei war, spürte sie seine Hand angenehm warm auf ihrer Haut. Er lenkte sie mit leichtem Druck um einen Hügel. Dahinter lag, in einer weiten Senke, ein kleiner stiller See. Vereinzelte Bäume und Sträucher säumten an manchen Stellen das Ufer. Die Abendsonne hatte die Wasseroberfläche orange-rot gefärbt.

„Es ist wunderschön hier", hauchte die Elfe verzückt und verlor sich für einen Moment in diesen Anblick. „Wollen wir hinlaufen", fragte sie und ihre Augen funkelten vor Aufregung.

„Soll ich dich gewinnen lassen", antwortete er und legte dabei den Kopf schief.

Als ob das der Startschuss war, lief Regenbogen los. Ihr Sommerkleid bauschte sich vor ihrem Körper auf. Über so viel kindlichen Übermut musste David einfach lachen. Er lief los und versuchte sie einzuholen. Fast hatte er sie erreicht, da blieb er abrupt stehen. Während des Laufens hatte sich die Elfe in ein anderes „Outfit" begeben. Von einem Augenblinzeln zum Nächsten war ihr Sommerkleid verschwunden. An dessen Stelle trug sie jetzt ein weißes, rückenfreies Top, dass ihr nur bis zur Taille reichte und im Nacken mit einem Knopf verschlossen war. Ihre langen Beine steckten bis zu den Knien in einer hellbraunen Capri-Hose.

Als David aus dem Staunen erwachte, rief Regenbogen schon: „Wo bleibst du denn? Bist du etwa schon müde?"

„Hmm", schnaubte er verächtlich aus und lief langsam auf sie zu.

„Mieser Trick", sprach er Regenbogen an, als er kurze Zeit später neben ihr zum Stehen kam. „Ganz mieser Trick - einer Elfe unwürdig, würde ich sagen!", ergänzte er trocken.

Regenbogen lachte ihr glockenheller Lachen. Anschließend drehte sie sich einmal im Kreis und küsste urplötzlich David zart auf die Wange.

Mit gespielter Entrüstung sagte er: „Auch noch Bestechung, das kann ich auf keinen Fall durchgehen lassen."

„Komm, zieh deine Schuhe aus, du schlechter Verlierer!", lachte sie hell und erfrischend. Und ehe er sich versah, kniete sie schon vor ihm im Gras und löste die Schleifen seiner Turnschuhe. David taumelte und fiel ins feuchte Ufergras, als Regenbogen versuchte ihm den rechten Schuh abzustreifen. Wieder lachte sie unbeschwert und herzlich. David lachte mit ihr und entledigte sich auch seiner Socken.

„Es war so leicht, mit ihr zusammen zu sein. Viel leichter als atmen!", schloss es dem Geiger durch den Kopf. Das Wasser kühlte angenehm Davids Füße, als er sich zu dem Mädchen knöcheltief ins Wasser stellte.

„Ich glaube, das habe ich zuletzt mit 12 Jahren gemacht", gestand er der Elfe.

„Ich wusste, dass du dringend Hilfe brauchst", erwiderte sie und ließ den Satz so stehen.

Kurz planschten sie, dann setzten sie sich ins Gras und beobachteten schweigend den Sonnenuntergang.

„David ich bekomme Kopfschmerzen", beklagte sie sich plötzlich. „Bitte frag mich doch einfach, ich weiß sonst nicht, welche Frage ich zuerst beantworten soll!"

David fühlte sich wie ein Schuljunge, der beim Schule Schwänzen ertappt wurde. Er räusperte sich: „Gibt es da jemand in Kanada, der auf dich wartet?"

Sie wusste, worauf er hinaus wollte, dennoch antwortete sie: „Nein, ich lebe schon seit ca. 50 Jahren nicht mehr bei meiner Familie."

„50 Jahre … um Himmels Willen, wie alt bist du denn?", platzte er erschrocken heraus.

„Genau weiß ich das auch nicht - ist ja auch nicht wichtig … Ich glaube so 150 Jahre, vielleicht", setzte sie nachdenklich hinzu.

„Wie alt werden Elfen denn so?", leichte Panik lag in seiner Stimme.

Sie antwortete sehr ernst: „Eine Elfe ist unsterblich. Nachdem ich also erst rund 150 Jahre alt bin, hast du es so gesehen, mit einem - wie ihr sagt „Teenager" zu tun."

„Das würde ihr ausgelassenes, unberechenbares Wesen erklären", überlegte er.

„Das hab ich gehört", warnte sie ihn und ließ sich mit ihrer Schulter leicht gegen seinen Arm fallen, um ihn an zu stupsen.

„Eine weibliche Elfe bekommt in ihrem Leben nur ein einziges Kind, weißt du. Deshalb gibt es so wenige von uns. Leichter wird das Ganze auch nicht gerade, wenn über mehrere Jahrhunderte z. B. nur weibliche Elfen geboren werden."

„Dann, ... ähm ... braucht eine weibliche Elfe auch ... ähm ... eine männliche um Nachwuchs zu bekommen?", interessierte er sich beiläufig und schrieb mit einen Stöckchen Musiknoten in die Erde.

Regenbogen kicherte schon während Davids Fragestellung, der es vermied, sie direkt anzusehen. „Türlich, genau wie fast überall in der Natur", antwortete sie verlegen.

Die Sonne war längst verschwunden. Die Dämmerung hatte alles in unterschiedliche Grautöne getaucht. Regenbogen sah sich um, sie waren allein. Alle Pärchen und Badenden waren schon verschwunden. Da hatte Regenbogen einen Einfall.

„Hey, hast du Lust, dir die Farben meiner Flügel anzusehen?"

David sah sie überrascht an.

„Im Dämmerlicht kommen die Farben ganz gut zur Geltung", erklärte sie. „In der Sonne kann ein Mensch nicht so gut hinsehen, er wäre nur geblendet, Flügelstaub oder Glitter, wenn du so willst."

Auch David sah sich erst genau um, dann antwortete er: „Gut, dann zeig mal her."

Begeistert sprang Regenbogen auf und ging ein paar Meter zurück, um etwas Abstand zu David zu haben. Dann schüttelte sie ihre Haar kurz nach hinten, um es gleich, mit beiden Händen zusammen zu fassen. Sie legte ihr Haar über die rechte Schulter nach vorne. Dabei spürte sie den bewundernden Blick von David auf ihr ruhen.

Ein Windstoß traf David erfrischend im Gesicht und die Luft um ihn herum vibrierte leicht. Er sah Regenbogen genauer an. Sie hatte ihre Flügel ausgebreitet. Diese waren hinter ihrem Rücken nur schemenhaft zu erkennen.

„Bist du bereit?", fragte sie, um die Spannung aufzubauen.

„Leg einfach los", nickte David ihr zu.

Langsam drehte sie sich um, und ließ ihre Flügel in einem satten Gelb erstrahlen, das trotz Dämmerung funkelte und glitzerte. Zarte Streifen von giftigem Grün durchzogen die Flügel wie Adern.

„Wow!", entfuhr es David bewundernd.

„Gefällt es dir?", fragte Regenbogen völlig überflüssig.

Und schon änderte sich die Farbe der „Adern". Sie waren jetzt knallorange. Auch die Flügelenden gingen von Gelb ins kräftige Orange über.

„Ich wusste nicht, dass du die Farben ändern kannst", war David überrascht.

„Es kommt noch mehr", versprach sie und drehte sich dabei langsam im Kreis.

Jedes Mal, wenn sie David ihre Flügel wieder zudrehte, hatten sie eine andere Farbe. Einmal waren sie mittelblau mit pink-rosa-farbigen Adern. Oder sie strahlten weiß glänzend in ihrer Mitte, um zum Rand hin von einem zarten Hellblau, zum immer dunkler werdenden Blau zu verschwimmen. Es erinnerte David an eine Blüte. David kam sich vor, wie bei einer Modenschau. Nur, dass er hier viel mehr Spaß hatte.

„Eigentlich hätte ich erwartet, sie in den Farben eines Regenbogens zu sehen, so wie du heißt", erwähnte er beiläufig.

„Ja, das werden sie auch", bejahrte sie und schaute dabei in die Ferne. „Aber nur wenn ich vollkommen glücklich bin. Das habe ich aber bis jetzt noch nie geschafft", flüsterte sie entschuldigend.

Plötzlich hörten sie laute Rufe, in der Nähe.

„Wer ist hier so blöd und macht ein Lagerfeuer!", rief eine raue Männerstimme.

„Das ist kein Lagerfeuer, sondern ein Feuerwerk! Hast du die Farben den nicht gesehen", entgegnete eine andere männliche Stimme laut und außer Atem.

„Ich glaube, die meinen uns", flüsterte David halbherzig belustigt.

„Wer auch immer hier Feuer macht", ergänzte die raue Männerstimme rufend, „wir sind die Parkstreife und bewaffnet. Ich würde euch Idioten raten, legt euch schon Mal flach auf den Boden."

„Wir müssen weg, sonst bekommen wir unnötig Ärger", hauchte David Regenbogen zu.

Kaum hatte er das gesagt, waren auch schon mehrere Taschenlampen suchend auf das Gelände gerichtet. Regenbogen sah sich kurz um, dann flüsterte sie eindringlich: „David, komm, vertrau mir." Sie nahm seine Hand und zog ihn etwas abseits des Sees einem kleinen Spielplatz entgegen.

„Regenbogen, wir müssen weiter weg, das wird nicht reichen", versuchte er es, wie einem kleinem Kind zu erklären: „Die - sind - bewaffnet!"

„Ich weiß, was du sagen willst, David", flüsterte sie leise und nahm dabei sein Gesicht in ihre Hände. Sie sah ihm eindringlich in die Augen. Ohne ein Wort gehört zu haben, brannte plötzlich ihre Stimme in seinem Gedächtnis.

„Bitte vertraue mir einfach. Schau mir nur tief in die Augen und vertraue mir, … bitte!" Mit beiden Händen nahm Regenbogen Davids Hände fest in ihre.

„Bitte, schließ die Augen und denk an nichts", hauchte sie David ins Ohr.

Auch wenn er bei dieser Aktion am liebsten laut gesungen hätte, so angenehm verspürte er ihre Nähe. Wie sollte er an nichts denken können, da sie ihm doch so nahe war und noch dazu seine Hände hielt?

„Na gut, dann denk halt an mich", wieder brannten die Worte in seinen Kopf.

David blinzelte, um einen kurzen Blick auf Regenbogen zu erhaschen, aber sie war nicht da! Trotzdem spürte er seine Hände in ihren.

„Du sollst die Augen schließen, verflixt", stachen diese Worte in einem Teil seines Gehirns.

Schnell folgte er ihren Anweisungen. Plötzlich wurden sie vom Lichtkegel eines Scheinwerfers erfasst. „Aus die Maus", dachte David und wartete auf die Schüsse, die folgen mussten. Aber wenn er schon sterben musste, war es schön zu wissen, dass sie bei ihm war.

Sanft strich er mit dem Daumen über ihren Handrücken. Ihre Haut war glatt, weich wie Samt, aber etwas kühler als seine. Der Lichtstrahl der Taschenlampe leuchtete kurz weg und kam dann wieder näher auf sie zu. Jetzt hörte er die Männerstimme direkt an seinem Ohr.

„Sie sind weg, wahrscheinlich getürmt. Ich sehe auch keine Feuerstelle, … nirgends."

„Ich hab dir doch gesagt, es ist ein Feuerwerk", behauptete der andere Parkwächter stur.

Nochmals wurde David von der Taschenlampe angeleuchtet, ohne dass etwas passierte. Dann hörte er wie sich die Schritte entfernten. Noch eine ganze Weile blieben sie reglos stehen; mit geschlossenen Augen und Hände haltend. David streichelte immer noch mit dem Daumen über Regenbogens Handrücken und lächelte dabei. Langsam öffnete er seine Augen. Sie war nicht da.

„Ich bin doch nicht verrückt, ich spüre sie doch", murmelte er vor sich hin.

Da hörte er ihr Gekicher.

„Regenbogen, würdest du dich bitte zeigen?", bettelte er.

„Erst wenn du dich zeigst", lachte sie schelmisch.

„Bin ich etwa auch unsichtbar?", fragte er ungläubig, obwohl er die Antwort schon wusste.

Als er wieder in ihre Augen blicken konnte, durchströmte ihn ein noch nie gekanntes Glücksgefühl. „Wie hast du das gemacht?", wollte er wissen.

„Weiß auch nicht genau", gab sie zur Antwort und überlegte kurz. „Ich kann alles, was ich berühre, unsichtbar machen. Lebewesen…", dabei sah sie ihm tief in die Augen, „müssen sich auf mich „einlassen", sonst funktioniert es nicht - oder nicht so gut." Jetzt lachte sie und fügte hinzu: „Voraussetzung ist allerdings, dass ich mich vorher richtig satt gegessen habe!"

„Daran soll`s nicht fehlen", stimmte er in ihr Lachen mit ein.

Sachte entzog sie ihm ihre Hände und senkte verlegen den Blick. David aber sah sie fest an.

„Schade dass ich dich nicht schon vor 20 Jahren gekannt habe. Wir hätten eine Menge Jugendstreiche aushecken können und hätten dabei bestimmt jede Menge Spaß gehabt."

Jetzt schaute sie auf und blickte ihm dabei sehr ernst in die Augen. „Spaß können wir doch immer noch haben, oder? So viel du willst, und … an jedem Tag."

# Kapitel 14

Es war schon längst dunkel, als sie zusammen Davids Wohnung betraten.

„Ich freue mich, dass du heute Nacht wieder bei mir bleiben willst."

„Kein Problem, ich habe derzeit keine anderweitigen Verpflichtungen", entgegnete sie neckend.

„Bist du hungrig?", fragte er, und guckte in den geöffneten Kühlschrank.

„Nein, es sei denn, ich muss uns wieder vor dem Erschießen bewahren", erwiderte sie und zwinkerte ihm dabei mit einem Auge zu.

Der Kühlschrank war erschreckend leer. Ein einziger Schokoriegel grinste ihn verlockend an. Das „Reste-Essen" von Sue war noch da. Der Gedanke daran, ließ ihm das Wasser im Mund zusammen laufen. Er packte den Inhalt der Plastikdose auf einen Teller und stellte ihn in die Mikrowelle. „1 - 2 Minuten", hatte Sue eindringlich gesagt. Während dieser Zeit verbreitete das Essen schon einen schmackhaften Duft. Unterdessen füllte er ein Glas mit Leitungswasser. Er selber nahm sich ein kaltes Sprudelwasser aus dem Kühlschrank und brachte beides ins Wohnzimmer.

„Danke", sagte Regenbogen beiläufig und hatte sich schon mal auf dem Sofa breit gemacht.

„Macht es dir was aus, wenn ich aus der Flasche trinke?", fragte David unsicher.

Regenbogen verdrehte die Augen: „Ihr Menschen, ihr seid so kompliziert, kein Wunder, dass es euch noch nicht so lange auf Erden gibt." „Und die Tage des Menschendasein gezählt sind", wollte sie ihm lieber nicht sagen, zumindest heute nicht.

David holte den Teller aus der Mikrowelle, die durch ein aufdringliches Klingeln aufmerksam machen wollte, dass das Essen nun warm war. Er setzte sich zu Regenbogen an den Wohnzimmertisch und zwar wie es sich anscheinend gehörte, wenn man mit Elfen zusammen sitzt, im rechten Winkel zueinander. Während David sich den ersten Bissen in den Mund schob, nahm sich Regenbogen die letzte Aprikose aus dem Obstteller und verspeisten diese aus Langeweile. Sie hatte gerade ihr Glas Wasser leer getrunken, als es heftig an der Tür klingelte.

„Bitte geh jetzt nicht weg", flehte David die Elfe eindringlich an.

„Kommt drauf an, wer es ist", lächelte sie ihm entschuldigend zu.

David hatte die Haustüre noch nicht richtig geöffnet, als eine der „sieben ägyptischen Plagen" den Wohnzimmertisch erreichte. Pandora fegte über David hinweg ins Wohnzimmer.

„Hallo Darling, wo warst du denn den ganzen Abend? Ich habe ständig versucht, dich zu erreichen, aber dein Handy… Dann hab ich versucht, Franck anzurufen", sie schüttelte den Kopf. „Als ob sich alle gegen mich verschworen hätten", plapperte sie in einem fort und ließ sich dabei schwer in die Sofakissen fallen.

Panisch folgte David ihr und sah sich nach allen Richtungen um. Die Elfe war wieder einmal verschwunden. „Hoffentlich nicht so weit weg", dachte er.

„Oh mein Gott, David, was riecht den hier so wunderbar? Hast du das etwa selbst gekocht? Ich wusste nicht, dass du kochen kannst. Kann ich mal kosten?" fragte sie, wartete aber nicht auf Antwort. Ohne dass David die Change bekam, zu protestieren, hatte sie schon die dritte Gabel verspeist.

David atmete laut hörbar aus, drehte den Kopf zum Fenster und fragte: „Was willst du, Pandora?" Die vierte Gabel wurde gerade von ihr verdrückt. Da hielt sie kurz in der Bewegung inne. Hörte sie etwa einen unhöflichen Ton aus Davids Stimme heraus?

„Ich meine, es ist schon spät, also komm doch bitte zur Sache", versuchte David seine Unhöflichkeit zu überspielen.

„An dem Wochenende, an dem du in San Francisco das Open Air hast", sprach sie und mampfte dabei mit vollem Mund weiter, „konnte ich noch einen Termin dazwischen schieben", informierte sie David und hoffte auf eine positive Reaktion.

„Was denn noch für einen Termin?" Er musste sich mäßigen, um ihr gegenüber höflich zu bleiben.

„Also Liebling", begann Pandora langsam, „Ihr habt ein Open Air am Freitag- und Samstagabend. Samstagmittag und Sonntagmittag konnte ich noch eine Matinee organisieren - in der kleinen Konzerthalle. Dazu brauchst du nur deine Jungs und vielleicht ein paar Leute aus dem Orchester. Ein paar Leute zur Begleitung, das reichen also völlig aus", erklärte sie abschließend und kratzte dabei den Teller leer.

Ein paar Minuten lang, sah David Pandora schweigend an, dann antwortete er: „Und wann, glaubst du, schlafe ich?"

„Oh Schatz, stell dich nicht so an, du bist kein Säugling mehr. Also dürften dir sechs Stunden Schlaf bestimmt ausreichen!"

„Und was ist mit meiner Begleitung? Ich glaube nicht, dass sich mehr als drei bereit erklären, so etwas mitzumachen. ... Ich würde es auch nicht tun", fügte David leise murmeln hinzu.

„Hallo, ... hallo David, lass einfach deinen Charme spielen, ok! Dann kann sowieso keiner wiederstehen", erklärte sie leicht genervt.

Wut kochte in dem Musiker hoch. Er hatte Mühe sich zu kontrollieren. „Pandora, auch wenn es für dich den Anschein hat, als stellt man sich mal kurz hin und fiedelt sich einen runter, so ist es doch harte Arbeit! Auch geübte Musiker sollten doch die Stücke, die sie spielen wollen, gelegentlich gemeinsam üben."

Mit jedem Wort wurde David etwas lauter. „Also wäre es „nett", wenn du in Zukunft unsere Termine nicht so kurzfristig einplanen würdest."

„Gut, einverstanden, hab`s kapiert", gab seine Managerin klein bei. „Soll ich da jetzt absagen, oder was?", versuchte sie David doch noch weich zu kochen.

„Hmm", stöhnte er. „Nein, noch nicht."

David fuhr sich mit beiden Händen erst übers Gesicht, dann in die langen Haare, ehe er antwortete: „Ich werde erst mit Franck und den Jungs reden, sowie mit einigen Leuten aus dem Orchester, bevor ich dir Bescheid sage."

„Aber bitte nicht zu lange warten, Dav., falls ich schließlich doch noch absagen muss, ja?!", kamen ihre Worte zuckersüß hervor.

„Oh, die Trauben haben auch schon bessere Tage gesehen", wechselte sie auf ein anderes Thema über. Sie beugte sich vor und nahm sich einen Bund „als Nachtisch".

Ein Schmetterling flog, scheinbar aufgeschreckt, nach oben und - auf Pandora zu. Oh nein, David hätte es wissen müssen. Aber bevor er oder Pandora sich bewegen konnten, nahm der Schmetterling schon Kurs auf Pandoras Nase. Er holte weit aus und schlug Pandora, so kräftig wie er konnte, darauf.

„Was ist das den für ein aggressives Lebewesen? Ich glaube es hat mich gestochen", kreischte sie und schlug wild um sich.

„Das ist ein Schmetterling, Pandora, der kann nicht stechen."

David fand die Aktion eher belustigend, auch wenn er sich Sorgen um Regenbogen machte. Regenbogen flatterte kreuz und quer um Pandoras Kopf herum und schlug sie mal ins Gesicht, mal zog sie sie an den Haaren, oder an den Ohren.

Pandora sprang auf und schrie hysterisch: „Aua, David, hast du keine Fliegenklatsche?"

„Nein, hab ich nicht, würdest du dich bitte beruhigen, sonst verletzt du Regenb... ähm ... das Tier noch."

„Der Mistkäfer verletzt mich, siehst du das den nicht, David?"

Eigentlich hätte der Musiker das voraus sehen müssen, nachdem Pandora sich die Trauben genommen hatte. Seine Managerin hatte sich jetzt die Notenblätter von „Mozarts kleiner Nachtmusik" geschnappt. Ohne großes Federlesen rollte sie das Notenblatt zusammen und schlug damit gezielt nach dem Schmetterling.

„Gut das Regenbogen so flink ist", dachte David erleichtert. Dennoch stürzte er auf Pandora zu und entwand ihr die zusammengerollten Noten.

„Es reicht jetzt", sprach David ein lautes Machtwort.

„Das musst du dem Vieh sagen, nicht mir", atmete Pandora schwer.

„Ich sag das ja dem Vieh, ... ich meine den Schmetterling", konterte David.

Anscheinend reichten dem Schmetterling seine Attacken auch, denn er schraubte sich in einer großen Spirale nach oben und flog, hoch über ihren Köpfen ziellos umher, bis David ihn aus den Augen verlor. David atmete erleichtert aus und sah Pandora entschuldigend an. Bei ihren Anblick aber konnte er sich ein grinsen kaum verkneifen. Sie hatte im ganzen Gesicht kleine rote Flecken, die aber harmlos wirkten. Ihre Haare waren zerzaust. Seine Managerin machte den Eindruck, als ob sie gerade aus dem Bett gestiegen sei.

Dass ein „Mann" über sie lachte, war zu viel für sie. Wütend sah sie ihn an, ging ohne ein Wort, zur Wohnungstür, öffnete sie und ließ sie mit einem lauten Knall hinter sich wieder ins Schloss fallen.

David stand einige Minuten lang da und starrte ihr nach. Er ließ das Ereignis gerade Revue passieren. Dann musste er lachen. Erst leise vor sich hin, dann immer heftiger, bis es ihm die Tränen in die Augen trieb. Auf einmal stand Regenbogen, wieder in menschlicher Gestalt, hinter ihm.

„Wenn ich gewusst hätte, dass es dir solchen Spaß bereitet, hätte ich noch weiter gemacht!", erfreute sie sich.

„Wenn ich gewusst hätte, dass du nicht in Gefahr bist, wäre ich nicht dazwischen gegangen", überlegte sich David und warf dabei der Elfe einen nachdenklichen Blick zu.

Seine Gedanken erfreuten sie anscheinend, denn sie drehte eine lange Pirouette im Wohnzimmer.

„Es ist schon spät, ich schlage vor, wir gehen zu Bett", gähnte David.

„Kann ich vielleicht noch unter deinen Wasserfall", bat ihn das Mädchen.

„Unter meinen was?", stand David voll auf dem Schlauch.

„Du hast doch dort im Bad einen kleinen Wasserfall. Unter dem bist du heute Morgen gestanden", versuchte Regenbogen David auf die Sprünge zu helfen.

„Ach so, du meinst die Dusche", grinste er. „Ja natürlich kannst du duschen."

„Fein, du musst mir nur zeigen, wie du das Wasser aus der Wand zauberst", freute sie sich.

Ihre naive, kindliche Art fand er immer wieder sehr erfrischend.

„Ach ja, ehe ich es vergesse! Ich weiß ja nicht, wo du heute, und in welcher Gestalt, du schlafen willst, aber es wäre nett, wenn du das nicht ausgerechnet auf meinen frischen Duschtüchern tun würdest", bat David die Elfe. „Ich hatte nichts zum Abtrocknen heute Morgen und aufwecken wollte ich dich auch nicht", endete David endlich mit seiner langen Ausführung.

Er nahm einen kräftigen Schluck aus der Wasserflasche, als Regenbogen antwortete: „Hättest nur was sagen müssen, ich war ja sowieso schon wach und hab dir beim Waschen zugesehen."

David verschluckte sich am Wasser, als er das hörte. Es ließ sich einfach nicht mehr schlucken. Wie eine Fontäne spritzte das Wasser aus seinem Mund. Regenbogen hüpfte gerade noch rechtzeitig zur Seite. David musste fürchterlich husten. Es dauerte einige Zeit, bevor er wieder normal atmen konnte.

Vorwurfsvoll sah er Regenbogen an. „Warum hast du denn nicht gesagt, dass du wach bist?"

„Ich wollte dich nicht stören", sagte sie achselzuckend.

„Und als ich dich auf den Tüchern weggetragen habe?"

„Mann, das war schön. Ich habe mich gefühlt, als würde ich schweben", erklärte sie begeistert. „Ich weiß wirklich nicht, warum du dich so aufregst", fragte sie unschuldig.

„Weil ich nackt war, und es mir peinlich ist vor einer „Fremden", so rum zu hüpfen!" versucht David seinen Standpunkt klar zu machen.

„Das ist doch kein Grund sich so aufzuregen. Und peinlich muss dir das auch nicht sein, so wie du gebaut bist!", beruhigte sie ihn. „Ich jedenfalls, habe dich gerne so angesehen", fügte sie noch kleinlaut hinzu.

„Naja, ist jetzt eh schon egal", maulte er und wischte mit einem Tuch seine verursachte Sauerei weg. Dann atmete er tief ein und guckte Regenbogen milde an.

„Entschuldige, du hast Recht, es ist wirklich kein Grund, sich aufzuregen. Komm, ich zeige dir, wie die Dusche funktioniert und dann lass uns schlafen gehen, ja?"

# Kapitel 15

Der Wecker klingelte am Samstag um 8 Uhr morgens. Normalerweise hätte David sich noch mal im Bett umgedreht, aber heute trieb es ihn geradezu aus dem Bett. Er schlich ins Bad und absolvierte seine „Jogging – Toilette." Anschließend ging er auf leisen Sohlen ins Wohnzimmer, um nach seinem neuen Untermieter zu schauen. Nach kurzem Suchen hatte er sie gefunden. Sie lag, klein wie ein Schmetterling auf einem Kissen am Fensterbrett. Ob sie noch schlief? Die Erfahrung hatte ihn gelehrt, bei Elfen nie nach dem äußeren Schein zu urteilen.

„Regenbogen", flüsterte er liebevoll, „ich gehe joggen. In ca. 1 Stunde bin ich wieder da, ok?"

„Ja, ist in Ordnung", war die Elfe kaum zu verstehen. Sie gähnte und drehte sich um.

Als David in die Eingangshalle ankam, begrüßte ihn Sam breit grinsend: „Hey David, du gehst joggen? Hat dich die Nacht mit der schönen Blonden nicht ausgelastet?"

„Hallo Sam, wer morgens so fit ist wie du, hatte bestimmt eine ruhige und einsame Nacht, oder?", zahlte David mit gleicher Münze zurück.

„Ha, ha, ha", lachte Sam, „es kann nicht jeden Tag einen Braten geben."

„Ach Sam, bevor ich es vergesse, ich muss heute nach Boston und brauche einen zuverlässigen Fahrer …"

Bevor er den Satz beenden konnte, fiel ihn Sam schon ins Wort. „Miss Pandora hat uns schon eine Adresse gegeben und einen Wagen für dich reservieren lassen. Sie hat nur nicht gesagt, ob du dort übernachtest oder wieder heimfährst?"

„Ist das ein Problem für den Fahrer, Sam, wenn ich anschließend lieber nach Hause fahre?", erkundigte sich David besorgt.

„Nein, natürlich nicht Bruder, dafür ist er da", beteuerte Sam und nickte dazu.

David bedankte sich, und steuerte seine gewohnte Strecke in den Central Park an. Auf dem Heimweg kaufte er an einem Obststand einen Pfirsich und ein paar Aprikosen für Regenbogen ein.

Leider traf er in der Eingangshalle wieder mit Sam, den Sicherheitsbeauftragten zusammen. Heute wünschte er sich zum ersten Mal, dass das verflixte Haus einen Hintereingang hätte.

„Joj, Mann, man merkt, dass du noch keine Erfahrung mit Frauen hast. Sonst hättest du Brötchen gekauft, statt Obst", drängte Sam David seine Weisheiten auf.

„Sei mir nicht böse, Sam, aber du hast keine Ahnung von „schönen Frauen." Die essen nämlich lieber Obst zum Frühstück, statt Brötchen."

Mit dieser Retourkutsche stieg David in den Fahrstuhl und fuhr nach oben. Er öffnete nichtsahnend die Tür und fiel beinahe über einen Staubsauger. Sue kam auf ihn zu und hatte einen Putzlappen in der einen, und eine Sprühflasche in der anderen Hand.

„Molgen David, ich haben Kaffee fül dich gemacht."

„Sue was machst du denn hier?", war David überrascht sie zu sehen.

Sie zog die Stirn in Falten und antwortete: „Ich kommen putzen, Montag, Mittwoch und Samstag. Hast du das velgessen?"

„Nein, äh … heute ist Samstag, stimmt`s?", forschte er in seinen grauen Zellen nach.

Sue schüttelte verständnislos den Kopf und ging mit ihrer Sprühflasche wieder ins Bad. David schüttelte im Flur seine Schuhe ab und steuerte direkt die Küche an. Er legte die Tüte mit dem Obst auf die Küchenzeile und öffnete den Kühlschrank.

Ah, Sue war einfach die Beste. Sie hatte den trostlos wirkenden Kühlschrank „wiederbelebt". Von Fleischpasteten bis Joghurt, von Milch bis Weißwein, war alles vorhanden, was ein Junggesellen-Herz begehrte. Sogar eine Flasche „Schampus" hatte Sue nicht vergessen.

„Sue, du bist mein Lebensretter", schmeichelte er der Haushälterin und nahm sich schon Mal einen Joghurt und einen Schokoriegel, um seine Joggingleistung zu belohnen. Anscheinend war Sue im Badezimmer fertig, denn sie kam voll bewaffnet mit Putzmitteln in die Küche. Sie blickte auf David, der auf dem Küchentisch saß, und abwechselnd mal Joghurt, mal Schokoriegel in den Mund stopfte.

„Das ist nicht gutes Essen für Mann", behauptete sie und es steckte bestimmt jahrelange Erfahrung dahinter. „Ich machen dil Lühleiel mit Speck und Toast. Du kannst gehen zuelst duschen", kommandierte sie.

Bei so viel Autorität, fand David es besser, wenn man sich beugte. Also ging er duschen. Erst warm, dann ließ er das Wasser kalt über seinen Körper laufen.

Warum dachte er ausgerechnet jetzt an Regenbogen? „Die Dusche glich einem Wasserfall", erinnerte er sich.

Großer Gott, wo war Regenbogen! Hoffentlich war sie nicht einer Sprühflasche mit giftigen Putzmitteln zum Opfer gefallen; oder wurde von Sue mit dem Staubsauger eingesaugt. Konnte ein so kleines Tier eine scheinbar endlos lange Reise im Sog eines Plastikschlauchs überleben? …um dann aber inmitten flauschiger Staubflocken zu ersticken …?

Bei diesen Gedanken wurde ihm übel. Schnell stellte er das Wasser ab und sprang aus der Dusche, nicht ohne eine ordentliche Pfütze zu hinterlassen. Abtrocknen dauerte zu lange. Also schlang er sich ein Duschtuch nur um die Hüfte und ging mit nassen, strubbeligen Haaren und feuchter Haut ins Wohnzimmer auf das Fenster zu. Beim Anblick des leeren Fensterbretts, nicht einmal das kleine Sofakissen lag noch da, bleib ihm beinahe das Herz stehen.

„David was machen du? Hiel nicht alles nass machen", schimpfte die Haushälterin und brachte David Badeschlappen. „Schon wiedel keine Badetüchel mehl da?", fragte sie ironisch.

Erst als David nicht reagierte, sah sie in sein Gesicht und erschrak. Er war kreidebleich geworden und starr vor Schreck.

„David, was ist passielt?" Beunruhigt tätschelte Sue seine Wange.

„Sue, da lag doch ein Kissen am Fenster, wo …", begann er langsam, da erwiderte ihm Sue schon.

„Ah ja, wal Kissen hiel gelegen, mit Insekt dalauf! Habe ich Fenstel auf machen und laus gelassen."

„Du hast was?"", entrüstete sich David.

„Insekt gehölt in Natul, sonst tot"", verteidigte sich die Chinesin.

„Aber nicht dieses Insekt, das war ein Schmetterling"", erklärte David fast verzweifelt.

„Oh David, ich wissen wie sehl du wünschen ein Haustiel, aber Schmetteling seien kein Haustiel, du mil glauben"", belehrte ihn Sue mütterlich.

„Aber dieser Schmetterling schon, das war ein … ein … ein „In–door–Schmetterling"", rief er trotzig. „Und DU hast ihn wahrscheinlich jetzt getötet! Du hast ihn aus dem Fenster geschmissen, 20 Stockwerke tief! Das überlebt „Keiner"", - nicht einmal ein Schmetterling"", fügte er anklagend hinzu.

Sue sah David an, als hätte er „nicht alle Tassen im Schrank"".

„Ich weiß ja nicht, was du hast gelelnt in Schule, abel es wal nicht sehl viel. Sonst du wissen, dass Schmetteling kann fliegen"", warf sie ihrem Chef an den Kopf und lies ihn am Fenster allein zurück.

David machte sich Vorwürfe. Wie konnte er nur die kleine Elfe vergessen, wo sie doch seit ein paar Tagen seine ständige Begleitung war. Und Sue, wieso hatte er vergessen, dass sie Samstag immer gründlich putzen wollte. War er so egoistisch, dass er nur immer an sich dachte? Vielleicht hatte Sue Recht und sie war einfach nach Hause geflogen. Bei diesen Gedanken drückte das Gefühl der Einsamkeit auf seine Brust, so sehr, dass er fast nicht mehr atmen konnte.

Sue riss ihn aus seinem Grübeln: „David, komm anziehen, das Flühstück ist feltig.""

„Ja, ja, gleich."" Er schlürfte ins Schlafzimmer und zog sich irgendetwas an, es war ihm egal. Dann ging er in die Küche und setzte sich an den Tisch. Sue ließ Rührei und ein paar Scheiben Speck auf seinen Teller gleiten. Dazu stellte sie ihm Butter, Toast und ein Glas Orangensaft. Dann setzte sie sich gegenüber und beobachtete ihn. Er mochte Sue zu sehr, um jetzt aus Trotz nichts zu essen. Das konnte er ihr einfach nicht antun. Also schob er sich ein paar Bissen Rührei in den Mund und bat mit undeutlicher Stimme, um einen Kaffee. Sue bediente ihm. Sie stellte den

Kaffee vor ihm ab und butterte einen Toast. David nahm gerade einen Schluck vom Kaffee, als es an der Türe läutete.

„Nicht schon wieder Pandora, das ertrage ich jetzt einfach nicht", murmelte er vor sich hin. „Sue, würdest du bitte öffnen und Pandora sagen, dass ich nicht da bin."

„Ich machen das schon", erwiderte sie und ging mit kampfbereiter Miene entschlossen zur Wohnungstür.

In der Küche lauschte David angestrengt. Wenn es Pandora war, hätte sie seine Haushälterin mit ziemlicher Gewissheit überrannt und würde dann schon längst in der Küche. Einen Moment noch wartete er ab. Als nichts geschah, stand er auf, um selbst nach zusehen.

Ein junges Mädchen stand auf der Schwelle und verzauberte Sue mit ihrem offenen Lächeln. Sie trug einen blauen, engen Minirock. Dazu eine weiße Bluse mit großen blauen Tupfen. Sie sah einfach reizend aus, in ihrem sommerlich, frischen Outfit.

Regenbogen, Gott sei Dank, ihr war nichts passiert, und sie war zurückgekommen. David sah Regenbogen entschuldigend an und dachte angestrengt die Worte: „Ich hoffe dir geht es gut. Bitte schlag Sue nicht auf die Nase, weil sie dich aus dem Fenster geworfen hat. Auch wenn Elfen das sonst so tun. Wie erkläre ich Sue wer du bist?"

Sue drehte sich zu David um und sagte verwundert: „Ein Mädchen ist da für dich."

Bevor er sich eine Erklärung zurechtlegen konnte, hatte die Elfe die Situation schon voll im Griff. „Hallo David", klang ihre Stimme hell und singend. „Du hast mir nach unserem Joggen ein Frühstück versprochen. Und hier bin ich also und sehr hungrig."

Die Chinesin sah das Mädchen verwundert an.

„Ich heiße Annabella", stellte sie sich der Haushälterin vor. „Ich habe David vor einigen Tagen beim Joggen im Park kennen gelernt. Seitdem joggen wir gemeinsam", schwindelte die Elfe. „Heute hat mich David zum Frühstück eingeladen. Aber wenn ich störe, ... ich kann auch ein anderes Mal ...", fügte die Elfe noch schüchtern hinzu, bevor Sue sie unterbrach.

„Nein, nein, kommen einfach lein." David hatte ihr nichts von einem Gast gesagt, durchforschte sie ihr Gedächtnis, dabei warf sie David einen bösen Blick zu.

„Aber kein Ploblem, ist gleich Essen feltig", sagte Sue freundlich und eilte in die Küche. Ihr gefiel das Mädchen. Es wirkte natürlich und aufrichtig freundlich.

Jetzt hatte auch David sich wieder gefasst: „Tut mir leid, hab ich vergessen, komm doch bitte herein."

Regenbogen ging an David vorbei und raunte ihm zu: „Du weißt, ich esse nur Obst, bitte sag ihr das, ja."

„Ach ja Sue, … ähm … Annabella isst nur Obst, also kein Rührei, ok? Oh, ich habe Obst mitgebracht, es liegt in der Küche", erinnerte sich David.

„Keine Eiel und Speck", harkte Sue nach, als sie gemeinsam die Küche betraten.

„Ähm … nein, Annabella ist … ähm …, sie ist Veganer", erklärte der Hausherr. David wies Regenbogen einen Platz am Küchentisch zu und setzte sich selbst ihr gegenüber.

„Was tlinken Flau?" lächelte Sue unsicher.

„Bitte Wasser ohne Hüpfen", entgegnete Regenbogen.

Die Chinesin warf David einen fragenden Blick zu, der ihr dann schlicht erklärte, dass es sich dabei um einfaches Leitungswasser handelte. Ein Teller mit frischem Früchten und Wasser wurde Regenbogen vorgesetzt. Dann wünschte die Haushälterin beiden „guten Appetit" und verließ taktvoll die Küche. Regenbogen machte sich über ihr Frühstück her. David konnte die Augen nicht von ihr lassen, fast so, als wären sie sich schon seit Monaten nicht mehr begegnet. Nur ab und zu senkte er den Blick auf seinen Teller, um sich etwas Essen auf seine Gabel auf zu spießen.

„Ich hoffe dir ist nichts passiert, vorhin", brach er das Schweigen.

„War nicht so schlimm, bin nur erschrocken, als ich plötzlich im freien Fall war. Aber du weißt ja", sie deutete nach hinten, „ich habe mein privates Flugzeug immer dabei."

David war erleichtert, dass Regenbogen das Ganze so locker nahm.

Sie zuckte die Achseln. „Im Vergleich zu gestern, als mich jemand erschlagen wollte, war das ein Kinderspiel", antwortete sie auf seine Gedanken. „Ich würde dich gerne spielen hören", sprach sie seinen nächsten Gedanken laut aus.

„Gern, wenn du möchtest. Ich muss sowieso üben", war er ausnahmsweise dankbar, dass sie seinen Wunsch kannte.

Brav stellten sie das schmutzige Geschirr in die Spülmaschine, auch wenn David wusste, dass Sue es wieder herausholen würde, um es per Hand abzuwaschen. Gemeinsam schlenderten sie ins Wohnzimmer, wo die Chinesin noch mit dem Staubsauger zu Gange war.

„Setz dich doch ... Annabella."

Höflich deutete er auf die Couch-Landschaft. David hatte inzwischen seine Geige hervor geholt und begann mit seinen üblichen Vorübungen.

„Sue es stört mich nicht, wenn du saugst, kein Problem."

Das wusste Sue, aber sie hatte ein Problem damit. Denn viel lieber hörte sie seine Geige beim unmelodischen Einspielen, als das regelmäßige, dumpfe Dröhnen des Staubsaugers. So schnell sie konnte, beendete sie die Saugaktion und stürzte sich geschäftig in der Küche auf die nächsten Arbeiten. Unterdessen spielte David leidenschaftlich alles, was ihm gerade einfiel. Von Klassik über Folklore bis hin zum Rock war alles dabei. Regenbogen saß ganz still und lauschte der Musik. Selbst Sue in der Küche versuchte so wenig Geräusche wie möglich zu machen. Nach zwei Stunden intensiven Spielens machte er eine Pause.

„Möchtest du etwas trinken", richtete er sich an Regenbogen und streckte sich auf dem Weg in die Küche.

„Ja, ein Wasser wäre gut", erwiderte sie und folgte ihm. Sue packte gerade ihren ganzen Putzkram weg und fragte David, ob er noch einen Wunsch hätte.

„Nein Sue, alles in Ordnung. Ich wünsche dir einen schönen Sonntag. Danke für deine Hilfe", verabschiedete er sich von ihr und begleitete sie hinaus.

„Ich fleuen mich David, das Mädchen lassen dich velgessen Schmetteling", senkte Sue die Stimme.

„Nein, nicht ganz", gab er zu.

„Ich glauben Mädchen ist gut für dich, sie hat ein gutes Helz", fügte sie
noch hinzu und ging.

Plötzlich fiel David Boston wieder ein.

„Ähm … Regenbogen, ich muss heute Abend noch nach Boston zu einer Geburtstagsparty", erklärte er auf dem Weg zurück in die Küche.
„Vielleicht hast du Lust mich zu begleiten?", fiel es David ganz spontan
ein. „Es wäre mit dir zusammen bestimmt lustiger", wollte er sie überre-
den.

„Eine Party, was ist das denn?"

David hatte vergessen, dass sie die Menschenwelt ja nur, sozusagen, von
oben kannte.

„Eine Party ist wie ein Fest oder eine Feier. Da sind ganz viele Menschen. Es wird viel gegessen, viel getrunken und getanzt." David wollte es
ihr so einfach wie möglich erklären.

„Du willst mich wirklich mitnehmen? Oh, ist das toll, ich würde mich
auch sehr darüber freuen, mit dir dort zu tanzen."

„Naja, das mit dem Tanzen, müssen wir erst einmal auf uns zukommen
lassen", fuhr David nachdenklich mit der rechten Hand über seine Bartstoppeln.

„Oh … tanzt du mit mir, wenn ich dir verspreche, niemanden auf die
Nase zu schlagen?" Regenbogen lächelte erst und machte dann einen
Schmollmund.

„Das ist Erpressung", amüsierte David sich. „Aber wenn du das tust,
muss ich sowieso nicht mehr mit dir tanzen. Denn sie werden uns hinaus
werfen", setzte er mit einem verschmitzten Lächeln hinzu.

„Und wann fahren wir?", fragte Regenbogen ungeduldig und hüpfte dabei auf und ab.

Ein Blick auf seine Armbanduhr, sagte ihm, dass es kurz vor 15 Uhr war. Gut zwei Stunden Fahrzeit und eventuell einen Stau mit einberechnen. Um 19 Uhr war er geladen, David rechnete konzentriert.

„Ich würde sagen, wir müssen um 16 Uhr los."

Um die Rechenaufgabe bestätigt zu bekommen, rief er im Foyer an und fragte Sam danach, der stimmte ihm zu und versprach, dass der Fahrer auf alle Fälle für 16 Uhr bereit stand.

„Gut, wir haben eine Stunde, um uns hübsch zu machen", verkündete David. „Schaffen wir das?", forderte er die Elfe heraus.

„Klar, was ist noch zu tun", warf sie David einen fragenden Blick zu.

„Kommt darauf an, wenn wir beide duschen wollen und so weiter, könnte es knapp werden."

Regenbogen überlegte kurz, dann fragte sie unsicher: „Duschen, ja gerne, aber was ist „und so weiter?"

David begann herzlich zu lachen. Zwischen seinen Lachpausen versuchte er andauernd Luft zu holen, um sich zu beruhigen.

„Ich habe vergessen, dass ich es mit einer Elfe zu tun habe. Schminken, Haare machen, sich ankleiden, das ist alles – „und so weiter." Das machen halt ... ähm ... weibliche Menschen und ich habe gehört, dass sie dafür sehr viel Zeit aufwenden."

„Wie du eben schon bemerkt hast, bin ich eine Elfe und pflegeleicht", sprach sie und zwinkerte ihm dabei zu.

„Gut, dann zeig mal wie „pflegeleicht." Er machte eine kurze Denkpause und fuhr dann fort: „Ich schlage vor, ich dusche zuerst, weil ich ein Mensch bin und bestimmt auch etwas länger brauche. Ist das für dich in Ordnung?"

Sie nickte und fragte neckend nach: „Soll ich dir dabei wieder zu sehen?"

David legte den Kopf zur Seite, lächelte sie abschätzend an und antwortete nur: „Ganz bestimmt nicht." Dann war er im Bad verschwunden.

Regenbogen öffnete das große Panoramafenster im Wohnzimmer, kletterte spielerisch hinaus und setzte sich auf das Fensterbrett. Sie ließ ihre nackten Füße baumeln. Dann legte sie ihren Kopf in den Nacken und genoss mit geschlossenen Augen die Sonne auf ihrer Haut. Eine leichte Brise kam auf. Es deutete an, dass es heute noch ein Gewitter geben würde. Am Horizont zeigten sich erste Quellwolken am sonst so blauen Himmel.

Regenbogen hörte David unter der Dusche singen und lächelte darüber. Wie lange konnte sie noch bei ihm bleiben, bevor es zur Gefahr für sie wurde, bevor sie einer entdecken würde. Es wäre schade, wenn sie David nicht mehr sehen konnte. Das Zusammensein mit den Menschen machte ihr richtig Spaß. Sie musste nur darauf achten, dass David nicht zu starke Gefühle für sie entwickeln würde. Denn sie wollte keinen Menschen, und schon gar nicht ihn verletzen. Oder dass sie sich in ihn verliebte, … konnte das passiert? Eine Elfe, die einen Menschen liebte? Vielleicht ist es ja schon passiert?

Sie dachte an David, seine braunen Augen, die immer aussahen, als ob er lächelte. Seine langen Haare und seinen „Drei-Tage-Bart", den er immer streichelte, wenn er über etwas nachdachte. Er war gut einen Kopf größer als sie und schlank. Sein Körper wirkte durchtrainiert ohne dabei wie ein Muskelprotz auszusehen. Sie kannte sogar sein Tattoo unterhalb seines Nabels.

„Aber warum nur, um alles in der Welt ließ man sich an einer Stelle, die eh niemand je sehen würde, ein Tattoo stechen", fragte sich Regenbogen. Waren die Menschen nicht seltsam?

Sie zumindest hatte keine Antwort darauf. Seine gute Figur war wirklich nicht zu übersehen, auch wenn er sie meistens in schlappriger Kleidung versteckte. Sie hatte ihn ohne Kleidung betrachtet und dabei zugegebenermaßen eine Gänsehaut bekommen. Sie fühlte sich zu ihm hingezogen, nicht nur zu seiner Musik. Das konnte gefährlich werden! Hoffentlich hatte sie dann die Kraft, einfach zu gehen.

„Eine Liebe zwischen Elfen und Menschen kann nicht gut gehen", hatte ihre Mutter einmal gesagt. „Sie würde die Elfe töten."

„Ich bin fertig mit Duschen, du kannst kommen", rief David und holte damit Regenbogen aus ihren Gedanken. Er hatte einen Bademantel an. Seine Haare waren flüchtig durchgekämmt und dufteten frisch gewaschen.

„Meine Güte, wenn du nicht willst, dass ich einen Herzinfarkt bekomme, dann lass bitte solche Aktionen in Zukunft bleiben", regte sich David auf, und deutete dabei mit dem Kopf auf das Fenster.

„Wenn es dich stört, lass ich es eben", erwiderte sie gleichgültig.

Sie hüpfte mit einem Salto wieder ins Zimmer und landete nur einen knappen halben Meter vor David. Sie betrachtete seine geschwungenen Lippen. Ohne nachzudenken, stellte sie sich auf die Zehenspitzen und hauchte ihm einen flüchtigen Kuss darauf.

David wollte seine Arme um sie legen, sie an sich ziehen und festhalten; und sie dann küssen, richtig küssen und leidenschaftlich. Diesen Wunsch hatte er insgeheim schon lange. Aber da war Regenbogen bereits im Bad verschwunden. Er atmete tief ein und mit einem langen Seufzer wieder aus. Dann ging er ins Schlafzimmer und kleidete sich an. Regenbogen stand fertig angezogen vor David als der im Smoking aus dem Schlafzimmer trat.

Sie hatte ein hellgrünes Sommerkleid an, mit kleinen Puffärmeln und passenden grünen Schuhen. Ihre Haare schwangen offen am Rücken bis zur Taille herab.

„Du siehst sehr hübsch aus, Regenbogen. Aber für heute Abend, brauchen wir etwas anderes, ein Abendkleid", versuchte David ihr es vorsichtig zu sagen, ohne ihre Gefühle zu verletzen.

„Kein Problem, wenn ich wüsste was das ist!", erwiderte sie und in ihrer Stimme klang wieder das helle Klingeln mit.

David strich sich nachdenklich über seinen Bart, den er nicht einmal heute rasiert hatte. Dann schnappte er sich die Fernbedienung vom Fernseher, und zappte schnell die Programme durch, bis er das Richtige fand. Auf einen roten Teppich tummelten sich allerlei Promis und zeigten im Blitzlichtgewitter ihre neuste Garderobe.

„So etwas in der Art, brauchen wir."

Regenbogen warf einen Blick auf David und musterte sein Outfit. Danach betrachtete sie ein paar Minuten lang die verschiedenen Stars und ihre Kleidung.

„Gefällt dir ein bestimmtes oder ist es egal, welches ich nehme?", fragte sie ohne Gefühlsregung. Jede andere Frau wär schon bei dem Gedanken gestorben, sie könne ein Kleid davon, nur für einen Abend, tragen.

„Such dir eines aus", antwortete David großzügig - er musste es ja schließlich nicht bezahlen-, „aber achte bitte darauf, nicht zu viel Haut zu zeigen. Und bequem sollte es auch sein", ergänzte er.

Regenbogen beobachtete noch eine Weile die Stars. Auf einmal, hatte sie ein atemberaubendes Abendkleid mit dazu passenden Schuhen an.

Es war ein Corsagenkleid mit auffallend großzügigem Rücken-Dekolleté. Das Oberteil war in kleinen Falten gelegt, die sich kunstvoll vor der Brust miteinander verschlangen und von dort wie ein Wasserfall bis fast zum Boden fielen. Der Rock war ebenfalls in kleinen fast pliesseartigen Falten direkt am Oberteil in Taillenhöhe angenäht, und fiel von dort fließend gerade an ihrem Körper herab.

Das Kleid war am Ausschnitt zart cremefarben und ging bis zum nicht ganz bodenlangen Saum in sanften Abstufungen in ein dunkles Blau über. Die Farbe passte nicht nur zu ihren Augen, sondern ließ auch ihre Haare in glänzendem Gold besser zur Geltung kommen.

Im blauen Saum waren vereinzelt kleine, geschliffene Kristalle befestigt, die an einen Sternenhimmel erinnerten. Auch die dunkelblauen Sandalen waren mit kleinen Kristallen besetzt. Ihre Haare waren kunstvoll nach oben gesteckt. Nur eine dicke, leicht gelockte Strähne ging aus dem Gesteck hervor und legte sich bis über ihre linke Schulter.

Das Ganze wurde, so schien es, von vielen Haarnadeln gehalten, die ebenfalls mit Kristallen besetzt waren. So wie David Regenbogen bisher kennengelernt hatte, konnte es sich bei den Kristallen durchaus auch um echte Brillanten handeln. Regenbogen brauchte keine Schminke, was hätte da noch perfekter werden können.

„Gefällt es dir, oder möchtest du lieber etwas anderes", fragte Regenbogen unsicher.

Aber David brauchte eigentlich nicht zu antworten. Sie hörte die Komplimente in seinem Gedanken. Dennoch sprach er sie laut bewundernd aus.

„Du siehst atemberaubend schön aus! Jeder Mann wird mich heute beneiden und jede Frau neben dir verblasen."

Um Regenbogen aus ihrer Verlegenheit zu helfen, fügte er noch hinzu: „Noch dazu, wenn man bedenkt, dass du dich in einer Sekunde fertig gemacht hast! – Der Traum jedes Mannes", schmunzelte David.

„Tja, wie gesagt, „pflegeleicht!", erinnerte Regenbogen und streckte ihm dabei die Zunge heraus.

Er nahm seine Geige, lächelte sie an und nickte ihr kurz zu: „Wollen wir gehen?"

Regenbogen schritt vor ihm graziös zur Wohnungstür.

# Kapitel 16

Es war nicht mehr weit zu fahren. Sie hatten schon bald die Vororte von Boston vor sich, als ein heftiges Gewitter auf sie niederprasselte. Aber es ließ die heiße Luft nicht wirklich abkühlen. Während der Fahrt hatten sie nur wenig gesprochen. Regenbogen war aufgeregt. Wie ein Kind sah sie mal links, mal rechts aus dem Fenster.

„Schau dir die wunderschöne Blumenwiese an", machte sie David immer wieder auf Kleinigkeiten aufmerksam.

Es machte David Spaß, sie zu beobachten. Als plötzlich die Sonne wieder hervor trat und tausende von kleinen Wassertropfen wie Diamanten glitzern ließ, zeigte sich auch ein wunderschöner Regenbogen. Er umspannte in großem Bogen den Himmel.

„Schau mal", machte David die Elfe auf den Regenbogen aufmerksam, „der ist so schön wie du und er strahlt auch so."

David hatte ihr die Worte ins Ohr geflüstert. Sie hatte gar nicht bemerkt, dass er den Arm locker um ihre Schultern gelegt hatte. Eine kleine Weile betrachteten beide den Regenbogen.

„Vielleicht zeige ich dir eines Tages meine Art zu verreisen", flüsterte die Elfe nachdenklich, mehr zu sich selbst.

„Was meinst du damit", war es David unklar.

„Das wirst du sehen, wenn die Zeit reif ist", antwortete sie und betrachtete weiter den Regenbogen, der langsam verblasste.

Langsam reihte sich ihr Auto in die lange Schlange der anreisenden Gäste ein. Die Auffahrt zur Villa war hell erleuchtet. Vor der weitgeöffneten Eingangstür standen die Hauseigentümer und begrüßten jeden Gast persönlich. Prächtig gekleidete Paare standen schon in einer kleinen Reihe vor dem Eingang.

Als sie vorgefahren waren, öffnete der Fahrer Regenbogen die Autotür. Nach kurzem Zögern stieg sie aus. David war sofort an ihrer Seite. In einer Hand trug er die Geige während er die andere sanft auf Regenbogens Rücken legte, um sie zu führen.

Die Frau des Botschafters begrüßte sie herzlich. „Guten Abend Mr. Jarretti, ich freue mich sehr, dass sie meine Einladung angenommen haben." Sie wandte sich ihrem Mann zu: „Darling, darf ich dir Mr. Jarretti vorstellen und seine charmante Begleitung."

„Hallo Mr. Jarretti", sprach er David an und schüttelte aufrichtig dessen Hand. „Ich freue mich sehr, einen so begabten Musiker an meinem Geburtstag, begrüßen zu können. Sie haben auch ihre Verlobte mitgebracht, welch Glanz in meiner Hütte." Er verbeugte sich leicht vor Regenbogen, während er ihre Hand küsste.

„Vielen Dank, Mrs. Smith, Mr. Smith. Ich freue mich, dass sie bei ihrem Geburtstag, zu dem ich ihnen herzlich gratulieren darf, an mich gedacht haben. Darf ich ihnen, meine leider noch nicht Verlobte, Annabella vorstellen?"

„Ich wünsche ihnen auch alles Gute zu ihrem Geburtstag und ein langes, erfülltes Leben", gratulierte auch Regenbogen, während Mr. Smith immer noch ihre Hand hielt. Dabei klang ihre Stimme hell wie ein Glockenspiel. Der Botschafter erfreute sich an Regenbogens erfrischender Ausstrahlung, bedankte sich und wünschte ihr noch einen schönen Abend in seinem Haus.

Sie traten in eine große Eingangshalle. Ein riesiger Lüster mit unzähligen Kristallen, hing an der Decke und verbreitete ein angenehm warmes Licht. Zu allen Seiten der Eingangshalle standen große Türen offen, mit Bediensteten davor. Überall gesellten sich Gäste in kleinen Gruppen zusammen, begrüßten oder unterhielten sich.

Ein gutgekleideter Mann kam auf David zu: „Guten Abend, ich bin der Event-Manager", stellte er sich vor. „Entschuldigen sie bitte Sir, aber die Musiker sind schon längst alle im großen Tanzsaal. Wenn sie mir also folgen wollen."

„Hmm", machte David, sah zu Boden und kratzte sich an der Schläfe. „Ich hoffe, sie sind nicht zu sehr enttäuscht, wenn ich ihnen verrate, dass ich ein Gast bin."

Der Manager machte große Augen und wurde rot im Gesicht. „Entschuldigen sie bitte, ich dachte ... wegen der Geige", stotterte er.

David nickte nur einmal und antwortete: „Schon gut." Dann wandte er sich Regenbogen zu, die in ihre Hand kicherte.

Ein Kellner mit einem voll beladenen Tablett kam auf sie zu.

„Darf ich ihnen eine Erfrischung anbieten", bot er an und betrachtete dabei Regenbogen bewundernd.

„Vielen Dank", freute sich die Elfe „alles für mich?", fragte sie und wollte dem Kellner das Tablett abnehmen. Der Angestellte erschrak erst, dann lächelte er: „Sie wollten wohl testen, wie ich reagiere, Miss?"

Diesmal war es David, der die Situation komisch fand. „Möchtest du mal Sekt probieren?", harkte David nach.

Sie schüttelte den Kopf: „Nein, lieber Wasser."

„Tut mir leid, Wasser gibt es nur an der Bar", erklärte der Bedienstete entschuldigend und deutete mit den Daumen hinter sich.

„Vielleicht versuch ich es doch mal mit Sekt", überlegte Regenbogen laut und nahm sich ein Glas vom Tablett.

David folgte ihrem Beispiel und beobachtete Regenbogen genau. „Du musst es langsam trinken, es ist Alkohol darin und ich weiß nicht, ob du das kennst."

Unauffällig beschnupperte Regenbogen ihr Glas. Das prickelnde Getränk kitzelte in ihrer Nase und sie musste niesen. Einige Gäste drehten sich zu ihnen um.

„Sie hat eine Allergie", erklärte David laut.

Regenbogen versuchte es nochmal, „nur nicht dabei atmen", sagte sie sich und nahm einen kleinen Schluck. „Schmeckt irgendwie nach Trauben", bemerkte sie leise.

„Ich wünsche dir, - uns - einen schönen Abend und viel Spaß", äußerte David und prostete Regenbogen dabei zu.

„Danke", lächelte sie und probierte sie einen größeren Schluck. „Ja, ein Hauch von Trauben und ganz viele Perlen im Mund", sagte sie weise. Danach nickte sie David zu und trank ihr Glas in einem Zug aus.

Es wurde zu Tisch gebeten. Langsam leerte sich die Eingangshalle. Auch David und Regenbogen reihten sich bald in die Schlange der hungrigen Gäste ein. Von einem Bediensteten wurden sie zu ihrem Tisch geführt, der nicht weit entfernt von der Eingangstür stand.

In dem großen Saal waren ca. 30 runde Tische mit jeweils 8 bis 10 Stühlen verteilt. Die Tische waren weiß eingedeckt. Teures Kristallglas spiegelte die Farben des Blumenschmucks, der in verschiedenen Rottönen gehalten wurde. Gegenüber der Tür war eine kleine Bühne mit einem Podium aufgebaut. David begrüßte die Leute an seinem Tisch und stellte sich und Regenbogen vor.

Viele kannten seinen Namen und verwickelten ihn gleich in ein Gespräch. Unterdessen schenkte ein Kellner ihre Gläser mit Wasser und Weißwein ein. Auch ein Glas Sekt wurde jedem Gast gereicht.

Die Gastgeberin, Mrs. Smith, erschien hinter dem Podium, um nochmals alle Gäste willkommen zu heißen. Mit einer kurzen Rede gratulierte sie ihrem Mann zum heutigen Ehrentag. Anschließend forderte sie alle auf, ihr Glas zu erheben und in den Glückwunsch einzustimmen. Auch Regenbogen erhob ihr Glas und warf David einen zögernden Blick zu.

„Du musst das nicht trinken", dachte er, sie nickte ihm unmerklich zu. Regenbogen schloss die Augen, „weg damit", dachte sie und trank das Glas in einem Zug leer.

David sah sie bestürzt an, was machte sie da nur? Alle Gäste hatten sich bereite gesetzt, nur Regenbogen stand noch und mit dem leeren Glas in der Hand. „Ja, irgendwie durchaus trinkbar", verkündete sie, als alle Gäste sie anstarrten.

„Das freut mich zu hören", erwiderte der Botschafter laut lachend und alle fielen in das Lachen mit ein.

„Bitte, setz dich, Regenbogen", raunte David ihr zu.

Sie setzte sich und ein neuer Redner, offenbar ein enge Freund der Familie, betrat die Bühne. Auch er hatte nach seiner Rede die Gäste gebeten, auf die Gesundheit des Gastgebers anzustoßen. Weil Regenbogens Glas leer war, schnappte sie sich kurzer Hand das von David und nahm einen ordentlichen Schluck daraus. Mit prüfendem Blick besah sich Regenbogen das halbvolle Glas. Plötzlich hielt sie es für ihre Pflicht, das ganze Glas auf einen Sitz zu leeren. Skeptisch beobachtete David die Elfe, denn irgendwie schien sich ihre Gesichtsfarbe zu verändern. Aber er konnte die Farbe nicht einordnen. War sie doch in einem Moment rosa und im nächsten gelblich, um gleich darauf ins zarte blau überzugehen. Und so ging es weiter.

Regenbogen sah David an. Was dachte er da nur? Sie musste sich auf einmal sehr anstrengen, um seine Gedanken aus dem der anderen Menschen am Tisch heraus zu filtern.

Ein dritter Redner bereitete seine Rede vor, als ein aufmerksamer Kellner zwei neue Gläser mit dem perlenden Getränk vor ihnen auf den Tisch stellte. Regenbogen griff danach, dabei entfuhr ihr ein lautes „Hicks."

Alle Aufmerksamkeit galt jetzt der Elfe, weshalb sich der Redner räusperte. David legte seine Hand auf Regenbogens Hand und beugte sich nahe an ihr Ohr. „Ich glaube es ist besser, wenn du jetzt nur noch Wasser trinkst."

Er hatte den Satz gerade noch beenden können, als ein zweiter „Hicks" dem ersten folgte. Wieder sahen alle auf sie und einige lachten leise. Der Redner versuchte durch das Erheben seiner Stimme die Aufmerksamkeit wieder zu bekommen. Kurz darauf verließ ein dritter, lauter „Hicks- Ton" Regenbogens Mund. Als alle Leute sich abermals zu ihrem Tisch umdrehten, reichte es David.

„Alles klar", murmelte David, nahm kurz entschlossen das Sektglas von Regenbogen und trank es in einem Zug leer. Das gleiche machte er mit seinem eigenem Glas. Dann flüsterte er Regenbogen, die ihm empört ansah, zu: „Würdest du mich bitte nach draußen begleiten, ich fühle mich nicht ganz wohl."

Sie nickte und antwortete mit einem weiteren „Hicks."

Der Musiker stand auf und zog die Elfe mit sich, während einige Gäste ihnen mit den Augen belustigt folgten. David hoffte inständig, dass keiner das schnell wechselnde Farbenspiel in Regenbogens Gesicht bemerkte.

„David, ich glaube ich brenne, innerlich!", teilte ihm die Elfe besorgt mit, und schon rannte sie los in Richtung Eingangstür.

Bestürzt über diese Äußerung lief er hinterher. Gerade noch rechtzeitig, um die Verwandlung von Menschengestalt in einen Schmetterling mitzuerleben. Wie eine wild gewordene Wespe, schoss sie kreuz und quer durch die Luft. Dabei schillerten ihre Flügel abwechselnd in allen Farben. David konnte die Elfe kaum mit den Augen verfolgen.

„Warte hier", sagte er völlig überfüßiger Weise und lief zur Bar. Dort bat er den erstaunten Barmixer um ein Glas Wasser. Der Geiger leerte eine Schale mit Nüssen auf die Theke, kippte das Wasser hinein und verlangte noch ein Glas. Beleidigt über die Sauerei, die David gerade und noch dazu mit voller Absicht angerichtet hatte, reichte der Mann ihm nur widerwillig ein zweites Glas. So schnell er konnte eilte David zur Eingangstür hinaus. Einen Moment mussten sich seine Augen an die Dunkelheit gewöhnen, bis er die Elfe entdecken konnte. Sie flitzte verzweifelt ziellos umher. Verrückt vor Sorge, hielt ihr David die Wasserschale entgegen.

„Hier Regenbogen trink das", sagte er laut und seine Stimme bebte dabei.

Mit einem heftigen Spritzer landete die Elfe in der Schale. Sie planschte erst darin, dann setzte sie sich und schaufelte mit beiden Händen Wasser in ihren Mund. Als nur noch der Boden bedeckt war, flog sie wieder heraus, und ließ sich auf der breiten Steintreppe nieder.

„Geht es dir besser?", fragte David besorgt.

Von einer Sekunde auf die andere stand Regenbogen wieder in Menschengestalt vor ihm. Es ging so schnell, dass David erschrocken zurück wich. Ohne ein Wort nahm sie ihm das zweite Wasserglas aus der Hand und leerte es gierig in einem Zug.

„Ja, ich glaube das Brennen ist gelöscht", sagte sie und spürte in sich hinein. „Lass uns wieder hinein gehen. Ich habe Durst und brauche noch mehr Wasser."

„Halt, Regenbogen, dein Kleid, es ist nicht das Gleiche", bemerkte David als aufmerksamer Beobachter.

„Großartig", beklagte sie sich, „ich habe keine Ahnung mehr, was ich an hatte."

Belustige grinste David: „Du hast wirklich so gar keine Ähnlichkeit mit einem Menschen."

Regenbogen überging die Bemerkung, und versuchte sich zu konzentrieren. Innerhalb weniger Sekunden wechselte sie ihr „Outfit" ca. zwanzig Mal. David wurde schon vom Zusehen schwindlig. Aber das Kleid, in dem sie gekommen war, war nicht dabei.

„David, du musst mir helfen", sah sie ihn eindringlich an. „Gib mir deine Hände und denke an das Kleid, so gut du es im Gedächtnis hast. Bitte konzentriere dich. Denk an jedes Detail, an das du dich erinnern kannst."

David reichte ihr beide Hände und ein angenehmes Glücksgefühl durchströmte ihn. Er dachte fest an Regenbogen, an ihre blauen Augen, ihr goldenes Haar und daran wie angenehm es war, ihre Haut zu streicheln.

„Nein, du musst an das Kleid denken, nicht an mich", sie musste schmunzeln, als sie seine Gedanken wahrnahm.

David seufzte, dann versuchte er es noch einmal.

„Ich glaube das ist es jetzt!", war sich Regenbogen ziemlich sicher.

David öffnete seine Augen wieder. Vor ihm stand Regenbogen in dem Kleid, in dem sie gekommen waren.

„Perfekt", lobte er und hielt immer noch ihre Hände in den seinen.

„Ich muss unbedingt noch etwas trinken", stöhnte die Elfe vor Durst. Dabei entzog sie David ihre Hände und machte sich auf in Richtung Bar.

Der Barmixer zog misstrauisch die Augenbraue zusammen, als er David erkannte. „Könnten wir bitte zwei Gläser Wasser haben", fragte David höflich.

„Beide im Glas, oder soll ich eines in einer Schale servieren", erkundigte er sich vorsichtshalbe, bevor David wieder daran dachte seine Bar zu verwüsten.

„Nein, diesmal in Gläsern", grinste David. Kommentarlos stellte der Barmann die Gläser vor ihnen ab.

„Hier trink", forderte David die Elfe auf.

Ohne zu zögern kam sie Davids Aufforderung nach, und leerte ihr Glas. David schob ihr das Zweite hin. Auch dieses stürzte sie ohne abzusetzen hinunter. Sichtlich beeindruck fragte der Mann hinter der Bar: „Möchten sie noch ein Glas davon?"

„Ja, wenn ich noch eines bekomme", lächelte sie den Barmixer an und wirkte dabei unwiderstehlich reizend. Dieses Wasser trank sie nicht ganz so schnell, als die davor.

„Ich glaube, es ist gut, wenn du den Alkohol in deinem Körper, so gut wie es geht, verdünnst. Du hast mir vorher einen ganz schönen Schrecken eingejagt", gestand David der Elfe leise.

„Moment Mal", fiel es ihr wieder ein, „du hast dich doch nicht gut gefühlt, oder?"

„Ja, aber nur weil ich bemerkt habe, dass es dir nicht ganz gut geht. Ich wollte dir helfen … ähm, unentdeckt zu bleiben." Aus dem großen Saal hörten sie Teller klappern. „Geht's wieder?", fragte David fürsorglich nach.

„Mir schon lange, und dir?", konterte sie und stieß mit ihrer Schulter spielerisch an seine.

„Dann wollen wir mal sehen, was es zum Essen gibt", sagte David aufmunternd und führte Regenbogen an seinem Arm zu ihrem Platz zurück.

# Kapitel 17

Niemand schien so richtig zu bemerken, dass David und Regenbogen wieder am Tisch saßen. Alle waren mit der Vorspeise, einer Suppe von grünem Spargel beschäftigt.

„Ich kann das nicht essen, David", wisperte sie ihm zu.

„Lass es einfach stehen", flüsterte er zurück.

Im nächsten Gang gab es einen gemischten Salat mit Garnelen.

„Welches Dressing bitte", wollte der Kellner wissen.

„Bitte zwei Mal ohne Dressing, … oh, und ohne Garnelen", beeilte sich David zu sagen.

Der Kellner machte ein missmutiges Gesicht und fischte dabei mit einer Zange die Garnelen von zwei fertig angerichteten Salattellern.

„Zwei Mal ohne alles", sagte er spitz und sorgte dabei für neuen Gesprächsstoff am Tisch.

„Kann ich ihre Garnelen haben", fragte eine nicht ganz junge Frau neben David. Als wollte sie damit sagen: „Ihre Freundin hat zwar eine sehr gute Figur, aber auf Dauer dafür zu hungern, macht schlechte Laune."

Regenbogen machte sich über ihren Salat her, wie ein Goldgräber, der seit Wochen die erste Nahrung vor sich hatte. David sah ihr zu gerne zu und schob ihr auch noch seinen Salat hin. Zwischen den einzelnen Gängen wurden immer wieder kurze Reden von Freunden gehalten. Mal waren ihre Vorträge zum Schmunzeln, Mal zum Nachdenken.

Zum dritten Gang wurde ein Edelfischfilet auf Spinat aufgetischt. David erbot sich, Regenbogens Fisch zu essen, dafür solle sie seinen Spinat bekommen. So tauschten sie ungeniert ihre Essen unter den Augen der anderen Gäste am Tisch.

„Sie ist Veganer", erklärte David in die Runde und ein leises „oh" und „aha" wurde verständnisvoll auf den Tisch geworfen. Auf einmal hatten, zumindest alle Männer am Tisch, Verständnis für Regenbogens Ernährung. Denn sie alle aßen nur noch den Fisch und schoben der Elfe bereitwillig ihren Spinat hin. Ob uneigennützig oder nicht, wollte David erst gar nicht wissen. Regenbogen verschlang alle Portionen und widerlegte damit ihr Image als „hungernde Schönheit."

Im Hauptgang wurde Rinderfilet mit Reis serviert.

„Kann ich bitte nur Reis haben?", erkundigte sich die Elfe bei den mitleiweile entnervten Kellner. „Nur trockener Reis, ohne Soße?", fragte er ungläubig.

„Ja, das wäre einfach perfekt", lächelte sie den Bediensteten an.

„Gerne Miss, wenn sie das wünschen", fühlte sich dieser durch das Lächeln plötzlich in seinem männlichen Stolz bestärkt.

„Sie können das Fleisch aber auch gerne mir geben", mischte sich der ältere Herr zu ihrer Linken ein. Dafür erntete er allerdings einen bösen Blick von seiner Frau.

„Gerne, als Nachbar hilf man sich doch immer aus", entgegnete Regenbogen und warf ihm dabei einen dankbaren Blick zu.

Während diesen Gangs, kam der Event-Manager auf David zu und flüsterte ihm etwas ins Ohr. David nickte nur einmal. Daraufhin entfernte sich der Mann wieder.

„Du sollst jetzt spielen?", fragte Regenbogen nach. Sie hatte sich in seine Gedanken geschmuggelt und gelauscht.

„Ja, die Pause zum Dessert ist etwas länger und dann kommt die große Geburtstagstorte. Wenn sie herein gebracht wird, stimme ich dann „Happy Birthday" an. Warte hier auf mich", bat er ohne weitere Erklärung und sah Regenbogen dabei in die Augen. Er legte eine Hand auf ihre und sagte leise: „Bis gleich, amusiere dich gut!"

Dann ging er zwischen den Tischen durch auf den Manager zu, der an der Türe auf ihn wartete. Nach ca. 20 Minuten erschien David auf der Bühne. Die Kellner waren gerade damit beschäftigt, den Hauptgang abzudecken. David räusperte sich ins Mikrofon. Sofort wurde es still im Saal.

„Ich möchte gerne die Gelegenheit nutzen und auf meine Weise zum Geburtstag gratulieren. Wer es nicht hören will, dem gebe ich jetzt Gelegenheit, noch schnell den Raum zu verlassen."

Ein leises Lachen ging durch den Saal. David lächelte in die Runde und wartete eine Minute. „Keiner?! Dann sag ich nur, selber schuld." Wieder lachten ein paar Leute.

„Aus einer zuverlässigen Quelle habe ich gehört, dass sie, lieber Mr. Smith, ein Verehrer von Mozart sind. Darum also für sie zum Geburtstag, „Die kleine Nachtmusik". Ich habe mir erlaubt, das Stück neu zu arrangieren, um ihm meine persönliche Note zu geben", kündigte David an und begann zu spielen.

Es war mucksmäuschenstill im Saal. Nicht einmal die Bediensteten wagten es mit dem Geschirr zu klappern. David spielte die Geige so sanft und gefühlvoll, als hätte das Instrument eine Seele, die er streichelte. Wahrscheinlich hatte sie die auch! Als er geendet hatte, erntete er viel Applaus.

Er bedankte sich und verkündete dann mit lauter Stimme: „Ich habe jetzt die Ehre, den Nachtisch, und damit den Höhepunkt des Menüs, anzukündigen."

Bei diesen Worten wurde eine unglaublich große, dreistöckige Torte in den Raum gefahren und direkt vor dem „Geburtstagskind" aufgestellt. Alle Gäste klatschten und verrenkten sich ihre Köpfe danach.

„Ich würde vorschlagen, wir singen zusammen das Geburtstagslied „Happy Birthday". Ich stimme an", erhob David seine Stimme nochmals, als der Applaus verebbte.

Nach einer kurzen Einleitung mit der Geige, nickte der Violinist dem Publikum zu und alle stimmten in das Lied ein. Mit dem letzten Takt kam der Applaus für die Ehrenperson des Abends auf.

Der Diplomat kam auf die Bühne und schüttelte dem Virtuosen sichtlich gerührt die Hand. Danach drehte er sich zum Mikrofon um und bedankte sich herzlich bei allen Gästen. Anschließend wurde die Torte an alle als Dessert verteilt. Es war eine sehr süße Torte, mit jeder Menge Sahne, so dass Regenbogen sie gleich ablehnte. David ging durch die Reihen der Tische zurück, nicht ohne von zahllosen Menschen die Hand geschüttelt zu bekommen. Auch am Tisch sahen ihn die Gäste, die ihn bisher nicht kannten, freundlich lächelnd an.

Regenbogen begrüßte ihn an ihrer Seite mit einem Kuss auf die Wange.

„Wofür war das?"

„Dafür, dass du so vielen Menschen das Herz geöffnet hast. Ich habe ihre Gedanken gehört", flüsterte sie erklärend. „Mit deiner Musik hast du ihren Seelen Flügel verliehen!"

„Ich finde, wenn das wirklich der Fall war, habe ich mindestens einen Kuss verdient", war der Musiker der Meinung.

Regenbogen senkte die Augen und wurde dabei unmerklich rot. „Ja, du hast recht, aber …", sie blickte sich verlegen in der Runde um.

David legte eine Hand auf ihre um sie zu beruhigen: „Verzeih mir, ich wollte dich nicht in Verlegenheit bringen."

Der Gastgeber stand auf, ging auf die Bühne und informierte alle Gäste, dass im grünen Saal jetzt die Band den Tanz eröffnete. Langsam erhoben sich die Gäste und begaben sich nach nebenan, wo schon einige Pärchen die Tanzfläche erobert hatten.

Es spielte eine Sechs-Mann-Band, mit einer sehr attraktiven dunkelhäutigen Sängerin. David hatte die Geige nach seinem Auftritt einem Sicherheitsbeamten übergeben, der sie in einem Safe verschloss. Regenbogen beobachtete träumerisch die tanzenden Paare.

„Hmm", machte David und gab sich einen Ruck. Er nahm Regenbogens Hand in seine. Überrascht schaute sie ihn an. „Möchtest du tanzen", fragte er und sah ihr dabei tief in die Augen. Sein Blick ließ ihr einen Schauer über den Rücken jagen.

„Sehr gerne, ich dachte schon, du würdest nie fragen", zog sie ihn auf.

David schob die rechte Hand langsam an ihre Taille. Er genoss die langsame Berührung. Regenbogen spürte, da wo er sie berührte, ein aufregendes Kribbeln.

Die Band spielte gerade ein langsames Lied, mit dem sie sich jetzt im Kreis drehten. David hatte Regenbogen enger an sich gezogen und ihre rechte Hand, die er fest in seiner hielt, auf seiner Brust abgelegt. Seine Wange ruhte zart auf ihrer Schläfe. Tief atmete er den Duft ihrer Haare ein. Es war ihm bisher nie aufgefallen, dass ihre Haare so intensiv nach einer Blumenwiese im Morgentau dufteten. Mit den Lippen berührte er ihre Stirn. Sie tanzten so harmonisch mehrere Lieder hindurch, bis Regenbogen abrupt den Kopf hob.

„Was ist?", fragte David, der annahm, dass Regenbogen seine Berührung unangenehm war.

„Da ist jemand, der eine Stinkwut auf mich hat", flüsterte sie und schaute David dabei erschrocken an. „Ich kann ihre Gedanken hören, sie beobachtet uns", ergänzte sie furchtsam.

David sah auf und suche den Raum ab. An der Bar entdeckte er ein bekanntes Gesicht, das sie unfreundlich fixierte. „Es ist nur Pandora. Keine Angst, die guckt immer so."

„Nein", wiedersprach Regenbogen, „ich meine wirklich nicht ihren Gesichtsausdruck David, sondern ihre Gedanken. Sie ist eifersüchtig!"

David lachte kurz auf: „Nie im Leben, du irrst dich bestimmt! Komm, ich glaube ich muss sie begrüßen", seufzte er, „und dich vorstellen. Schade, wo es gerade so schön war."

Er nahm Regenbogen bei der Hand und kämpfte sich mit ihr durch die Tanzenden bis zur Bar hindurch. Pandora beobachtete die Beiden und Neid kam dabei in ihr auf. Obwohl sie diese Frau an Davids Seite nicht kannte, musste sie zugeben, dass sie noch nie so eine Schönheit gesehen hatte. Und noch dazu passte sie leider zu sehr zu David. Schnell ging Pandora im Gedanken diverse Modemagazine durch und zermartete sich den Kopf, ob sie dieses Modell schon mal in ihnen gesehen hatte. Regenbogen lächelte und blickte zur Seite.

„Was ist so komisch", wollte David wissen.

„Die Gedanken von dieser Frau. Sie findet mich schön und hält mich für ein Modell - was auch immer das ist!"

„Da muss ich ihr voll und ganz zustimmen. Du bist wunderschön!", freute sich David.

„Hallo Pandora! Schön, dass du auch hier bist", begrüßte er sie.

„Hallo Darling, ich freue mich, dich hier noch anzutreffen. Wenn ich mich recht erinnere, wolltest du ziemlich früh wieder nach Hause", säuselte sie mit gespielter Freude.

„Ja, da wusste ich auch noch nicht, dass Annabella mich begleiten würde", erklärte er und sah dabei liebevoll Regenbogen an, was den scharfen Augen von Pandora nicht entging.

„Wie selbstlos", lächelte Pandora zuckersüß die Elfe an.

„Ich habe euch noch gar nicht bekannt gemacht", fiel es David plötzlich ein. „Das ist meine Managerin Pandora und das ist Annabella", stellte David die Frauen einander vor. Er freute sich, weil der ganze Abend bisher so viel schöner Verlaufen war als er erwartet hatte.

„Annabella, hallo, wirklich nett, sie kennen zu lernen", flötete Pandora und reichte ihr dabei die Hand.

„Ja finde ich auch", lies Regenbogen ihre Stimme angenehm erklingen. „Ich habe David vor einiger Zeit beim Joggen im Park kennen gelernt", antwortete sie automatisch auf die Frage, die Pandora gerade stellen wollte.

„Ach ja, wirklich! Ah, David, dann hattest du heute wirklich eine Verabredung. Entschuldige und ich habe es nicht geglaubt. Na dann, ist ja noch mal alles gut gegangen, wie schön!", sagte sie und etwas Zynismus lag in ihrer Stimme.

„Ihr Kleid ist wirklich außergewöhnlich. Wo haben sie gesagt, haben sie es gekauft?", versuchte Pandora die Elfe auszufragen.

„Ich habe gar nichts dazu gesagt", entgegnete Regenbogen höflich.

„Aber das muss doch ein Vermögen gekostet haben, mit all den echten Brillanten. Und dass das Echte sind, das sehe ich, Kindchen. Glauben sie mir, dafür habe ich ein Auge", tratschte die Managerin unbeirrt weiter.

„Eine gute Freundin hat es mir für heute Abend geliehen", schwindelte Regenbogen.

„Gute Freundin?", fragte Pandora nach und ihre Stimme wurde ein paar Oktave höher. „Bei dieser Freundin scheint Geld wirklich keine Rolle zu spielen", bemerkte Pandora neidisch.

Regenbogen zuckte nur mit den Achseln und erwiderte: „Geld ist nicht alles."

„Ach ja, und warum werfen sie sich dann dem größten Geiger, den die Welt je gesehen hat, so an den Hals?", dachte Pandora, aber laut sagte sie: „So etwas kann man nur sagen, wenn man genügend davon hat, und haben sie?"

„Oder keines braucht", ergänzte Regenbogen und überging die letzte Frage.

Pandora lachte laut auf und schüttelte den Kopf. „Wenn man sich durchs Leben „schnorrt", braucht man freilich kein Geld ...", bemerkte sie spitz.

Jetzt wandte sie sich an David und fragte: „Dav., meinst du, du könntest mir einen Tanz abtreten? Ich wusste nicht, dass du tanzen kannst."

„Wenn du es riskieren willst, gerne. Aber beklage dich hinterher nicht über schmerzhafte Zehen", machte er Pandora aufmerksam.

David lächelte Regenbogen an und dachte: „Bin gleich wieder da." Dann nahm er Pandoras Hand und führte sie zum Tanz. Die Elfe setzte sich an die Bar und schaute den Tanzenden zu. Der Barmixer erinnerte sich an Regenbogen und fragte aufmerksam: „Darf ich ihnen ein Glas Wasser anbieten?"

Regenbogen strahlte ihn an und nickte dankbar.

„Wer ist diese Frau, David?", hörte sie Pandora ihre Gedanken leise aussprechen. „Wie heißt sie, wo wohnt sie, was tut sie, weißt du etwas über sie", bombardierte die Managerin ihn mit ihren Fragen.

„Sie wohnt in Kanada", erinnerte sich David.

„Oh Gott, also eine Immigrantin", war prompt Pandoras Antwort.

„Nein, das ist sie nicht." David verdrehte lachend die Augen.

„Ich bitte dich Liebling, du weißt doch gar nichts über sie. Wie heißt sie denn?"

„Hab ich doch schon gesagt, - Annabella", antwortete David um Zeit zu gewinnen.

„Annabella – und wie weiter? Ich meine jeder Mensch hat doch einen Nachnamen, oder?", versuchte sie den anscheinend begriffsstutzigen David aufzuklären.

„Ich glaube, es gibt durchaus Völker, die bestimmt keinen Nachnamen haben, zum Beispiel in Brasilien, oder ...", sinnierte der Musiker.

„Aber dazu wird sie ja wohl kaum gehören", schnitt ihm die Managerin das Wort ab. „Sagst du ihn mir jetzt oder weißt du ihn wirklich nicht? Dann frage ich sie halt selber", war seine Managerin entschlossen und blieb auf der Stelle stehen.

Beide drehten gleichzeitig ihre Köpfe in Richtung Bar. Regenbogen saß abgewandt auf einem Barhocker und schien sich köstlich zu amüsieren. David wurde das Gefühl nicht los, dass die Elfe jedes Wort aus ihren Gedanken belauscht hatte.

„Sie heißt Annabella, ähm, Regenb..., äh ... Regen. Ja so heißt sie, Annabella Regen."

„Annabella Regen? Was ist denn das für ein Name", wiederholte Pandora.

Sie hörten beide ein lautes Lachen, wie ein helles Windspiel, von der Bar herüber. Regenbogen hatte ihnen den Rücken zu gekehrt. Aber man konnte genau sehen, dass sie es war, die lachte. Ein gutaussehender Mann neben Regenbogen forderte den Barkeeper auf, ihm dasselbe zu servieren wie Regenbogen.

Regenbogen drehte sich zu dem Mann um und sprach ihn an. „Ich trinke nur Wasser, aber wenn du mit mir tanzt, hast du bestimmt auch viel Spaß."

„Gerne, darf ich bitten", forderte er Regenbogen auf und führte sie auf die Tanzfläche.

In seinem Leben hatte dieser Mann noch keinen so großen Spaß am Tanzen gehabt, wie mit diesem jungen Mädchen. Leicht wie eine „Elfe" schwebte er mit dem jungen Ding über das Parkett. Er merkte nicht einmal, dass er den Boden mit seinen Füssen berührte. Das Mädchen war von einer erfrischenden Natürlichkeit umgeben, die er noch nie bei einer

Frau erlebt hatte. Erst als die Band eine Pause einlegte, merkte er wie lange sie zusammen getanzt hatten.

Er brachte sie glücklich zur Bar zurück und bedankte sich mit einem Handkuss bei ihr: „Es stimmt, es hatte sehr viel Spaß gemacht, mit dir zu tanzen."

Unterdessen hatte Pandora weiter versucht, David über Regenbogen auszufragen. „David mal ehrlich", versuchte Pandora sachlich zu argumentieren, „Du lernst rein zufällig im Park eine Frau kennen, die noch dazu so aussieht und weißt nicht das Geringste über sie! Na gut, du weißt wie sie heißt, falls das ihr richtiger Name ist, aber sonst, … nichts. Macht dich das kein bisschen misstrauisch?"

„Hör zu Pandora, ich weiß genug über sie, ok? Sie ist warmherzig und aufrichtig. Sie hat Temperament, ist witzig und fröhlich. Das ist alles, was ich wirklich wissen will." Davids Worte kamen eine Spur zu scharf heraus als beabsichtigt. „Und außerdem ist das ganz allein meine Sache!"

Mit diesen Worten ließ er Pandora auf der Tanzfläche zurück, und setzte sich an die Bar. Dort bestellte er sich erst einmal ein Glas Weißwein und nahm einen großen Schluck. Danach schaute er sich nach Regenbogen um. Sie wirbelte in den Armen eines fremden Mannes auf der Tanzfläche herum. Das Paar wirkte zusammen harmonisch und passte wirklich gut zusammen. Aber zu welchem Mann würde so eine Frau nicht passen? Beide hatten offensichtlich ihren Spaß dabei.

Nicht gekannte Eifersucht stieg in David auf. Er beobachtete eine Weile das Tanzpaar. Dabei hatte er nicht gemerkt, dass er sein Glas in einem Zug geleert hatte.

„Darf ich ihnen nachschenken?", wurde er vom Barmixer angesprochen.

David schrak zusammen, nickte bloß und wandte seine Aufmerksamkeit wieder der Tanzfläche zu. Hatte dieser Mann die Hand auf Regenbogens Rücken nicht eine handbreite zu weit unten? Sie lag doch schon fast auf ihrem Gesäß, oder?, entrüstete sich David. Um sich zu beruhigen, nahm er nochmals einen großen Schluck Wein.

Als die Band endlich eine Pause einlegte und dieser Mann Regenbogen zu ihrem Platz an der Bar zurückbrachte, war David fast schon „zum Tier" geworden. Er beobachtete, wie dieser Mann Regenbogen zärtlich die

Hand küsste und sich dann verabschiedete. Regenbogen drehte sich, mit rosa Wangen und einem Lächeln auf den Lippen, David zu. Aber bevor sie seine Gedanken wahrnehmen konnte, bevor sie seinen Gesichtsausdruck deuten konnte, zog er sie eng an sich und küsste sie.

Sie konnte nicht anders, als sich von seinen Gefühlen mitreißen zu lassen, und erwiderte den Kuss. David hatte all seine Gefühle mit hinein gepackt: Leidenschaft, Liebe, Eifersucht und Besitztum. Selbst das „ich-kann-ohne-dich-nicht-leben-Gefühl". Nach endlosen Minuten, die beide voll auskosteten, löste sich Regenbogen sanft aus Davids Armen. Mit rosa Wangen sah sie verlegen zu Boden.

„Lass uns nach Hause fahren", flüsterte er und streichelte dabei sanft mit den Fingerspitzen über ihre Wange.

„Ja, ich bin auch müde", erklärte Regenbogen.

Bereits im Auto, schlief sie in seinen Arm ein.

# Kapitel 🦋 18

Obwohl sie erst spät in der Nacht zurückgekommen waren, erwachte Regenbogen ganz früh am Morgen bevor es zu dämmern begann. Sie lag auf Davids Couch und hatte keine Ahnung wie sie dorthin gekommen war. Sie bemerkte, dass ihr Kopf schmerzte, als sie sich aufsetzen wollte. Bestimmt war dieses Getränk, dieser Sekt, daran schuld. Denn noch nie zuvor hatte sie Kopfschmerzen gehabt.

„Das war der Beweis", würde ihre Mutter sagen. „Menschen haben noch nie etwas erfunden, das ihnen letztlich nicht selbst schadet."

Etwas frische Luft würde ihr bestimmt gut tun. Langsam stand sie auf. Dabei merkte sie, dass sie immer noch das selbe Kleid wie am Vorabend an hatte. Als Regenbogen das große Panoramafenster öffnete, verschwanden nicht nur ihre Kopfschmerzen, sondern auch das außergewöhnliche Abendkleid.

Regenbogen trug jetzt eine schwarze Leggins und ein schlichtes T-Shirt in himmelblau. Sie setzte sich auf das breite Fensterbrett und ließ ihre nackten Beine baumeln. Die kühle Morgenluft tat ihr gut und sie atmete mehrmals tief ein und aus.

Ein dicker Nebel lag unten in der Stadt und kündigte langsam den Herbst an. Regenbogen dachte an den gestrigen Abend und musste lächeln. Sie neigte ihren Kopf schief und befühlte mit dem Zeigefinger ihre Lippen. Noch nie hatte sie jemand geküsst, zumindest nicht so.

Natürlich hatte es einmal einen Elf gegeben, der sie geküsst hatte. Aber das konnte man doch nicht miteinander vergleichen, war sie der Meinung.

Ein kleiner Menschenjunge hatte sie einmal in einem leeren, verschraubbaren Gurkenglas gefangen. Wetterleuchten, ein anderer Elf, wollte ihr nur zur Hilfe kommen, wenn sie ihm dafür einen Kuss gäbe. Sie hatte ihr Versprechen eingelöst und ihn geküsst. Natürlich war es damals aufregend und etwas Neues. Aber bei David hatte sie ganz andere Gefühle empfunden. Er hatte so viel Leidenschaft in den Kuss gelegt; allein bei diesen Gedanken wurde ihr schwindlig.

Plötzlich wurde sie hellhörig. Wie war das nochmal? Er hat sie mit Leidenschaft geküsst! „Ach du meine Güte, Regenbogen. Was hast du getan?", hörte sie ihr Gewissen, sich selbst anklagend, rufen.

Wie konnte sie es nur zulassen, dass er sich in sie verliebte? Sie hatte doch gesehen, wie sehr er sie wollte. Aber sie wollte das nicht wahr haben. Sie hatte nur an sich gedacht und an den Spaß, den sie dabei hatte. Eigentlich wollte sie ihn auch, gestand sie sich ein. Noch nie hatte sie für jemand so empfunden, wie für diesen Menschen. Seine Gefühle waren so offensichtlich. Er zeigte sie in jedem Blick, den er ihr schenkte, und in jeder Geste, die er tat. Selbst das Leuchten in seinen Augen rief mit jedem Blinzeln, „Ich will dich!"

Sie musste ihn verlassen, das war der einzige richtige Weg. Diese schmerzliche Wahrheit traf sie wie ein Blitz aus heiterem Himmel.

„Was soll's, er würde sie schnell vergessen", redete sie sich ein. Und sie, was sollte er ihr bedeuten? Er war ja nur ein Mensch und damit fähig zum Töten.

„Menschen sind grausam, halte dich bloß von ihnen fern." Auch das hatte ihre Mutter einmal gesagt. Konnte man wirklich so über alle Menschen urteilen? Sie hatte diesen Menschen anders kennen gelernt. Jemand der solche Klänge hervor brachte, konnte doch nicht schlecht sein?

Einerlei, in ein paar Jahren war er tot, und vergessen. Sie aber hatte noch die Unendlichkeit vor sich … Er würde bestimmt besser ohne sie zurechtkommen. Schließlich hatte er ja immer noch Pandora, die sein Leben plante und seine Termine organisierte.

Mit diesem letzten Gedanken fasste sie sich ein Herz und stieß sich mit den Armen vom Fensterbrett ab. Einen Augenblick lang ließ sie ihren Körper ins Nichts fallen. Dann breitete sie ihre Flügel aus und ließ sich vom kommenden Aufwind nach oben tragen. Mit kräftigen Flügelschlägen flatterte sie dem Sonnenaufgang entgegen.

Es war Sonntagmorgen, fast schon mittags, als David erwachte. Er schlich sich ins Badezimmer, und machte sich für sein „Jogging-Training" zurecht. Leise ging er ins Wohnzimmer und warf einen Blick auf sein Sofa. Die Elfe lag dort nicht mehr. Das beunruhigte ihn nicht im Geringsten. Denn er wusste aus Erfahrung, dass sie die Angewohnheit hatte, sowohl ihren Schlafplatz als auch ihrer Gestalt beim Schlafen zu verändern. Also ging er erst mal eine Runde joggen. Danach, unter die Dusche, nicht ohne vorher jedes Badetuch nach Schmetterlingen abzusuchen. Anschließend begab er sich in die Küche und wollte das Frühstück bereiten.

„Regenbogen, was möchtest du gerne zum Frühstück essen? Ich habe Trauben gekauft …"

Keine Antwort kam aus den Nebenzimmern. Das kann doch nicht sein. Er durchlief die Wohnung und suchte fieberhaft nach Regenbogen. Das Kissen auf der Couch wahr zerknautscht und glänzte mit etwas Glitzer im Mittagslicht.

Sie konnte unmöglich weg sein. Das Fenster stand eine Handbreit offen. David ging hin und schaute hinaus. Am Fensterbrett war eine Spur von Glitzer zu sehen. „Vielleicht musste sie einfach mal ihre Flügel bewegen", dachte er, „so eine Art Flugjogging oder so."

Er ließ das Fenster wieder einen Spalt offen und ging in die Küche zurück. David machte sich Kaffee aus dem Automaten, direkt in die Tasse hinein. Aus dem Kühlschrank holte er sich einen Schokoriegel und setzte sich an den Küchentisch. Aber lange konnte er dort einfach nicht sitzen. Eine innere Unruhe hatte ihn gepackt.

Er stand auf, mit dem Frühstück in der Hand, und begab sich wieder ins Wohnzimmer. Träge setzte er sich auf die riesige Couchlandschaft, trank seinen Kaffee und blickte zum Fenster hinüber.

„Sie würde doch wieder kommen, oder?", überlegte er.

Die Ruhelosigkeit ließ ihn nicht los. Er sprang auf, ging ein paar Mal auf und ab und holte schließlich seine Geige hervor. Kurzer Hand begann er zu spielen. Er wusste nicht, was er spielte, nur das seine ruhelosen Finger immer schneller über die Saiten der Geige huschten. Er konnte einfach nicht still halten, das würde ihn zu viel Kraft kosten.

David spielte noch, als es vor dem Fenster schon dunkel wurde. Er öffnete das Fenster weit und ließ seine Geige laut in die Dunkelheit rufen. Es war schon weit nach Mitternacht, als David resigniert das Instrument sinken ließ. „Wo, zum Teufel noch mal, war sie nur, wo ist sie hin geflogen? Wo sollte er sie nur suchen … wo?" Diese Frage machte ihn fast verrückt vor Hilflosigkeit.

David ließ seine Geige in den Koffer gleiten und legte sich erschöpft einfach auf das Sofa, auf dem Regenbogen gestern noch geschlafen hatte. Er hatte keine Lust, sich auszuziehen oder die Zähne zu putzen. Unruhig wälzte er sich hin und her.

Das gleichmäßige Trommeln des Regens, der gegen Morgen eingesetzt hatte, ließ ihn schließlich einschlafen. Das schrille Klingeln des Telefons, weckte David aus einem verworrenen Traum.

„Ja, hallo", gähnte er in den Hörer.

„Hallo David, hier ist John. Was ist los mit dir? Du wolltest heute eine Probe mit der Band haben und zwar um 14 Uhr. Jetzt ist es bereits 14.30 Uhr. Wir warten alle ..."

„Oh verdammt, hab ich voll verpennt. Tut mir leid, Mann. Bin in ca. 45 Minuten da. Fangt schon mal ohne mich an, ja", ratterte David, auf einmal hell wach, runter.

Der Geiger legte erst mal auf und fuhr sich mit beiden Händen durch die unordentlichen Haare. Als hätte er einen Flaschengeist, stand plötzlich ein heißer Kaffee vor ihm. David hatte nicht bemerkt, dass seine Haushälterin schon seit Stunden dabei war, die Wohnung wieder in Ordnung zu bringen.

„Morgen Sue", begrüßte David matt die Chinesin.

„Wieso du schlafen auf Sofa", forschte sie in seinem Gewissen nach.

David gab keine Antwort. Er stand auf, begab sich ins Bad und versuchte sich in ein paar Minuten zu renovieren. Schnell zog er ein paar frische Kleidungsstücke über, schnappte sich die Geige und hastete zur Tür. Sue kam ihn nach und drückte ihm noch ein Sandwicht in die freie Hand.

„Nein danke Sue, ich habe keinen Hunger", sagte er matt zu ihr und wollte ihr das Sandwich zurückgeben.

„Los jetzt essen", befahl seine Haushälterin energisch. Sie bedachte ihn mit einem funkelnden Blick, der David zeigen sollte, dass sie nicht mit sich handeln ließ. Also biss er stöhnend einmal ab und wurde dabei genau von ihr beobachtet.

Eine guten halben Stunde später kam er an der alten Lagerhalle an, die sie für ihre Bandproben gemietet hatten. Seine Band hatte den Ratschlag von ihm befolgt. Gedämpfte Musik war bereits auf dem verlassenen Gelände zu hören. Nicht einmal, als er eintrat, ließen sich die Musiker stören. David gesellte sich dazu, begrüßte seine Leute, indem er kurz die Hand erhob und ihnen zunickte.

Leise ließ er die Geige mit ein paar Fingerübungen erklingen, bevor sie zusammen mit den anderen Instrumenten eine Einheit bildete.

Nach gut einer Stunden schüttelte John am Keyboard den Kopf, hörte auf zu spielen und meinte: „Lassen wir es für heute sein, irgendwie passt heute nichts richtig zusammen."

Dabei warf er David einen flüchtigen Blick zu. David legte den Bogen beiseite und wischte sich mit dem Handrücken über Stirn und Augen.

Dann stöhnte er: „Du hast recht, versuchen wir es morgen nochmals, … ich fühle mich heute nicht besonders." Er ließ seine Finger unruhig durch seine Bartstoppeln gleiten. Wortlos packten sie ihre Instrumente zusammen.

„Was ist los mit dir?", war John beunruhigt, als David sich auf einen alten Stuhl gesetzt hatte. „Sei mir nicht böse, David, aber du siehst schrecklich aus."

David beobachtete seinen Freund eine Weile beim Aufräumen, ehe er antwortete. „Ich weiß auch nicht, John. Ich fühle mich … irgendwie schlapp und ausgelaugt, … vielleicht ein Grippeanflug", schwindelte David.

John nickte und erwiderte: „Hoffentlich bist du bis zum Open-Air, wieder fit."

„Ja sicher, ich tu mein bestes", lächelte David halbherzig John an, der ihm ein paar freundschaftliche Schläge auf den Rücken gab.

Als David am Abend den Schlüssel in das Schlüsselloch steckte, hörte er drinnen schon den Fernseher laufen. „Oh Gott, Sue war bestimmt noch da, um nach ihm zu sehen", dachte er genervt. Die alte Chinesin ließ sich so leicht nichts vormachen. Dazu kannte sie David zu gut.

„Hallo Sue", wollte er sie begrüßen, aber da hatte sie ihm schon ein Fieberthermometer in den offenen Mund gestopft. Ihr Blick duldete keine Widerworte. Also legte er die Geige bei Seite und lümmelte sich auf die Couch, bis das Thermometer piepste. Roh zog Sue ihm das Beweisstück aus dem Mund und war etwas enttäuscht, dass sich ihre Theorie nicht bestätigen ließ.

„Also kein Fiebel, abel Hühnelsuppe ist immel gut", stellte sie fest und überreichte ihm einen großen Teller chinesischer Hühnersuppe, in der verschiedenen Gemüsestücke schwammen. Gegenwehr war zwecklos, das wusste David nur allzu gut, darum löffelte er lustlos die Suppe aus. Kaum hatte er den letzten Löffel geschluckt, begann Sue auch schon mit ihrem Verhör.

„Ich will wissen, was seien los", sagte sie streng und fixierte ihn dabei scharf mit den Augen. „Und ich will hölen keine Lügen."

David starrte in den laufenden Fernseher und stöhnte. „Sie ist weg ... und ich habe keine Ahnung wohin ... und ob sie wiederkommt ...", sagte er schleppend.

„Ah, ich verstehen ... du Liebeskummel", stellte seine Haushälterin sachlich fest.

„Nein, natürlich nicht", regte sich David sofort auf. „Ich wollte nur ... ich meine ... man geht doch nicht einfach, ... ohne ein Wort."

Sue nickte verständnisvoll, dann fragte sie: „Hast du was Böses gemacht, was Mädchen beleidigt?"

„Nein", überlegte David kurz. „Äh ... ich habe sie geküsst", gab er schließlich leise zu.

„Oh David", empörte sich Sue, „deine Kuss so schlecht, dass Mädchen weglaufen!"

Das reichte! David sprang auf und sagte unwirsch: „Ich gehe duschen."

Auch Sue war schnell auf den Beinen. Sie kam David hinter her und legte ihm beruhigend eine Hand auf den Arm. Unwillig blieb er stehen.

„Entschuldigen", versuchte Sue sich wieder zu versöhnen. „Ich wissen, dass du bestimmt küssen ganz wundelvoll. Abel was hat getan das Mädchen, bei Kuss?"

David dachte kurz nach, dann antwortete er: „Sie hat mich auch geküsst!"

„Sie kommt zulück, bestimmt", versicherte die Chinesin und tätschelte dabei David leicht die Wange. „Bestimmt ist was passiert, - dalum ist sie gegangen", fügte sie zuversichtlich hinzu und ließ David damit allein.

„Ja, bestimmt hast du Recht", murmelte er in die Stille hinein, als Sue schon längst die Wohnung verlassen hatte.

Er wollte gerade ins Bett gehen, als sein Handy aufdringlich die Stille zerriss. Die Nummer, die das Display anzeigte, war ihm nicht völlig unbekannt. Aber es war auch keiner der Nummern, mit denen er ständig zu tun hatte. Nach kurzem Überlegen entschied sich David, das Gespräch anzunehmen.

„Hallo", sagte er nur, und räusperte sich, weil seine Stimme etwas belegt klang.

„Hallo David, hier ist Axel. Ich hoffe ich störe dich nicht, sonst rufe ich ein anderes Mal an."

„Nein, du störst nicht. Ich wollte gerade zu Bett gehen, ich fühle mich nicht besonders", erklärte David seinen Freund. „Wahrscheinlich ein Grippeanflug", gebrauchte er seine Ausrede nun schon zum zweiten Mal.

„Ich mache es kurz. Ich wollt dir nur das Laborergebnis von deiner Probe mitteilen."

David musste erst nachdenken, bis ihm einfiel, wovon Axel überhaupt sprach.

Da legte der Chemiker auch schon los: „Grundsächlich handelt es sich bei deiner Probe um Hautzellen. Zum größten Teil könnte man sagen, dass sie menschlichen Zellen sehr ähnlich sind. Dir jetzt die ganzen Unterschiede zu erklären, würde am Telefon zu weit führen. Zum Teil sind Hautschuppen dabei, die von einem Insekt, wie etwa von einem Schmetterling stammen könnten. Das kann ich aber nicht mit 100% Sicherheit sagen, dazu war das Untersuchungsmaterial zu wenig. Das Eigenartige dabei ist, dass die Zellen durchsichtig sind."

„Durchsichtig?" wiederholte David verständnislos.

„Ja, man kann durch sie hindurch sehen wie durch eine Glasscheibe, wenn du so willst. Was noch faszinierender ist: die Zellen scheinen zu leben. Wenn man sie mit Vitaminen „füttert", saugen sie sich voll und bewegen sich. Ich weiß, das klingt absolut verrückt, aber so ist es."

Axel wartete einen Augenblick ab, um auf Davids Reaktion zu warten. Aber David bedankte sich nur für Axels Mühe. „Ich hab also immer noch dein Wort, das diese Sache unter uns bleibt, oder?"

„Ja, selbstverständlich", sagte der Chemiker verwirrt. „Aber ... ist das alles? Ich finde es total faszinierend."

„Ja du hast bestimmt Recht, aber ...", versuchte David es zu erklären.

„Du hast es schon gewusst, stimmt's", war sich Axel plötzlich sicher. „Warum hast du nichts gesagt? Was ist das für eine Probe? Von wem stammt sie?", stellte Axel eine Frage nach der Anderen.

„Ich kann dir leider nicht mehr dazu sagen, ich habe mein Wort gegeben, Axel. Ich hoffe du verstehst das."

Axel schwieg eine Zeit lang, dann fragte er: „Wenn du es irgendwann einmal verraten kannst, erzählst du es mir dann?"

„Du bist bestimmt der Erste", versprach David und war erleichtert über die Reaktion seines Freundes. „Einen Laborbericht brauche ich nicht. Also nochmals vielen Dank für deine Mühe."

„Zu spät, der Bericht ist schon heute Morgen rausgegangen. Du müsstest ihn spätestens in zwei Tagen haben. Also dann ... lass dich Mal wieder bei uns blicken. Jenny würde sich sehr freuen." Mit diesen Worten beendete Axel das Telefonat.

Auch David legte auf, aber geistesabwesend glotzte er immer noch auf das Display bis es sich verdunkelte. Dann ging er zu Bett. Lange wälzte er sich im Bett umher. Auch wenn er es nicht wollte, verirrten sich seine Gedanken immer zu Regenbogen hin.

War es denn jetzt noch so wichtig, ihr Geheimnis nicht weiter zu verraten? Sie war weg, ohne ein Wort. Dabei waren sie beide am Abend zuvor noch so glücklich. Er konnte nur hoffen, dass Sue Recht hatte und Regenbogen aus einem dringenden Grund weg musste. Sie würde bestimmt wieder kommen, hoffte er so sehr. Da fiel ihm dieses dumme Sprichwort ein, wie war das nochmal …?

„Die Hoffnung stirbt zuletzt …"

# Kapitel 19

Der Wecker klingelte pünktlich um 9 Uhr morgens. David hatte ihn vorsorglich gestellt. So etwas, wie am Vortag, einfach seine Jungs zu vergessen, durfte nie mehr passieren. Er stand auf und versuchte sein „normales Leben" wie gewohnt durchzuführen, ohne dabei allzu viel an Regenbogen zu denken. Im Foyer begegnete dem Musiker Sam, der ihn mit dem üblichen Handschlag begrüßte.

„Morgen Alter, du hast heute jede Menge Post bekommen. Sieht so aus, als wären das alles nur Rechnungen. Leider keine Fanpost dabei …" Der

Portier überflog grinsend die Absender.

„Ich wollte jetzt joggen gehen. Ich nehme die Post auf dem Rückweg mit, Sam", erwiderte David kurz angebunden.

Die kühle Morgenluft streifte sanft sein Gesicht, als er zum Joggen auf die Straße trat. Seine Füße fanden den gewohnten Weg in den Park. Er versuchte bewusst sein Tempo zu steigern, um sich richtig auszupowern; und auch, um jeden Gedanken an die Elfe zu ersticken. Früher als erwartet erreichte er sein Zuhause. Bald würde er wieder in seiner Wohnung stehen, wo ihn die Einsamkeit und Leere umschloss wie eine durchsichtige Kapsel. Nein, er wollte nicht nach Hause, … noch nicht, entschied er sich anders, als er schon fast die freie Straße überquert hatte. Abrupt, ohne zu überlegen, drehte er sich um und wollte zurück zur anderen Straßenseite laufen. Da geschah es.

Plötzlich erfasste ihn ein Auto. David landete zuerst unsanft auf der Motorhaube. Dann wurde er unter Quietschen der Reifen im hohen Bogen auf den harten Asphalt geschleudert. Er schlug schwer mit dem Kopf auf der Straße auf. Von dort aus spürte er einen stechenden Schmerz, der sich schnell über seinen ganzen Körper verbreitete. Verschwommen nahm er nur noch den blauen Himmel über sich war.

Viele Menschen umringten ihn und beugten sich über ihn. Aber David konnte sie nur verschwommen sehen. Ihre Gesichter vermischten sich wie bunte Farbkleckse miteinander. Komisch, das einzige, was er deutlich sehen konnte, war das Gesicht von Regenbogen. War sie denn hier?

Wieso konnte er nichts mehr hören? Um ihn herum lag eine bleierne Stille.

Nur ein Schrei dröhnte schmerzhaft in seinen Ohren. Jemand schrie verzweifelt den Namen „Regenbogen." Aber er hatte keine Ahnung, wer ihn gerufen hatte. Dann wurde alles schwarz um ihn herum - und still - und friedlich …

# Kapitel 20

Regenbogen erwachte am frühen Morgen, als ihr ein Tautropfen genau auf die Nase fiel. Sie öffnete die Augen und wurde sofort von der Sonne geblendet, die den Tropfen hell erstrahlen ließ. Sie wischte den Tropfen mit einer Hand fort, streckte sich und gähnte herzhaft. Auf einmal fielen unzählige Tautropfen wie Regen auf sie hernieder.

„Hey, was ist hier los", beschwerte sie sich.

Ein heiter klingendes Lachen, machte sich von oben bemerkbar.

„Ach du bist es, Morgentau. Das hätte ich mir eigentlich denken können", erkannte Regenbogen eine andere Elfe sofort.

„Guten Morgen Regenbogen. Wo warst du denn solange, wir haben dich überall gesucht", neugierig kam ihre Freundin näher heran.

Grundsätzlich glich diese Elfe Regenbogen. Sie war genau so klein und zart von der Statur. Aber ihre Rundungen waren ausgeprägter, weiblicher. Ihre Haare waren von einem dunklen Braun, das an reife Kastanien denken ließ. Sie wirkten auch etwas borstiger, als das von Regenbogen. Aber vielleicht täuschten die kurzgeschnittenen Haare das nur vor.

Regenbogen setzte sich in ihrem Nest aus Blättern und Heu auf und klopfte auf den Platz neben ihr. Morgentau ließ sich vom Ast, ca. 5 Meter über dem Nest, im freien Fall und Kopf voraus, herunterfallen. Im letzten Moment, machte sie sich klein und landete mit einer perfekten Rolle vorwärts im Nest. Sie lachte laut und kichernd auf: „Oh, wie das im Bauch kribbelt, ich liebe es einfach!"

„Würdest du bitte aufpassen, ich hab das Nest gerade vor ein paar Tagen, neu gebaut", beschwerte sich Regenbogen über den Übermut von Morgentau.

„Meine Güte", Morgentau verdrehte die Augen, „ich helfe dir es neu zu bauen, falls es kaputt geht." Morgentau kicherte wieder und schlang ihre Arme überschwänglich um die Elfe. „Also wo warst du", fragte sie nochmals und küsste Regenbogen dabei herzlich auf die Wange.

Regenbogen überlegte einen Moment. Eigentlich wollte sie David vergessen. Aber es war ihr bisher sowieso nicht gelungen. Es gab tausende von Augenblicke, die sie an ihn erinnerten. Sie hatte versucht sich abzulenken und war wie früher mit den Vögeln um die Wette geflogen. Oder hatte sich mit dem großen Wasserfall in die Tiefe gestürzt, nur so zum Spaß. Sie hatte versucht die Braunbären zu ärgern und schnappte ihnen vor ihren Augen die süßen Waldbeeren weg, bis sie laut brüllend versuchten, Regenbogen zu fangen. Aber irgendwie schien der Wald sich verändert zu haben, oder sie? Es machte ihr alles keinen richtigen Spaß mehr.

„Naja, ich war in der großen Stadt, du weiß schon", antwortete Regenbogen auf die Frage ihrer Freundin.

„Du warst schon wieder bei den Menschen? Wie kannst du dich nur immer wieder so einer Gefahr aussetzen. Langsam glaube ich, du bist süchtig nach Gefahr. Hast du denn nichts aus deiner Gefangennahme damals gelernt?"

Morgentau machte ihr Vorwürfe über Vorwürfe. Schließlich aber warnte sie Regenbogen. „Ich habe dich sehr gerne, aber wenn die Menschen herausfinden, was du bist, sind wir alle in Gefahr!"

„Sie sind nicht so, wie du denkst. Zumindest nicht alle", gestand Regenbogen ein. „Sie sind warmherzig und voller Leidenschaft. Sie sind hilfsbereit, interessant und … und … liebenswert", schwärmte sie.

„Ach ja, und welche Augenfarbe haben sie", wollte Morgentau beiläufig wissen.

„Braun", erwiderte Regenbogen sofort. „Er hat braune Augen und das schönste Lächeln, das ich je gesehen habe …!"

„Wusste ich es doch. Ich habe dich ertappt", freute sich Morgentau über ihre List. Sie nahm Regenbogens Hände in ihre, blickte ihr tief in die Augen, und warnte sie eindringlich: „Bitte geh nicht mehr dort hin. Es ist einfach viel zu gefährlich. Du weißt, Menschen können nicht einmal auf sich selbst aufpassen. Und ehe sie sich versehen, haben sie ihre Mitmenschen, ihre Umwelt, ja sogar ihre Existenz zerstört."

Sie machte eine kleine Pause, drehte den Kopf zur Seite und schaute in die Ferne.

„Menschen sind für uns wie kleine Kinder, die niemals etwas dazu lernen. Und das macht gerade die Gefahr aus. Wie Kinder haben auch sie etwas Süßes und Hilfsbedürftiges an sich. So, dass wir dann immer versucht sind, ihnen zu helfen, wenn sie was verbockt haben."

„Ja, ja, ich weiß es", antwortete Regenbogen genervt auf die Moralpredigt. „Glaub mir, deshalb bin ich ja auch gegangen. Denn ich glaube, ich habe mich in einen verliebt", gab sie kleinlaut zu.

„Meine Güte, wie konnte das den nur passieren?", war es Morgentau unbegreiflich.

Regenbogen erzählte ihrer Freundin alles, fast alles, „ja und dann bin ich gegangen", endete sie schließlich.

Beide schwiegen eine Weile.

„Dann warst du das neulich, mit dem Regenbogen", fiel es Morgentau plötzlich wieder ein. „Ich habe mich schon gewundert, denn einen so perfekten Regenbogen, gibt es selten in der Natur."

„Ja das war ich. Ich wollte so schnell wie möglich von dort weg", erklärte sie und Morgentau nickte verständnisvoll.

„Also, was wollen wir heute tun", versuchte sie Regenbogen abzulenken.

„Mach einen Vorschlag", sagte diese Achselzuckend.

Morgentau überlegte kurz: „Wir könnten Wildwasser-Surfen machen, oder an der Küste tauchen gehen - die Wale haben bestimmt ihre Babys schon bekommen. Wir könnten sie uns ansehen und ihnen Namen geben." Als Regenbogen zögerte, hatte sie noch einen Einfall parat: „In den Bergen liegt schon der erste Neuschnee. Lass uns den Berg hinunter rutschen."

„Also gut, dann Wildwasser- Surfen", ließ sich Regenbogen von der guten Laune der Freundin anstecken.

Sie breiteten beide ihre Flügel aus, stießen sich vom Nest ab und flogen los, Richtung Wasserfall. Unterwegs machten sie mal hier, mal dort eine kleine Pause, um sich von Ahornblättern zunehmen oder von wild wachsenden Beeren zu naschen.

Beide suchten sich im Unterholz ein Stück breite Baumrinde. Unterhalb des Wasserfalls, schleuderten sie ihr Holz, gerade so groß, dass zwei Füße darauf Platz hatten, in den Fluss. Die Strömung riss es rasch mit sich und ließ es an den zahlreichen Stromschnellen für kurze Zeit verschwinden. Geschwind flatterten sie auf ihr Treibholz zu und ließen ihre nackten Füße darauf nieder. Dann versuchten sie in den Stromschnellen die Balance zu halten und nicht zu stürzen. Wenn eine Elfe doch stürzte, konnte es durchaus gefährlich für sie werden. Die vielen kleinen Steine im Flussbett, und die starke Strömung, konnten einen Elfenflügel im Nu zerfetzen.

Aber sie hatten beide ihren Spaß dabei. Gegenseitig versuchten sie sich zu überholen, indem sie vor einer großen Stromschnelle, rasch in die Luft sprangen, um dann wieder auf dem Brett sicher zum Stehen zu kommen. Als die Strömung schwächer wurde und der Fluss „gezähmt" war, wie sie es nannten, machte es ihnen keinen Spaß mehr. Darum nahmen sie die Herausforderung von neuem auf. Es bereitete ihnen großes Vergnügen, ihre Geschicklichkeit zu testen. Auch war es sehr erfrischend, wenn das eiskalte Wasser an ihren Körper abperlte.

Sie hatten gerade ihren vierten Durchgang hinter sich, die Sonne stand noch nicht im Zenit, als es Regenbogen einen riesigen Stich durch die Brust gab. Sie hörte, dass jemand verzweifelt ihren Namen rief. Sie kannte diese Stimme – nur zu gut. Aber wie war es möglich, dass sie diese Stimme über mehrere hunderte von Kilometern hören konnte? Und warum klang die Stimme so verzweifelt? Da war sie schon wieder, der Schrei erfüllte ihren Kopf. Sie musste sich einen Augenblick ins Gras setzen.

„Was ist los?" Besorgt kam Morgentau auf Regenbogen zu und setzte sich zu ihr.

„Ich weiß es nicht genau. Ich höre ihn nach mir rufen, David - meine ich."

„Du meinst den Menschen? Wie kann das sein, wieso hat er so eine Macht über dich?", schüttelte Morgentau verwirrt den Kopf.

Regenbogen zögerte kurz, dann gab sie es zu: „Er hat mich geküsst."

„Du hast was?", schrie Morgentau sie fast an. „Bist du den verrückt geworden. Er hat dir dabei einen Hauch seiner Seele übergeben."

„Er hat nicht gewusst, was er dabei tat. Es kam so überraschen, dass ich es nicht verhindern konnte", verteidigte sich die Elfe. „Außerdem war es sehr schön, geküsst zu werden", setzt sie kleinlaut dazu.

„Pah, ... sehr schön", äffte Morgentau sie nach. „Du wirst seine Sklavin sein, so lange er lebt; sein Beschützer, - wie erniedrigend!"

Da war sie wieder. Seine Stimme wurde schwächer, aber sie war da. Er flehte ihren Namen. Entschlossen stand Regenbogen auf, wandte der Sonne ihren Rücken zu und schloss die Augen. Innerhalb von Sekunden entstand, wenige Schritte vor ihr, der Anfang eines wunderschönen Regenbogens.

Morgentau sprang auf, und packte ihre Freundin an der Schulter.

„Nein, geh nicht zu ihm. Er ist ein Mensch, er ist es nicht wert", beschwor sie Regenbogen eindringlich.

Regenbogen öffnete ihre Augen und sah zu Boden: „Ich muss ihm einfach helfen. Er ist es wert. Glaub mir, dieser Mensch schon. Er braucht meine Hilfe. Er braucht mich... aber ... ich werde wieder kommen", sie lächelte Morgentau an, „Leb wohl."

Regenbogen streckte ihre Arme aus, ging auf den Regenbogen zu und schon war sie im Farbenspiel verschwunden.

# Kapitel 21

Sam saß hinter dem Tresen in der Eingangshalle und sortierte die Post der Hausbewohner. Plötzlich wurde er durch quietschenden Autoreifen von seiner Arbeit abgelenkt. Er rannte mit dem Handy in der Hand nach draußen. Im Rennen wählte er bereits die Notrufnummer und erklärte kurz den Sachverhalt.

„Da liegt eine Person auf der Straße. Sie bewegt sich nicht mehr… Ja, von einem Auto erfasst."

Schnell bildete sich ein Menschenauflauf darum. Als er näher an den Verletzten heran trat, erschrak er fürchterlich. „Verdammt, das ist ja David", fuhr es ihm durch alle Glieder.

Sam musste einen Würgereiz unterdrücken. David lag blutüberströmt auf der Straße. Seine Arme und Beine standen im merkwürdigen Winkel von seinem Körper. Er erinnerte an eine Stoffpuppe, die ein Kind unachtsam auf den Boden geworfen hatte. Sam kniete sich neben ihn und versuchte ihn anzusprechen. Aber David reagierte nicht. Vorsichtig ertastete er den Puls an Davids Hals. Er war noch zu erfühlen, wenn auch schwach. Er zog seine Hand zurück. Sie fühlte sich vom Blut feucht und klebrig an. Wieder kämpfte er gegen das Gefühl an, sich übergeben zu müssen.

Da stoppte schon ein Krankenwagen mit laut heulender Sirene direkt neben Sam. Die Sirene nahm er erst wahr, als ihm ein Arzt eine Hand auf die Schulter legte und ihn bat, Platz zu machen. Vier Mann machten sich helfend an David zu schaffen. Im Handumdrehen wurde er auf eine Bahre gehoben und für den Transport ins Krankenhaus vorbereitet. Sam bekam die Anweisung, die nächsten Angehörigen zu informieren.

Mit zitternden Händen stand Sam da, als der Krankenwagen mit Blaulicht und schriller Sirene davon brauste. Ein Polizist forderte ihn auf, die Straße zu verlassen nachdem der Unfall aufgenommen war.

Sam fühlte sich wie in einem Traum. Einige Dinge sprangen ihm förmlich ins Auge und wirkten sehr intensiv auf ihn, andere schienen in unerreichbarer Ferne zu sein.

Langsam ging er ins Haus. Er wollte seine Arbeit wieder aufnehmen, doch dann fiel ihm seine blutverschmierte Uniform auf. Die Hände waren mit angetrocknetem Blut bedeckt. Sofort rannte er auf die Toilette, sein Mageninhalt wollte jetzt einfach nicht mehr bleiben, wo er war. Nach einer gründlichen Reinigung, bei der er noch mehrmals würgen musste, fühlte er sich imstande, seine Arbeit wieder aufzunehmen.

Er überlegte kurz, wen sollte er anrufen? Es fielen ihm nur Sue, seine Haushälterin ein und vielleicht Pandora, damit sie die nächsten Termine absagen konnte.

Sue verkraftete die Nachricht ganz gut. Nach dem ersten Schock schritt sie aber sofort zur Tat und fuhr ins Krankenhaus, um mit einem Arzt zu sprechen.

Die Managerin musste er nicht anrufen, weil sie ja auch, wie David, hier im Haus wohnte. Sam holte gerade den Aufzug, da erinnerte er sich an den Stapel Briefe, die er vorher für David sortiert hatte. So schnell würde der Musiker bestimmt nicht aus der Klinik entlassen werden, um sich rechtzeitig um seine Rechnungen kümmern zu können. Darum hielt Sam es für eine gute Idee, Pandora die Post anzuvertrauen.

Allerdings hatte er nicht mit so einer Reaktion gerechnet. Als er Pandora die Post in die Hand drückte und ihr dabei die schlechte Nachricht von Davids Unfall überbrachte, bekam sie einen hysterischen Weinkrampf, der damit endete, dass Sam einen Arzt kommen lassen musste.

Das Mädchen, das seit ein paar Tagen mit David zusammen war; vielleicht sollte er es auch informieren, dachte Sam, als er wieder mit den Fahrstuhl nach unten fuhr. Aber er wusste nichts von ihr. Hatte er nicht einmal gehört, wie David sie genannt hatte? Der Name wollte ihm einfach nicht mehr einfallen. Er zermarterte sich den Kopf darüber.

„Annabella", sprach er den Namen laut aus. Wie gerufen, öffnete sich die Eingangstür und sie stand vor Sam.

Sam sprudelte aufgeregt los: „Ich wollte sie anrufen, aber ich hatte keine Nummer von ihnen. Er, ich meine David, ist im Krankenhaus, ich weiß nichts weiter, nur … es sieht nicht gut aus."

„Wo ist das? Wie komme ich dort hin?", fragte die Elfe mit erstickter Stimme.

„Es steht bereits ein Auto mit Fahrer vor der Türe", erwiderte Sam mitfühlend.

Kurze Zeit später stand Regenbogen schon in der Eingangshalle des Krankenhauses. Unsicher sah sie sich um. Da entdeckte sie zwischen den vielen Menschen, die alte chinesische Frau, die David versorgte. Entschlossen ging sie auf die Frau zu und blieb kurz vor ihr stehen.

„Hallo Sue", sagte sie zur Begrüßung. Sue hob den Kopf an und ein erleichtertes Lächeln machte sich auf ihrem Gesicht breit. „Ich haben gewusst, Mädchen kommen zulück. David ist klank, ein Auto ..."

„Ja, ich weiß", beeilte sich Regenbogen zu sagen. Sie wollte nicht, das Sue das, was sie bereits in Sams Gedanken gehört hatte, in Worte fasste. „Was können wir tun?" Nie zuvor in ihren Leben, kam sie sich so hilflos vor.

„Wil müssen walten bis nach Opelation", antwortete Sue achselzuckend.

„Operation, was ist das?", fragte Regenbogen und schon wollte sie es gar nicht mehr wissen. Sie brauchte nur all diese Menschen zu belauschen, um die Antwort zu kennen.

Sie setzte sich zu Sues Füssen, nahm wortlos die Hände der Chinesin in die ihren, und hielt sie fest. So warteten sie endlos wirkende Stunden. Endlich, Sue war inzwischen öfters eingenickt, kam ein Arzt. „Leider muss ich ihnen mitteilen, dass es nicht gut um Mr. Jarretti steht."

Regenbogen musste sich das nicht anhören, um es zu wissen. Sie hatte Davids Schreie immer wieder in sich gespürt. Sie wollte ihm so gerne helfen, durfte es aber nicht. Mit einem tiefen Seufzer, zwang sie sich, dem Arzt zu zuhören.

„Momentan ist sein Zustand stabil. Wenn man bedenkt: ein Schädeltrauma, mehrere Frakturen, zwei davon im Rippenbereich; eine Rippe hat sogar seinen rechten Lungenflügel durchbohrt, Fraktur am rechten Oberarm und Hautschürfungen am ganzen Körper", informierte sie der Arzt sachlich. „Wenn er die nächsten zwei Tage überlebt, haben wir eine Chance."

„Kann ich zu ihm?", bettelte Regenbogen verzweifelt.

„Nein, heute nicht. Er ist auf der Intensiv-Station, da dürfen keine Besucher hinein", ergänzte der Arzt, nickte ihnen kurz zum Gruß zu und verschwand hinter einer Glastür.

Ich muss zu ihm, war es Regenbogen klar. ... Ich muss was essen. „Sue", sprach sie die Chinesin zaghaft an. „Es ist mir etwas peinlich, aber ich habe heute noch nichts gegessen."

Sie brauchte Sue kein weiteres Wort erklären, den von nun ab war sie ein „Sue Spezial-Fall." Sue packte ihre Hand und schleifte sie in die Cafeteria des Krankenhauses. Dort bestellte sie erst einmal Grünen Tee, zur Entspannung. Sie erinnerte sich daran, dass Regenbogen nur Obst zu sich nahm. Deshalb kaufte sie einige Äpfel und auch zwei Bananen.

„Danke Sue", lächelte Regenbogen sie aufrichtig an, während Sue ihr eine Tasse grünen Tee reichte. Regenbogen verschlang erst mal die Banane so schnell, das Sue der Meinung war, ein Affe könne das nicht schneller. Nachdem die Elfe alles verspeist hatte, überließ ihr Sue auch noch ihren Tee, weil er ihrer Meinung nach beruhigend auf Regenbogen wirkte.

Regenbogen sah sich suchend im Café um. Hier vor all diesen Menschen konnte sie sich unmöglich verwandeln. Denn so wie sie war, durfte sie David nicht suchen.

„Sue, ich müsste mal schnell verschwinden. Haben sie eine Ahnung, wo ich ...", weiter kam sie mit ihrer Erklärung nicht.

Sue nickte allwissend und sagte nur: „Ja, ja, ja, ich velstehen schon. Du mitkommen, ich zeigen dil." Sie gingen den Flur entlang und auf eine der vielen Türen zielsicher zu. Auf der Türe war die Aufschrift „Ladies" zu lesen.

„Ich walten in Cafeteria", ließ Sue es Regenbogen wissen.

„Ich weiß nicht, ob ich nochmals dorthin komme, ich ... ähm habe noch einen wichtigen Termin", erklärte Regenbogen vorsichtshalbe der Chinesin. „Ach ja", fiel es Regenbogen noch rechtzeitig ein. „Wissen sie vielleicht, wo das ist, diese Intensiv-Sache?"

Die alte Frau zeigte auf den Aufzug und erklärte: „Du musst dlücken 5. Stock und dann nochmal flagen. Abel sie lassen dich bestimmt nicht zu

David." Sue sah Regenbogen scharf in die Augen, als könnte auch sie Gedanken lesen.

„Ja, ich weiß", nickte Regenbogen und öffnete die Türe mit der Aufschrift „Ladies."

Sechs Waschbecken hatte man unter einer Front von Spiegeln aneinander gereiht. Verwirrt ging sie weiter in den hinteren Teil des Raumes. Dort erblickte sie an einer Seite viele Türen nebeneinander. Sie öffnete eine davon. Es war eine kleine Kabine mit einer großen, weißen Schüssel darin. So eine hatte sie auch schon bei David gesehen, in dem Raum, den er Badezimmer nannte. Was auch immer das für ein Ding war, Regenbogen hatte keine Zeit, es heraus zu finden.

Im Handumdrehen hatte sie sich unsichtbar gemacht und ging so verwandelt auf den Fahrstuhl zu. Sie musste sehr vorsichtig sein, um mit niemanden zusammen zu stoßen. Ein paar Leute standen vor dem Aufzug und warteten. Ein einziger heller Klang kündigte das Öffnen des Fahrstuhls an. Flink schlüpfte Regenbogen zwischen den Menschen hindurch und drückte sich an die Wand. Die Türe schloss sich und mit einem sanften Ruck wurde das „Zimmer" nach oben getragen.

„Ups", entfuhr es Regenbogen erstaunt über diese Tatsache. Ein Mann drehte sich suchend nach dem Geräusch um. Nach und nach stiegen die Menschen aus, bis eine Frauenstimme „Fünfter Stock, Intensivstation" verkündete. Regenbogen verließ den Fahrstuhls, schnüffelte und zog die Nase kraus. Von den vielen komischen Gerüchen musste sie beinahe niesen.

Wo sollte sie ihn nur suchen? Sie konnte seine Gedanken nicht mehr hören. Da entschloss sie sich den Gang entlang zulaufen, bis sie mehrere Menschen, alle in Weiß gekleidet und arbeitend, antraf. Die Elfe entschied sich bei ihnen zu bleiben und in den Gedanken dieser Menschen zu stöbern. Es dauerte eine Weile, bis sie fündig geworden war.

Eine Frau, dachte über David nach und sprach eine andere dabei an: „Babsi, hast du gesehen, wer in 511 liegt? Es ist dieser Geiger, David Jarretti. Er hatte einen entsetzlichen Autounfall."

„Ja, hab ich schon gehört. Sie haben ihn wieder zusammen geflickt. Aber ob er je wieder spielen kann?"

Es reichte Regenbogen, mehr wollte sie nicht hören. Mehr ertrug sie einfach nicht. Sie stahl sich davon und suchte das Zimmer mit der Nummer 511. Zaghaft öffnete sie die Tür. Mitten in lauter piepsenden und leuchtend blinkenden Geräten stand eine Art Bett. Regenbogen hatte David zuerst nicht darin sehen können. Er hatte überall dicke Verbände, aus denen zum Teil Plastikschläuche heraus kamen. Sogar sein Kopf war eingebunden. Von seiner Nase aus, führte ein Schlauch in ein Gerät, das anscheinend permanent Sauerstoff hervor brachte.

Der Verletzte hatte die Augen geschlossen. Es hatte den Anschein, als ob er schlief. Aber anders als sonst im Schlaf, sah er jetzt so zerbrechlich und hilflos aus.

Regenbogen stiegen die Tränen in die Augen. Es war alles ihre Schuld. Sie hätte auf ihn aufpassen müssen. Wieso nur hatte sie ihn überhaupt allein gelassen? „Nimm dich zusammen!", befahl sie sich, „hör sofort auf zu weinen."

Aber da war es schon passiert. Ehe sie ihre Tränen zurück halten konnte, kullerte auch schon eine auf das Betttuch und fiel mit einem leisen „Klack" auf den sterilen Steinboden. Die zweite Träne, die kaum ihre Augen verlassen hatte und dabei zu einem Diamanten wurde, fing sie gerade noch rechtzeitig auf.

Verflixt, wo war diese verdammte verräterische andere Träne bloß hingesprungen? Wütend suchte sie mit ihren Augen den Boden ab. Da wurde die Türe aufgerissen und eine Pflegeschwester kontrollierte kurz die Geräte. Zufällig trat sie mit dem Fuß auf einen kleinen, durchsichtigen „Kiesel-Stein" und hob ihn auf, um ihn zu betrachten. Wie ein kleines Prisma sah er aus. Er warf unzählige Lichteffekte über die haltende Hand. Diesen Kristall musste der Patient verloren haben. Es gab einfach keine andere Erklärung dafür. Sie wickelte den Stein, der kaum größer war als ein Streichholzkopf, in eine Mullbinde und nahm ihn mit.

„Das kann ja heiter werden", motzte Regenbogen vor sich hin, „wenn hier ständig jemand reinplatzt. Wie soll ich denn dabei arbeiten?"

„Ich muss mich einfach auch auf die Schritte draußen im Flur konzentrieren", dachte sie. Immer noch unsichtbar, berührte sie sanft Davids Wange. Sie fühlte sich fast so kühl an wie ihre Hand.

„Na los, fang schon an, Regenbogen, du hast nicht ewig Zeit", trieb sie sich selbst zur Eile an. Damit sie die Türe im Auge behalten konnte, stellte sie sich ans Kopfende des Bettes. Dann schloss sie die Augen, streckte ihre Arme aus und augenblicklich erschien ein Regenbogen im Zimmer. Er erstreckte sich von einen Bettende zum anderen und bildete eine perfekte Kuppel. Der Regenbogen tauchte nicht nur David in seine leuchtenden, schillernden Farben, sondern ließ auch das triste, weiße Zimmer bunt und fröhlich erscheinen.

Es strengte sie sehr an, sich so lange konzentrieren zu müssen und dabei auch noch auf die Geräusche vor der Tür zu lauschen. Immer wieder musste sie ihren Zauber unterbrechen, weil Ärzte oder eine Pflegeschwester ins Zimmer kamen.

„Wenn das so weiter geht, brauche ich die ganze Nacht dazu", stöhnte Regenbogen auf. Bald würde sie keine Energie mehr für beide Zauber haben; unsichtbar zu sein und David zu heilen. Hätte sie nur vorher etwas mehr gegessen!

Mehrere Stunden stand sie jetzt schon an seinem Bett. Eigentlich müsste er sich bald bewegen. Regenbogen wurde langsam ungeduldig. Sie horchte in seine Gedanken. Aber da war nichts. Nicht einmal ein verworrener Traum.

Sie ließ den von ihr erzeugten Regenbogen verschwinden und atmete ein paar Mal tief durch. Mit den Fingerspitzen berührte sie seine Oberlippe. Da tauchte plötzlich in seinen Kopf ihr Name auf.

„Endlich, endlich", flüsterte sie.

Langsam hatte sie schon an ihren Fähigkeiten gezweifelt. Vorsichtig hob sie seinen Kopfverband etwas an, um die Platzwunde, die ein Arzt genäht hatte (wie barbarisch dachte sie), zu begutachten. Sie war völlig verheilt. Nur ein kurzer, feiner, roter Strich war noch im Haaransatz über seiner linken Schläfe zu sehen.

Sie legte ihre Hände auf seinen Brustkorb und folgte damit seinen Atembewegungen, um seine Verletzungen zu erspüren. Waren sie fort oder fühlte die Elfe sie einfach nicht? Regenbogen versuchte noch mal in seine Gedanken einzudringen. Sie legte eine Hand auf seine Wange und strich mit dem Daumen gefühlvoll über seine Lippen. Zum ersten Mal atmete David tief ein, ohne dabei das Gesicht vor Schmerzen zu verzehren.

Wo kam bloß dieser Duft her, den David so gut kannte und den er so lange vermisst hatte. Dieser Geruch hatte nichts mit den üblichen Krankenhausgerüchen zu tun. Langsam bekam seine schwarze Erinnerung wieder Farben. Der Duft erinnerte ihn an ein Mädchen und an eine üppig blühende Blumenwiese mit vielen bunten Schmetterlingen.

Als Regenbogen seine Gedanken hörte, stöhnte sie erleichtert auf. „David", flüsterte sie ihm ins Ohr, „kannst du mich hören?"

David öffnete blinzelnd die Augen. Die grellen Lichter der Geräte taten ihm in den Augen weh.

„David, kannst du mich hören", wiederholte sie und verstärkte dabei mit ihrer Hand den Druck auf seine Wange.

„Regenbogen bist du es wirklich", flüsterte er leise, „oder höre ich neuerdings auch schon Stimmen."

„David, ich freue mich so! Wie geht es dir? Hast du Schmerzen?"

„Was ist passiert?", fragte er. Aber dann kam langsam die Erinnerung zurück. „Ja, da war ein Auto und … Bin ich schwer verletzt worden?"

„Sag du`s mir. Hast du denn irgendwo Schmerzen?"

David spürte in sich hinein. „Nein, ich glaube nicht. Ich freue mich so, deine Stimme zu hören. Bitte geh nicht mehr ohne ein Wort. Ich hab dich so sehr vermisst." Er setzte sich dabei im Bett auf und riss sich den Verband vom Kopf. „Wo bist du? Gibst du mir deine Hand? Das brauche ich jetzt."

Regenbogen legte ihre Hand in seine. Fest umschloss er sie. „Komm, lass uns hier verschwinden", wurde er ungeduldig und drückte die Klingel für das Krankenhauspersonal. Es dauerte nicht lange, da erschien die Krankenschwester, gefolgt von einem Arzt. Beide starrten David, der aufrecht im Bett saß, erschrocken an.

„Hallo, machen sie mir mal das ganze Zeug hier ab. Ich möchte nach Hause", sagte David und fuchtelte dabei wirr mit der linken Hand umher. Sofort sprang die Krankenschwester nach vorne und drückte David kraftvoll in die Kissen zurück. Regenbogen konnte sich gerade noch rechtzeitig zur Seite retten.

„Sie dürfen sich noch nicht aufsetzen, sie haben eine Schädeltrauma und zwei gebrochene Rippen, ganz zu schweigen von ihrer Lunge", erklärte die Schwester aufgebracht.

Der Arzt trat an Davids Bett und bestaunte etwas misstrauisch die Kopfnarbe des Patienten. „Das kann doch gar nicht sein, der Unfall ist vor weniger als 20 Stunden passiert. Wie ist das nur möglich?"

„Na bitte, ich bin also völlig in Ordnung", grinste David den Arzt an.

Der starrte ihn an, als wäre David ein Außerirdischer, dann sagte er bedächtig: „Wir machen erst einmal eine Röntgenaufnahme, dann sehen wir weiter."

„Brauche ich nicht, machen sie mir nur das Zeug hier ab", wiedersprach David.

Der Arzt warf der Schwester einen unsicheren Blick zu. Die zuckte nur mit den Schultern. „Na gut, auf ihre eigene Verantwortung." Dann nahm er David die Brustbandage ab und befühlte seine Rippen. „Tut das weh", fragte er und sah David dabei prüfend an.

„Nicht die Spur", gab er als Antwort zurück.

„Ich würde doch lieber ein Röntgenbild machen, zu ihrer und meiner Sicherheit."

„Na gut, aber nur, wenn es nicht lange dauert", gab der Musiker klein bei.

Der Arzt nickte der Krankenschwester zu. Diese verstand sofort und hastete aus dem Zimmer. Unterdessen stellte der Arzt die Überwachungsgeräte ab und entfernte skeptisch die Schläuche. Plötzlich sah er auf und blickte in die Zimmerecke, in der Regenbogen stand. Fassungslos starrte er dort hin. Hatte er da nicht eben eine Frau gesehen? Wie um das Bild zu verscheuchen, schüttelte er seinen Kopf.

„Ich hasse den Nachtdienst", murmelte er.

„Ja, das kann ich gut verstehen", erwiderte David mitfühlend.

Da, schon wieder sah der Arzt bestürzt auf die Stelle, wo Regenbogen stand. „Da, da steht eine Frau", stotterte er und zeigte mit dem Finger auf Regenbogen. „Jetzt ist sie wieder weg."

„Tatsächlich", fragte David interessiert ohne hinzusehen, „ich sehe überall weiße Hunde, wenn ich übermüdet bin."

Verdutzt, sah ihn der Arzt an. Wollte dieser Mann ihn auf den Arm nehmen? Da kam die Krankenschwester ins Zimmer, mit der Nachricht, dass sofort ein Röntgenbild gemacht werden kann.

„Gut, wo ist meine Hose und das Shirt?"

„Ich fürchte, die sind beim Unfall etwas in Mitleidenschaft genommen worden." Sie reichte David eine Papiertüte mit der ziemlich verschmutzten und blutbefleckten Kleidung. Nein, die konnte er nun wirklich nicht mehr tragen. Darin würde er aussehen wie ein Zombie. Aus einem Wandschrank nahm die Krankenschwester eine ausgeleierte Jogginghose, deren Beine viel zu kurz waren, und ein hellblaues Arzt-T-Shirt.

„Anziehen kann ich mich seit meinen fünften Lebensjahr alleine", ließ er die Arzthelferin wissen, als die an ihm Hand anlegen wollte.

Nachdem der Arzt die „neuen" Röntgenaufnahmen studiert hatte und noch immer vor einem wissenschaftlichen Rätsel stand, verabschiedete sich David höflich. „Ich bedanke mich sehr bei ihnen. Vielleicht kommen sie mal mit ihrer Frau zu einem meiner Konzert, als mein Gast."

„Gerne, aber ich habe noch immer nicht die leiseste Ahnung, wie sie so schnell wieder genesen sind", zermarterte sich der junge Arzt das Hirn.

„Nur keine falsche Bescheidenheit", schmeichelte David. „Sie sind einfach ein wunderbarer Arzt, ja geradezu in diesen Beruf hineingeboren."

„Woup" ... ein kräftiger Stoß in die Magengegend, brachte dieses Geräusch hervor.

„Es geht ihnen also doch nicht so gut", bohrte der Arzt nach. „Würgen und Übelkeit sind typische Symptome bei einer Gehirnerschütterung."

Regenbogen hatte den Musiker spielerisch die Faust in den Magen gerammt. Schließlich war es ihr Verdienst, dass es David wieder gut ging, nicht die von diesem Knochenbrecher.

„Nein, es ist alles in bester Ordnung", keuchte David glücklich und rieb sich dabei den Bauch. David wollte gerade den Aufzug betreten, als ihm eine Pflegekraft nachrief: „Mr. Jarretti, hallo Mr. Jarretti, sie haben etwas vergessen."

Erstaunt blieb David stehen und wartete. Eine Frau im mittleren Alter blieb, nach Luft ringend, vor ihm stehen und pflückte ein Stück Mullbinde auseinander. „Ich habe den Stein unter ihrem Bett gefunden. Also wahrscheinlich ihrer. Ich schätze mal, es ist ein Diamant." Als David keine Reaktion zeigte, erklärte sie weiter: „Ich habe ihn für sie aufgehoben. Ich dachte, er ist vielleicht aus einem Schmuckstück heraus gefallen oder so."

„Das ist meiner", hauchte Regenbogen David ins Ohr. „Aber sag ihr, sie kann ihn behalten."

Erstaunt über diese Mitteilung, zog David die Augenbrauen nach oben und erklärte seinem Gegenüber: „Den Stein können sie gerne behalten. Ich habe keine Verwendung mehr für ihn."

Die Frau bedankte sich immer noch bei David, als er schon längst im Fahrstuhl nach unter unterwegs war.

„Endlich", stöhnte Regenbogen erleichtert, als sie im Fahrstuhl (sie waren alleine) wieder sichtbar wurde. „Ich hätte keine Minute länger aushalten können. Ich war noch nie mehrere Stunden unsichtbar. Ich wusste nicht wie anstrengend das ist."

„Mir ist es so auch viel lieber. Denn ich küsse lieber ein Mädchen, das ich sehen kann", lächelte David die Elfe an, zog sie in seine Arme und küsste sie zärtlich.

# Kapitel 22

Nach dem ersten Schock, den Pandora hatte, als Sam ihr die Nachricht von Davids Unfall mitgeteilt hatte, beschloss sie, ihm wenigstens den unangenehmen Kleinkram vom Hals zu halten. Sie wollte sich um sein Personal kümmern, das einem ja sofort auf der Nase herum tanzte, wenn es keine „Führung" bekam. Und sie wollte seine Rechnungen erledigen. Nicht dass David am Ende noch der Strom abgeschaltet wurde! Also nahm sie sich den Stapel Post vor, den der Portier ihr überreicht hatte. Einen Brief nach dem anderen machte sie auf und überflog kurz seinen Inhalt. Sie ordnete die Briefe in zwei Stapel: einmal in Rechnungen und einmal in Privat.

Da fiel ihr ein Brief ganz besonders auf. Es war ein Laborbericht. War David vielleicht krank? Er hatte nichts von einem Arzttermin gesagt. Der nüchterne Bericht enthielt Unmengen von Zahlen und Fachbegriffe, mit denen sie nichts anfangen konnte. Auch die kleine Zusammenfassung, die darunter angegliedert war, verstand Pandora nicht. Nicht einmal nach mehrmaligem Durchlesen.

„Die Probe zeigt zum größten Teil Hautzellen, die den menschlichen sehr ähnlich sind, vermischt mit Zellen, die Ähnlichkeiten mit einem Insekt wie z. B. einem Schmetterling oder einem Falter unbekannter Art, aufweisen."

Was zum Henker sollte das den nur bedeuten. Sie konnte sich keinen Reim darauf machen. Pandora beschloss den Brief wieder zu schließen und David nichts davon zu sagen. Vielleich würde sich ja die Sache irgendwie von selbst aufklären.

„Mann, David, das haut mich fast um. Die Ärzte haben gesagt, dass es Wochen dauern wird, bevor an einen öffentlichen Auftritt überhaupt zu denken ist", war John, der Keyboard-Spieler, total verblüfft, als er nur einen Tag nach dem Unfall David gegenüber stand. Die anderen Bandmitglieder pflichteten ihm lebhaft bei.

„Du kennst doch Ärzte. Machen alles schlimmer als es ist", spielte David seinen Unfall herunter.

„Nur gut, dass sich Pandora nicht einschüchtern ließ. Wir alle hatten sie bedrängt, die Termine in San Francisco abzusagen. Aber sie wollte nicht. Für eine Frau pokert sie wirklich hoch."

„Ja, sie geht über Leichen", dachte David nur. Aber er wollte nicht ungerecht ihr gegenüber sein. Immerhin hatte sie sich um seine Post und die Rechnungen gekümmert, während er in der Klinik lag.

„Kommt, lasst uns proben", schlug David vor und erstickte somit gleich jede Diskussion seiner Bandmitglieder im Keim.

Während der kommenden Tage probten sie sehr hart. Nicht, dass sie schlecht waren, nein, sie wollten sich einfach so nahe wie möglich an die Perfektion herantasten.

Am Morgen, bevor der Flug nach San Francisco geplant war, erwachte David vor dem Klingeln des Weckers. Die Sonne ging gerade auf und tauchte kleine Wolken in einen zart-rosa Ton. Es versprach ein sonniger Tag zu werden. Naja, eigentlich ist es egal, wenn man 9 Stunden Flug vor sich hatte. Nachdem er sich „Jogging-fertig" gemacht hatte, wollte er Regenbogen aufwecken. Aber wie immer, lag sie längst nicht mehr auf der Couch. Sie war ein Frühaufsteher und kostete den Tag vom ersten Sonnenstrahl an, aus.

„Daran werde ich mich nie gewöhnen", brummte David, als er Regenbogen wie immer, auf dem Fensterbrett sitzen sah. Sie war nach vorne übergebeugt und beobachtete die Menschen, die vom zwanzigsten Stock aus an Ameisen erinnerten, die in einer nicht erkennbaren Straße entlang krabbelten.

„Guten Morgen David", begrüßte sie ihn mit ihrer glasklaren Stimme. Dabei stand sie auf und streckte sich ausgiebig, während sie auf dem Fenstersims balancierte.

„Komm bitte rein, du weißt, dass mich das verrückt macht", bat er sie.

„Na schön", seufzte Regenbogen und sprang leichtfüßig ins Zimmer. „Du gehst joggen? Ich glaube, ich werde dich heute mal begleiten", überlegte sie laut.

David sah sie erstaunt an. Bis jetzt hatte sie es immer abgelehnt, mit der Begründung, es wäre langweilig. „Das wäre toll", freute sich David. „Na dann los." Er zog seine Schuhe an. Nachdem er sich aufrichtete stand Regenbogen in sportlicher Kleidung neben ihm. „Sieht gut aus", musterte er sie. „Können wir?"

In der Eingangshalle begrüßte sie Sam wie immer breit grinsend: „Morgen David, und guten Morgen schöne Frau. Wenn du mal die Nase von ihm voll hast", er deutete mit dem Kopf in Davids Richtung, „stehe ich jeder Zeit zur Verfügung."

„Danke für das nette Angebot", lachte Regenbogen, „aber ich kann mir nicht vorstellen, dass das jemals passieren wird."

„Seid vorsichtig beim Laufen, noch mal Mund zu Mund Beatmung bei dir, David, mach ich nicht mehr mit."

David schaute Sam erschrocken an. Dann schüttelte er den Kopf: „Das ist jetzt nicht wahr, oder?"

Sam lachte schallend. „Bleibt unser Geheimnis, David, versprochen." Sie hörten ihn noch lachen, als sie schon längst zur Tür raus waren.

In gleichmäßigem Laufschritt steuerten sie den Park an. Als sie nicht mehr von anderen Menschen umgeben waren, fragte David: „Wie hast du es eigentlich geschafft, mich so schnell zu heilen? Wenn man den Ärzten glauben kann, war ich wirklich schwer verletzt."

Regenbogen sah David erstaunt an. „Du weißt doch, ich bin eine Elfe, … also durch Elfenzauber."

„Ja, aber wie, hast du mir einen Saft oder so gegeben, oder hast du so was wie „Hokus-Pokus" gesagt?"

Regenbogen musste stehen bleiben. Sie konnte nicht lachen, wenn sie lief. „Ich bin Regenbogen und somit kann ich mit seiner Kraft alles zaubern, was ich möchte, … naja fast alles."

„Wie mit seiner Kraft? … Ein Regenbogen entsteht durch Sonne und Regen. Es ist eine Art Luftspiegelung … Musst du da nicht erst warten bis einer entsteht?" fragte David keuchend, weil er es nicht gewöhnt, beim Joggen zu sprechen.

„Nein, muss ich nicht. Ich kann jederzeit meinen eigenen Regenbogen entstehen lassen. Ich zeige es dir."

Sie sah sich nach allen Richtungen um, um sicher zu gehen, dass sie nicht beobachtet wurden. Dann streckte sie ihre Arme nach vorne, mit den Handflächen nach oben und schloss die Augen. Plötzlich bildete sich ein kleiner Regenbogen. Er spannte sich im Halbkreis von einer Handfläche zur anderen.

„Das ist der reine Wahnsinn, total abgefahren", äußerte David anerkennend. „Und mit dem hast du mich geheilt?"

„So ähnlich, nur ein bisschen größer."

„Können das alle Elfen?"

„Einen Regenbogen erzeugen, kann nur ich. Heilen können alle weiblichen Elfen. Jede hat dafür einen anderen Zauber. Meine Freundin, zum Beispiel, heißt Morgentau. Sie kann mit Hilfe des Morgentaus heilen, den sie natürlich auch jeder Zeit erzeugen kann. Auch in einer Wüste, wenn es sein muss", erklärte sie weiter, während David interessiert neben ihr herlief und zu hörte. „Aber ich finde meine Art zu heilen besser."

„Warum?", wollte David wissen.

„Das liegt doch auf der Hand", belehrte sie ihn. „Wer will schon geheilt werden und ist dafür hinterher gerne patsch-nass?"

Das leuchtete David ein: „Wo du Recht hast, hast du Recht."

Kurz bevor sie zu Hause ankamen, kaufte David das Frühstück für die Elfe. Nach dem gemeinsamen Frühstück packte der Musiker seinen Koffer, während Regenbogen auf seinem Bett lümmelte und ihm zusah. Zwischendurch warf David der Elfe immer wieder einen kurzen, liebevollen Blick zu.

„Weißt du", begann er, „ich habe dir eigentlich noch nicht richtig gedankt dafür, dass du mich gesund gemacht hast."

„Das stimmt", musste ihm Regenbogen beipflichten. „Ich finde auch, dass ca. 500 Küsse etwas wenig sind, um Danke zu sagen."

David ließ sich nicht beirren und sprach weiter: „Ich möchte dich gerne zu meinem Konzert …"

„Oh, vielen Dank", fiel ihm Regenbogen ins Wort, weil sie bereits wusste was er sagen wollte. „Ich freue mich, wenn ich dich begleiten darf. Auf das Konzert, und auch noch Ehrengast. Danke, danke, danke", trällerte Regenbogen und hüpfte dabei so auf Davids Bett herum, dass die Kleidung aus seinem Koffer heraus sprang. „Oh, sorry", entschuldigte sie sich und half David die Sache wieder in Ordnung zu bringen.

„Wann geht's los", fragte sie aufgeregt. „Ich bin noch nie mit etwas geflogen."

„Tja, ich habe für dich kein Ticket, du müsstest dich also verkleinern, ich meine in einen Schmetterling. In einer viertel Stunde steht der Wagen bereit. Kriegst du das hin?"

Regenbogen legte ihre Arme um Davids Hals und küsste ihn zart auf den Mund. Danach fragte sie: „Wo ist die kleine Schachtel?"

„Schon im Geigenkasten verstaut", gab David grinsend zurück.

„Aber da bekomme ich keine Luft!"

„Stimmt, ok, dann halt ins Handgepäck damit."

„Du musst was zum Essen mit einpacken, sonst wird das mit der Verwandlung nichts."

„Ach ja, hab ich vergessen", erinnerte David sich, „und ich dachte mal, eine Elfe ist unkomplizierter als eine Frau."

„Hey", gab Regenbogen mit gespieltem Ärger zurück und boxte David dabei leicht auf die Brust. „Wer ist hier kompliziert. Ich brauche jedenfalls keinen großen Koffer, um zu verreisen."

David lachte in sich hinein und küsste Regenbogen noch einmal, bevor sie sich in einen Schmetterling verwandelte, und sich zum Obst in die Schachtel gesellte.

Die Fahrt zum Flughafen und das „Einchecken", verliefen ohne Probleme. David hatte sich ein paarmal davon überzeugt, dass es dem Schmetterling gut ging. Am Flughafen begrüßte er auch die Jungs aus seiner Band. Sie alberten etwas herum und fragten sich gegenseitig, ob an alles Wichtige gedacht worden war. Im Flugzeug versuchte dann jeder ein bisschen zu schlafen. Ab und zu spähte David in die Schachtel, die ganz oben auf im Handgepäck lag. Aber auch der Schmetterling schien zu schlafen, nachdem er offensichtlich alle Früchte verdrückt hatte. David musste schmunzeln, wenn er an den Appetit von Regenbogen dachte.

Beim Aussteigen nahm David seine Geige und die kleine Tasche, die er als Handgepäck dabei hatte. Dann stellte er sich, wie alle anderen auch, am Gepäckband auf. Zusammen mit seinen Jungs und den Koffern, steuerte er die Sicherheitskontrolle an. Brav präsentiert sie alle ihr Gepäck. Ein etwas dicklicher Beamter tastete darin herum.

„Alles in Ordnung", sagte er schließlich sachlich. „Bitte öffnen sie auch das Handgepäck." David öffnete zuerst seinen Geigenkoffer und dann die kleine Tasche. „Ist gut, ... keine Drogen?", fragte der Beamte.

„Nein", antwortete David. Die würde ich ja wohl kaum im Handgepäck mit mir herum tragen, dachte er noch.

„Und was ist in dieser Schachtel, bitte öffnen", forderte der Kontrolleur ihn auf.

„Großer Gott, auch das noch." David schickte jede Menge Stoßgebete an den Himmel. Als er das letzte Mal die Schachtel geöffnet hatte, hatte der Schmetterling tief und fest geschlafen. „Da ist nichts drin, was irgendwie für sie von Bedeutung ..."

„Das entscheiden nicht sie", schnitt der Beamte David das Wort ab. „Also los, aufmachen", befahl er.

Mittlerweile hatte sich nach David schon eine Schlange gebildet. David hatte einen fürchterlichen Kloß im Hals. Er versuchte zu schlucken, aber das Ding saß fest. Fast hatte er das Gefühl, daran zu ersticken.

Langsam nahm er die Schachtel aus seiner Tasche und hob sie höher an seine Brust. Er würde Regenbogen tapfer verteidigen und wenn es das Letzte war, was er tat. Gefühlvoll öffnete er unter den neugierigen Augen des Beamten die Schachtel. Nicht nur David blickte erstaunt in die Schachtel. Auch der Beamte starrte einige Sekunden ungläubig hinein.

„Fünf Kirschkerne. Was soll denn das?", fragte der Dickliche enttäuscht.

„Ich, ich ...", stotterte David genauso überrascht, „ich bin abergläubisch. Ähm ... es bringt mit Glück, ähm ... wenn ich die Kerne vom Obst, dass ich zuletzt gegessen habe ... aufbewahre."

Eine längere Pause entstand, in der sich die beiden Männer gegenseitig musterten. Dann fragte der Kontrolleur: „Und warum sind da Luftlöcher in den Deckel geschnitten?"

„Ja, weil halt … ähm … damit die Kerne austreiben können. Ist ja letztlich Samen und ähm … der braucht doch Sonne und ähm … Sauerstoff, oder?"

Aus dem Augenwinkel bemerkte David, dass sich seine Band über die letzten Äußerungen von ihm innerlich kaputt lachte. Der Beamte fixierte den Musiker immer noch, als würde er darauf warten, dass der sagte: „War nur ein Scherz." Wieso nur, hatte er in seinem Beruf mit so vielen exzentrischen Menschen zu tun, fragte sich der Kontrolleur immer wieder.

„Gut, sie können gehen", erlaubte der Mann schließlich und spitzte dabei die Lippen.

Wenn David jetzt der Meinung war - alles geschafft! - hatte er sich geirrt. Er hatte nicht damit gerechnet, dass Pandora die Band vom Flughafen abholen würde. Dabei hatte sie die kleine Szene an der Sicherheitskontrolle, haarscharf beobachtet.

„Hallo meine Süßen", schmeichelte Pandora, „was war das denn eben, David?"

„Hallo Pandora, ich wusste nicht, dass du mit hier sein würdest", fragte David um sie abzulenken.

„Ich habe Freunde in der Stadt und da wollte ich die Gelegenheit nutzen, um euch mal wieder spielen zu sehen", erklärte sie kurz. „Aber du, du bist abergläubisch? Das wusste ich nicht", bohrte sie weiter.

„Es gibt vieles, was du nicht von mir weißt. Also, hast du ein Auto gemietet oder müssen wir ein Taxi nehmen?"

„Selbstverständlich habe ich einen Kleinbus gemietet", antwortete sie schnippisch.

Im Hotelzimmer legte David seine Geige und das Handgepäck sachte auf das Bett. Anschließend nahm er die kleine Schachtel mit den Luftlöchern in die Hand und öffnete sie. Sofort spürte er einen sanften Windhauch.

„Regenbogen?" fragte David unsicher ins Zimmer hinein.

„Ja?"

„Du hast mich vorhin, am Flughafen ganz schön erschreckt."

„Warum, du weißt doch, dass ich mich unsichtbar machen kann."

„Ja schon, aber du hast kurz vorher noch geschlafen." Es war eigenartig, sich mit jemandem zu unterhalten, den man zwar nicht sehen konnte, der aber trotzdem da war, fand David. „Du weißt Bescheid, ich fahre ins Konzertgelände, und du gehst runter, und lässt dir den Schlüssel für das Zimmer geben, ok", ging David mit Regenbogen nochmals den Plan durch. „Vergiss aber nicht, dich vorher wieder in „sichtbar" zu verwandeln."

„Ich pass schon auf", erwiderte sie, haucht David noch schnell einen Kuss auf die Wange und schon war sie zur Tür hinaus.

Mit seiner Band fuhr er in das Stadion, in dem am nächsten Tag das O-pen-Air stattfinden sollte. Nachdem sie alles gecheckt hatten, von der Tonanlage bis zu der Akustik, gingen sie zusammen, irgendwo in der Nähe, Abendessen.

David hatte bei der Ankunft im Hotel seine Freundin mit angemeldet. „Sie kommt mit einem späteren Flug an", hatte er erklärt. Darum bat er am Empfang, dass sie ihr einen zweiten Schlüssel für seine Suite aushändigen sollen.

Als die Musiker ins Hotel zurückkehrten, fand David Regenbogen bereits in seinem Zimmer vor. „Hat alles geklappt?", fragte David.

„Wäre ich sonst hier", gab sie ihm zur Antwort, schmiegte sich an ihn und küsste ihn leidenschaftlich.

„Du, ich muss nochmal ein bisschen üben", hauchte David an ihre Lippen und schob sie sachte von sich.

„Kein Problem, ich werde dir zuhören und dabei etwas essen", erwiderte sie und deutete dabei auf den Obstteller, den die Hotelleitung freundlicherweise auf Davids Esstisch stellen ließ.

Wie unkompliziert die Elfe doch war, dachte David, als er seine Geige in die Hand nahm, um sie zu stimmen. Nie beklagt sie sich oder fühlt sich vernachlässigt, wenn er musizierte. Jede andere Frau, hätte bei seinem Arbeitspensum schon längst das Weite gesucht. Aber Regenbogen war jedes Mal von neuem beeindruckt, wenn er spielte. Wie flink seine Finger über den Hals der Geige huschten und ihr dabei so liebliche Klänge entlockten. Stundenlang hatte Regenbogen dagesessen und seinem Spielen zugesehen und zugehört, bis er schließlich das Instrument sinken ließ, und es in den Koffer legte.

„Soll reichen für heute“, sagte er bestimmt und ließ sich auf das Sofa neben Regenbogen plumpsen. David atmete ein paar Mal tief ein und rieb sich mit beiden Händen über das Gesicht. Dann löste er den Haargummi von seinen Haaren und legte seinen Kopf in Regenbogens Schoß. „Das Sofa ist nicht gerade groß“, fing David an, während Regenbogen ihn mit Trauben fütterte. „Vielleicht möchtest du heute Nacht bei mir im Bett schlafen?“

„Ich glaube das ist keine so gute Idee. Das Sofa ist schon ausreichend für mich“, lehnte das Mädchen seinen Vorschlag ab.

„Wie du meinst. Falls du es dir anders überlegst, bist du jederzeit willkommen“, lächelte David und versuchte damit seine Enttäuschung zu überspielen.

Er fasste sie am Nacken und zog ihren Kopf zu seinem Gesicht, um sie zu küssen. Es war ein langer sanfter Kuss, der immer fordernder wurde. Bis Regenbogen heftig atmend den Kuss auflöste.

„Du hast morgen einen anstrengenden Tag. Findest du nicht, wir sollten uns schlafen legen?“

„Ja, du hast ja so recht“, stöhnte David, blieb aber weiter beharrlich liegen. Mit dem Finger zeichnete er ihre geschwungenen Lippen nach.

„Na komm schon“, forderte sie ihn lächelnd auf und rüttelte ihn spielerisch am Arm.

„Ja, ja, ich geh ja schon“, motzte er und stand auf. Er wünschte ihr noch eine gute Nacht und verschwand ins Schlafzimmer.

Am nächsten Tag fuhren sie zusammen auf das Musikgelände und spielten sich ein. Regenbogen war schon sehr aufgeregt. Sie hatte zwar schon öfter bei seinen Proben zugesehen, doch war sie noch nie bei einem Konzert mit Publikum dabei. Nach dem Mittagessen, das sie im Gelände eingenommen hatten, kam das Sinfonie-Orchester von San Francisco dazu, das speziell für das Wochenende gebucht war. Nun startete die Generalprobe. Regenbogen konnte spüren, wie David sich veränderte. Er war hoch konzentriert. Wie ein Tiger auf der Jagd, achtete er auf das noch so kleinste Detail, auf den kleinsten Ton, der aus der Reihe zu tanzen schien.

Regenbogen war beeindruckt. Sie hatte noch keinen Menschen erlebt, der so „streng" mit sich selbst umging.

Die Probe dauerte ca. bis 17 Uhr. Um 19 Uhr sollte das Konzert stattfinden, darum aßen sie auf dem Gelände eine Kleinigkeit. David sprach wenig. Er hatte einen Arm um Regenbogens Schulter gelegt und spielte mit ihren Haaren. Dabei ging er in Gedanken nochmals die Reihenfolge der Musikstücke durch. Abrupt stand er auf, sah auf die Uhr und sagte: „Also bis gleich, Leute." Im Davongehen drehte er sich noch mal zu Regenbogen um und deutete ihr mit dem Kopf, ihm zu folgen. Das musste er nicht erst tun, denn dass sie mitkommen solle, hörte sie schon vorher in seinen Gedanken.

Für die Mitglieder der Band war eine Garderobe eingerichtet worden, in der sie sich umziehen konnten und auch geschminkt wurden. Regenbogen saß im Hintergrund und verhielt sich mucksmäuschenstill. Sie konnte in Davids Gedanken sehen, dass er die Noten aller Stücke, im Geiste nochmals durchging. Kurz vor dem Konzert legte David seine Geige aus der Hand. Er hatte sich gerade seine Finger warm gespielt.

Mit ernster Miene zog er Regenbogen, an die Taille gefasst, eng an sich. Er sah ihr tief in die Augen und küsste sie. „Ich habe Anweisungen gegeben, dass dich jemand auf deinen Platz bringt. Ich wünsche dir viel Spaß. Wir sehen uns später."

„Ich wünsche dir auch viel Spaß und natürlich Erfolg", gab sie leise zurück.

Ein Sicherheitsbeamter brachte die Elfe auf ihren Platz, ganz vorne, in der Mitte. Das war der einzige Stuhl, der noch frei war. Das Stadion war bis auf den letzten Platz besetzt. Es herrschte ein lautes Stimmengewirr. Als David, wie üblich von den hinteren Rängen aus, und bereits spielend Richtung Bühne schritt, setzte ein ohrenbetäubender Applaus ein. Er begrüßte kurz das Publikum und setzte zum nächsten Stück an.

So gewaltig empfand Regenbogen das rhythmische Zusammenspiel der Musiker, sie konnte nur darüber staunen. Die einzelnen Stücke wurden perfekt umgesetzt und nach jedem applaudierte das Publikum frenetisch. Regenbogen wurde von der Musik so gebannt, dass sie nicht merkte, wie die Zeit verging. Als das letzte Stück verklungen war, konnte sie die Menschen verstehen, die nach „Mehr" schrien, und einfach nicht genug bekommen konnten.

Nach dem Konzert, schwebte die Elfe auf Wolke 7. David war total verschwitzt, aber das störte die Elfe nicht. Sie störten nur die kritischen Gedanken, die David gegen sich selbst erhob. Sie ließen Regenbogen wieder ernüchtern.

„Bist du müde, Schatz", fragte er. Das war das erste Mal, dass er „Schatz" zu ihr sagte.

„Nein, im Gegenteil, ich bin total aufgeputscht von deinem Konzert. Ich hätte die ganze Nacht zuhören können."

Er freute sich darüber und lächelte. „Ja ich glaube es ist ganz gut gelungen."

„Es ist ganz gut gelungen?", wiederholte sie ungläubig seine Worte. „David, ich weiß nicht was ICH sagen soll? Es war einfach unbeschreiblich schön. Viel besser als auf den Proben und die waren schon super. Du hast uns alle total verzaubert. Alle Menschen dort draußen, ob jung oder alt, männlich oder weiblich. Sie alle waren verzaubert von deiner Musik."

David blickte erstaunt auf. Während er nur an Verbesserungen dachte, erzählte ihm Regenbogen von Menschen, die seine Musik hören wollten, ohne nach 100% Perfektion zu fragen.

Regenbogen griff seine Gedanken auf: „David, all diese Menschen, sie sind einfache Menschen, sie wollen DICH spielen hören. Du machst sie glücklich. Deine Musik verändert sie. Ich habe ihre Gedanken gehört, aber das muss ich dir nicht sagen, ihr Applaus spricht für sich."

„Ja, vielleicht hast du Recht, aber wer nicht an sich zweifelt, hört auf sich zu verbessern. Darum versuche ich ständig an mir zu arbeiten, um mich zu verbessern. Ich habe immer Angst, all das für selbstverständlich zu halten."

Regenbogen ging auf ihn zu, legte ihre Arme um seinen Hals und ihren Kopf an seine Brust. David küsste sie auf die Stirn und murmelte: „Komm lass uns ins Hotel fahren, ich habe Hunger… Und dank Pandora, haben wir auch nicht viel Zeit, um auszuruhen. Morgen um 12 Uhr ist eine Matinee, auf der wir spielen."

Im Hotel ließ sich David ein kleines Abendessen aufs Zimmer bringen, und ging danach sofort zu Bett.

„Stört es dich, wenn ich heute Nacht am Fenstersims schlafe. Nach deiner Musik, brauche ich den Duft der Freiheit."

Ob das nun gut oder schlecht war, wusste David nicht. Aber er war zu müde, um darüber zu diskutieren.

Am nächsten Morgen fand David Regenbogen, wie üblich, auf dem Fenstersims. Sie hatte die Arme um die angewinkelten Beine gelegt und summte vor sich hin. David erkannte in der Melodie einen Song wieder, den sie letzte Nacht gespielt hatten: „MUSIC, WAS MY FIRST LOVE."

„Guten Morgen David, wiiie geht es diiirrr", sang sie passend mit ihrer glockenklaren Stimme zur Melodie hinzu. David musste darüber lächeln und schüttelte den Kopf.

„Wie viel Zeit haben wir heute Morgen, bevor du weg musst?", wollte Regenbogen wissen, als David gerade frisch geduscht aus dem Badezimmer kam.

„Leider nicht sehr viel. Ich muss gleich nach dem Frühstück weg. Du weißt ja, die Matinee. Ich werde versuchen für dich einen Platz zu bekommen."

„Kein Thema, es macht mir nichts aus, mich wieder klein zu machen und von der Schachtel aus dem Konzert zu lauschen. Dann bin ich hoffentlich deine „Lieblingspraline", wenn du Lust bekommst, an etwas zu naschen", zog sie ihn auf.

„Ja, und wehe es nascht ein anderer an dir", steckte ihn ihre Unbeschwertheit an.

Hand in Hand gingen sie in den Frühstücksraum. Dort setzten sie sich zu den anderen Mitgliedern der Band. Jeder von ihnen begrüßte Regenbogen herzlich, als wären sie schon jahrelang Freunde. Sie hatten alle ihr

Frühstück noch nicht richtig beendet, da stand schon Pandora an ihrem Tisch, um sie zur Eile anzutreiben (was völlig unnötig war).

„Ach hallo Annabella, so war doch ihr Name? Ich hatte ja keine Ahnung, dass sie auch kommen würden?"

„Sie hatte eine Maschine nach uns nehmen müssen, da wir anscheinend ausgebucht waren", beeilte sich David zu sagen.

„Dann waren Sie wohl gestern im Konzert? Hat es ihnen gefallen? Aber in die Matinee, können sie dann doch nicht mitkommen. Erstens ist sie ausgebucht bis zum letzten Platz. Und zweitens wird es bestimmt langweilig für sie, immer wieder das gleiche zu hören. Entschuldigung, nichts gegen eure Musik, Jungs", redete Pandora ohne Unterbrechung. „Oh, ich habe eine Idee", aufgeregt warf Pandora sich in die Brust. „Wir beide könnten unterdessen shoppen gehen, dann wären Sie nicht den halben Tag hier allein auf ihrem Zimmer."

Regenbogen suchte Davids Blick, und sah ihm eindringlich in die Augen.

„Ich werde das schon organisiert", antwortete David schnell für die Elfe. „Re ... Ähm, Annabella bekommt bestimmt einen Platz zugewiesen."

„Oh", sagte Pandora, „schade, aber würden sie nicht viel lieber shoppen gehen, als in einem Konzert zu sitzen?"

„Nein, eigentlich nicht. Ich bin kein „Einkaufstyp." Das finde ich Zeitvergeudung und langweilig."

Pandora sah sie verblüfft an. „Aber sie müssen sich doch bestimmt auch mal was neues zum Anziehen kaufen. Sie sehen nicht so aus, als würden sie keinen Wert auf modisches Aussehen legen", sagte Pandora und musterte Regenbogen von oben bis unten.

„Schon mal was von Internet-Shoppen gehört?", fragte David, den die Unterhaltung langsam nervte. Regenbogen warf ihm einen dankbaren Blick zu. David zwinkerte ihr lächelnd zu, blickte kurz auf seine Uhr und meinte: „Auf geht's Boys, die Arbeit ruft."

„Wir sehen uns dann später", rief Pandora ihnen nach, als sie schon fast am Aufzug waren. „Wann später?", dachte David. „Wir werden heute bestimmt keine Zeit mehr haben."

Der Tag verging wie im Flug. Sowohl für Regenbogen, die an diesem Tag genauso viel Freude hatte, wie am vorherigen, als auch für David, der zwar einen anstrengenden Tag hatte, aber für den trotzdem der Spaß nicht zu kurz kam. Der nächste Tag, würde zwar nicht ganz so anstrengend werden; nur die Matinee und dann der Rückflug, aber sie waren alle ziemlich angeschlagen. Der Musiker setzte sich auf einen Stuhl und reinigte die Saiten seines Instruments.

„Langweilst du dich denn nicht, wenn du den ganzen Tag nur auf Konzerten rumhängst und meine Musik hörst", griff David das Thema vom Morgen wieder auf.

„Wie kannst du denn so etwas nur fragen? Ich bin glücklich, wenn ich bei dir bin, und wenn ich deine Musik hören kann." Sie ging auf ihn zu, legte ihre Arme um seine Schultern und küsste ihn auf die Wange.

„Nicht, ich bin total verschwitzt", erklärte David, als er ausweichen wollte.

„Stimmt", bestätigte Regenbogen und leckte sich mit der Zunge über ihre Lippen. „Du schmeckst salzig, aber gut."

„Na dann", grinste er und drehte seinen Kopf zu ihr. Sie streichelte kurz über seine Bartstoppeln und küsste ihn dann genussvoll auf den Mund.

Am nächsten Morgen nach dem Frühstück tauchte Pandora im Hotel auf. Sie wollten gerade zur Konzerthalle fahren. Da bat sie die Band, das gemietete Fahrzeug am Flughafen selbst abzugeben. „Ich werde heute Vormittag schon nach New York zurück fliegen. Ich habe einfach Sehnsucht nach der City. Eine Woche San Francisco reicht mir völlig aus."

„Das kann ich dann übernehmen", bot sich David an. „Ich hatte mir sowieso schon überlegt, den Flug zu canceln. Ich würde gern noch ein paar Tage Auszeit dran hängen, und mit Reg ... ähm Annabella die Stadt besichtigen."

Pandora blickte zu Regenbogen und dann zu David. „Ok, wenn du meinst", entgegnete sie langsam.

Regenbogen musste zur Seite sehen, um nicht zu lachen. Sie hörte in Pandoras Gedanken, dass ihr das gar nicht gefiel. Aber sie freute sich über Davids spontanen Einfall, noch in der Stadt zu bleiben. Es musste ihm gerade erst eingefallen sein, denn sonst hätte sie es schon in seinen Gedanken gehört.

„Ähm David, kann ich dich kurz sprechen", fragte Pandora nach.

„Wir haben keine Zeit mehr, wir müssen los", wurde David ungeduldig.

„Nur auf ein Wort, es ist wichtig", bat sie ihn.

„Na gut", stöhnte David und ging mit ihr ein paar Schritte vor die Tür.

„Also, ich weiß nicht wie ich anfangen soll", drückte Pandora herum.

„Pandora bitte", sagte David genervt und tippte dabei mit dem Finger auf seine Uhr. „Ok, du weißt, dass ich Annabella irgendwie misstraue. Es kam mir komisch vor, dass sie dir nachgereist ist. Also habe ich sämtliche Passagierlisten nach ihrem Namen überprüfen lassen."

David wusste sofort wovon sie sprach, und wechselte einen Blick mit Regenbogen, die etwas Abseits bei der Band stand. „Und weißt du was? Sie ist auf keiner Liste, von sämtlichen Fluggesellschaften zu finden", erklärte Pandora und wartete gespannt auf Davids Reaktion.

„Und deshalb nervst du mich?", wurde David wütend. „Sie ist mit der Privatmaschine eines Freundes hergeflogen. Und soweit ich weiß, sind die nicht gelistet. War`s das jetzt?"

David ließ Pandora stehen und ging zum Auto, wo seine Band und Regenbogen bereits auf ihn warteten. Ein Blick in Davids Augen und Regenbogen wusste Bescheid. Sie küsste David auf die Wange und flüsterte ihm dabei ins Ohr: „Wir müssen aufpassen, sie wird nicht aufhören, uns zu beobachten."

**Kapitel 23**

„Was wollen wir alles unternehmen?", fragte Regenbogen, als die Band schon abgereist war. nach der Matinee.

„Lass uns das beim Essen besprechen", antwortete David und ein lautes Magenknurren ließ sich vernehmen.

„Gut, bevor du mich nochmal anknurrst", schmunzelte sie.

Nachdem sie sich in einem vegetarischen Restaurant gegenüber saßen und auf ihr Essen warteten, nahm David Regenbogens Hände in seine und liebkoste sie. „Also, worauf hast du heute noch Lust?"

„Keine Ahnung, aber wir könnten ein bisschen die Stadt anschauen, sie ist so anders als New York", schlug Regenbogen vor.

„Ja, du hast Recht. Und wenn wir etwas Interessantes entdecken, können wir immer noch umschwenken."

„Oh, mir fällt gerade ein, hier soll es eine große Brücke geben. Vielleicht könnten wir mal von ihr springen?"

David sah Regenbogen ein paar Sekunden lang erstaunt an: „Wie bitte, ich glaub ich hab mich verhört?"

„Nein, ich habe gehört, dass du genau das richtige verstanden hast", lachte sie über seinen Gesichtsausdruck.

„Das hast du doch nicht ernsthaft vor, oder?"

„Ihr Menschen habt doch auch so was, wie einen Vergnügungspark, hab ich gehört", flüsterte sie, damit nur David sie verstehen konnte. „Und für uns Elfen, ist das halt eine Art Vergnügen und Spaß."

„Wir können uns die Brücke gerne ansehen, aber ich würde mir wünschen, dass du mir zu liebe auf diese Art von Spaß verzichten würdest."

„Oh schade. Das finde ich gemein, so etwas zu sagen", schmollte Regenbogen.

David atmete tief ein und aus: „Wir werden sehen, ok?"

Nach dem Essen fuhren sie in die Innenstadt und schlenderten Hand in Hand die Straßen hinunter. Plötzlich blieb Regenbogen wie angewurzelt stehen. Sie starrte auf eine Bildreklame, die auf der anderen Straßenseite an einer Hauswand befestigt war. David folgte ihrem Blick und erkannte ein Musicaltheaterhaus. Die riesige Leuchtreklame, die daran befestigt war, zeigte einen Vampir, der gerade versuchte eine Frau zu beißen.

„Das ist das Musical „Tanz der Vampire." Das wird hier aufgeführt", erklärte David.

„Wie kann man nur ein Musical über etwas machen, das so grausam und gefährlich ist", Regenbogen schüttelte schockiert den Kopf.

„Du willst mir jetzt nicht im Ernst erzählen, dass es Vampire gibt."

Regenbogen sah David entsetzt an. „Natürlich gibt es Vampire, genauso wie es mich gibt. Wo glaubst du denn, kommen die ganzen Geschichten her, die sich die Menschen immer wieder über Jahre hinweg erzählen? Elfen, Vampire usw. ... für alle gibt es wirkliche Vorbilder in der Natur... Es sind schreckliche Wesen. Sie töten Menschen, um weiter zu leben, ... soweit man das Leben nennen kann."

„Du bist ihnen schon begegnet?", fragte der Geiger skeptisch, „und lebst noch? Hast du denn kein Blut wie die Menschen?"

„Türlich habe ich Blut. Aber es ist, glaube ich, etwas anders, als das von euch."

David erinnerte sich an den Glitzerstaub auf seiner Wange. Er erinnerte sich auch daran, was sein Freund, der Chemiker und Biologe Axel dazu gesagt hatte, nachdem er ihm eine Probe davon zur Analyse mitgebracht hatte. „Der Flügelstaub war dem eines Schmetterlings sehr ähnlich, hatte aber auch menschliche Zellen."

Als Regenbogen die Gedanken von David mithörte, zog sie erstaunt die Augenbrauen nach oben. David hatte nie vorher etwas davon erwähnt. Dennoch sagte sie nichts.

„Außerdem, haben wir „langlebigen Wesen" eine Art Vertrag miteinander geschlossen", fuhr die Elfe mit ihrer Ausführung fort.

„Und wie lautet der?", fragte David gespannt.

„Ganz einfach, leben und leben lassen", antwortete die Elfe achselzuckend.

David hätte beinahe laut los gelacht. Er hatte an so was wie ein Gesetzbuch gedacht. Aber natürlich, wenn alle Elfen so unkompliziert waren wie Regenbogen, vergeudeten sie bestimmt keine Zeit, mit dem Niederschreiben unnützer Dinge.

David überlegte kurz: „Dann sind wir also ständig in Gefahr?"

„Du sicher nicht, weil du ein „behütetes Leben" hast. Außerdem seid ihr Menschen ja sowieso ständig in Lebensgefahr", erwiderte Regenbogen gleichgültig.

„So hab ich es noch gar nicht betrachtet", sinnierte David und dachte an seinen Unfall vor wenigen Tagen. Dann deutete mit dem Kopf in Richtung Bildreklame und fragte: „Hast du Lust, dir das Musical anzusehen? Es ist ganz gut gemacht, und nicht so grausam wie du denkst. Ich könnte mir vorstellen, dass es dir gefallen würde."

Regenbogen ließ sich das durch den Kopf gehen: „Kennst du es?"

„Leider nur die Musik. Aber die ist ganz gut gelungen. Ich würde mich freuen, wenn du es mit mir ansehen würdest."

„Na gut, wenn du meinst", die Elfe war nicht ganz davon überzeugt.

David ging zur Vorkasse und kaufte zwei Karten für die Abendaufführung. Dann fuhren sie ins Hotel zurück und machten sich für das Musical zurecht. David zog sich bequem, aber elegant an. Regenbogen wartete ab, bis David fertig war. Dann endschied sie sich für ein nicht ganz knielanges Kleid in schwarz und mittelblau. Es war ärmellos und hatte am runden Ausschnitt eine Applikation, die mit glitzernden Perlen verziert war.

Während David einmal mit den Augen blinzelte, war sie schon angezogen. „Du siehst wunderschön aus und sehr sexy. Aber es fehlen noch Schuhe."

„Oh, die vergesse ich immer. Weil ich mich mit diesen Dingern einfach nicht wohl fühle", jammerte sie. Aber in der nächsten Sekunde hatte sie bereits mittelblaue Pumps mit nicht zu hohem Absatz an.

Kurz bevor sie das Theater betraten, zögerte Regenbogen einen Augenblick. David drückte aufmunternd ihre Hand und lächelte sie an: „Es wird dir gefallen, Schatz."

David zuliebe ging sie mit einen flauen Gefühl im Magen mit. Sie betraten einen riesigen Vorraum, ganz in rot und schwarz ausgestattet. Wie passend, dachte Regenbogen spöttisch. An den Wänden hingen einige Plakate, die das gleiche Motiv zeigten wie die Bildreklame an der Außenwand. Mehrere Türen führten vom Vorraum in den Theaterraum. David zog sie sachte mit sich, bis sie ihren Sitzplatz in den vorderen Reihen erreichten. Als der Vorhang aufging, küsste David Regenbogen auf die Wange und flüsterte ihr „Viel Spaß", ins Ohr. „Ist das dein Ernst?", fragte sie skeptisch nach und legte ihre Hand in seine. Er lächelte sie an und nickte nur.

Als sie nach der Aufführung wieder auf die Straße traten, wartete David gespannt auf eine Reaktion von Regenbogen. Sie hatte sich noch gar nicht zu der Musicalaufführung geäußert. Das machte ihn irgendwie nervös. Vor einem Plakat mit einem Vampir darauf blieb sie stehen. Sie betrachtete es mit ernster Miene. David trat hinter sie und legte seine Arme um ihre Taille. Er küsste ihr Haar, legte sein Kinn darauf und fragte: „Und, wie hat es dir gefallen?"

„So habe ich es noch nie betrachtet. Sie sind bedauernswerte Wesen. ... Ich hätte nie gedacht, dass ich einmal Mitleid mit ihnen haben würde. Es muss schrecklich sein, so leben zu müssen und nie sterben zu können. ... Sie tun mir unendlich leid", schloss Regenbogen.

David drehte Regenbogen zu sich um und sah ihr forschend ins Gesicht. Tränen stahlen sich in ihre Augen und drohten heraus zu kullern. Der Musiker war gerührt von so viel Mitgefühl. Er legte einen Zeigefinger unter ihr Kinn und hob sachte ihren Kopf an. Anschließend beugte er sie leicht nach vorne und küsste ihre Tränen weg.

Komisch, was war das denn. Ihre Tränen schmeckten zuerst blumig und etwas salzig, aber dann ... Was hatte er da nur im Mund? Irritiert schob er sich mit der Zunge zwei kleine harte Steine zur Lippe hin. Mit Daumen und Zeigefinger nahm er sie aus dem Mund und legte sie in seine Handfläche. Die Steine wirkten tatsächlich wie Tränen, aber sie brachen das Licht der Leuchtreklamen wie Prisma und ließen viele kleine Regenbogen auf seiner Haut tanzen. Verwundert sah David Regenbogen an. Wie weggeblasen waren ihre Traurigkeit und ihr Leid. Über den verblüfften Gesichtsausdruck von David konnte sie nur noch lachen.

„Ja", lachte sie und antwortete damit auf seine Gedanken. „Sie werden zu Diamanten, wenn sie meine Augen verlassen."

„Oh!" David drehte sie in seiner Hand hin und her. „Willst du sie zurück haben oder darf ich sie behalten?"

„Türlich darfst du sie behalten, wenn du willst. Aber ich kenne einen Elf, der könnte sie in Silber fassen, als Ring oder Kette, wenn ich ihn darum bitte. Ich hab ja schon am ersten Tag gemerkt, dass du dich gerne mit solch nutzlosem Zeug schmückst."

„Hey, das sind wertvolle Edelmetalle und Edelsteine aus der Natur. Die kosten eine Menge Geld", verteidigte sich David.

„Kommt darauf an wie man die Sache sieht! Für die Menschen wertvoll und für uns Elfen „Abfall." Warum glaubst du sonst, findet ihr das Zeug tief unter der Erde? Wir Elfen „produzieren" es, quasi als Abfallprodukt", sie deutete dabei auf ihre Tränen, „und vergraben es tief in der Erde."

„Warum tut ihr das?", war es David unklar.

„Damit wir nicht von den Menschen entdeckt werden und ungestört leben können. Sonst würden noch mehr Menschen in den Wäldern herum laufen als jetzt und die Natur zerstören. Wie damals, im 19. Jahrhundert, als ein fauler Elf überall im den Flüssen von Kanada Gold zurück gelassen hatte. Die Menschen kamen in Horden und hatte in kürzester Zeit unser Land verwüstet."

Der Goldrausch ab 1848 in Amerika - David hatte davon in der Schule gehört. Komischerweise fand David jetzt seinen Schmuck noch wertvoller, als vor Regenbogens Vortrag. Wenn jeder Diamant eine Träne von einer Elfe war, war es dann etwa nicht etwas Besonderes? Was für ein Abfallprodukt war bloß Silber, sinnierte David. Aber er wollte die Frage nicht laut stellen, weil Regenbogen anscheinend über seine Gedanken herzhaft lachen musste.

„Hamm", räusperte er sich und schwenkte auf ein anderes Thema über. „Wie hat dir denn die Musik zum Stück gefallen?"

„Ich fand sie wunderschön und sehr mitreißend. Ich hatte das Gefühl mitten auf der Bühne zu stehen. Es war eine Sintflut von Gefühlen, die auf mich einstürmte. Es ist unmöglich zu sagen, welches Gefühl mich am stärksten berührt hat …" Sie dachte einen kurzen Moment darüber nach, dann sagte sie: „Wie gesagt, ich hatte bisher noch nie Mitleid mit ihnen empfunden."

David schloss sie nochmals fest in die Arme und küsste sie sanft.

Am nächsten Tag besichtigten sie weiter die Stadt. Sie schauten sich einige Sehenswürdigkeiten an, aßen in China-Town zu Mittag und bummelten durch ein paar Geschäfte. Am Nachmittag fuhren sie zur Golden-Gate-Bridge. Dort schlenderten sie Hand in Hand bis zur ihrer Mitte.

Regenbogen war fasziniert und enttäuscht zugleich. Fasziniert, weil so ein gigantisches Bauwerk, nur von Menschenhand geschaffen worden war. Enttäuscht, weil sie glaubte, es wäre einfacher von der Brüstung in den Meeresarm hinunter zu sehen. „Es ist verlockend hoch", stellte Regenbogen fest. Allein bei dem Gedanken zu springen, kribbelte es angenehm in ihren Bauch.

„Es sind überall Sicherheitsleute und Kameras, weil die Selbstmordrate hier besonders hoch ist", erklärte David.

„Ich könnte mich unsichtbar machen und dann springen", schlug Regenbogen vor.

„Keine gute Idee", konterte David grinsend und glaubte schon gewonnen zu haben. „Die Kameras hätten dich sichtbar aufgenommen und dann verschwindest du einfach vor ihren Augen …, kommt nicht so gut rüber", erklärte er ihr.

„Ich weiß zwar nicht genau was „Kameras" sind, aber wenn sie genau so langsam sind wie das menschliche Auge, ist das überhaupt kein Problem für mich."

David stöhnte lange auf und fuhr sich mit den Händen durch seine langen Haare, die er heute offen trug. „Ich weiß, das dir bei dem Sprung nichts passieren kann, oder doch? Jedenfalls ist es mir zuwider, dich springen zu sehen." Wenn David an die Pressemeldungen, allein von letzter Woche, dachte, wurde ihm schlecht. Er hasste negative Schlagzeilen!

Er atmete tief ein und blies die Luft mit einem kräftigen Stoß wieder heraus. „Also gut, wie willst du es machen?", gab sich David geschlagen, … „und, ich habe was gut bei dir. Egal ob es gut ausgeht oder wir beide erwischt werden!"

Regenbogen lachte herzlich das helle, glockenartige Lachen, das David so liebte. Die Sonne stand schon tief im Westen und zeigte an, dass der Tag bald zur Neige ging. Sie warf ihre Strahlen in den unruhigen Pazifik und ließ David die Augen zusammen kneifen. Regenbogen bemerkte das und suchte die Ursache der Spiegelung, die David blendete. Einige Male schaute sie auf den Ozean und wieder zurück auf David. Hell auflachend stellte sie sich in die Sonne.

„Könntest du dich bitte in den Schatten stellen, ich habe keine Sonnenbrille dabei."

„Wenn es dich blendet, dann bestimmt alle anderen auch!", jubelte sie.

David brauchte ein paar Sekunden, bis er es verstand. Aber da nahm Regenbogen schon Anlauf. Sie legte wirklich eine akrobatische Leistung hin. Mit lang gespreizten Beinen, fast ein Spagat, hüpfte sie auf das Geländer der Brücke. Dort machte sie ein paar Sprünge in die Luft und einen doppelten Salto vorwärts. Danach ließ sie ihre Hände und Beine ein paar Räder schlagen und setzte schließlich etliche Flickflacks hinterher.

„Bitte, hör damit auf, ich kann dich nicht richtig sehen", sagte David mit zusammen gekniffenen Augen.

Aber das konnte Regenbogen schon nicht mehr hören. Mit dem letzten Flickflack war sie rückwärts und kopfüber von der Brücke gesprungen. Er hörte nur noch ihr vergnügtes Jauchzen.

Schnell kletterte David über die Sicherheitsabsperrung und schaute suchend über das Geländer. Er sah gerade noch, wie Regenbogen mit einem majestätischen Kopfsprung in den Wellen eintauchte; da hatte ihn auch schon ein kräftiger Beamter fest am Arm gepackt und versuchte ihn zurück zu ziehen. Mit hohem Krafteinsatz hielt der Geiger sich am Geländer fest und schaute gebannt in die Wellen.

Plötzlich tauchte etwas aus der Tiefe auf und schraubte sich in endlos wirkenden Pirouetten nach oben. Ein helles fröhliches Lachen, gleich einem Glockenspiel, war über der Bucht zuhören.

„Haben sie das gesehen?" fragte der Mann, der David immer noch am Arm festhielt und auch in das Wasser unter ihnen blickte.

„Ja", sagte David zuerst atemlos und fasziniert. „Nein, ich meine nein. Ich habe nichts gesehen", verbesserte er sich. „Was war denn?" harkte er unschuldig nach.

„Da war doch ... so was wie ... eine Meerjungfrau?", stotterte der Mann unsicher und versuchte von David eine Bestätigung zu bekommen.

„Meerjungfrau? Das war bestimmt ein Delfin oder so was", versuchte er dem Beamten einzureden.

David schaute genauer hin und suchte die Wasseroberfläche nach der Elfe ab. Aber er konnte sie nicht entdecken.

Regenbogen wurde unsichtbar, sobald sie merkte, dass nicht nur David sie beobachtete. So flog sie mit langen, kräftigen Flügelschlägen ans Ufer. Im Schutz der Uferböschung löste sie ihren Zauber wieder auf und lief zurück zur Brücke, David entgegen.

„Hallo David, es tut mir leid, dass ich zu spät komme", rief sie ihm außer Atem entgegen. „Hast du lange auf mich gewartet?"

Als der Wachmann Regenbogen erblickte, ließ er gedankenverloren den Oberarm von David los. „Hallo Miss, sie sind gerade noch rechtzeitig gekommen. Sonst hätte sich der junge Mann tatsächlich von der Brücke gestürzt", mischte sich der Wachmann in das Gespräch ein. „Wenn ich bei einen „Date" mit so einer schönen Frau geglaubt hätte, sie würde mich versetzen, hätte ich wahrscheinlich auch versucht von der Brücke zu springen", erklärte der kräftige Wachmann weiter.

Regenbogen lächelte den Beamten an und erwiderte: „Danke das sie auf ihn aufgepasst haben. Er ist wirklich etwas ganz Besonderes", flirtete Regenbogen und hauchte dem Wachposten einen Kuss auf die Wange.

Wie hypnotisiert strahlte dieser Regenbogen an und vergaß dabei alles um sich herum. Auch David war von den jüngsten Ereignissen so überrascht, dass er keine Worte fand.

„Kommst du endlich, ich habe Hunger", sprach das Mädchen David an und zerrte ihn mit sich, wie ein kleines Kind.

Der Geiger schüttelte über Regenbogens Auftritt nur den Kopf. Dann lachte er erleichtert auf, zog ihre Hand an seinen Mund, drückte einen Kuss darauf und erklärte: „Ich folge dir, bis ans Ende der Welt."

## Kapitel 24

Am nächsten Morgen, beim Frühstück, wandte Regenbogen ihr Gesicht dem Fenster zu und schaute sehnsüchtig in die Grünanlage. „Hast du für heute besonderen Wünsche, was den Tag anbelangt, meine ich?", fragte David.

„Ich brauche nach so viel Großstadt und all den Menschen mal wieder Natur um mich herum", sagte sie zögernd.

„Und ... was Bestimmtes oder reicht ein Tierpark auch?", machte sich David Gedanken darüber.

Das brachte Regenbogen auf eine Idee. „Weißt du noch, dass ich dir mal gesagt habe, ich zeige dir irgendwann „meine Art" zu reisen?"

„Ja, ich erinnere mich", sagte er nachdenklich. „Und was meinst du damit nun?"

„Lass dich überraschen", gab sie zur Antwort und küsste ihn überschwänglich vor Vorfreude. „Zieh dir etwas bequemes an", forderte sie ihn auf, als sie nach dem Frühstück noch Mals ihre Suite aufsuchten.

„Was hast du den vor?", wurde David immer neugieriger.

„Du musst noch etwas Geduld haben. Wir müssen in einen Park, geht das?"

„Wir sind in San Francisco, das liegt am Pazifik. Geht ein Strand denn nicht auch?"

Sie ließen sich in einem Taxi zum Strand fahren. Es war ein leicht bewölkter Tag. Der Sand war noch etwas feucht vom Morgentau. Wenige Menschen waren am Strand und spielten mit ihren Hunden oder joggten. Die Wasseroberfläche war noch zu glatt und damit für Surfer wenig reizvoll. In ein paar hundert Metern würden sie auf eine kleine Bucht stoßen, hatte der Taxifahrer ihnen versprochen. Arm in Arm schlenderten sie darauf zu.

„Dauert das lange, was du heute vor hast?", erkundigte sich der Geiger beiläufig. „Wir müssen um 20 Uhr am Flughafen sein. Und ich muss vorher noch packen."

„Es dauert so lange, wie wir Lust dazu haben", ließ sich Regenbogen ihre Überraschung nicht entlocken.

Nach einiger Zeit erreichten sie die kleine Bucht. Sie hatten Glück, noch war sie menschenleer. Ein sanfter Wind wehte ihnen die Haare ins Gesicht. „Es ist sehr schön hier. Wenn auch nicht sehr grün". David runzelte die Stirn: „Reicht dir denn das bisschen grüne Gestrüpp für dein Wohlbefinden?", fragte er zweifelnd und sah sich um.

Er zeigte mit der Hand wage um sich herum. Die Bucht war von dürren Sträuchern und wirrem Gestrüpp eingesäumt. Da war auch Schilf, das an manchen Stellen bis zu zwei Meter hoch stand. Regenbogen schaute sich um. Anschließend packte sie David an der Hand. Sie schleifte ihn mit sich, bis zu einer Stelle, die nahe am Strand lag. Dort stand das Schilf sehr dicht und bildete eine kleine halbkreisförmige Nische.

„Was hast du vor?" Abschätzend sah David Regenbogen an. „Willst du mich etwa vernaschen?"

„Dafür wüsste ich eine schönere Kulisse", erwiderte Regenbogen, stellte sich auf ihre Zehenspitzen und küsste David dennoch zärtlich.

Als sie sich von ihm löste, lächelte sie ihn spitzbübisch an und wandte sich dann dem offenen Meer zu. Sie schloss konzentriert ihre Augen und hob beide Arme an. Ihre Handflächen zeigten nach oben.

Sekunden später bildete sich, in einigem Abstand, ein wunderschöner, strahlender Regenbogen. Er war riesengroß und spannte sich weit über den Pazifik. David war beeindruckt. Er hatte zwar schon gesehen, wie die Elfe vor seinen Augen einen Regenbogen entstehen ließ, aber das hier war um einiges größer und gewaltiger.

„Ich hab mich als Kind immer gefragt, wo das Ende eines Regenbogens ist", sprach David vor sich hin. Dabei warf er dem zierlichen Mädchen einen ehrfürchtigen Blick zu. Regenbogen erwiderte seinen Blick und lächelte: „Das Ende kann überall sein. Aber der Anfang ist immer bei mir."

Sie nahm seine Hand und ging mit ihm auf den Regenbogen zu. „Mal sehen, ob wir nicht einen Ort finden, der etwas mehr grüne Vegetation zu bieten hat, als dieser. Du darfst meine Hand nicht loslassen, sonst verliere ich dich unterwegs."

„Äh, muss ich die Augen schließen, oder so?"

„Nein, einfach weiter gehen und meine Hand halten", erklärte die Elfe bestimmt.

„Klar so weit", nickte David unsicher.

Gemeinsam gingen sie auf den Regenbogen zu, bis sie plötzlich von den Farben umgeben waren. Irgendwie hatte David die Vorstellung gehabt, sie müssten sich in die Luft erheben und fliegen, um den perfekten Bogen des Regenbogens folgen zu können. Aber komischerweise spürte er immer noch festen Boden unter den Füssen. Obwohl sie in Richtung Meer marschierten und mittlerweile bestimmt schon 50 Meter weit gegangen waren.

Es war ein seltsames Gefühl ins Ungewisse zu gehen. Denn alles was er sah, war ein Wirrwarr von Farben, die ihn eingehüllt hatten, und wie ein Nebel seinen Körper und auch seine Kleidung feucht werden ließ. Nicht einmal Regenbogen konnte er sehen. Er spürte nur den Druck ihrer Hand in seiner. Dieser Druck gab ihm urplötzlich ein enormes Gefühl der Sicherheit. Er hatte sich in seinem ganzen Leben noch nie so geborgen gefühlt. Die Feuchtigkeit und das Wirbeln der Farben ließen ihn an ein Wasserglas denken, in dem jemand seine Aquarellpinsel ausgewaschen hatte.

Folgsam ging er immer weiter, ließ sich „blind" auf die Führung der Elfe ein. Eigenartigerweise ging es weder bergauf, noch bergab. Es gab keine Kurven, denen er folgen musste und auch keine Bodenunebenheiten. David wusste nicht wie lange sie schon so, Hand in Hand, gegangen waren. Er hatte jedes Gefühl für die Zeit verloren.

Plötzlich blendete ihn gleißend helles Licht. Gleichzeitig wurde sein feuchtes Gesicht davon angenehm gewärmt. Als er die Augen wieder blinzelnd öffnen konnte, blickte er auf einen Wald exotischer Pflanzen. Regenbogen stand strahlend neben ihm und wartete auf eine Reaktion.

Schnell blickte David zurück und erwartete dort, den Regenbogen zu sehen. Da lag aber nur ein blauer glitzernder Ozean, der leise Wellen an einen weißen Sandstrand spülte.

„Wo sind wir?" Verwirrt blickte David umher. Er fühlte sich wie in einem Traum.

„Rate mal", forderte Regenbogen ihn aufgeregt auf.

„Also, wenn ich die Pflanzen vor mir ansehe, würde ich sagen, wir sind in einem Botanischen Garten. Wenn ich hinter mich schaue, bin ich der Meinung, wir sind auf einer Insel. Die einzige Inselgruppe vor Kalifornien, die ich kenne, ist Hawaii", schlussfolgerte David.

„Wer sagt dir denn, dass wir im Pazifik vor Kalifornien sind?", forderte Regenbogen eine Antwort von David und fühlte sich sehr überlegen.

„Sind wir nicht?", war der Geiger sehr erstaunt.

„Nein, wir sind auf einer Insel, die zu den Philippinen, so nennt ihr sie, glaube ich, gehört."

David klappte der Mund vor Staunen auf. „Willst du mir wirklich erzählen, das wir in", er sah auf seine Armbanduhr, „ 20 Minuten eine Strecke von ein paar tausend Kilometern zu Fuß und noch dazu über Wasser zurückgelegt haben?", wunderte sich David, und schüttelte dabei ungläubig den Kopf. „Das ist doch unmöglich …"

Regenbogen blickte David ernst an und nickte dabei. „Zuerst wollte ich nach Malaysia, aber dann dachte ich, die Philippinen wären näher."

„Ha", machte David, „aber nur geringfügig näher", murmelte er sarkastisch. „Und jetzt, was wollen wir tun?"

„Was ist das den für eine komische Frage. Nachdem du ja leider nicht fliegen kannst, müssen wir zu Fuß gehen. Wir gehen spazieren und sehen uns die Insel an", bestimmte sie unbekümmert, als wäre es das Normalste der Welt.

David starrte Regenbogen einen Moment lang an, als wüsste er nicht, ob sie nur mit ihm scherzte. „Meinst du das im Ernst? Du willst wirklich da rein gehen?", er zeigte mit den ausgestreckten Zeigefinger auf den Tropenwald und starrte weiter Regenbogen an. „Denkst du nicht, dass es gefährlich ist? Ich meine, da gibt es bestimmt gefährliche Tiere, von Schlangen und so ein Zeugs ganz zu schweigen", versuchte er es Regenbogen verständlich zu machen.

So naiv konnte doch diese Frau nicht sein? Das war nicht einfach ein Sparziergang zur nächsten Eisdiele, war er sich sicher.

„Also komm schon, David. Du lebst in New York. Das ist eine der gefährlichsten Städte der Welt. Jeden Tag wirfst du dich auf einer 4-spurigen Straße vor die Autos, nur um ein Taxi zu ergattern. Und da willst du mir erzählen, dass du Angst hast vor einem Wald mit ein paar kleinen Tierchen?", konterte Regenbogen.

„Wo sie Recht hat, hat sie Recht", überlegte er. „Er war New Yorker und nahm es jeden Tag mit dem Leben dort auf."

Sie trat näher an ihn heran, legte ihre Arme um seine Mitte, und ihren Kopf auf seine Brust. „Die Tiere werden uns nichts tun, versprochen! Ich bin eine Elfe. Die Natur ist meine Mutter. Die Tiere sind meine Familie", sprach Regenbogen leise und eindringlich an seiner Brust.

Als Regenbogen so an seiner Brust lag, als sie sich so an ihn schmiegte, wollte David alles andere, als einen Spaziergang in einen Dschungel unternehmen.

Er küsste sie auf die Haare und sog ihren Duft ein. Er liebte diesen Duft ihres Haares, nach einer Blumenwiese im Sommer. Mit seinen Fingern strich er sanft über ihren Rücken bis zur Hüfte. Dann zog er ihre Hüfte eng an seinen Unterkörper. Küssend suchte er mit den Lippen ihren Mund. Regenbogen kam ihm entgegen. Sie hatte Momentan nicht die Kraft sich seinen Küssen, die sich so sanft auf ihren Mund anschmiegten, zu entziehen. Erst, als seine Hände an der Taille unter ihr knappes T-Shirt wanderten, und ihren Bauch liebkosten, versuchte die Elfe sich sanft aus seiner Umarmung zu lösen. Sie musste erst ein paar Mal tief durchatmen, um wieder klar denken zu können.

So gerne hätte sie seinem Verlangen nachgeben wollen … Wieso musste immer SIE die sein, die vernünftig war. Wieso hatte immer SIE die Verantwortung für alles zu tragen? Sie tat doch niemandem weh, nur sich selbst. Sie schützte doch alle um sich herum, nur sich selbst nicht. Dann war es doch wohl ihre Sache, ob sie ihr Leben riskierte indem sie „unvernünftig" war. Sie allein würde dafür gerade stehen müssen. Niemand anders an ihrer Stelle. Sie allein würde dafür sterben müssen …

Regenbogen, was ist los mit dir, versuchte sie sich selbst zur Ordnung zu rufen. Mit einer unbestimmten Handbewegung in die Luft verscheuchte sie ihre kritischen und trüben Gedanken.

David drehte sich etwas schuldbewusst ab und räusperte sich: „Entschuldige bitte, ich wollte nicht …"

„Nein, du musst dich nicht dafür entschuldigen. Ich küsse dich wirklich sehr gerne … Aber … naja, wir wollten doch spazieren gehen", gewann Regenbogen ihre Unbekümmertheit zurück.

Also schritten sie auf den blühenden, duftenden Wald zu. Er war so dicht und unberührt, dass sie Mühe hatten, sich einen Weg zu bahnen.

„Lass mich voraus gehen", bat die Elfe.

„Wenn du meinst. Dann wirst du wenigstens zuerst gefressen", scherzte David.

„Ja, aber von mir allein wird niemand satt", spielte Regenbogen beim Wortwechsel mit. Als Regenbogen die Führung übernahm, ging es eigenartiger Weise viel schneller voran. Sie verstand es im Gewirr der Pflanzen und Äste immer eine Lücke zu finden, um hindurch zu schlüpfen, ohne ein Blatt abzubrechen oder zu beschädigen.

Oder machten die Pflanzen ihr etwa Platz?

David hatte fast den Eindruck. Er blieb der Elfe dicht auf den Fersen, sah sich aber trotzdem immer wieder nach allen Richtungen um. So viele fremdartige Geräusche waren zu hören. Ab und zu machte er Regenbogen auf diese aufmerksam: „Hast du das gehört?", oder „Was ist das für ein Schrei?", bis Regenbogen stehen blieb und ihn streng ansah.

„David, vor den Geräuschen, die du hören kannst, musst du keine Angst haben. Wenn überhaupt, dann vor denen, die du nicht hörst."

Diese Aussage beruhigte David keineswegs. „Ich meine, wenn du hier sozusagen „zuhause" bist, könntest du mir dann vielleicht dein „Kinderzimmer" etwas erklären?"

„Wenn du willst", antwortete Regenbogen. „Dort, siehst du die kleinen Äffchen", sie zeigt schräg nach oben. Und tatsächlich hüpften ein paar kleine Äffchen über Davids Kopf hinweg und schrien aufgeregt.

„Da drüben ein Leguan", machte sie ihn erneut aufmerksam. Und wirklich, der Wald war so voller Leben, wie es David nie für möglich gehalten hatte. Sie bestaunten eine Straße mit Blattschneide-Ameisen, die direkt vor ihren Augen kleine, bunte Blattstücke vorbei trugen. Regenbogen zeigte ihm Insekten, die wie Blätter aussahen, und Blüten, die sich als Schmetterlinge entpuppten. Das zierliche Mädchen stellte sich in das Sonnenlicht. Daraufhin setzten sich in wenigen Augenblicken hunderte von Schmetterlingen auf ihren Körper. Die Elfe sah wie ein riesiger Blumenstrauß aus.

David konnte nicht anders. Langsam näherte er sich Regenbogen und versuchte sie zu küssen. Ein sanftes, gleichmäßiges Summen umgab seinen Kopf. Er schloss die Augen und berührte dabei Regenbogens Lippen. Die Flügel der Schmetterlinge vibrierten leicht. Es war wie ein kleiner Windhauch, der im Sommer die Blätter vorsichtig auf sich aufmerksam machen wollte.

Regenbogen lockte nur mit Worten, die David nicht verstehen konnte, eine Wildkatze vom Baum. Sie brachte das Tier dazu, sich auf den Rücken zu rollen und sich den Bauch kraulen zu lassen. Als die Wildkatze wie eine gewöhnliche Hauskatze schnurrte, wagte auch David sie zu streicheln.

Gegen Mittag kamen sie an einen kleinen Wasserfall, wo sie sich zum Ausruhen niedersetzten. Das dachte zumindest David. Aber als er den glänzenden Ausdruck in Regenbogens Augen sah und wie sie verzückt den Wasserfall anhimmelte, wusste er sofort, was sie vorhatte.

Er hatte noch nicht einmal richtig Luft geholt, um sie zu bitten, keinen „Unsinn" zu machen, da hatte sie schon längst ihre Flügel aus gebreitet, war schon hoch in der Luft und bereit sich mit der Flut des Wassers hinab zu stürzen.

„Tu es nicht", schrie David ihr nach, als er sich endlich auf gerappelt hatte. Der Windstoß, den die Elfe mit ihren Flügeln verursacht hatte, hatte ihn auf den Boden gedrückt. „Bitte David, das liegt nun einmal in der Natur der Elfen, sich zu vergnügen", hörte er in seinen Kopf ihre Stimme.

„Bitte Regenbogen, solche Aktionen machen mich fertig", schrie er nochmal ängstlich.

Das starke Rauschen der Wassermassen, die in die Tiefe stürzten, verschluckte die Schreie von David ganz. Machtlos musste er mit ansehen, wie die Elfe sich, mit zusammengefalteten Flügeln, den stürzenden Fluten anvertraute. Der Anblick verursachte einen Brechreiz bei ihm. Der Sturz in die Tiefe dauerte nur wenige Sekunden, da tauchte sie schon in das wildschäumende Wasser ein. Aber anders als beim Sprung von der Brücke tauchte sie hier nicht mehr auf.

Panik ergriff David.

Wie ein Tiger im Käfig, rannte er am steinigen Ufer hin und her. Seine Augen suchten unruhig die bewegte Flussoberfläche ab. Da entdeckte er sie endlich. Kurze Zeit war ihr Kopf an der Wasseroberfläche zu erkennen, bis er wieder in die Tiefe gezogen wurde.

Ihr musste etwas passiert sein, schoss es David durch den Kopf. Sonst wäre sie schon längst wieder bei ihm. Nochmals tauchte ihr Kopf an der Oberfläche auf. Regenbogen wurde mit der Strömung mitgerissen, ohne das David erkennen konnte, ob sie noch lebte oder bei Bewusstsein war.

David rannte flussabwärts, so schnell er konnte. Während des Laufens zog er sich bereits sein T-Shirt aus. Als er meinte, dass der Fluss nicht mehr ganz so reißend war und das Ufer an manchen Stellen überwindbar schien, sprang David ins Wasser. Er wollte Regenbogen zu Hilfe kommen.

Eine blöde Aktion, wie er sofort feststellen musste, denn trotz der tropischen Temperaturen war das Wasser eiskalt. Er hatte auch keine Chance im Wasser Stromschnellen oder Regenbogen auszumachen. Außerdem konnte er zwar gut schwimmen, aber das hatte sich bis jetzt immer nur auf Swimming-Pools beschränkt. Hier, im reißenden Fluss, ruderte er eher hilflos herum. Der wilde Fluss nahm ihn mit sich und spielte mit ihm als wäre er ein Stück Treibholz. Hartnäckig versuchte er dagegen anzukommen und ans Ufer zu schwimmen. Dabei prallte er mit dem Knie gegen einen Felsen im Wasser.

„Au, verflixt", stieß er stöhnend hervor. Wahrscheinlich hatte er sich das Knie blutig geschlagen, so weh tat es. Er hatte fast das Ufer erreicht und suchte nun Halt mit seinen Händen. Aber nirgends im schlammigen Ufer konnte er sich festhalten, weil die Strömung zu stark an ihm zog. In einiger Entfernung vor ihm machte er einen überhängenden Ast aus, auf den ihn die Strömung zutrieb. David hoffte so sehr, sich an dem knorrigen Ast festhalten zu können.

Im richtigen Moment, streckte er sich fest nach oben. Mit einer Hand hatte er ihn erreicht. Es war nicht leicht, sich daran festzuhalten. Bis zu Brust reichte David noch das Wasser. Jetzt hatte er auch mit der zweiten Hand das Holz zu fassen bekommen. Während er versuchte seinen Griff zu festigen, spülte der Fluss das Wasser unaufhörlich an David vorbei. Es umgab ihn, wie die starken Arme einer verzweifelten Frau. Wie lange konnte er seinen Griff noch so halten? Seine Hände schmerzten bereits jetzt schon vor Anstrengung.

Diese Frage erübrigte sich, weil genau in diesem Moment der morsche Ast abbrach und zusammen mit David in dem schäumenden Wasser verschwand. Der Ast hatte dem Musiker beim Herunterfallen eine Beule am Kopf und einen tiefen Kratzer auf seiner Wange eingebracht. Wenn er nicht unter Wasser mit seiner Atemluft hätte kämpfen müssen, hätte er jetzt am liebsten laut geflucht.

Mit einem Arm umklammerte er das Holz, während er mit dem anderen rudernd versuchte, seinen Kopf wieder an die Wasseroberfläche zu bringen. Er würde sterben, das war unausweichlich, wurde es David klar. Schon wieder schluckte er unfreiwillig Unmengen von Wasser. Würde er Regenbogen jemals wiedersehen? Oder war auch sie schon längst ertrunken … und tot?

Die Vorstellung daran versetzte ihm einen Stich durch das Herz. Hatte es überhaupt noch einen Sinn ohne Regenbogen weiter um sein Leben zu kämpfen? Er war sowieso schon am Ende seiner Kräfte. Durch das eisig kalte Wasser konnte er seine Beine und Arme nicht mehr richtig spüren. Dass er das Ast-Stück verzweifelt umklammerte, nahm er kaum noch wahr.

Plötzlich verdunkelte sich der Himmel über ihm und ein starker Wind kam auf. Er ließ David auch noch das Gesicht einfrieren. Da hörte er, wie aus weiter Ferne, ein leises Glockenspiel erklingen. „Es erinnert mich an Regenbogen", dachte er, bevor er wieder einmal mit dem Kopf untertauchte und sich seine Lunge erbarmungslos mit Wasser zu füllen drohte.

„David", spielte das Glockenspiel seinen Namen. „David, bitte gib mir deine Hand", erklangen die vielen Glöckchen aufs Neue. Hörte er wirklich ihre Stimmen oder spielte ihm sein Gedächtnis einen Streich?

Der starke Wind, der aufgekommen war, pfiff scharf um seine Ohren. Eine neue Welle eiskalten Wassers schwappte über sein Gesicht und ließ ihn heftig husten. David legte seinen Kopf in den Nacken, um nach Luft zu schnappen. Da sah er sie. Regenbogen flatterte über ihm und streckte ihm beide Arme entgegen. Offenbar war sie es, die den starken Wind verursachte.

„Na los David, gib mir deine Hand." Das helle Glockenspiel klang jetzt ungeduldiger. Er streckte seine freie Hand nach oben, so gut es ging. Regenbogen hatte Mühe sie zu ergreifen, denn David wurde im Zick-Zack durch den Fluss gespült.

Ein paar Mal hatte sie schon seine Hand gefasst, sie dann aber immer wieder verloren. Sie riskierte es noch ein klein wenig tiefer zu fliegen, ohne dass dabei ihre Flügel die Wasseroberfläche berührten. Endlich war es ihr gelungen sein Handgelenk mit beiden Händen zufassen. Regenbogen zog mit aller Kraft daran. Heftig flatternd versuchte sie in die Luft zu steigen. Aber sie konnte sich noch so anstrengen, es gelang ihr einfach nicht, David ganz aus dem Fluss zu ziehen. Immer wieder tauchte er bis zur Hüfte in das stürmische Wasser ein und brachte die Elfe vom Kurs auf das Ufer ab.

„Verflixt noch Mal, wieso bist du nur so schwer", stöhnte Regenbogen. Sie fasste zum X-ten Male nach, weil seine Haut nass war und daher sein Handgelenk immer wieder aus ihren Händen rutschte.

Schade, dass ihr hier kein Elfenzauber helfen konnte. Hier war purer Körpereinsatz und Muskelkraft gefragt. Und die verschwand zusehends. Regenbogen strampelte sich ab, aber bald kam die Verzweiflung. Vor Angst und Wut auf sich selbst, stiegen ihr die Tränen in die Augen. Hemmungslos ließ sie es zu, dass ihr die Tränen nur so aus den Augen purzelten. Während sie sich weiter abmühte David aufs Trockene zu bringen, bombardierte sie ihn auch noch mit ihren Tränen, die zu kleinen harten Diamantsteinen geworden waren.

„Au, Regenbogen was wirfst du da auf mich", stotterte David vor Kälte zitternd. Er hatte das Gefühl, großen Hagelkörnern ausgesetzt zu sein.

Reflexartig ließ er den Ast, den er immer noch umklammert hatte, los. So schnell wie möglich wollte er mit der freien Hand seinen Kopf schützen.

Es war für die Elfe als ob ein Ballon seine Ballastsäcke abwarf, um damit besser in die Luft steigen zu können. Regenbogen bekam einen unerwarteten Schub nach oben, als David das Holz fallen ließ. Dadurch schaffte sie es, ihn einige Meter hoch in die Luft zu ziehen und ans nahe Ufer zu bringen. Sie legte ihn flatternd, unsanft ab. Dann atmete sie erst ein paar Mal tief durch, bevor sie ihn nochmals an beiden Händen packte. Sie zog ihn mit Hilfe ihres Flügelschlags in die warmen Sonnenstrahlen. David hustete und hustete. Ganze „Sturzbäche an Wasser", so schien es, kamen dabei aus seiner Lunge.

Das Mädchen blickte torkelnd einen Moment auf den zerschundenen Geiger. Sie wollte ihm helfen, aber die Erschöpfung, die sie plötzlich spürte war mächtiger. Sie fiel förmlich zu David ins warme Gras, um auszuruhen. Fast wäre sie eingeschlafen, doch ein tiefes Stöhnen von David holte sie in den Wachzustand zurück. Mühsam rappelte sie sich hoch und fragte besorgt: „Wie geht es dir David? Was tut dir weh?"

„Alles!", stöhnte er mit geschlossenen Augen.

Regenbogen rieb sich über ihre Augen. Dann quälte sie sich hoch und kniete sich hinter Davids Kopf. Sie legte ihre Finger auf Davids Hals und erspürte seinen Puls. Sein Herzschlag war immer noch zu schnell. Langsam strich sie mit beiden Händen über seinen stoppeligen Bart bis hinauf zu den Schläfen. Dort ließ sie ihre Fingerspitzen ruhen und tauchte in seine Gedanken ein.

„Zum Glück ist nichts gebrochen", flüsterte sie.

„Es fühlt sich aber so an", wiedersprach er mit schmerzverzerrtem Gesicht.

„Gleich ist es wieder gut", beruhigte sie ihn mitfühlend.

Die Elfe schloss ihre Augen und erzeugte einen kleinen Regenbogen, der genau David umschloss. David spürte nun eine gleichmäßige Wärme und ein seltsames Prickeln, das nicht nur auf seiner Haut zu spüren war. Dieses Prickeln schien an manchen Stellen bis tief unter die Haut zu kriechen. Es ersetzte auf angenehme Weise das Gefühl des Schmerzes.

Er öffnete zaghaft die Augen. Aber die Elfe sah er nicht. Er spürte aber ihre Finger nach wie vor auf seinen Schläfen, die dort einen leichten Druck ausübten. Das bekannte „Farben-Wirrwarr" des Regenbogens umhüllte seinen ganzen Körper. Mit jeder Sekunde fühlte David sich wohler. Regenbogen nahm ihre Finger von seinen Schläfen, als David der Wunsch durch den Kopf ging, mehr von ihren Berührungen haben zu wollen. Im selben Moment löste sich auch ihr Zauber auf.

„Wie geht es dir jetzt?"

„Mir tut nichts mehr weh", antwortete er und tastete vorsichtshalber seinen Körper ab.

„Dann ist ja gut", erwiderte sie spitz. Sie baute sich vor David auf, stemmte angriffslustig ihre Fäuste in die Hüfte und sah den Musiker mit zusammen gekniffenen Augen an.

„Sag mal, was zum Henker, ist eigentlich in dich gefahren? Wieso um alles in der Welt musstest du unbedingt in den Fluss springen, um ein Bad zu nehmen? Das war eine total unüberlegte und kindische Aktion."

David riss die Augen auf und starrte Regenbogen an. Nach Worten ringend, schnappte er nach Luft und sah dabei aus wie ein Karpfen. „Ich wollte doch kein Bad nehmen", stieß er schließlich hervor.

„Ach ja, wolltest du nicht? Und warum hast du dann dein T-Shirt ausgezogen, als du mich plantschen gesehen hast?", forderte die Elfe eine Antwort von ihm.

„Plantschen? Ich wollte dich retten, du … du hast dich nicht mehr bewegt …", stammelte David und fühlte sich ungerecht behandelt.

„Ich bin eine Elfe, du brauchst mich nicht „retten." Wenn ich je Hilfe bräuchte, würdest du das ganz sicher wissen!"

„Es sah eben für mich so aus, als wärst du bewusstlos", verteidigte sich David beleidigt.

„Hmm", die Elfe ließ diesen Laut mit ihrer Atemluft deutlich hörbar herausströmen. „Es ist mir jedenfalls ein Rätsel, wie du ohne mich so alt werden konntest. Allein in den letzten zwei Wochen, wärst du zwei Mal „hops gegangen", wenn ich dich nicht gerettet hätte."

„Oh Regenbogen, bitte hör damit auf", stöhnte David, der sich vorher aufgesetzt hatte, und ließ sich jetzt wieder ins Gras zurückfallen. „Es liegt mir fern mit dir zu streiten, aber ich wäre beinahe drauf gegangen - wegen dir. Seit du in mein Leben gekommen bist, ist es um 100% gefährlicher geworden."

„Soll das etwa heißen, ich tue dir nicht gut. Ich bringe dich in Gefahr?", entsetzte sich Regenbogen.

„Ganz so will ich es nicht ausdrücken. Aber ich, … wir, machen Sachen, die kein Mensch sonst tut. Und das ist zum Teil gefährlich, … zumindest für mich", versuchte David die Elfe zu beruhigen.

Regenbogen sah zuerst in Davids Augen, dann zu Boden. „Und, möchtest du dass ich gehe?", fragte sie unsicher.

David stand auf. Etwas wackelig in den Knien ging er auf die Elfe zu und nahm sie in die Arme. Zur Antwort auf ihre Frage, küsste er sie sanft und zärtlich. Wortlos nahm er sie auf seine Arme und legte sich mit ihr ins warme Gras zurück. Ein Arm von ihm lag immer noch unter ihrem Kopf, als David sich über ihr Gesicht beugte. Eine nasse Haarsträhne, die sich aus seinem Zopf gelöst hatte, hing Regenbogen auf die Stirn und kitzelte sie. Dabei zog sie ihre Nase krause. Davids Gesicht kam immer näher.

Ihre Lippen berührten sich, da sagte er leise: „Mein Leben ist gefährlicher geworden durch dich, aber schöner … viel schöner". Dabei strich er zärtlich mit seinen Lippen über ihre. „Glaub mir, ich möchte keine Minute davon missen."

Ihr Kopf lag geschützt in seiner Hand. Dann küsste er sie innig und anhaltend.

# Kapitel 25

Sie waren schon einige Tagen in New York zurück. Sue hatte ihnen gerade ein „David-Wohlfühl-Frühstück" serviert, mit allen Sachen die er sehr liebte, da sprach er Regenbogen an: „In zwei Wochen gehe ich auf eine Deutschland-Tournee. Ich komme erst in gut zwei Monaten wieder zurück. Du kannst natürlich hier wohnen. Ich bin sicher, dass Sue alles tut, um es dir gut gehen zulassen."

Regenbogen sah Sue, die Haushälterin, freundlich an. Diese lächelte zurück und nickte kurz.

„Leider werde ich in den zwei Wochen vorher auch nicht viel Zeit für dich haben, da es viele Proben geben wird und noch Allerhand zu organisieren sein wird."

„Kein Problem, David. Ich wollte ohnehin mal nach Hause schauen, um nach dem Rechten zu sehen." Regenbogen versuchte das so unbekümmert, wie möglich zu sagen.

„Du willst weg", ein leichter Anflug von Panik lag in seiner Stimme.

„Du hast doch eben gesagt, dass du keine Zeit für mich haben wirst", stellte sie klar.

„Ja schon, aber es ist sehr beruhigend für mich, wenn ich weiß, dass du da bist."

„Klar, kann ich mir denken, bei deiner hohen Unfallrate", neckte sie ihn.

David schaute zur Seite und schüttelte lächelnd den Kopf. „Vor allem die Nächte werden einsam sein", führte David das Gespräch fort. Er blickte dabei provozierend zu Sue, die ihm aber den Rücken zukehrte und sich an der Spüle zu schaffen machte. Auch Regenbogen warf der Chinesin einen Blick zu und wartete auf eine Reaktion, Davids Worte betreffend.

Regenbogen war es peinlich. Sie wollte das alles bei Sue klar stellen. „Wieso, du schläfst doch im Bett, während ich auf der Couch bleibe. Es gibt keinen Grund mich nachts zu vermissen."

„Dann eben morgens. Ich bin es einfach gewöhnt, dich morgens wach zu küssen", suchte David weiter nach Argumenten.

Regenbogen musste lachen. Es klang so schön, dass sogar Sue sich umdrehte und mitlachen musste. „Du küsst mich wach", lachte sie weiter, „bis du dich aus dem Bett quälst, bin ich schon Stunden auf."

Sue verließ taktvoll die Küche, schmunzelte aber dabei. David legte seine Hand auf Regenbogens und bettelte: „Bitte bleib, ... ich möchte einfach nicht mehr alleine ... Joggen müssen." Was Besseres fiel ihm einfach nicht mehr ein.

Die Elfe dachte an die letzten Tage zurück. Tatsächlich hatte sie den Musiker, seit ihrer Rückkehr nach N.Y. immer auf dem gewohnten Laufweg durch den Park begleitet. Allerdings konnte man bei ihr kaum von Joggen reden. Sie fand es einfach langweilig im gleichmäßigen Tempo durch den Park zu laufen. Also hatte sie sich eine Alternative ausgedacht. Während David lief, machte sie ihre akrobatischen Übungen nebenher.

Sie nahm Anlauf, sprang hoch in die Luft und machte dann ein paar Saltos. Bis jetzt hatte sie es auf sieben gebracht, die sie in nur einen Sprung aneinander reihte. Oder sie setzte einem Flickflack neben den anderen, solange bis ihr schwindlig wurde.

Bei so einer „Jogging-Aktion", wurden sie zufällig von Pandora beobachtet. Sie war mit ihrem Wagen an den Straßenrand gefahren, um interessiert zuzusehen. Irgendetwas stimmte mit diesem Mädchen nicht, war sie der Meinung. Und sie war fest entschlossen, es heraus zu finden.

Regenbogen, die zuvor noch tief in Gedanken versunken war, schüttelte den Kopf, um in die Gegenwart zurück zu finden. „Ich muss nach Hause, David. Sie, ... ich spreche von meiner Familie, hat sich bestimmt schon Sorgen um mich gemacht. Seit sie wissen, dass ich mich mit einem Menschen herumtreibe, fügte sie im Gedanken dazu. Aber das sagte sie lieber nicht laut.

„Ich komme zurück, sobald ich kann. Ich verspreche es", schwor sie im feierlichen Ton, als David seinen Hundeblick aufsetzte. „Eigentlich dachte ich, du würdest mich bitten, mit auf die Tournee zu kommen. Aber wenn du nicht möchtest ..." spielte die Elfe die Beleidigte.

Der Musiker war so schnell aufgesprungen, dass sein Stuhl umflog. Mit drei großen Schritten war er um den Tisch gestürmt und hatte Regenbogen von ihrem Stuhl hoch gerissen. Mit seinen Händen umfasste er ihre Taille, hob sie hoch und wirbelte sie in der Küche herum.

Sue, die gerade die Küche betreten wollte, ermahnte David zur Vorsicht. „Kleine Mädchen ist so zalt. Du mussen volsichtig seien, David."

„Ja, ja, Sue. Ich bin ja vorsichtig", entgegnete der Geiger gut gelaunt. Gleich darauf küsste er Regenbogen stürmisch auf den Mund. „Ich wollte dich nicht bitten, ... es nicht für selbstverständlich annehmen, ... dass du mitkommst... Ich freue mich", stotterte er die Sätze unvollkommen dahin.

„Ich werde Pandora bitte, dich bei allem mit einzuplanen, auch beim Flug, dann ist es leichter", überlegte er eifrig.

David sah auf seine Armbanduhr: „Wann willst du fliegen? Ähm ... ich meine, wann geht dein Flug", verbesserte er sich, als er merkte dass seine Haushälterin immer noch im Zimmer war.

„Ich dachte morgen früh", überlegte die Elfe. „Du hast mich also heute noch am Hals."

„Ich muss zur Probe, kommst du mit?"

„Klar, weil ich dich gerne spielen höre, und außerdem ... bei den vielen hübschen Mädchen im Orchester, muss ich doch ein Auge auf dich haben."

Der Musiker zog Regenbogen an sich und küsste sie, bis Sue ihn unsanft an stupste: „Na, David, ich glauben du hast geflühstückt. Du sofolt aufhölen Mädchen zu flessen", sagte die Chinesin scherzend. „Ja, gleich", murmelte David ohne den Mund von Regenbogens Lippen zu nehmen, „sie ist der Nachtisch."

Ohne, dass es jemand bemerkt hatte, stand plötzlich Pandora in der Küchentüre. Die Haushälterin hatte bei ihrer Putzaktion offenbar die Wohnungstür nicht richtig zugemacht.

„Guten Morgen", sagte Pandora mit unüberhörbarer Stimme. „Ich habe was von Frühstück gehört. Mein „Mädchen" hat natürlich wieder vergessen, für mich einzukaufen. Und da wollte ich fragen, Darling, ob du mir wohl mit etwas Brot aushelfen kannst?"

„Morgen Pandora", erwiderte David, ließ Regenbogen aber nicht aus seiner Umarmung frei. „Du kannst gerne davon haben." Er deutete auf die Reste ihres Frühstücks. „Bitte bediene dich einfach."

Es war überflüssig Pandora aufzufordern. Denn sie saß schon auf Davids Platz und schmierte sich gerade Butter aufs Brot. Vorab hatte sie sich schon eine Scheibe Schinken in den Mund gesteckt. Zu dritt standen sie da und beobachteten erstaunt Pandoras Appetit.

„Sue machen sie mir doch mal eine Tasse Cappuccino, bevor sie hier so rumstehen."

Sue verschränkte ihre Arme vor der Brust und wartete auf das Wort „bitte." Die Haushälterin mochte Pandora nicht. Zugegeben, sie war zweifellos eine schöne Frau, und David brauchte sie, aber sie war irgendwie menschenverachtend, war Sue der Meinung.

„Ich mache das Sue", ging David dazwischen, als er die kühle Haltung der Chinesin bemerkte. David löste die Umarmung mit Regenbogen auf und machte seiner Managerin einen Cappuccino. Er setzte sich ihr gegenüber, und sah ihr eine Weile beim Frühstücken zu. Sue murmelte etwas vor sich hin und ging mit einem Putzeimer am Arm aus der Küche. Regenbogen lächelte verlegen David an und rannte dann Sue hinterher.

„Sue kann ich dir vielleicht behilflich sein", hörte David Regenbogen fragen.

„Ähm, … Pandora", begann David, „ich wollte dir noch sagen, dass ich Annabella auf die Tournee mitnehmen werde. Es hat sich heute erst entschieden. Bitte kümmre dich doch um alles Nötige dafür."

Pandora hustete plötzlich fürchterlich. Sie hatte sich eben am Kaffee verschluckt. „Liebling, wie stellst du dir das vor, so kurzfristig? Ich muss den Flug reservieren … wer weiß, ob da überhaupt noch Plätze frei sein werden. Ganz zu schweigen vom Hotelzimmer!"

„Oh, wir brauchen kein zweites Zimmer. Sie kann bei mir schlafen", beeilte sich David zu sagen.

„Aber du hast auch nur ein Bett in deiner Suite", erklärte sie David bedauernd.

„Das reicht uns völlig aus. Wir rücken einfach ein bisschen enger zusammen", grinste David und wusste sofort, dass er damit die Fantasie von Pandora beflügelte.

„Ich weiß auch nicht ob ich für die Konzerte noch Plätze reservieren kann", gab Pandora zu bedenken.

„Du machst das schon", erwiderte David gleichgültig. „Ich muss zu Probe." Er wusste, dass er keinerlei Probleme hatte die Elfe überall mit durchzuschmuggeln. Aber er wollte Pandora nicht noch mehr Anlass geben, über Regenbogen Nachforschungen zu betreiben.

Er stand auf und ging ins Wohnzimmer, um seine Geige zu holen. Da bot sich ihm ein Bild, das er nicht erwartet hatte. Sprachlos stand er da und musste erst einmal das Schauspiel geistig verarbeiten.

Regenbogen half der Haushälterin beim Zusammenfalten der Wäsche. Aber es wäre keine Elfe, wenn sie diesen Arbeitsvorgang so erledigte wie jeder Mensch. Während Sue ihr ein T-Shirt glatt auf den Tisch legte, sprang die Elfe mit einem doppelten Salto über den Tisch. Während der Drehung in der Luft schnappte sie sich das Kleidungsstück vom Tisch und legte es dabei im Flug und in Windeseile perfekt gefaltet, zusammen. Die zwei Frauen bildeten dabei ein gut eingespieltes Team und hatten sichtlich ihren Spaß dabei. David stand immer noch in der Tür und sah ihnen verblüfft dabei zu.

Neugierig, was David so fesselnd betrachtete, tauchte Pandora neben ihm auf. Auch sie zog verwundert die Augenbrauen nach oben. „Annabella, sie stammen wohl aus einer Artistenfamilie? Verdienen sie so ihre Brötchen?", wollte Pandora wissen.

„Nein, es macht ... einfach nur ... Spaß", antwortete Regenbogen abgehackt und nach Atem ringend.

Pandora quetschte sich an David vorbei ins Wohnzimmer. „Das macht ihnen also Spaß?", wiederholte sie. „Ich glaube, ich habe gerade eine wundervolle Idee, David!", flötete Pandora und hob dabei ihre Stimme an. „Also du willst Annabella unbedingt dabei haben, oder?", setzte sie an.

„Ähm ja, unbedingt", antwortete der Musiker verwirrt.

„Sie könnte das Ballett in einigen Nummern unterstützen. Ich meine, ihre Turneinlagen wirken bestimmt gut auf der Bühne. Was meinst du?"

„Ja, ... im Prinzip keine schlechte Idee. Wenn du willst", wandte sich David der Elfe zu.

„Na klar doch, mache ich, wenn du meinst dass es gut ankommt", überlegte Regenbogen gleichgültig.

„Ich glaube, es würde auch gut ankommen, wenn du auf der Bühne einfach nur da stehen würdest. So wie du aussiehst", schmeichelte ihr David.

Pandora räusperte sich und meinte: „Ich glaube ich habe noch eine viel bessere Idee. Wir könnten ihr Flügel verpassen und sie am Seil angegurtet über dem Orchester fliegen lassen. So wie sie aussieht, geht sie doch bestimmt als Elfe durch, oder?", freute sich Pandora über ihren kreativen Einfall.

Beide, David und Regenbogen erstarrten vor Schreck. „Weiß sie etwas", hörte Regenbogen David nachdenken. „Nein, ich habe nichts verdächtiges in ihren Gedanken gehört", dröhnte plötzlich die Stimme der Elfe in Davids Kopf.

Cool, freute sich David für einen Moment, über ihre „Art" der Unterhaltung, bis er von Pandora erneut angesprochen wurde. „Und ... was sagst du, jetzt?"

„Tja, an sich keine schlechte Idee", gab David zu, als er den ersten Schock verdaut hatte. „Aber ich halte es für etwas gefährlich. Annabella, es geht schließlich um dich. Was meinst du?"

„Ich glaube, es könnte ganz lustig werden. Aber Elfe! ... An so was glaubt doch kein Mensch mehr", warf sie die Worte Pandora entgegen. Dann beobachtete sie mit prüfendem Blick genau die Reaktion der Frau.

„Elfen, - Außerirdischer, - Schmetterling ... das ist doch letztlich dem Publikum egal. Solange es gut gemacht wird und nicht langweilig ist", erklärte Pandora. „Wir müssen das allerdings noch genauer mit den Technikern und den Kostümbildnern besprechen. Ich werde gleich ein Treffen vereinbaren. Es eilt schließlich. Ich kann sie ja bestimmt jeder Zeit bei David erreichen oder, Annabella?", fragte Pandora die Elfe herablassend.

„Ja, kannst du", antwortete David schnell für Regenbogen.

„Schön, schön, ich melde mich heute noch Mal", schloss die Managerin das Gespräch und ging ohne einen Gruß, eiligst zur Wohnungstür.

Kaum war diese ins Schloss gefallen, sprudelte Sue auch schon los: „David, ich haben gloßen Lespekt vor dil, abel wie kannst du zulassen, das „SIE", das Mädchen, das du lieben, so in Gefahl zu blingen."

Regenbogen nahm Sue in ihre Arme, bevor David auch nur mit den Augen zwinkern konnte. „Glauben sie mir, ich bin zu keinen Zeitpunkt in Gefahr!"

„Ich werde dafür sorgen, dass du richtig gut gesichert bist", versprach David nicht nur der Elfe, sondern auch Sue.

„Jaaaa", stieß David plötzlich unerwartet die Faust in die Luft. „Gewonnen!", triumphierte er dabei.

Regenbogen sah ihn an und zog fragend die Augenbrauen nach oben. „Du bist hier unabkömmlich. Du kannst also doch nicht nach Hause fliegen", erklärte er begeistert Regenbogen.

„Das wird sich noch zeigen", gab sie sich noch nicht geschlagen.

# Kapitel 26

„Weiß du, ich hatte mir das Fliegen mit einem so großen Ding eigentlich aufregender vorgestellt", fing Regenbogen im Flugzeug nach Deutschland das Gespräch an. „Beim letzten Mal habe ich ja gar nichts mitbekommen, ... so in der Schachtel."

„Es ist auch nicht wirklich interessant", gab David ihr Recht und griff nach ihrer Hand.

„Das einzige, was beeindruckend ist, sind die Wolken unter uns", sagte sie nachdenklich und drückte dabei ihre Nase am Fenster platt. „Wenn ich fliege, habe ich immer die Wolken über mir. Dafür sehe ich auch wo ich hin muss. Aber woher weiß der Pilot eigentlich, wo er hin fliegt und wann er landen muss?"

David dachte kurz darüber nach, während er mit Regenbogens Hand spielte. „Wie soll ich dir das bloß erklären? Jemand am Boden beobachtet ..."

„Lass es sein, du hast es schon in deinen Gedanken ganz gut erklärt", unterbrach Regenbogen ihn leise. Sie war sich nicht sicher ob jemand mithörte.

„Ich bin froh darüber, dich neben mir zu haben und nicht ständig in eine Schachtel gucken zu müssen", gestand der Musiker Regenbogen.

Sie legte den Kopf an seine Schulter und dachte an die vergangenen zwei Wochen zurück.

Die Kostümbildner hatten ihr einen hauchdünnen, schwarzen Body geschneidert und dazu riesige Flügel aus glänzendem Satin, die fest mit einem Gurt an ihr befestigt wurden. Regenbogen hatte darauf bestanden einen längeren Schlitz in das Rückenteil eingearbeitet zu bekommen, um ihre eigenen zarten Flügel nicht zu verletzen. Witzig fand die Elfe, dass die Flügel alle Farben eines Regenbogens enthielten. Ausprobiert hatten sie das Ganze noch nicht. Das wollten die Techniker vor Ort. Deshalb war sie mit David zusammen, zwei Tage früher als geplant geflogen.

Es war schon Abend, als sie auf dem Flughafen in Berlin gelandet waren. Obwohl sie den größten Teil des Flugs geschlafen hatten, waren sie trotzdem erschöpft. „Was ist mit mir los? Ich fühle mich kraftlos und leer", stellte Regenbogen im Hotel fest.

Auch David kannte dieses Gefühl und erklärte: „Das ist der „Jetlag". Wenn man riesige Strecken in sehr kurzer Zeit überwindet, bedeutet das für den Körper und den Geist Stress. Lass uns schnell was essen und dann schlafen gehen."

Noch bevor sie ausgepackt hatten, gingen sie ins Restaurant und aßen zu Abend.

David fand es toll das Regenbogen nur Vegetarisches Essen zu sich nahm. Dadurch hatte er meistens etwas Zeit, bevor sein Essen kam, ihr beim Essen zuzusehen. Wenn er versucht hätte, es jemanden zu erklären - hätte er passen müssen. Sie aß tatsächlich jede Obst - oder Gemüsesorte anders. Das klang lächerlich! Nur wer es einmal gesehen hatte, wusste, wie es gemeint war.

Beispielsweise knabberte sie Blumenkohl oder Brokkoli so, dass man glauben konnte, sie knabbere jemandem erotisch am Ohrläppchen. Oder sie aß einen Pfirsich, - eine Mango so, dass man sogleich ein Gefühl der Entbehrung hatte. Man bekam sofort Lust, auch ein solches Obst essen zu wollen.

„Wenn es im Altertum einen Gott der Sinnlichkeit gegeben hätte, wäre Regenbogen bestimmt seine Göttin gewesen", überlegte sich David und seufzte leise.

Auf einmal fing Regenbogen aus heiterem Himmel an zu lachen. „Was gibt es denn?", fragte David neugierig. „Dich gibt es. Dich und deine lustigen Vergleiche, die du über mich anstellst", wurde die Elfe tatsächlich leicht rot.

„Du hast mich voll erwischt", erwiderte er. Es war ihm überhaupt nicht peinlich, dass Regenbogen mitbekam, wie sehr er sie bewunderte. Er wurde ja schließlich auch von ihr bewundert, wegen seiner Einzigartigkeit die Geige zu spielen.

Nach dem Essen, wollten sie nur noch zu Bett, so müde waren sie.

Am nächsten Tag, nachdem sich David zwei Stunden mit der Geige ein-gespielt hatte, fuhren sie auf das Konzertgelände. Der Aufbau war schon voll im Gange. Regenbogen wurde in ihr Kostüm gesteckt. Dabei achtete sie genau darauf, dass keiner ihre Flügel berührte, oder verletzte. Sie sah traumhaft schön darin aus. Die Flügel wirkten täuschend echt. Nur David, der die echten Flügel der Elfe kannte, fand sie etwas plump. Die Gurte, die der Elfe um den Körper gelegt wurden, drückten und rieben ihr die Haut auf. Sie waren von der gleichen Art, wie die Sicherheitsgurte im Flugzeug. Trotz der eingeschränkten Beweglichkeit ihres Körpers, ver-spürte Regenbogen ein angenehmes prickeln im Magen, wenn sie an die vorgetäuschte Flugaktion dachte.

Die Stühle für das Orchester waren noch nicht aufgebaut, als die Elfe vom Keller mit Hilfe eines Lifts auf die Bühne gefahren wurde. Von der Bühne aus wurde sie, ihrer Meinung nach, etwas unsanft nach oben gezo-gen. Dort sollte sie, mit Hilfe eines Knopfdrucks an ihrem Gürtel, ihre künstlichen Flügel aktivieren. Damit dieses auch gut klappte, wurde es mehrmals ausprobiert. Sogar Regenbogen wurde nach neuen Ideen, be-treffend ihrer Flugnummer, gefragt. Aber sie traute sich einfach nicht, dem Techniker Vorschläge zu machen. Sie hatte Angst als „Echte Elfe" entlarvt zu werden. Also wurde Regenbogen einfach nur in verschiedenen Höhen im Kreis, oder in Achterbahnen, über das Orchester geschwenkt.

„Wie wäre es, wenn man noch einen Drehpunkt, um die eigene Achse mit einbaut?", war ein Techniker auf eine Idee gekommen. „Ich hoffe, sie halten so viele Drehungen in dieser Höhe aus?", erkundigte er sich für-sorglich bei der Elfe. Er betrachtete das schmächtige Mädchen abschät-zend, als wäre er derjenige, der ihren Mageninhalt abbekommen würde.

„Ich mache alles mit, was Spaß macht", antwortete Regenbogen begeis-tert.

Es ging schon in den frühen Nachmittag hinein, als Regenbogen leise in Davids Garderobe schlüpfte. Er war immer noch am Fiedeln. Immer wieder spielte er die gleiche Passage eines Stücks durch, die ihm offenbar missfiel. Da bemerkte er die Elfe. Sofort ließ er Bogen und Geige sinken und warf einen Blick auf seine Armbanduhr.

„Schon so spät? Hast du Hunger?", fragte er mit schlechtem Gewissen.

„Ich brauche nicht so viel zu essen, wie ihr Menschen. Aber die Leute wollen noch etwas umbauen und das dauert einige Zeit", erklärte die Elfe, um David zu beruhigen.

„Ich könnte auch eine kleine Pause vertragen", überlegte David laut und packte seine Geige, wie immer, sorgfältig weg.

Regenbogen hatte immer noch ihr Kostüm, jedoch ohne die sperrigen Flügel, an. Der schwarzglänzende Body legte sich um ihren Körper, wie eine zweite Haut. Er zeichnete den perfekt geformten Körper der Elfe nach. Plötzlich verspürte David Lust, die Rundungen ihres Körpers mit seinen Händen zu erforschen. Er trat nahe an Regenbogen heran und zog sie, an der Taille gefasst, an sich. Sie schauten sich beide in die Augen.

Erst als Regenbogen ihre Arme um seinen Hals legte, küsste David sie. Er ließ seine Hände nach oben wandern, und streifte dabei sanft über ihre Brust. Zart tasteten seine Finger weiter nach oben, über ihr Schlüsselbein hinweg, fuhren am Hals entlang und trafen sich im Nacken der Elfe. Mit den Fingerspitzen wühlte David zärtlich in ihren weichen Haaren, während seine Lippen immer fordernder auf ihren lagen.

Es kostete Regenbogen ihre ganze Willenskraft, um sich sanft aus seinen liebkosenden Händen zu befreien. Sie kannte seine Gedanken und seine Gefühle. Sie wusste auch, dass sie bald nicht mehr länger widerstehen konnte.

„Warum? Komm wieder her", bat er sie. „Wir sind allein, niemand wird uns stören."

„Ich kann nicht David". Regenbogen schüttelte entschuldigend den Kopf: „Komm lass uns was essen gehen." Regenbogen atmete genervt schwer aus: „Oh Mann, wenn ich in diesem schlichten Body, so eine Wirkung auf dich habe, wird es wohl bei anderen Männern ähnlich sein."

„Stimmt", an so was hatte David bis jetzt keinen Gedanken verschwendet. Er sah sich suchend im Zimmer um. Dann nahm er seine Jacke von der Stuhllehne und ließ Regenbogen in die Ärmel schlüpfen.

„Nicht mehr ganz so reizvoll, … hoffe ich, … zumindest für die anderen Männer. Für mich bist du nach wie vor unwiderstehlich."

„Komm schon", forderte sie ihn auf, „lass uns unter Menschen gehen. Damit du nicht mehr in Versuchung kommst, mehr von mir haben zu wollen."

David seufzte lange und tief: „In Ordnung, schmeißen wir uns was zum Essen rein", gab er schließlich klein bei.

Sie fasste den Musiker bei der Hand und zog ihn sanft mit sich in die Catering-Küche. Um sich abzulenken, fragte David: „Und, wie gefällt dir das Show-Business?"

„Bis jetzt habe ich ja noch nicht viel davon zu spüren bekommen."

Sie nahmen sich etwas zu essen und setzten sich an einen kleinen Bistro-Tisch.

„Wir müssen reden, Regenbogen", brachte es David auf den Punkt. Er konnte sich beim besten Willen keinen Grund vorstellen, warum Regenbogen ihn ständig zurückwies. Es war ihm unangenehm, das Thema anzuschneiden, aber es musste einfach sein. Auch hatte er etwas Angst vor der Antwort, die ihm Regenbogen geben würde.

„David, ich weiß was du sagen willst. Aber bitte nicht jetzt, vor deinem Konzert", wich sie ihm aus. „Lass uns noch etwas warten."

David senkte den Blick auf seinen Teller und stocherte lustlos in seinen Nudeln herum. „Wieso warten? Auf was? Es ist immer vor dem Konzert", antwortete David ungeduldig.

Regenbogen legte ihre Hand auf seine. „Ich habe mich in dich verliebt. Das ist nicht so gut … für eine Elfe. Ich möchte dich nicht ins Unglück stürzen. Darum möchte ich noch warten, bis ich mir völlig im Klaren bin."

„Ich weiß zwar nicht, was du genau damit meinst, aber ich muss mich wohl damit begnügen. Immerhin weiß ich jetzt, dass du mich auch liebst. Und das reicht mir, … fürs Erste." David legte den Kopf schief und sah die Elfe mit einem bedauernden Lächeln an. Dann schob er sich noch schnell ein paar Bissen Nudeln in den Mund, bevor sich beide wieder in die Arbeit stürzten.

David nahm seine Geige zur Hand und spielte, während Regenbogen wieder an das Drahtseil gegurtet wurde. Der Techniker erklärte Regenbogen, auf was sie zu achten hatte. Sie sollte sich auf ein Zeichen hin vom Boden abstoßen, damit es realer wirkte.

David hörte auf zu spielen, und sah ihr beim „Fliegen" zu. Regenbogen machte das richtig gut, fand er. Sie bewegte sich anmutig und … eben elfengleich. Sie verstand es nach kurzer Zeit gut, ihre „falschen Flügel" so zu bedienen, dass es aussah, als flatterte sie nach oben. An passenden Stellen ging sie dann in einen kurzen Gleitflug über. Sie übte einige Stunden, in denen sie immer wieder Anweisungen und Tipps über ein Mikrofon im Ohr bekam. Als David Regenbogen die Erschöpfung ansah, ließ er die Proben stoppen. Regenbogen beschwerte sich zwar: „Du übst schließlich auch bis zum Umfallen." Aber letztlich gab sie dann doch klein bei.

„Also, morgen Nachmittag ist Generalprobe, und abends dann das Konzert", erklärte David beim Abendessen. „Das wird mega anstrengend!"

Er beobachtete Regenbogen, die gerade Unmengen von Salat und Ofenkartoffeln in sich hinein schaufelte. David schüttelte lächelnd den Kopf und äffte dabei die Elfe nach: „Weißt du, wir Elfen brauchen nicht so viel zu essen, wie ihr Menschen… Bist du plötzlich zum Menschen mutiert", fragte er belustigt.

Regenbogen verdrehte die Augen. „Du hast ja keine Ahnung, wie anstrengend es ist, in der Luft zu sein und nicht fliegen zu dürfen. Sich ständig zu ermahnen, nicht die eigenen Flügel einzusetzen. Und sie dann auch noch unsichtbar zu halten, das kostet Unmengen von Energie."

David hatte Schwierigkeiten die Elfe zu verstehen. Sie sprach mit vollem Mund und ohne zu schlucken, fügte sie gierig weitere Bissen hinzu. „Schatz, was willst du denn dann Morgen essen? Soll ich uns einen Tisch in einer Großgärtnerei reservieren lassen?", spottete der Musiker.

„Ha, ha", mampfte Regenbogen und war erleichtert, als endlich auch David sein Abendessen serviert bekam.

David genoss die Leichtigkeit der Unterhaltung mit der Elfe; und auch das Schweigen zwischendurch, da ja die Elfe ohnehin seine Gedanken kannte. Relativ zeitig gingen sie zu Bett. Sie waren beide mehr als erschöpft. Ob es am Jetlag, an der Arbeit oder an dem ersten kleinen Streit lag, wusste David nicht.

Er hatte noch nicht lange, aber tief und fest geschlafen, als ihn ein seltsames, unbekanntes Geräusch aus der Traumwelt zurückholte. David lauschte und wusste zuerst nicht, ob das Geräusch aus seiner Traumreise stammte, oder ob er es dem „Leben" zuordnen musste. Aber dann hörte er es deutlich aus dem Wohnbereich der Suite kommen.

Es war ein eigenartiges und ihn völlig unbekanntes Geräusch. Es klang wie ein helles Glöckchen, das in kleinen regelmäßigen Abständen vor Herzschmerz kurz klingelte. Er stand auf und ging, nur mit Slip bekleidet, dem Geräusch entgegen.

Regenbogen lag eingerollt auf der Couch. Von ihr schien das eigenartige Klingeln her zukommen. David schaltete die Stehlampe neben der Couch ein. Sie tauchte das Zimmer in ein schummriges Licht. Er trat nahe an Regenbogen heran und legte ihr eine Hand aufs Haar. Ein unwirklich hell strahlendes Licht schien von ihr auszugehen.

„Regenbogen, Schatz was ist denn?" David beugte sich über sie und erschrak heftig.

Die Elfe schien im Schlaf zu weinen. Dicke runde Tränen perlten ihr aus den Augen und wurden sofort zu strahlenden Diamanten. Sie hatten sich mit einem leisen „Klack-Geräusch", schon zu einem beachtlichen Haufen aufgetürmt. Sie verteilten sich um Regenbogens Kopf, schimmerten aus ihren Haaren, und klebten auf ihrem Gesicht. David schüttelte das Mädchen sanft an der Schulter und küsse sie auf die Wange.

„Regenbogen, wach auf, Schatz, ist alles gut", flüsterte er ihr ins Ohr. Sanft strich er ihr die Haare aus dem Gesicht. Dabei rieselten einige Diamanten aus ihren Haaren und fielen leise auf den Teppich. Blinzelnd erwachte Regenbogen und schluchzte auf.

„David, du bist bei mir?", fragte sie stotternd.

„Ja ich bin hier, alles ist gut", beruhigte er sie. „Hast du was Böses geträumt?"

„Ich lag tot auf dem Boden. Jemand hat mich getötet", flüsterte sie ängstlich.

David starrte sie an und wurde kreidebleich. Für einen Moment fand er keine Worte. „Das was nur ein dummer Traum", sagte er schließlich heiser. „Ich lasse nicht zu, dass dir jemand weh tut. Nicht mehr weinen", versuchte er ihren erneuten Tränenfluss zu stoppen. „Komm mein Schatz, hier kannst du nicht mehr schlafen."

Er fasste sie unter ihren Körper und trug sie ins Schlafzimmer. Unterwegs rieselten immer wieder Diamanten, die sich noch in ihren Haaren versteckt hatten, zu Boden. Als wäre sie zerbrechlich, legte er sie rücksichtsvoll auf seinem Bett ab.

„Ich kann hier nicht schlafen, David. Das geht nicht", protestierte Regenbogen schwach.

„Pst, pst, alles ist gut. Ich werde dir nichts tun. Ich mache nichts, was du nicht willst", versicherte er in ruhigem Ton.

Er ließ die Stehlampe im Wohnzimmer brennen und die Tür zum Schlafzimmer eine Handbreit offen. Dann legte er sich zu ihr ins Bett.

„Wie geht es dir?", wollte David wissen und schob ihr gleichzeitig den linken Arm unter den Kopf. Regenbogen legte ihren Kopf auf seine nackte Brust und holte tief Luft.

„Besser", piepste sie nur. Sie fühlte sich bei ihm beschützt. Und das verwirrte sie. Er war doch nur ein Mensch, wie sollte er sie also beschützen? Aber für den Moment … diese Nacht, reichte ihr das. Sie schmiegte ihre Wange an seine Brust und atmete tief seinen warmen Geruch ein. Sie war viel zu müde, um über ihren bedrohlichen Traum nachzudenken. Eine Zeitlang streichelte David noch ihre Haare und ihre Wange. Obwohl ihre Körpertemperatur deutlich kühler war als seine, wurde ihm heiß. Mit der Traumfrau in seinem Arm, fand er schwer wieder in den Schlaf hinein.

Am nächsten Morgen, löste er vorsichtig den linken Arm unter Regenbogen heraus. Es war das erste Mal, dass David vor der Elfe erwachte. Er ging duschen. Unterwegs trat er schon auf zahlreiche Steine. Im Vorbeigehen knipste er die Stehlampe aus, und warf dabei einen kurzen Blick auf das Sofa.

Nie im Leben hätte er gedacht, dass ihn der Anblick eines großen Haufens von Diamanten so entsetzen würde. David stieg in die Dusche und hoffte auf Entspannung. Er ließ sich das heiße Wasser über den Kopf laufen und stellte sich zum 100sten Mal die gleiche Frage: „Wohin nur mit den ganzen Diamanten?"

Mit nassen, ungekämmten Haaren und nur mit einem Badetuch um die Hüfte, ging er barfuß ins Wohnzimmer zurück. Dann zog er einen Sessel zur Couch und setzte sich. Nachdenklich rieb David sich über seine Bartstoppeln und betrachtete dabei die vielen kleinen Häufchen von Diamanten. Er nahm sich eine Hand voll. Sie fühlten sich gut an, so glatt und kalt. Die ersten Sonnenstrahlen brachen sich in ihnen und warfen unzählige bunte Lichtreflexe in den Raum. David ließ sie ein paar Mal von einer Hand in die andere rieseln. Das Geräusch das sie dabei verursachten, war angenehm anzuhören.

„Nur Abfall", hatte Regenbogen einmal gesagt. Und tatsächlich, was sollte er damit anfangen? Wie sollte er der Polizei oder der Zollbehörde erklären, wie er zu ein paar Millionen Dollar wertvollen Diamanten gekommen war? „Tut mir leid, aber wenn meine Freundin weint, kommt immer so etwas dabei heraus!" … „Ha!" Vielleich hatte er ja Glück und sie würden ihn statt ins Gefängnis, in eine Irrenanstalt einweisen… Nein, das Zeug musste einfach weg.

„Aber, zum Teufel nochmal - WOHIN - ?"

Konnte man denn eine solche Menge Diamanten einfach im Klo runter spülen? Und wenn sie am Ende doch entdeckt würden, was in Deutschland bestimmt nicht ausblieb, konnte irgendjemand dann feststellen, woher sie kamen?

Womit er wieder bei der Anfangsfrage war. Er warf die gleich großen Edelsteine auf den Haufen zurück und stand auf. Aus dem Schrank holte er sich einen frischen Slip und eine Jeans und zog sich an. Sein Blick wanderte immer wieder zu den Steinen, die mittlerweile das Zimmer märchenhaft und unwirklich erstrahlen ließen. Seine nassen Haare tropften auf seinen Rücken und ließen den Bund seiner Jeans nass werden. Ärgerlich wischte er mit dem Handtuch nochmals über seinen Rücken. David nahm sich frische Socken aus dem Schrank und stutzte. Da hatte er eine Idee; ob sie gut war, musste sich erst herausstellen.

Er kramte in seiner Schmutzwäsche nach seinen getragenen Socken und holte zwei Paar heraus. Dann befüllte er sie ungeschickt mit den Klunkern und verknotete sie zuletzt sorgfältig miteinander. Die Steinchen, die auf dem Teppich lagen, konnte er dank der Sonne gut einsammeln. Sie funkelten wie Tautropfen im Sonnenlicht und David musste der Versuchung wiederstehen, einige in die Hosentasche zu stecken. Anschließend setzte er sich wieder auf den Sessel und begutachtete sein Werk.

Er wollte seine Socken in den hoteleigenen Müllcontainer werfen. Keiner, der irgendwie bei Trost war, würde gebrauchte, nicht ganz wohlriechende Socken aus dem Müll fischen.

Plötzlich erschrak David zutiefst und fühlte sich ertappt. Regenbogen war lautlos an ihn herangetreten und hatte eine Hand auf seine Schulter gelegt. „Guten Morgen, was machst du da?", fragte sie unbekümmert.

„Ich versuche uns vor dem Gefängnis zu bewahren", antwortete David, als er sich wieder gefasst hatte. „Hier ist es nämlich nicht üblich, einfach mit einem Koffer lupenreiner, geschliffener Diamanten herumzuspazieren."

Regenbogen griff über Davids Schulter hinweg und hob mit einer Hand ein verschnürtes „Sockenpaket" von David empor. „Was willst du damit machen", fragte sie neugierig, obwohl sie die Antwort schon kannte, sie aber nicht glauben wollte. „Hausmüll", war seine knappe, aber präzise Antwort.

„Ich erledige das. Mein Abfall - mein Entsorgen", entschied die Elfe selbstbewusst. Sie ließ das „Designer–Paket" wieder auf das Sofa fallen, gab David einen Kuss auf die Schläfe und befühlte dabei seine Haare. „Sie sind noch nass. Warum kämmst du sie nicht", wollte sie fürsorglich wissen.

„Weil ich hier ein kleines Diamanten–Problem habe", erwiderte David und eine Spur von Ungeduld lag in seiner Stimme.

„Lass mich das für dich tun", sagte Regenbogen bestimmt.

„Was? Meine Haare oder den Zaster?"

„Deine Haare zuerst", bestimmte sie. Dabei drehte sie liebevoll mit ihrer Hand seinen Kopf zu ihr, beugte sich zu ihm herab und küsste ihn kurz auf den Mund. Als sie sich wieder aufrichten wollte, fasste sie David schnell in den Nacken und vertiefte ihren flüchtigen Kuss. Regenbogen streifte mit ihrer Hand seinen muskulösen Rücken hinunter. Er sah einfach umwerfend attraktiv aus, mit nacktem Oberkörper und feuchten Haaren.

Flink kämmte sie mit ihren Fingern durch sein feuchtes Haar. Ab und an hatte er das Gefühl, sie würde ihm einen Kuss in die Haare drücken. Wenige Minuten später waren seine Haare trocken und schmerzlos durchgekämmt. Es hatte kein einziges Mal dabei geziept. Er stand auf und betrachtete sich im Spiegel. Wie hatte sie das gemacht? Wie konnte sie seine Haar in so kurzer Zeit und ohne Hilfsmittel trocknen. Täuschte er sich oder hatten seine Haare heute einen gold-glänzenden Ton?

„Und, sieht es gut aus?", wartete das Mädchen auf ein Lob.

„Wie hast du das gemacht? Ich kann sie nie so bändigen", nickte David anerkennend.

„Du solltest deinen Haaren ein bisschen mehr Aufmerksamkeit schenken. Sie sind sehr schön und es wäre schade, wenn du sie abschneiden müsstest", tadelte ihn die Elfe.

„Weißt du, eigentlich wollte ich nie lange Haare haben. Aber es hat sich irgendwann so ergeben. Ich hatte einfach keine Zeit, sie schneiden zulassen. Und dann, … hat es mir plötzlich selber gefallen", er lachte einmal kurz auf, „und einem Teil meiner Fans auch."

David blickte an Regenbogen hinunter. Als er sie vorhin geküsst hatte, trug sie noch das dünne Seidentop und einen sexy Spitzenslip von nachts. Aber zwischen einem Augenblinzeln von ihm, hatte sie ihr Outfit komplett verändert. Sie stand fix und fertig angezogen da. Sie sah sehr hübsch aus, in einer ausgewaschenen Jeans, und einer rot-weißen karierten Bluse, die in der Taille zusammen geknotet war. Ihr Bauchnabel war für jeden gut sichtbar. Es reizte David ihn zu küssen.

Regenbogen wandte sich ab und fragte: „Ist das zu sexy?"

„Nein", log David.

Sie lachte: „Du kannst mich nicht belügen, das weißt du doch!" Sie ging zum Schrank und suchte ihm irgendein T-Shirt heraus. Dann ergriff sie seine vorbereiteten „Behälter" für ihre Tränen und nickte ihm zu: „Wir sehen uns später, beim Frühstück."

Noch schnell küsste Regenbogen ihn flüchtig auf seine vollen, weichen Lippen und schon war sie für ihn unsichtbar. Das Letzte was er von ihr wahrnahm, war der Windhauch, als sie die Türe öffnete und wieder schloss.

David hatte es nicht eilig zum Frühstück zu kommen. Ohne Gesellschaft, reizte es ihn überhaupt nicht. Also schlenderte er, ohne Eile, etwas später in den Frühstücksraum. Dort ließ er sich schon einmal eine Tasse Kaffee einschenken. Erst jetzt fiel ihm auf, dass viele Hotelgäste am Fenster standen und äußerst interessiert hinausblickten. David wollte gerade nachfragen, was es da zu sehen gab, als Franck, sein Freund und Bandmitglied, ihn begrüßte.

„Hallo David, wie geht es dir?"

„Franck, schön dich zu sehen. Mir geht es gut. Und was ist mit dir, wie war euer Flug?" David gab ihm dabei die Hand, und klopfte ihm freundschaftlich auf die Schulter.

„Der Flug war ok. Die Anderen sitzen da drüben. Komm doch zu uns. Wo ist Annabella", Franck sah sich suchend nach ihr um.

„Sie ist noch ähm … noch nicht ganz fertig. Sie kommt gleich nach", erklärte David stotternd. „Was machen denn all die Leute am Fenster?"

„Du, das musst du dir ansehen. Da ist ein sagenhaft schöner Regenbogen. So einen hast du bestimmt noch nicht gesehen", war Franck voll begeistert. David trat zum Fenster und schaute hinaus. Ein Lächeln machte sich auf seinem Gesicht breit. „Wetten, dass schon", murmelte er nur. Gleich darauf setzte er sich zu seiner Band und frühstückte mit ihnen zusammen. Als der Regenbogen am Himmel gerade am Verblassen war, erschien die Elfe am Tisch.

„Hallo Jungs", begrüßte sie fröhlich die Band und setzte sich zu ihnen. Dieses „Hallo" wurde von allen freundlich zurückgegeben.

„Hier war eben noch ein gigantisch schöner Regenbogen zu sehen. Du hast eben was verpasst", sprach Franck die Elfe an. „Meinst du wirklich", gab sie Franck zur Antwort und sah ihn schelmisch an. David zwinkerte sie aber dabei zu.

Am Tisch war ein reges Durcheinander von Gesprächen, und machte es somit David leicht, nach den entsorgten Socken zu fragen. „Wo hast du sie hingebracht", raunte David ihr fragend zu.

„In die Ostsee, das war das Naheliegendste."

„Ahja", nickte David, und wusste nicht die Bohne, wovon sie sprach. Regenbogen lächelte ihn an, wie man Jemand anlächelt, den man auf die Sprünge helfen will.

„Ich bin auf meine Art zu reisen, zur Ostsee, und dort habe ich mir die tiefste Stelle gesucht, im Flug natürlich", setzte sie hinzu, als sie den verwirrten Gesichtsausdruck des Musikers sah.

„Ach so, du hast es dann einfach fallen gelassen", fragte er etwas zu laut, denn alle am Tisch waren plötzlich still, und schauten ihren Geiger an. Der sah aber nur in die Runde und verkündete: „Ok Boys, alle satt? Dann in einer Stunde Probe." Er auf und zog Regenbogen mit sich. „Du hast es also nicht einfach nur ins Meer geworfen, stimmt´s?"

„Nein, das erschien mir zu unsicher. Ich bin damit ins Meer getaucht und hab es im Schlamm vergraben ... Zumindest den größten Teil davon", kicherte sie plötzlich.

„Was ist denn daran so lustig?"

„Ein paar Steinchen habe ich an einige Fische verfüttert, die eben einem Fischer ins Netz gegangen waren."

„Ah, ... ich verstehe", grinste David. „Das war sehr anständig von dir."

„Ich hatte seine Gedanken gehört, er war wirklich deprimiert über sein bisheriges Leben. Da ist mir diese Idee gekommen."

„Aber wie konntest du nur so tief tauchen? Und noch dazu ohne Sauerstoffflasche. Und ich dachte, du kannst nur fliegen", wunderte er sich. „David ...", fing sie den Satz an, und er beendete ihn für sie, da er den Satz schon so oft gehört hatte: „Ich bin eine Elfe. Ich kann alles..." Sie lachten beide darüber.

Im Hotelzimmer zog Regenbogen David ins Badezimmer und zeigte auf die Badewanne. „Tara", sang sie mit ihrer klingenden Stimme. Über den Rand der Wanne hingen zwei Paar nasse Socken und bildeten eine kleine Lache auf den dunklen Fliesenboden. „Ich habe sie frisch gewaschen und aufgehängt ... für dich", freute sich die Elfe. „Sie riechen wieder gut."

David bekam einen „Lachflash". Es taten ihm bereits die Gesichtsmuskeln weh, als er nachfragte: „Sind das etwa meine Socken?" Regenbogen nickte stolz. „Du wirst einmal eine gute Hausfrau abgeben. Socken waschen kannst du zumindest schon gut." Er nahm sie in die Arme und gab ihr zärtlich einen heißen Kuss.

# Kapitel 27

„Ja, sie macht sich richtig gut. Siehst du Herzchen, für so etwas habe ich einen Riecher", sagte Pandora selbstbewundernd, als sie am Vormittag Regenbogen das erste Mal über dem Orchester ihre Kreise drehen sah.

„Mhmh", machte David nur.

Die Band und er hatten Regenbogen gebeten, eine Choreografie für das Stück „Viva la Vita" einzustudieren. Sie hatten es ihr vorgespielt, bevor das Orchester dazu kam. Und nun standen alle Anwesenden, inkl. Maske und Catering, da und beobachteten beeindruckt Regenbogens Flugkünste zur eingespielten Aufnahme.

Die Elfe hatte nur diesen einen Song, in den ihr Einsatz erwünscht war, und die Zugabe. Deshalb wollte sie es einzigartig gestalten. Mit dem Ende des letzten Klangs war das Mädchen graziös auf dem Boden gelandet und bekam anerkennenden Beifall. David ging zu ihr, nahm sie in den Arm und küsste sie.

„Du warst gut, … sehr gut sogar. Bekommst du das nochmal so hin?"

„So oft du willst", war das Mädchen überzeugt und David wusste, dass er ihr Vertrauen konnte.

Langsam trudelte nach und nach das Orchester ein. Während die Musiker noch an verschiedenen Passagen feilte, hatte Regenbogen „Freizeit". Sie schlenderte auf dem Gelände herum und landete schließlich in der Cafeteria, wo sie zufällig Pandora über den Weg lief.

„Oh Annabella, ich habe Sie vorher bewundert. So hoch in der Luft und diese Geschwindigkeit, … das macht ihnen offenbar nicht das Geringste aus?"

Regenbogen zuckte die Schultern: „Nein, es macht mir Spaß."

„Welcher Artistenfamilie entstammen sie nochmal?", versuchte Pandora, nicht zum ersten Mal, das Mädchen auszuhorchen.

„Ich sagte gar nichts dazu."

„Wissen sie, das ist alles ein bisschen merkwürdig", lächelte Pandora eine Spur zu freundlich. „Sie tauchen eines schönen Tages, scheinbar aus dem „Nichts" auf, und sind seitdem Davids ständige Begleitung. Sie gehen anscheinend keiner Beschäftigung nach, da sie immer Zeit haben. Sie sind schick und geschmackvoll gekleidet ..." „Danke", warf die Elfe kurz dazwischen.

„...gehen aber nie einkaufen", sprach die Managerin unbeirrt weiter. „Und", sie machte eine bedeutungsschwere Pause, „sie verreisen ohne Gepäck, haben aber trotzdem jeden Tag etwas Anderes an. Finden sie nicht selbst, dass das alles sehr merkwürdig aussieht?"

„Wenn man suchen würde, könnte man bei jeden Menschen etwas merkwürdiges finden", entgegnete Regenbogen gelassen. „Auch bei ihnen, Pandora."

„Bei mir niemals", war Pandora fest überzeugt.

„Eine so schöne Frau und doch haben sie keinen Mann. Das ist schon merkwürdig. Oder ist der Mann, den sie lieben, schon vergeben?"

Regenbogen blickte bei ihren Worten auf den Boden. Sie fand ihre Worte sehr intime und sprach sie nur aus, um der Managerin die Luft aus den Segeln zu nehmen. „David hat nie bemerkt, dass sie ihn lieben, Pandora", brachte die Elfe es auf den Punkt.

„Das ist ja lächerlich. Wenn ich einen Mann haben will, bekomme ich ihn auch, ... früher oder später", faucht Pandora beinahe. „Und da sollte mir lieber keiner im Weg stehen." Sie funkelte Regenbogen dabei an und ließ sie ohne ein weiteres Wort einfach stehen.

Etwas beunruhigt über das Gespräch ging Regenbogen in das Stadion zurück. Sie setzte sich auf einen der Publikumsplätze und sah der Probe zu. Um Mittag machten sie eine Pause und wanderten gemächlich ins Speisezelt, das extra für schlechtes Wetter ausgebaut worden war. David saß bereits mit seiner Band am Tisch. Sie machten allerlei Späße während des Essens. Regenbogen setzte sich mit einem Salatteller an Davids Seite.

„Ich habe dich im Publikum sitzen gesehen, war etwas los?", fragte er zwischen zwei Bissen. „Nein", log das Mädchen. Sie wollte den Geiger vor dem Konzert nicht mit unnützem Zeug belasten.

„Die Generalprobe ist für zwei Uhr angesetzt. Da kommst du dann zum Einsatz. Danach fahren wir ins Hotel zum Frischmachen und Umziehen, und anschließend wird es dann Ernst", zählte David auf. „In Berlin wird dieses Mal die Life-Aufnahme vom Konzert mitgeschnitten, für eine DVD. Das heißt, es „muss" einfach 100% perfekt sein."

„Ich werde perfekt sein, und zwar überall, auch wenn ich keine Ahnung habe, was eine DVE ist", erklärte Regenbogen selbstbewusst.

„DVD, DVD, heißt es Schatz", schmunzelte David und stupste seiner Freundin sachte auf die Nase.

Die Generalprobe verlief ohne Probleme. Lediglich einige Kleinigkeiten wurden noch perfektioniert.

Zügig fuhren sie ins Hotel zurück. Während Regenbogen zum Duschen und umziehen nur 10 Minuten brauchte, lief David in Gedanken versunken etwas planlos umher. Regenbogen kannte diese Unruhe vor seinen Konzerten schon, und versuchte dem Geiger behilflich zu sein, wo sie nur konnte.

Plötzlich blieb er abrupt stehen, hob den Kopf und sah Regenbogen an. „Haben Elfen hellseherische Fähigkeiten? Oder können sie die Zukunft voraus sagen?", interessierte er sich plötzlich aus dem Nichts heraus.

„Nein, nicht das ich wüsste", überlegte Regenbogen und erhaschte erst jetzt einen Gedanken von David. „Dann war dein Traum von letzter Nacht nur ein Albtraum? Es war also kein Blick in die Zukunft?", tastete er vorsichtig fragend nach.

Die Elfe senkte den Blick. Er sollte jetzt an nichts anderes mehr denken als an das bevorstehende Konzert. „Ich denke auch, dass es nur ein dummer Traum war", gab sie ihm Recht.

Als sie wieder auf das Gelände fuhren, auf dem das Open-Air stattfinden sollte, wurde Regenbogen etwas nervös. „Hoffentlich geht alles gut", dachte sie flehend. „Hoffentlich verrate ich mich nicht."

Auch David merkte die leichte Unruhe der Elfe. Er legte seinen Arm um ihre Schulter und drückte sie beruhigend an sich. „Wird schon schief gehen, ist nur das Lampenfieber", murmelte er ihr ins Ohr.

„Wieso das denn? Wieso soll es schief gehen?", fragte sie verständnislos.

Sie brachte den Musiker immer wieder zum Lachen. „Das ist nur so eine Redensart und bedeutet eigentlich das Gegenteil."

Auf dem Gelände verschwand David in seine Garderobe, um seine Finger geschmeidig zu spielen. Regenbogen ließ sich ankleiden. Ihre Haare wollte sie selber hochstecken, was ihr in ein paar Sekunden perfekter gelang, als dem Haarstylist.

Kurz vor Davids Auftritt, das Publikum war schon auf seinen Plätzen, suchte David Regenbogen, um ihr viel Erfolg zu wünschen. Aber er konnte sie nirgends entdecken. Wo war sie bloß? Vielleicht musste sie ja Mal schnell für kleine Elfen. Da fiel ihm auf, dass er Regenbogen eigentlich noch nie auf die Toilette gehen sah. Wie seltsam! Er schüttelte den Kopf um seinen Gedanken los zu werden.

„Hey, stimmt ja, das war das Stichwort: GEDANKEN", erinnerte er sich. Also versuchte der Musiker es mit seinen Gedanken. Ganz intensiv dachte er an das Mädchen. Lautlos formte er mit den Lippen die Worte: „Regenbogen, wo bist du. Bitte komm zu mir."

Pandora stand in einiger Entfernung, und beobachtete das Ganze. Was tat David da nur? Sie hatte noch nie erlebt, dass er vor einem Auftritt betete.

Plötzlich riss der Geiger die Augen überrascht auf. Sein Kopf war erfüllt von Regenbogens Stimme. „Ich bin nicht weit weg. Ich komme zu dir." David war beeindruckt. Er schloss seine Augen und atmete erleichtert aus.

Pandora sah, wie kurze Zeit später das Mädchen hinter die Bühne schlüpfte und auf den „Star des Abends" zuging. Es wirkte auf sie als ob sie sich per Handy verabredet hätten. Das Mädchen war einfach irgendwie „anders." Und auch noch so verdammt gutaussehend, das wurmte Pandora ziemlich. Pandora versteckte sich etwas hinter einer Kulisse und beobachtete weiter das Geschehnis.

„Wo warst du Schatz. Ich habe dich gesucht?", fragte David liebevoll.

„Ich war auf den Gelände und habe die Menschen beobachtet. Sie sind alle voller Vorfreude, David", voller Stolz schlang sie ihre Arme um seinen Hals und legte ihren Kopf an seine Brust. Sie konnte das laute, nicht ganz regelmäßige Schlagen seines Menschenherzens hören.

David küsste Regenbogen vorsichtig auf ihre Stirn und zog dabei eine kleine Schachtel aus seiner Jackentasche. „Ich … wollte dir Glück und viel Erfolg wünschen …", sagte er etwas verlegen.

Regenbogen sah auf. Da öffnete David die kleine schwarze Schachtel und holte ihren Inhalt hervor. In seiner Hand baumelte eine goldene feingliedrige Kette. Der goldene Anhänger ließ ein großes „D" erkennen, in deren Mitte eine Art Schmetterling mit ausgebreiteten Flügeln eingearbeitet war. Die Mitte des Schmetterlings, oder besser den Körper, bildete einen perfekt geschliffenen, runder Diamant, so groß wie ein Wassertropfen.

„Oh David", Regenbogen suchte nach Worten, „ich habe noch nie in meinen Leben etwas so schönes geschenkt bekommen. Ich danke dir dafür." Sie umarmte David und küsste ihn überschwänglich auf seine vollen Lippen.

„Ich freue mich, dass es dir so gut gefällt, auch wenn es nur Abfall ist, den ich dir schenke."

„Soweit ich weiß, gibt es auch Künstler, die aus Abfall richtig tolle Sachen herstellen. So gesehen bist du auch noch ein „Upcicle-Spezialist."

Mit einem weichen, warmen Blick bedachte David seine Elfe und legte ihr die Kette um den Hals. „Es sind deine Tränen aus San Francisco, weißt du noch, nach dem Musical", versuchte David der Elfe auf die Sprünge zu helfen. Sie nickte nur und kämpfte gegen eine neue „Diamantenflut" an.

David öffnete die obersten Knöpfe seines Hemds und zeigte auf seine Brust. Auf seiner Haut ruhte das Pendant des Anhängers. Nur dass der Rahmen um den goldenen Schmetterling hier ein „R" ergab. David sah Regenbogen einige Zeit verliebt in die Augen. Dann sagte er überflüssiger Weise: „Das „R" steht für Regenbogen. Die ich so unsagbar liebe und keinen Tag meines Lebens mehr missen möchte."

Das alles beobachtete Pandora aus einiger Entfernung neidvoll. Sie verstand gar nichts mehr. Wieso nannte er sie Regenbogen? Und seit wann konnte man aus Tränen Schmuck bereiten?

Regenbogen sah vom Bühneneingang dem Konzert zu. David verzauberte sein Publikum. Mit dem einzigartigen Spielen seiner Geige, und den kleinen Anekdoten, die er gekonnt dazwischen erzählte, gewann er die Zuneigung der Zuhörer im Handumdrehen. Kurz vor der Pause war Regenbogens Auftritt geplant. Auf ein Zeichen der Regie begab sich die Elfe unter die Bühne. Konzentriert schloss sie die Augen und wartete auf den „Countdown." Ihre Hand wanderte zur Kette, die ihr David gerade geschenkt hatte. Das Mikro im Ohr zählte die Zeit rückwärts ab. Dann hatte sie sich, kaum dass sie die Oberfläche der Bühne erreicht hatte, abgestoßen und begann nach oben zu flattern. Natürlich nur mit Hilfe der Technik. Es klappte alles wunderbar. Regenbogen hatte sich so an den festen Halt der Gurte gewöhnt, dass sie gar nicht mehr daran dachte, ihre eigenen Flügel zu benützen.

Sie drehte und bewegte sich wie sie es für richtig hielt. Sie „tanzte" quasi in der Luft mit der Anmut einer Ballerina und hatte ihren Spaß dabei. David warf immer wieder einen prüfenden Blick nach oben.

Auf einmal, hörte die Elfe unklare Gedanken, die aus dem Zuschauerraum zu kommen schienen. Und sie waren alles andere als „schön." Jemand da draußen hasste sie … abgrundtief. Irgendjemand wünschte ihr nichts sehnlicher als den „TOD."

Für eine kurzen Moment lang erschrak die Elfe und vergaß dabei ihre unechten Flügel zu bewegen. Dann fasste sie sich wieder und beendete ihre Vorführung profihaft.

Das gesamte Ensemble erntete stehenden Applaus. Regenbogen suchte nach David, sobald sie die Bühne verlassen hatte. Die „Maske" hatte ihr bereits die künstlichen Flügel abgenommen. Regenbogen fand den Solisten in seiner Garderobe. Er hatte sich sein verschwitztes Hemd ausgezogen und trank gerade literweise Wasser direkt aus der Flasche.

„Du bist der Star des Abends", rief er Regenbogen entgegen, als sie seine Garderobe betrat.

Die Elfe beschloss augenblicklich, David nichts von ihrer Gedankensession zu erzählen.

„Du bist auch unbeschreiblich", erklärte sie ihm. Sie legte ihre Hand auf seine leicht feuchte Wange und strich im die Haare, die auf seiner Wange klebten, aus dem Gesicht.

Unerwartet schnell zog er sie an sich. Mit einer Hand fasste er sie im Nacken, während die andere ihren Unterleib an ihn presste. Langsam kam sein glänzendes Gesicht näher, bevor er ihre Oberlippe zart mit seinen Lippen berührte. Seine Zungenspitze zeichnete sanft ihre Lippen nach. Regenbogen hielt ganz still und genoss den erotischen Moment, obwohl sie weiche Knie bekam und ihr Körper anfing zu zittern. Dieses Mal hatte sie nicht die Kraft, sich von ihm zu lösen. Sie hätte alles zugelassen, … alles was er von ihr wollte.

Doch dann verkündete eine nüchterne Stimme durch ein Mikro das Ende der Pause in 5 Minuten. David war es dieses Mal, der ihren Körper schwer atmend, von sich schob.

Der zweite Teil des Konzerts verlief noch besser, als der erste. Wenn dann da überhaupt noch eine Steigerung möglich war! Die erste Zugabe hatte Regenbogen nochmals zu untermalen. Sie hatte sich vorgenommen, dieses Mal nicht in den Gedanken Anderer zu stöbern.

Das Konzert war ein voller Erfolg und ein guter Auftakt zur Deutschlandtournee. Da das nächste Ziel der Tournee München war, aber erst in drei Tagen, entschied man sich spontan für eine „After-Show-Party", noch auf dem Gelände. Die Catering-Firma hatte vorgesorgt und war mit Speisen und Getränken gut bestückt. David machte sich in seiner Garderobe frisch und zog sich um. Regenbogen wechselte ihre Kleidung während sie nur einen Schritt machte, so schnell, dass David immer noch darüber staunen konnte.

Sie trug jetzt ebenfalls eine Jeans, mit vielen glitzernden Straß-Steinen darauf. So sahen sie zumindest für jeden anderen aus. David hätte seine rechte Hand verwettet, dass es sich bei den Steinen um lupenreine Diamanten handelte. Die Elfe trug zur Hose eine schwarze Satin-Bluse, die ihre Haare noch goldener glänzen ließen. Aber sie hätte auch in Fetzen gehen können; ihre natürliche Schönheit konnte keine andere Frau ausstechen.

Von einer richtigen Party konnte man hier eigentlich nicht sprechen. Es war eher ein fröhliches, ausgelassenes „Beisammensein", mit einem Büffet und Getränken nach Wahl. Aber da hier in dieser Nacht noch alle „Zelte abgebrochen" wurden, hatte keiner Lust, hier als Alkoholleiche zurückzubleiben.

Noch vor Mitternacht ließen David und Regenbogen sich nach Hause fahren. Regenbogen schlief schon fast im Gehen zum Auto ein. Sie war es nicht gewöhnt bis spät in die Nacht aufzubleiben. Ihr Schlafrhythmus richtete sich stark nach der Natur. Wenn es morgens hell wurde, wachte sie auf und wenn am Abend die Sonne unterging, wurde sie müde und legte sich schlafen.

Im Fahrzeug kuschelte sich Regenbogen in Davids Arm und schlief immer wieder, für einige Minuten, tief ein. David liebkoste dabei die Elfe mit seinem Mund. Er streife ihr über die Stirn, küsste sie sachte auf die Nase und streichelte mit seinen Küssen ihre Wange.

„David?", fragte Regenbogen zwischen Wach- und Schlafzustand gähnend. „Hmm", kam das Geräusch von ihm, als er gerade intensiv damit beschäftigt war, an Regenbogens Ohrläppchens zu knabbern. „Was ist eine Sahneschnitte?"

Irritiert durch diese Frage, setzte er einen Moment aus, und überlegte. „Das ist ein Kuchen, nur sehr viel Creme oder Sahne darin. Er ist sehr süß und hat wahnsinnig viele Kalorien. Aber man kann fast sagen, es ist „die Königin" der Kuchen und Torten oder Nachspeisen, wenn man so will. Darum gönnt man es sich ja schließlich nicht täglich", schloss David mit seiner Erläuterung.

„Warum", fragte er nach ein paar Minuten des Schweigens, denn Regenbogen war schon wieder entschlummert. „Was? … ach so, ich habe gehört, wie sich zwei Frauen im Publikum unterhalten hatten. Da sagte eine der Frauen, du wärst schließlich schon ein Sahneschnittchen."

Davids romantische Ader für den Moment war geplatzt. Er platzte mit einem lauten Lacher heraus und schüttelte sich schließlich vor Lachen. Solch einen Vergleich hatte er nie und nimmer erwartet. Er lachte so heftig, dass es Regenbogen ganz aus dem Schlaf riss.

„Musst du denn unbedingt heute noch packen? Der Flug geht doch erst morgen Mittag", beschwerte sich Regenbogen, denn David lief immer noch aufgekratzt in der Suite herum und sammelte seine Habe ein.

„Bin gleich fertig", beschwichtigte er sie.

Regenbogen beschloss, da sie bei der Unruhe sowieso nicht schlafen konnte, noch schnell unter den „Wasserfall" zu gehen. Anschließend wollte sie sich gleich auf dem Sofa zusammenrollen, um zu schlafen. Im Unterbewusstsein, hörte sie die Dusche rauschen und dabei den Musiker ein Lied singen, dessen Text er anscheinend nicht mehr ganz kannte und den er einfacher stellenweise durch summen ersetzte. Das Mädchen glitt dabei allmählich in den längst überfälligen Schlaf. Da spürte sie plötzlich, wie sich zwei Arme unter ihren Körper schoben und sie vorsichtig anhoben.

„Hey, ich habe schon geschlafen. Du hast mich aufgeweckt", brummte Regenbogen. „Was hast du mit mir vor?", wollte sie wissen.

„So was wie letzte Nacht, möchte ich vermeiden. Ich bringe dich zu mir ins Bett", erklärte David bestimmt. „In Zukunft schläfst du nur noch bei mir, basta."

„Nein David, du weißt doch es geht nicht", sagte sie und zappelte in seinen Armen herum.

„Nur zum Kuscheln. Du bist mein Teddybär- Ersatz." Er legte sie in sein Bett und hielt sie mit einem Arm um die Taille fest, bis er sich dazu gelegt hatte.

Sie schnaubte, nun wieder hell wach: „Zum Kuscheln … ha, das glaubst du doch selbst nicht! Ich weiß genau, was du willst." Regenbogen rückte etwas von ihm ab. Sie hatte Angst, ihr Widerstand würde bröckeln.

„Regenbogen, Schatz", fing David vorsichtig an, „wieso denn nicht? Du hast mir doch gesagt, dass …." „Was", motzte sie dazwischen. „Dass ihr Elfen es auch tut, wie fast alle Lebewesen auf der Welt", beendete David den Satz.

„Ja schon, … aber nicht mit Menschen", sagte sie leise. David sah sie verständnislos an. Die Elfe machte sich unter seinem Arm frei und setzte sich im Bett auf. Sie wollte ihm nicht mehr in die Augen sehen. Sie ertrug diesen „Dackel-Blick" einfach nicht länger.

„Was meinst du denn damit, „nicht mit Menschen." Heute, in meiner Garderobe, da wolltest du doch auch. Ich hab es gespürt … Bitte Regenbogen, wovor hast du Angst?"

David stützte sich auf einen Ellenbogen und fasste mit der anderen Hand unter ihr Kinn. Sanft drehte er ihren Kopf zu sich, um ihr wieder in die Augen sehen zu können. Was er da sah, entsetzte ihn sehr. Es lag wirklich Angst in ihren Augen.

„Wovor hast du Angst?", wiederholte er die Frage. Regenbogens Lippen zitterten leicht, als sie sagte: „Vor dem Tod!"

Es dauerte eine Weile, bis die Worte an Davids Gehirn durchdrangen. Dann wiederholte er sie: „Vor - dem - Tod?" Er schüttelte langsam den Kopf. „Ich verstehe nicht was du meinst ... Ich würde dir doch nie ...""

„Nein, ich weiß. ... Natürlich nicht mit Absicht. Aber so lautet nun einmal die Überlieferung."

David nahm die Hand von Regenbogens Kinn und fuhr sich damit über die Augen und seinen Stoppelbart. Ratlos ließ er sich nach hinten, in die Kissen, fallen. Er fühlte sich plötzlich müde und ausgelaugt.

„Überlieferung? Was soll ... Wie darf ich das verstehen? ...", stotterte er. Seine Gedanken wirbelten umher wie ein Schneegestöber. Er hatte Mühe sie halbwegs zu ordnen. „Wie bei einer Gottesanbeterin, nach dem Sex ... einfach sterben?"

„Ich habe doch auch keine Ahnung, David. Ich habe es noch nie ausprobiert", sagte Regenbogen gereizt. „Und ich kenne auch Niemanden, der es ausprobiert hat, ... wahrscheinlich, weil er dann tot ist ...", schlussfolgerte sie. „David glaube mir, ich würde für dich sterben, wenn ich ganz sicher wäre, dass es da nichts anderes mehr gibt, nur dich. Solange musst du noch warten."

Der Geiger setzte sich so stürmisch auf, dass es Regenbogen fast aus dem Bett katapultierte. „Du hast wohl einen Knall", rief er aufgebracht. „Glaubst du wirklich, ich hab es so nötig, dass ich dafür deinen Tod in Kauf nehmen würde!"

Wütend schnaubte er aus: „Das ist doch die Schweinerei des Jahrhunderts. Da finde ich endlich ein super Mädchen, dass auch noch 101% zu mir passt, und dann darf ich sie nicht einmal ...!" Er schnaubte noch einmal aus.

„Wie heißt denn diese, ... keine Ahnung ... Weissagung? Ich meine, gibt es einen Text dazu?" Die Elfe sah ihn von der Seite schief an, dann nickte sie langsam. „Na dann, lass mal hören", sagte er herausfordernd und setzte sich im Schneidersitz ihr gegenüber.

„Also", begann sie zu überlegen, „der ganze Wortlaut der Überlieferung lautet: „Eine Elfe, die sich in die Hand eines Menschen begibt und ihm ihre Seele und ihren Körper anvertraut, vergeht vorzeitig als Elfe."

David hatte konzentriert zugehört, und nickte dabei. „Ah-ha, und was heißt das jetzt im Klartext? Mit einem Elf darfst du … „rumelfen", und mit mir als Mensch nicht …" David suchte nach einen passenden Wort, aber ihm fiel keines ein. „Oder?"

„Ich habe keine Ahnung, ich glaube schon. Oh David, ich bin hundemüde. Können wir nicht morgen …"

„Es ist bereits morgens", fiel er ihr ins Wort. Und wirklich, Regenbogen warf einen Blick zum Fenster. Das Schwarz der Nacht war einem bleiernen Grau gewichen. „David bitte, ich muss jetzt etwas schlafen, sonst bin ich für nichts mehr zu gebrauchen."

Und wieder schnaubte er, wie ein wilder Stier. „Ich bitte dich, beruhige dich", flehte Regenbogen und drückte ihn in die Kissen zurück. „Lass uns einfach darüber schlafen, ok? Wenigstens eine Stunde lang, ja?"

„Ja du hast ja recht", sah er ein und machte es sich im Bett bequem.

Regenbogen legte sich ebenfalls in die Kissen, drehte aber David den Rücken zu. Sie wollte ihm keinen Anlass geben, ihren Körper zu wollen. David ignorierte jede Warnung und zog sein Mädchen eng an sich heran.

„Ich freue mich einfach, dass du da bist", flüsterte er ihr ins Ohr. „Und schließlich bist du ja mein Teddy-Ersatz", erinnerte er sie. Dann drückte er sie so fest an sich, dass sie um Atemluft kämpfen musste. Gegen Sonnenaufgang schliefen sie endlich ein.

# Kapitel 28

Um 10 Uhr klopfte es an die Tür, erst zaghaft, dann eindringlicher.

„Ja, komm ja schon, Moment." Ärgerlich, weil er aus dem Schlaf gerissen wurde, ging David zur Tür. Franck stand da und ließ ein verlegenes „Hallo" hören. „Komm einfach rein", murmelte der Musiker, und lief, nur mit Slip bekleidet, zurück ins Zimmer.

Zurückhaltend folgte ihm Franck. David schlüpfte schnell in die Jeans vom Vortag und wandte sich dann seinem Freund zu. „Was'n los?", gähnte David.

„Das wollte ich eigentlich dich fragen. Ihr wart nicht beim Frühstück, und in knapp zwei Stunden geht unser Flug."

David schnappte sich Francks Arm, um auf dessen Uhr zu blicken. „Oh verdammt, ich hab verschlafen", stellte er fest, und wurde nervös.

Franck grinste breit, nachdem er einen Blick in das offen stehende Schlafzimmer geworfen hatte. David folgte seinem Blick und sah Regenbogens engelsgleiches Gesicht. Es wurde von ihren Haaren wirr umgeben. David ging, um die Tür zu schließen und um seinem Freund einen weiteren Blick zu verwehren.

„Na dann, will ich nicht länger stören. Du weißt ja jetzt, dass es brennt." David nickte nur kurz, und rieb sich über die Augen. Franck war schon fast zur Tür hinaus, da rief David hinterher: „In einer halben Stunde sind wir in der Lobby. Und … danke Franck, dass du es warst, der uns geweckt hat, … und nicht Pandora."

„War mir ein ehrliches Vergnügen", entgegnete Franck frech grinsend.

David schnappte sich den nächstbesten Gegenstand in seiner Reichweite, in diesen Fall war es ein Sofakissen und warf es mit voller Wucht auf seinen Freund. Der hatte die Aktion sofort durchschaut und bevor ihn das Kissen treffen sollte, blitzschnell die Zimmertür geschlossen.

David verschwand eiligst im Bad. Frisch geduscht und ordentlich gekämmt weckte er Regenbogen auf. Er küsste sie auf die Wange und flüsterte ihr ins Ohr: „Aufwachen meine Elfe." Sein warmer Atem kitzelte sie im Ohr, deshalb schob sie seinen Kopf zur Seite. „Tut mir leid, Schatz. Wir haben verschlafen."

Regenbogen gähnte herzhaft und ausgiebig, bevor sie fragte: „Verschlafen, was ist das?"

„Das heißt, wir kommen zu spät", erklärte David nervös und sah nochmals auf die Uhr.

Regenbogen stieg aus dem Bett und wollte Klarheit. „Für was kommen wir zu spät?"

„Für alles … Wir haben das Frühstück verpasst und wenn wir uns nicht beeilen, verpassen wir auch noch unseren Flug." David hyperventilierte fast. Er sprang auf und suchte alle Zimmer nach seinen eventuellen Utensilien ab.

„Ich bin fertig", verkündete die Elfe und war im selben Moment perfekt durchgestylt.

„Wenigstens Einer", brummte der Musiker und bedachte die Elfe mit eine flüchtigen Blick. Was er sah, gefiel ihm so gut, dass er für einen Augenblick vergaß, was er eigentlich machen wollte. Von Kopf bis Fuß, stimmte einfach alles. Sie trug einen sandfarbenen Hosenrock mit leichter farbgleicher Jacke. Darunter ein weißes Top. An den Füßen hatte sie bequeme Pumps.

Auf seine Bemerkung hin, verdrehte sie die Augen, und forderte ihn auf: „Mach dich fertig, ich erledige alles andere." Das Mädchen betrat jedes Zimmer und spürte mit ihren Gedanken nach Davids Habseligkeiten.

„Es ist alles da", versprach sie nach ein paar Sekunden. „Bis auf deine Socken im Bad, hast du alles eingepackt. Du warst wirklich gut. Du hast sogar zu viel eingepackt!", machte sie ihn aufmerksam. David schnappte sich die gewaschenen Socken vom Badewannenrand, zog sie an, und warf Regenbogen einen fragenden Blick zu.

„Das Shampoo und der Kamm, gehören eigentlich dem Hotel", erinnerte sie ihn. „Das darf man mitnehmen", verteidigte er sich und wurde trotzdem rot dabei.

„Ich frage mich, warum du überhaupt den Kamm mitnehmen willst? Du kämmst dich doch sowieso fast nie", stellte Regenbogen klar.

„Eben, weil ich immer vergesse einen Kamm mit einzupacken, wenn ich verreise", konterte der Violinist.

Sogar vor der verabredeten Zeit, waren sie in der Hotellobby und fuhren zügig zum Flughafen. Während sie auf das Einchecken warteten, gesellte sich Franck zu ihnen: „Ihr seht beide furchtbar aus. Was habt ihr nur letzte Nacht gemacht", stellte Franck die Frage rein hypothetisch und grinste dabei.

„Wir haben uns unterhalten", antwortete Regenbogen naiv für David. Beide Männer schauten das Mädchen belustigt an. Franck, weil er nicht glaubte, was er da zu hören bekam, und David, weil er wusste, dass Franck Regenbogen nicht glauben würde.

Der Flug nach München verlief planmäßig. Leider dauerte er nicht lange genug, um den verlorenen Schlaf wieder aufzuholen. Er machte die beiden nur noch träger. Kaum hatten sie das Hotelzimmer betreten, ließen sie sich ohne Absprache auf das einladende Bett fallen.

Irgendwann am Nachmittag erwachte Regenbogen von zarten Geigen-klängen, die gedämpft aus dem Nebenzimmer zu ihr herüber fanden. Sie drehte sich noch einmal im Bett um und räkelte sich. Dann blieb sie noch eine Weile liegen, um den Gesang, den David der Geige entlockte, zu genießen. Sie ging auf leisen Sohlen ins Nebenzimmer. Als David sie be-merkte, lächelte er ihr zu ohne sein Spiel zu unterbrechen. Regenbogen setzte sich auf die Couch. David spielte, bis ihm plötzlich eine Disharmo-nie der Klänge auffiel. Verwundert unterbrach er das Stück und betrachte-te stirnrunzelnd seine Geige. Da war es wieder zu hören. Das eigenartige Grummeln, kam aus Regenbogens Richtung. Die Elfe senkte verlegen den Blick, und murmelte: „Entschuldigung."

„Du hast Hunger, das ist doch klar. Wir haben beide heute noch nichts gegessen", erinnerte sich der Geiger und verstaute seine Instrument wie immer vorsichtig. „Es tut mir leid, dass ich dich vernachlässigt habe." Dann zog er sie aus ihrem Sitz hoch, streichelte ihr mit dem Handrücken zart über die Wange und küsste sie schließlich auf ihren zartrosa Mund. Schon wieder war das Geräusch ihres rebellierenden Magens zu hören.

„Schon gut, schon gut", spielte David den Entsetzten und nahm dabei schnell seine Hände hoch. „Ich gehe lieber mit dir Essen, bevor du auf die Idee kommst, ein Stück von mir abzubeißen."

„Ich bin zwar Veganer, aber bei dir könnte ich nicht widerstehen", erwiderte sie schelmisch.

Die nächsten zwei Tage vergingen nach demselben Schema, wie die vorherigen. „Ein Künstlerleben wäre so aufregend", hatte die Elfe vor kurzen irgendwo gehört. Sie kannte es jetzt und wusste, dass es auch nicht mehr an Aufregung zu bieten hatte wie jedes andere Menschenleben auch. „Schlafen, Essen, Arbeiten", ... das war der Rhythmus, der sich jeden Tag wiederholte. „Wenn man da niemanden hatte, der bereit war, so ein Leben mitzumachen, konnte es bestimmt deprimierend werden", machte sich Regenbogen Gedanken darüber.

Am heutigen Nachmittag sollte sie nochmals ihren Auftritt proben. Die Bühne war bereits fertig aufgebaut. Morgen war die Generalprobe und am selben Abend sollte die „Cross-Over-Show" stattfinden. Übermorgen sollte es dann weiter gehen. Wieder eine neue Stadt, neues Publikum, anderes Hotel, ... aber gleiches Schema. Regenbogen stand auf der Bühne und wurde wieder an ihren vertrauten Gurten befestigt. David spielte sich in seiner Garderobe bereits seit Stunden ein. Die Melodien waren stark gedämpft auf der Bühne zu hören.

Regenbogen sollte ihren Flug erst ohne Musik üben, was sie völlig überflüssig fand, denn letztlich veränderte sich ja nichts. Später wurde dann der Song dazu eingespielt. Sie war allein auf der Bühne. Die Techniker sahen aus einiger Entfernung zu oder waren an ihrem Schaltpult, hinter einer Glasscheibe, zu sehen.

Auf einen der über tausend Plätze saß Pandora und beobachtete das Ganze. Ob sie wollte oder nicht, sie musste wirklich zugeben, dass sich das Mädchen bewegte als ob sie ihr Leben lang nichts anderes getan hätte. Elfengleich bewegte sie ihren zarten Körper. Spielerisch, wie ein Schmetterling im Sonnenschein, flatterte das fremde, eigenartige Mädchen in ca. 15 Meter Höhe mit einer Leichtigkeit dahin, als würde es keine Schwerkraft geben.

Pandora stutzte: „Was hatte sie da eben gedacht?"

Plötzlich platzte bei ihr der Knoten. Alles schien sich ineinander zu fügen, wie ein Puzzle. „Wieso war ihr das nicht schon früher aufgefallen", murmelte sie und schlug sich mit der flachen Hand auf die Stirn.

## DAS VERHASSTE MÄDCHEN WAR KEIN MÄDCHEN!

So perfekt im Aussehen und in der Bewegung konnte kein Mensch sein. David nannte sie „Regenbogen", das war bestimmt kein Kosename. Es musste ihr richtiger Name sein. Denn Pandora hatte noch nie gehört, dass ein Mensch so einen Namen hatte. Auch diese Kette, die er ihr geschenkt hatte, war ein Hinweis. Es zeigte einen Schmetterling oder so was in der Art.

Und zuletzt war da noch dieses Gutachten, wovon sie keine Ahnung hatte, was es bedeuten sollte. „Zum größten Teil menschliche Zellen, vermischt mit den Hautschuppen eines Schmetterlings oder eines Falters, unbekannter Art", stand darin.

Was war sie? - Ein Insekt, - eine Elfe? Das war total abwegig! Pandora schüttelte bei diesen Gedanken heftig den Kopf. Oder war es doch nicht ganz so verkehrt?

„Fassen wir mal zusammen", überlegte die Managerin laut und zählte die Tatsachen auf, die ihr bisher bekannt waren: „Sie ist Vegetarier, sie hat eine enorm gute Kondition, sie benimmt sich eigenartig, sie kam aus dem „Nichts", hat keine Arbeit, ist nicht an Geld oder Besitz interessiert ..."

Ich glaube, ich habe die richtige Spur gefunden, auch wenn mir keiner glauben würde. Und David weiß es! Würde er sonst das „Geschöpf" so verteidigen?

„Igitt", Pandora musste sich vor Ekel schütteln. Wie konnte er sie auch noch küssen und wer weiß, was noch mit ihr treiben? Das Mädchen, oder was auch immer, musste weg!

Konnte man ins Gefängnis kommen, wenn man eine Elfe tötet? Nachdem es keine Elfen gibt, konnte man auch nicht dafür bestraft werden, wenn man sie tötete. Nur „wie", war die Frage. Es musste aussehen wie ein Unfall. Pandora stand auf und ging der Bühne entgegen.

Regenbogen war gerade mit ihrer Kür am Ende angelangt und stand wieder mit beiden Beinen auf der Bühne. Ein Techniker befreite sie aus den Sicherheitsgurten und nahm ihr die Flügel ab.

„Das war die Idee. Die Sicherheitsgurte …", hatte Pandora den Einfall. Keiner würde bemerken, wenn sie einfach reißen würden. Ganz zufällig - während der Vorstellung. Das wäre einfach perfekt!

Plötzlich drehte sich Regenbogen schnell um und starrte entsetzt Pandora an, die ihr gegenüber vor der Bühne stand. Beide Frauen sahen sich Sekunden lang in die Augen, bis Pandora ihren Mund zu einem Lächeln verzog und scheinheilig fragte: „Ist was meine Liebe?"

Regenbogen schüttelte nur den Kopf und lief von der Bühne. Sie war entsetzt über die Gedanken dieser Frau. Sie war so sehr erschrocken, dass sie einfach nur weg laufen wollte. Auch merkte sie nicht wohin sie gelaufen war, als sie sich unerwartet vor einer Eisentür wieder fand. Die Elfe öffnete die Tür und trat in einen Raum, in dem allerhand Werkzeug und technische Geräte gelagert waren. Es roch nach Eisen und Werkzeug-Öl.

Das Mädchen schlug schnell die Tür hinter sich zu, und kauerte sich in einer Ecke zusammen. Es war stockdunkel. Nur der dünne Lichtstrahl einer Neonlampe drang vom Flur her unter der schweren Tür hindurch. Die Dunkelheit war gut so. So konnte sie ihre Sinne ausschalten und sich auf das Wesentliche konzentrieren.

Pandora wusste es also. Sie war ihr hilflos ausgeliefert. Regenbogen atmete schwer. Und was jetzt? Diese Frau wollte ihren Tod! Diese Tatsache ließ die Elfe am ganzen Körper zittern. Was sollte sie nur machen? David, … nicht einmal er konnte ihr helfen. War er nicht sogar Schuld an der Sache? Am liebsten hätte sie geweint, aber das würde ihr hierbei auch nicht helfen.

Da hörte sie in ihrem Kopf, David nach ihr rufen. Er suchte sie anscheinen. David fragte verschiedene Leute nach ihr. Er fragte auch Pandora, nach der Elfe. Die beteuerte aber, dass sie Annabella nach ihren Übungen nicht mehr gesehen hatte.

„Regenbogen, wo bist du?", hörte sie ihn aus weiter Entfernung nochmal fragen. Aber sie konnte sich einfach noch nicht bewegen. Sie fühlte sie wie gelähmt, so schockierend war die Gewissheit.

„Ich muss nachdenken", flüsterte sie leise in den Raum hinein. Aber ihr schwirrte der Kopf. Wie sollte sie den dabei einen Ausweg finden können? Regenbogen schlug beide Hände vors Gesicht und rieb sich dann die

Augen. Immer wieder tauchte das Bild ihres Albtraums auf und wollte sich in den Vordergrund drücken. Das Bild, in dem sie sich selbst tot am Boden liegen sah.

War es das? – Ihr Leben? – Und schon so bald war es vorbei? Sie hatte noch nie eine tote Elfe gesehen. Elfen konnten nicht sterben, es sei denn, sie wählten den Freitod oder wurden getötet. Aber so was lag nicht in der Natur einer Elfe. Was geschah mit einer Elfe, wenn sie tot war? Tiere und Pflanzen, das war bekannt. Menschen hatten einen besonderen Ort dafür. Die Ungewissheit ließ sie erschaudern.

Wieder spürte sie Davids Stimme in ihrem Kopf. Er hatte schon zu sehr von ihr Besitz ergriffen. „Für eine Elfe unwürdig", würde ihre Freundin Morgentau sagen.

„Annabella, wo bist du?", hörte sie die stark verstärkte Stimme von David, über das Mikrofon rufen. In seiner Stimme lag ein ängstlicher Unterton und hallte im leeren Stadion nach.

Die Elfe zog sich an einer verstaubten Maschine nach oben. Einen Moment noch musste sie sich festhalten, um nicht wieder in die Hocke zu geraten, so weich waren ihr die Knie geworden. Sie tastete sich in dem dunklen Raum zur Tür und öffnete sie. Das helle Neonlicht stach ihr in die Augen. Mit einer Hand bedeckte die Elfe ihre Lider schützend. Dann lief sie langsam den langen Kellergang entlang, und suchte nach einer Türe zum Stadion.

Das Mädchen merkte nicht, wie weit es zuvor gelaufen war, als sie jetzt das Stadion betrat. Sie befand sich am anderen Ende der Arena, gegenüber der Bühne. Irgendjemand hatte das grelle Flutlicht eingeschaltet. Das Stadion war menschenleer. Nur David saß am Bühnenrand und ließ seine Beine nach unten baumeln. Er hatte die Geige auf seinen Schoß und zupfte eine Melodie.

Regenbogen ging zwischen den zum Teil schon aufgebauten Stuhlreihen langsam auf die Bühne zu. Auf halber Strecke erkannte der Geiger Regenbogen und legte sein Instrument beiseite, um ihr entgegen zu kommen.

„Schatz, ich hab dich gesucht. Wo warst du?", rief der Geiger ihr entgegen. Regenbogen gab keine Antwort. Ihre Kehle war wie zugeschnürt.

„Schatz", sagte David nochmals, als er schon fast vor ihr stand, „wo warst du?" Das Lächeln, das David auf dem Gesicht hatte, gefror zu einer Maske, als er Regenbogen in die Augen schaute. „Was ist passiert?", fragte er nur und wollte die Elfe in seine Arme nehmen.

Regenbogen wich zurück und flüsterte ängstlich: „Sie weiß es. Pandora weiß alles. Sie hat die Wahrheit über mich herausgefunden, … und sie will mich … töten."

David sah die Angst in Regenbogens Augen und war entsetzt über ihre Worte. „Nein, warum sollte sie dir etwas antun wollen", schüttelte David ungläubig den Kopf.

„Sie hasst mich, weil … weil … sie dich liebt, David. Sie will meinen Tod und hat ihn auch schon geplant. Ich habe ihre Gedanken gehört", erklärte Regenbogen verzweifelt.

„Nein, Regenbogen, das kann nicht sein", versuchte David der Elfe die Angst zunehmen und wollte sie dabei abermals in die Arme schließen. „Ich werde nicht zulassen, dass dir …"

„Du hast mich doch schon an sie verraten", fuhr sie dazwischen und wich etwas nach hinten aus. „Ich hätte es wissen müssen. Du bist ein schwacher Mensch, wie jeder andere auch. Ich wollte es nicht glauben. … Ich dachte, du bist anders." Verletzt und enttäuscht drehte sie ihren Kopf zur Seite.

Verständnislos fragte er nach: „Ich … habe dich verraten? Das würde ich nie… Das Gutachten", fiel es David plötzlich ein. „Sie hat es gelesen?" Bestürzung lag in seiner Frage.

Regenbogen nickte nur und versuchte ihren Klos im Hals runterzuschlucken. Ihr war speiübel. „Wieso David? Ich hatte dein Wort. Ich dachte, du liebst mich?"

„Bitte Regenbogen, es tut mir leid. Zu diesem Zeitpunkt dachte ich, ich würde dich nie wiedersehen. Ich wollte einfach Gewissheit … , dass du Wirklichkeit warst und kein Traum. Bitte verzeih mir …", flehte David.

Tränen brannten in Regenbogens Augen, als sie tonlos sagte: „Es ist zu spät, David. Ich habe keine Wahl. So oder so muss ich sterben, wenn ich bleibe. Sie hat vor, es wie einen Unfall aussehen zulassen, während ich fliege. Wenn ich versuche mein Leben zu retten, weiß jeder, der zusieht, was ich bin. Wenn ich ihrem Plan zustimme, um als Elfe nicht erkannt zu werden, sterbe ich. Nicht einmal eine Elfe überlebt einen Sturz aus so einer Höhe."

„Mein Schatz, bitte, wir finden eine Lösung …" David fasste nach Regenbogens Hand, und hielt sie fest. „Wir gehen zur Polizei und werden ihr sagen …"

„Was, David, willst du ihnen sagen? Das jemand vor hat eine Elfe zu töten?", sprach Regenbogen die lächerlich klingende Wahrheit aus. „Es gibt keinen Ausweg." Die Hoffnungslosigkeit stand in Regenbogens Gesicht. Zum ersten Mal, seit David sie kannte, klang ihre Stimme nicht mehr angenehm, sie war matt und leer.

„Bitte geh nicht. Ich brauche dich … so sehr!" David war unbewusst vor dem Mädchen auf die Knie gefallen und küsste ihre Hand. „Bitte bleib bei mir."

Unmerklich schüttelte sie den Kopf. „Ich … kann … nicht", hauchte sie entschuldigend und entzog David ihre Hand.

Er sah noch, wie eine Träne ihr Auge verließ und vor ihm zu Boden fiel. Mit den Augen verfolgte er den fallenden Diamanten. Als er eine Sekunde später, wieder den Kopf anhob, war sie bereits verschwunden. David kniete immer noch auf dem weichen Rasen des Stadions, als ihn die Panik traf, wie ein Vorschlaghammer.

Sie war weg …. Nein, sie konnte einfach nicht weg sein!

Mit der Angst eines Ertrinkenden schrie er aus Leibeskräften ihren Namen. Aber wie ein Hohn wurde er nur vielfach im Stadion als Echo zurückgeworfen.

David blickte zu Boden und fand den Diamanten, der aus dem Gras funkelte. Er hob ihn auf und verschloss ihn fest in seiner Faust.

## Kapitel 29

Regenbogen musste sich schützen, darum hatte sie ihn verlassen. Unsichtbar flog sie in den immer dunkler werdenden Nachthimmel hinein. Sie musste einfach fliegen. Das brauchte sie jetzt. Sie wollte den Wind in ihren Haaren spüren und sie musste die angestaute Kraft in ihren Flügeln freilassen.

Kräftig holte sie mit ihren Flügeln aus und drückte mit jedem Schlag ihren Körper dem Himmel näher. Es war, als ob die Flügel bei jedem Ausholen ein Stück breiter wurden. Zu lange hatten sie sich wie ein zusammengeknautschter Stoff angefühlt. Als sie hoch genug war, ließ sie sich vom Aufwind davon tragen. Nun wollte die Elfe nur noch weit, weit weg. Sie schloss ihre Augen und atmete ganz tief ein. Die frische, klare Abendluft, berauschte sie etwas.

Regenbogen versuchte nicht an David zu denken, aber immer wieder schweiften ihre Gedanken zu ihm. Als er das letzte Mal ihren Namen rief, brach ihr fast das Herz. Sie wollte ihn nie wieder verletzen, hatte sie sich geschworen. Aber sie wusste nicht, dass es so schwer war, dieses Versprechen zu halten!

Immer wieder musste sich die Elfe ermahnen, ihre Flugrichtung nach Westen einzuhalten und nicht umzukehren.

Warum konnte sie nicht seine flehenden Worte in ihren Kopf ausschalten? Wenn sie sich die Ohren verstopfen könnte, um sein bitten nicht mehr hören zu müssen, würde sie das sofort tun. Aber leider ging das nicht.

Er sprach auf sie ein, unentwegt, wie auf ein krankes Huhn. So musste sich Odysseus gefühlt haben, als er dem lockenden Klang der Sirenen ausgesetzt war. Mit jedem Tag, den sie zusammen waren, mit jedem Kuss, den er ihr gab, hatte er mehr und mehr Macht über sie gewonnen.

Als es die Dunkelheit fast unmöglich machte, weiter zu fliegen, ließ sie sich in einen Gleitflug fallen. Sie zog weite große Kreise, um einen Schlafplatz ausmachen zu können. In einem Gebirgskamm suchte sie einen geschützten Baum mit einer großen Baumkrone aus. Regenbogen landete auf einen dicken Ast, umgeben von viel Blattwerk. Dann faltete sie ihre Flügel zusammen, und versuchte eine bequeme Schlafstellung einzunehmen. Nachdem sie den Schlafkomfort der Menschen kennen gelernt hatte, fiel ihr das nicht mehr so leicht.

Langsam glitt sie in einen unruhigen Schlaf, bei dem sie zwischendurch beinahe vom Baum gefallen wäre. Am Morgen verspeiste sie einige Eicheln und ein paar wilde Himbeeren. Anschließend breitete sie ihre Arme aus und erzeugte durch ihren Zauber, einen Regenbogen, um „Nach Hause" zu gelangen.

Es war noch dunkel, als Regenbogen in dem vertrauten Wald in Kanada ankam. Die Elfe suchte sich ihr altes Nest und legte sich nochmals schlafen. Da hörte sie wieder Davids Stimme bitten, zu ihm zurückzukommen. Darum war es kein Wunder, dass sie von ihm träumte.

Die ersten Sonnenstrahlen weckten Regenbogen und ließen ihre vertraute Umgebung ruhig und friedlich erscheinen. Keine Hektik drang bis hier her durch. Kein Gefühl, noch schnell etwas Wichtiges erledigen zu müssen. Hier war es einfach entspannend, beruhigend oder gleichbleibend, wenn man es so bezeichnen wollte. Und diese Beschreibung konnte man in 10 oder 100 Jahren bestimmt genauso anwenden wie heute.

Dennoch empfand es Regenbogen heute anders. Zum ersten Mal ging ihr diese Stetigkeit auf die Nerven. Sie wartete darauf, dass etwas passieren würde. Aber es geschah nichts. Sie brauchte dringend Ablenkung, um nicht immer nur an David denken zu müssen. Die Gedanken an ihn taten ihr in der Seele weh. Sie vermisste seine Umarmungen und seine Küsse, jetzt schon. Ob die Sehnsucht nach ihm irgendwann einmal nachlassen würde?

Sie konnte nicht anders. Ihre Augen fingen entsetzlich an zu brennen. Sie musste einfach weinen. Gut, sie war hier in Sicherheit. Hier konnte sie weiter leben; aber warum, für was? Für wen?

Regenbogen weinte immer heftiger, je mehr sie an David dachte. Ihr tat schon der ganze Körper weh von den heftigen Weinkrämpfen, die sie schüttelten. Sie konnte sich einfach nicht davon erholen. Immer wieder durchfuhr der Schmerz wie ein Messerstich ihren Körper.

Gut, er hatte sie verraten, aber nicht mit böser Absicht. Wenn sie ihn wirklich liebte, musste sie immer wieder mit unüberlegten Handlungen und einer gewissen menschlichen Beschränktheit rechnen. Aber eigentlich war das ja alles sowieso schon völlig egal. Für ihre große Liebe blieb keine Zeit mehr. Dank Pandora beschränkte sich ihre Lebenserwartung dann ohnehin nur noch auf ein paar Tage.

Ein erneuter Weinkrampf erfasste die Elfe. Sie ließ ihren Tränen freien Lauf, während sie dabei heftig schluchzte. Hier draußen war ihr Zuhause, wo sie sich geschützt fühlte und keine Hemmungen haben musste. Hier würde sie keinen stören. Niemand würde sie hier weinen hören.

Naja, niemand bis auf eine - ihre Freundin Morgentau. Völlig unerwartet wie aus dem Nichts tauchte Morgentau auf und setzte sich auf den Rand von Regenbogens Nest. Einige Minuten lang sah sie ihrer Freundin Regenbogen dabei zu, wie diese, offenbar wissentlich, versuchte ihr Zuhause zu zerstören.

„Kannst du mir mal sagen, was das werden soll? Wenn du so weiter machst, kommst du tatsächlich in deinen eigenen Tränen um." Morgentau machte eine Pause, in der Regenbogen heftig aufschluchzte. „Die Tiere verlassen in Panik den Wald. Sie halten dein Geheule für die Vorzeichen einer Naturkaterstrophe."

„Oh, T'schuldigung, … das … das … wollte ich nicht. Ich hab … hab … gedacht, hier stört es niemand." Ihre Sätze wurden von Schluchzern unterbrochen. Eine längere Pause entstand, in der Regenbogen immer wieder auf schniefte. Ab und zu gesellten sich „Tränensteine" zu den Diamanthaufen im Nest. Morgentau sah ihr dabei zu und wartete geduldig ab, bis der „Diamantauswurf" von Regenbogen überschaubar wurde.

Dann sagte sie in ruhigen Ton: „Du wolltest schon früher zurück kommen. Ich habe auf dich gewartet."

„Ich weiß … Es tut mir leid. Es ist etwas dazwischen gekommen". Regenbogen sprach immer noch mit kleinen Unterbrechern.

„Dazwischen gekommen", höhnte Morgentau. „Du redest schon wie ein Mensch. Einer Elfe kommt nie etwas dazwischen. Wenn sie etwas machen will, macht sie es einfach, Punkt. Eine Elfe ist gerade deshalb so frei, weil sie keinen Terminkalender hat. Sie ist spontan, flexibel und immer für ihre Freunde da", wies Morgentau Regenbogen zurecht.

„Ja, ich brauche jetzt keine Lehrstunde in „Elfenverhalten", schniefte Regenbogen.

„Ich weiß, tut mir leid. Ich war einfach wütend, weil du so lange nicht gekommen bist", erwiderte Morgentau ehrlich. „Komm, lass uns erst einmal die Tiere beruhigen und dann das hier beseitigen", sie wies mit dem Kopf in Richtung Nest und auf die Berge von Diamanten, die darin lagen. „Sonst stürzen wir noch samt dem Nest in die Tiefe."

Regenbogen nickte schuldbewusst und stand im Nest auf. Sie klopfte ihre Kleidung aus. Dabei rieselten jede Menge Diamanten an ihr herunter. Beide Elfen stießen sich vom Nest-Rand ab, breiteten Zeitgleich ihre Flügel aus und flatterten hoch, in die noch leicht feuchte Morgenluft. Gemeinsam drehten sie eine Erkundungsrunde über das weite Waldgebiet.

„Ok lass uns tiefer fliegen, in den Wald hinein", schlug Morgentau vor, „und dann „Singen", zur Beruhigung der Tiere."

„Singen, mir ist momentan gar nicht danach. Aber wenn es sein muss …", stöhnte Regenbogen.

„Es muss! Du hast es verbockt, also singst du. Ich helfe dir", sagte Morgentau aufmunternd, als sie den unglücklichen Gesichtsausdruck von Regenbogen sah.

Beide flogen in den dichten Wald hinein und fingen gemeinsam an, eine Melodie zu singen. Dann trennten sie sich. Vorsichtig auf ihre Flügel achtend, flog die Elfe zwischen den dicht stehenden Bäumen hindurch und sang mit ihrer hellen, glockengleichen Stimme, eine immer gleichbleibende Melodie. Zweistimmig hörte man ihre Stimmen durch den Wald klingen. Diese Melodie hatte etwas Beruhigendes, Lähmendes an sich. Das Lied wirkte ähnlich wie ein Schlaflied.

Sie begaben sich ins dichte Unterholz und versuchten dort panisch gewordene Tiere aufzustöbern, um sie durch eine beruhigende Streicheleinheit zum Bleiben zu bewegen. Die ganze Aktion dauerte mehrere Stunden, in denen Regenbogen nicht nur abgelenkt war, sondern auch zunehmend Gefallen daran hatte. Denn nicht um sonst heißt es: „Wer ein Tierfell streichelt, streichelt seine eigene Seele."

Hinterher setzten sie sich zum Ausruhen an den trockenen Rand eines Waldsees. Sie schöpften Wasser mit ihren Händen und stillten damit den aufkommenden Durst. „Also", begann Morgentau, nicht gerade einfühlsam zu fragen. „Was hat er dir getan, dieser Mensch, das du so heftig weinen musstest?"

Regenbogen sah erstaunt auf. Sie hatte im Wasser ihr Spiegelbild gesehen und überprüfte ihre verweinten Augen. „David? Nichts hat er getan. Er ist einfach wundervoll!"

„Was ist denn dann nur passiert, dass du so aufgelöst bist?"

Regenbogen holte tief Luft und ließ sie mit einem langen Stöhnen wieder heraus strömen. Anschließend erzählte sie ihrer Freundin von Pandora und ihren tödlichen Plan.

„Es ist völlig richtig, das du sofort gegangen bist. Es war die einzige Möglichkeit, dein Leben zu retten. Wenn dieser Mensch dich wirklich liebt, wird er es verstehen und dich bald vergessen. So etwas liegt glücklicher Weise in ihrer Natur."

Regenbogen sah ihre Freundin entsetzt an. Wieder kämpfte sie mit ihren Tränen, die zu ihrem Ärger auch noch die Oberhand gewannen. Sie kullerten an ihren Wangen hinunter und versanken mit einem leisem „blubb" im dunklen Waldsee.

„Oh Regenbogen nicht." Morgentau nahm die schniefende Elfe in die Arme: „Es ist der einzige richtige Weg, um weiterzuleben."

„Vielleicht will ich das gar nicht", maulte sie trotzig an Morgentaus Schulter. „Nachdem ich ihn kennen gelernt habe, wie könnte ich je ewig weiter leben, ohne ihn."

„Dir wird nichts anderes übrig bleiben. Denn in spätestens einem halben Jahrhundert, ist er tot", erwiderte Morgentau trocken. „Umso besser, wenn du ihn jetzt schon verlassen hast, jetzt, wo er noch reizvoll für dich aussieht."

Erschrocken, über die Art und Weise, wie die Freundin über ihre Gefühle sprach, wich Regenbogen zurück. „Wie kannst du so herzlose Dinge sagen? Warst du denn noch niemals verliebt?"

„Doch war ich. In Sturmböe. Am Anfang fand ich es toll. Seine einnehmende, überschwängliche Art. Aber mit der Zeit wurde es ziemlich anstrengend."

„Warum", fragte Regenbogen nach.

„Naja, er ist ebenso wie sein Name, ... in allen was er tut. Und das ist auf Dauer sehr nervend."

Für einen Moment musste die Elfe schmunzeln. „Oh Sturmböe, ja, das kann ich mir gut vorstellen. Aber er sieht wirklich gut aus."

Beide Freundinnen lächelten einander kurz an.

Regenbogen faste nach ihrer Kette und sagte vollkommen ernst: „Weißt du, ganz tief in mir fühle ich es, dass ich zu ihm gehöre und zurückkehren werde, noch bevor ich gegangen war, habe ich es gespürt. Ich habe mich so sehr in diesen Menschen verliebt ... Ich werde es in Kauf nehmen, für ihn zu sterben. Und wenn es Pandora nicht gelingt, dann sterbe ich eben durch die Vereinigung unserer Körper."

„Du bist wirklich total verrückt geworden", wurde Morgentau aufbrausend. „Das kann er doch nicht ernsthaft wollen? Wenn er die Überlieferung kennt. Und er kennt sie doch, oder?"

„Ja, ... ich habe ihn davon erzählt, aber ... weißt du denn, was sie zu bedeuten hat? Ich habe noch nie eine Elfe sterben gesehen, und du? Was passiert mit ihr?" Regenbogen sprach voller Ehrfurcht.

„Man, man, man ... gut, dass ich gerade in der Nähe war. Hallo Candys! Ich habe den Verdacht, ihr braucht einen Fachelf. Und ... ihr habt Glück ... Ich habe gerade nichts anderes vor!"

„Hey, Sturmböe, musst du so in unser Gespräch platzen?", fragte Morgentau ärgerlich und bewarf ihn mit einer Hand voll Uferschlamm, der er geschickt auswich.

„Hast du uns etwa belauscht?" Regenbogen zog misstrauisch ihre Stirn in Falten.

„Ich habe die Panik der Tiere bemerkt. Und dann habe ich euch singen gehört. Da bin ich neugierig geworden und wollte nachsehen." Sturmböe hatte sich auf einen Ast, einen knappen Meter über den beiden Mädchen, niedergelassen und ließ seine Muskeln spielen.

Sturmböe hatte pechschwarze, kurze Haare, die sogar einen Stich ins blau hatten. Seine Augen waren ebenfalls tief schwarz. Er war groß und trug meistens eine baumbraune, weite Hose aus dünnem Stoff. Den Oberkörper hatte er, immer wenn Regenbogen ihn sah, nackt. Wahrscheinlich, damit man seinen gutgebauten, muskulösen Oberkörper bewundern konnte.

Für einen Elf war er fast zu muskelbepackt. Regenbogen fragte sich immer, wenn sie ihm begegnete, wie ihn nur seine zarten Flügel überhaupt in die Luft heben konnten. Sehr auffallend an ihm war seine Mimik, die er extrem stark zu seinen Worten einsetzte. Dadurch hatte man das Gefühl, dass jedes Wort, das er sprach, unbedingt glaubwürdig war. Er hatte einen echten Zahn von einem Berglöwen durch das rechte Ohrläppchen gestoßen. Das gab dem Mann ein wildes Aussehen.

„Du spionierst mir also nach", entrüstete sich Morgentau.

„Ich muss zugeben, seit du mich zurückgewiesen hast, bist du für mich noch reizvoller geworden. Doch dieses Mal, war es wirklich meine Neugierde. Aber ich habe mitbekommen, dass ihr ein paar Fragen habt, die ihr euch selbst nicht beantworten könnt. Soll ich euch vielleicht „aufklären."

„Ihr Männer habt doch keine Ahnung vom Leben. Außer essen und schlafen habe ich bei euch noch nichts anderes gesehen", höhnte Morgentau grinsend.

Sturmböe zuckte nur mit den Schultern. Dann beugte er sich nach vorne, und kam mit seinem Gesicht den Elfen näher. „Aber ich habe schon Elfen sterben gesehen", sagte er mit leisem Tonfall.

Regenbogen starrte erst ihn, dann ihre Freundin prüfend an. „Bis du dir sicher", flüsterte sie zurück. „Ich dachte Elfen leben ewig?"

„Ja, tun sie auch", entgegnete der Elf gleichgültig und betrachtete dabei seine Fingernägel. „Es sei denn, sie werden getötet oder wählen den Freitod." „Was meinst du damit, … so eine Art Selbstmord?", fragte Regenbogen nach.

„Wenn eine Elfe beschließt, nicht mehr leben zu wollen, dann stirbt sie von ganz alleine. Natürlich muss sie es intensiv beschließen. Und sie fällt auch nicht auf der Stelle tot um. Aber wenn der Wunsch, in einem immer größer wird, tut dir die Natur den Gefallen und lässt dich nach ein paar Wochen sterben."

Es entstand eine kleine Pause, in der Regenbogen überlegte, ob sie je die Kraft hätte, längere Zeit um den Tod zu bitten.

Dann fragte sie und ihr Gesicht wurde dabei kreidebleich: „Und was passiert dann mit ihren Körper?"

„Er verschwindet einfach; er löst sich auf; er ist weg ... Der Elf gibt noch sein Intermezzo, als das, als was er auf die Welt gekommen ist. Beispielsweise in meinen Fall eine Sturmböe."

„Wen hast du denn sterben gesehen?", interessierte Regenbogen sich weiter.

„Vor ca. 70 Jahren war das, einen Elf Namens „Schneegestöber." Ich war damals noch sehr jung, so um die 150 Jahre alt. Es war ein sehr beeindruckendes Erlebnis. Der Elf wurde wie von Zauberhand in die Luft gehoben und im nächsten Moment war er verschwunden. Zeitgleich brach ein gigantisches Schneegestöber über uns herein und das mitten im Sommer. Es dauerte ungefähr den halben Tag an."

„Warum wollte er denn sterben?"

„Er war verliebt. Leider hat ihn seine Auserwählte zurück gewiesen", erzählte Sturmböe und stupste dabei Morgentau bedeutungsschwer auf die Nase.

„Aus unerfüllter Liebe zu sterben ... gibt es einen größeren Liebesbeweis", schmachtete Sturmböe Morgentau an. Er war unterdessen vom Baum gesprungen und kauerte neben den Elfen im Gras.

„Das musst du Regenbogen fragen. Sie hat gerade vor, sich für ihren Auserwählten zu opfern", konterte Morgentau.

Regenbogen warf Morgentau einen bösen Blick zu und fauchte: „Musst du es jedem erzählen, der vorbei kommt."

„Wer ist es denn, kenne ich ihn?", wurde Sturmböe neugierig.

„Wenn du neuerdings in der Menschenwelt verkehrst, vielleicht", erwiderte Morgentau.

„Ach du meine Güte", war die erste Reaktion des Elfen. „Darum also vorhin das Thema „Überlieferung." Er fixierte Regenbogen abschätzend, dann sagte er langsam: „Ich kannte zwei Elfen, die sich in Menschen verliebt hatten. Eine Elfe und einen Elf. ... Nach so einer Vereinigung zu sterben, finde ich persönlich viel grausamer, als den Freitod zu wählen."

„Warum, kannst du mir die Überlieferung erklären?", bat Regenbogen ihn zaghaft.

„Was gibt es da denn viel zu erklären? Du stirbst eben als Elfe und wirst zum Sterblichen, ... zum Menschen."

„Willst du mir erklären, dass ich bin nicht sofort tot? Ich werde also ein Mensch?"

„So könnte man es ausdrücken, ja. Aber du verlierst zuerst die Fähigkeit dich zu verwandeln, und dann deine Flügel. Und nach und nach deine Zauberkraft. Du wirst menschlicher - immer mehr - mit allem was dazu gehört. Dann lebst du natürlich nicht mehr ewig, sondern alterst und stirbst, irgendwann Mal, wie ein Mensch auch."

„Was geschah mit den Elfen, die du kanntest? Leben sie noch?", Regenbogen stellte die Frage, obwohl sie sich vor der Antwort fürchtete.

„Die Elfe, die in einen Menschenmann verliebt war, hat es nicht lange durchgehalten und ist schließlich gestorben. Sogar vor dem Menschen. Denn die Kraft, den Tod herbei zu sehnen, verliert man erst sehr spät. Der Elf, der einer Menschenfrau verfallen war, starb grausam an einer Krankheit, wie sie viele Menschen haben."

Regenbogen wurde schlecht. An so etwas hatte sie nie im Leben gedacht. Sie hatte immer nur die schönen Seiten der Liebe gesehen, aber nie, dass die Menschen altern und gebrechlich werden. Oder, dass sich durch Krankheit oder einen Unfall die Zukunft total verändern konnte.

Als Elfe konnte sie David jederzeit retten, wenn ihm etwas zustoßen würde. Aber als Mensch, als neuer Mensch - ohne Zauberkraft? Würde sie so ein Leben überhaupt durchhalten können, auch wenn es nur wenige Jahrzehnte dauerte?

Sie liebte ihn, dessen war sie sich 100% sicher. Aber war das auch genug?

Während sie grübelte, hatte sie nicht bemerkt, dass Morgentau und Sturmböe nicht mehr bei ihr saßen. Sie schwammen beide mitten im See, neckten sich und flirteten miteinander. Sie schenkten Regenbogen keine Beachtung mehr. Vor ein paar Monaten noch hätte sie bei so einem Müßiggang noch voller Eifer mitgemacht. Aber das Leben mit David, in den letzten Wochen, hatte sie vollkommen verändert.

Sie vermisste ihn so schrecklich, dass ihr das Herz wehtat. Sie musste ihn einfach wiedersehen. Sie wollte ihn unbedingt wieder spielen hören. Ja, … sie hatte sich jetzt endgültig entschieden, sie wollte zurückkehren.

Regenbogen blickte zum Himmel und wusste sofort am Stand der Sonne, dass es schon früher Nachmittag war. Dann stand sie auf und streckte ihre Glieder. Während sie ihre Flügel ausbreitete, stieß sie sich kräftig mit den Füssen ab und flatterte hoch in die Luft.

„Wo willst du hin?", rief Morgentau hinter ihr her. „Ich weiß nicht genau. Ich werde erst mal mein Nest aufräumen", rief sie unsicher zurück. „Warte, ich komme mit", hörte Regenbogen sie atemlos aus der Ferne hinter ihr her schreien.

Ratlos setzte sich Regenbogen auf den Rand ihres Nestes und betrachtete den realen Auswurf ihres Kummers. Sie würde Tage brauchen, um diese Menge Diamanten verschwinden zu lassen. Zum Glück konnte sie auf ihre Freundin Morgentau zurückgreifen. Auch Sturmböe bot sich an zu helfen, zumindest bevor er das Ausmaß an Arbeit erkannte.

„Das ist eine beachtliche Menge an Abfall", nickte er Regenbogen anerkennend zu. „Ich wusste gar nicht, dass eine einzige Elfe es kiloweise herstellen kann. Wie wollt ihr an das Problem herangehen?", fragte er tatenkräftig und spuckte sich dabei arbeitseifrig in die Hände.

„Ich hatte noch keinen Plan", entschuldigte sich die Elfe. „Ich hätte es einfach händeweise in die verschiedenen Flüsse und Seen gestreut."

„Nein, das geht so nicht", kritisierte Sturmböe. „Wenn größere Mengen davon am selben Ort gefunden würden, dann haben wir dasselbe Problem wie damals im Jahre 1850 beim Goldrausch, der in Kalifornien anfing und Ausmaße bis nach Kanada und Alaska hinauf hatte. Den hatte übrigens auch ein nachlässiger Elf verursacht."

„Was schlägst du dann vor", wollte Morgentau wissen, und bedachte dabei Sturmböe mit einem bewundernden Blick.

Überlegen holte er Schilfblätter und flocht daraus zwei große Körbe mit Henkeln. Geschickt befestigte er sie am Nestrand. Mit vereinten Kräften schaufelten sie mit ihren Händen die Diamanten in die großen Körbe und flogen damit zum größten Wasserfall, den Kanada zu bieten hatte. Es erforderte eine Menge Mut und Können, um so eine Diamantenmenge unter den Fluten für immer zu verstecken.

Zum ersten Mal, seit Regenbogen im gewohnten Zuhause zurück war, fühlte sie sich ausgelassen. Nicht so kindisch wie früher, aber doch unbeschwert, was ihre Entscheidung für ein Leben mit Menschen nicht leichter machte. Dennoch fühlte sie sich der Herausforderung gewachsen. Sie würde zu David zurückkehren und kostete es ihr Leben. Aber sie war entschlossen, es Pandora so schwer wie möglich zu machen.

# Kapitel 30

„Sie ist gegangen. Sie ist einfach gegangen."

David sprach die Sätze leise vor sich hin, ohne ihnen Glauben schenken zu wollen. Er kniete immer noch auf den gepflegten Rasen des Stadions und wusste nicht wie lange schon.

„Hallo, ist hier noch jemand?"

David erschrak heftig, als er die fremde Stimme durch ein Mikro von allen Seiten hören konnte. Er stand auf und ging wie in Trance zur Bühne zurück.

Ein kleiner, alter Mann mit einem Baseballcap ging auf ihn zu und sprach auf ihn ein: „Es tut mir leid, aber ich muss das Stadion jetzt abschließen. Morgen findet hier ein großes Konzert statt, wissen sie. Damit keiner Unordnung macht, muss ich jetzt abschießen. Kommen sie doch einfach ein anders Mal wieder, wenn sie das Stadion besichtigen wollen, einverstanden!" Der Alte klopfte David freundschaftlich auf den Arm und fügte hinzu: „Kommen sie, ich zeige ihnen den Ausgang."

David fühlte sich wie in Watte gepackt. Was wollte dieser Mann nur von ihm? Er konnte nicht mehr klar denken, und sagte zu allem nur: „Ok" Wie er ins Hotel gekommen war, wusste er nicht mehr. Es war, wie man so sagt, buchstäblich ein „Film-riss." Wie ferngesteuert ging er unter die Dusche. Ohne sich abzutrocknen ließ er sich nass auf das Sofa fallen. Dabei strich er sich die nassen, wirren Haare aus dem Gesicht und versuchte einen klaren Gedanken zu fassen.

Aber das einzige Wort, das ihm in den Sinn kam, war „Regenbogen." Immer wieder dachte er ihren Namen. Er beschwor ihn sogar, aber nichts passierte. Irgendwo in seinen Körper meldete sich eine Art Hungerprotest, obwohl er jetzt keinen Bissen hinunter bringen würde. Langsam rappelte er sich hoch. Da erst merkte er, dass er am ganzen Körper zitterte. Offenbar war ihm kalt geworden. Aber auch das nahm er nur am Rande war. Sein Blick fiel auf den Obstteller, der auf einen kleinen Tisch vor ihm stand. „Ein kleiner Gruß der Hotelleitung", hieß es, auf der Karte die dazwischen steckte.

Aber kaum hatte David einen Pfirsich in die Hand genommen, musste er sich heftig erbrechen. Die Sauerei war ihm peinlich. Trotzdem schleppte er sich ins Bett und kümmerte sich nicht weiter darum. „Bitte, du kannst mich nicht alleine lassen", murmelte er noch, bevor er in einen quälenden Schlaf fiel.

Als ihn am nächsten Morgen eine freundliche Stimme per Haustelefon weckte, war David am ganzen Körper nass geschwitzt. „Sie ist weg, sie kommt nicht mehr zurück", sagte er sich selber zur Bestätigung.

Er musste versuchen mit dieser Wahrheit klar zukommen. Jetzt wo der erste Schockzustand nachgelassen hatte. Regenbogen hatte ihn verlassen. Diese Klarheit versuchte unter der Dusche mehr und mehr an die Oberfläche zukommen. Bevor er zum Frühstück ging, kramte David in seiner Geldbörse nach etwas Kleingeld. Ein 50zig-Euroschein war alles was er fand. Er nahm ihn zur Hand, klemmte ihn unter die Obstschale und heftete eine Notiz dazu: „Entschuldigung, für die Sauerei. Es tut mir leid, Geld ist für sie."

Im Frühstücksraum traf er auf seine Band, die sich dort eine ausgelassene Unterhaltung lieferte. „Was´n mit dir los? Du siehst ja furchterregend aus?", fragte Jeff.

„Ich habe einfach nur schlecht geschlafen", entgegnete David, der Wahrheit entsprechend.

„Wo ist Annabella", bohrte er weiter.

„Sie ist fort", antwortete der Geiger mit belegter Stimme und vermied es seinen Freund in die Augen zu schauen. Er räusperte sich und fügte hinzu: „Sie hat persönliche Probleme."

Jeff war taktvoll genug, um nicht weiter nachzufragen. David hatte kaum etwas gefrühstückt. Er war froh darüber, als seine Jungs endlich aufbrachen. Sie fuhren ins Stadion und spielten sich ein. Um Mittag schaute Pandora bei ihrer Probe zu.

„Wo ist denn die Akrobatin? Ich habe sie heute noch nicht gesehen", rief sie zwischen zwei Songs auf die Bühne. Der Musiker drehte ihr den Rücken zu und schwieg.

Franck antwortete für ihn: „Sie musste dringend nach Hause ... ein Unglücksfall."

„Ist das nicht Vertragsbruch", fragte Pandora herausfordernd.

„Sie hat noch keinen Vertrag", zischte David durch seine Zähne, ohne Pandora dabei anzusehen. „Gut, ich hoffe doch, sie regelt das dann bis heute Abend, zum Open-Air", zwitscherte die Frau vergnügt.

David ignorierte seine Managerin und fuhr mit den Proben seiner Songs fort. Aber zwei Songs später konnte er sich nicht mehr richtig konzentrieren, und ordnete die Mittagspause an. An sich ging er nur mit zum Essen, damit es nicht auffiel, dass er sich nicht ganz wohl fühlte. Aber jeder der ihn halbwegs kannte, bemerkte es sofort. Er war seiner Band dankbar, dass ihn keiner darauf ansprach. David hatte keine Ahnung, was vor ihm auf dem Teller lag. Und es interessierte ihn auch nicht. Ohne Appetit stocherte er darin herum und schob sich ab und zu einen Bissen in den Mund. Nach einigen Minuten stand er auf, nuschelte eine Entschuldigung und verdrückte sich in seine Garderobe.

Er wollte allein sein. David setzte sich auf einen Stuhl, legte seine Fingerspitzen aufeinander und betrachtete sie nachdenklich. Warum schweiften seine Gedanken ständig ab. Eigentlich wollte er sich auf das bevorstehende Konzert konzentrieren. Aber Regenbogen schmuggelte sich ständig in seine Gedanken. Er vermisste sie so schrecklich, wie er es nie für möglich gehalten hatte.

„Ich muss sie einfach wiedersehen", sagte er sich bestimmt. Aber wie sollte er das anstellen? Und wenn es ihm nicht gelingen würde und er sie wirklich nie wieder sah? Bei diesen Gedanken bekam er einen dicken Kloß im Hals. Er versuchte ihn hinunter zu schlucken. Aber es ging nicht. Fast meinte er, daran ersticken zu müssen. David stand auf und trank einen großen Schluck Wasser aus einer Flasche.

In seinen Händen begann es zu kribbeln. Sie fühlten sich komisch an, irgendwie rastlos. Der Musiker nahm seine Geige zur Hand und zupfte auf den Saiten herum. Zuerst planlos, dann formte sich eine Melodie daraus. Dabei tauchte immer wieder ihr Gesicht vor ihm auf. Er könnte doch einfach alles liegen und stehen lassen und für immer mit ihr im Wald leben!

Aber wäre das „sein Ding?"

Der Virtuose dachte kurz darüber nach. Wäre er wirklich bereit, alles hinter sich zu lassen? Er wollte den Erfolg - immer schon. Dafür hatte er hart gearbeitet. Schon als kleines Kind hatte er täglich unermüdlich seine Geige gequält. Er hatte seine Freunde dafür vernachlässigt, nur um zu spielen - dadurch ist er zu dem geworden, was er heute war.

„Ein Weltstar!" Einer der besten Violinisten, die es derzeit auf der ganzen Welt gab. Zumindest, wenn man der Presse Glauben schenken konnte. Er verfolgte das Ziel, die Geige wieder populär zu machen. Und auch die Musikstücke alter Meister, jungen Menschen nahezubringen. Auf seine ganz spezielle Weise.

Ja, es war ein harter Weg gewesen. Ist er eigentlich auch heute noch. Die vielen Preise und Auszeichnungen und auch der Applaus, denn er bekommen hatte, zeigten ihm, dass der Weg den er ging, der richtige war. Aber trotz allem muss er einfach ständig am Ball bleiben, um nicht in Vergessenheit zu geraten, oder unterzugehen. Der Saitenvirtuose ging immer weiter auf den Höhepunkt seines Erfolgs zu. Konnte er da einfach seinen Lebenstraum aufgeben, für eine Frau?

Natürlich liebte er sie, mit jeder Faser seines Körpers. So sehr, dass ihre Abwesenheit unerträglich schmerzte. War er egoistisch, weil er wollte, dass sie „SEIN Leben" mit ihm teilte, und „SEINEN Erfolg"? Er war immer davon ausgegangen, dass Regenbogen ihr Leben für ihn ändern würde. Aber er hatte nie einen Gedanken dran verschwendet, was das für die Elfe bedeuten könnte.

Ein Klopfen an der Tür unterbrach seinen Gedankenfluss. Franck streckte den Kopf herein, und sagte: „Ich wollte nur Bescheid geben, dass das Orchester vollzählig ist. Wir können also mit der Hauptprobe beginnen."

David hatte weder aufgehört auf der Geige zu zupfen, noch hatte er den Kopf gehoben, um Frank anzusehen. „Alles in Ordnung, mit dir?", erkundigte sich sein Freund vorsichtig und war ins Zimmer getreten.

„Ja, ich komme gleich", war die knappe Antwort des Geigers.

„Es ist wegen Annabella, stimmt's", stocherte Franck unangenehm in seiner Wunde. „Habt ihr euch gestritten?"

David unterbrach sein zupfen und starrte einige Sekunden lang zu Boden. Dann schüttelte er kurz den Kopf. „Nein, sie musste einfach gehen. Das war ... ihre Entscheidung."

„Und, kommt sie zurück? Ich meine heute Abend, zum Open-Air, ... Ihren Auftritt ... Macht sie den?", Franck trat verlegen von einem Bein auf das Andere.

David drehte den Kopf zur Seite und atmete heftig aus: „Nein, ich glaube nicht, dass sie zurückkommt."

„Und du, ... was ist mit dir? Meinst du, du schaffst deinen Auftritt ... heute?", hakte Franck beunruhigt nach.

Der Violinist stand auf und rieb sich kurz mit der rechten Hand über die Augen. Dann sah er Franck fest an und antwortete: „The Show must go on! Das Publikum interessiert es nicht, wie es mir geht. Es bezahlt den Preis und will dafür 100% Leistung haben."

Er klopfte Franck kurz auf die Schulter: „Komm, lass uns da raus gehen und uns gut auf die Party heute Abend vorbereiten."

# Kapitel 31

Ganz leise schlich sich Regenbogen hinter die Bühne. Sie wollte das Konzert nicht stören, das schon voll im Gange war. Sie wollte auch nicht dass David oder Pandora erfuhren, dass sie zurückgekommen war. Sie würde ihren Auftritt machen, das war sie David einfach schuldig. Und wenn sie dabei sterben würde, war sie dazu bereit. Vielleicht war es ja einfach gut so. Sie konnte nicht mehr ohne David leben, aber mit ihm wahrscheinlich genau so wenig.

Die Elfe zog ihr Kostüm an und ließ sich beim Befestigen der Flügel helfen. Regenbogen kannte die Reihenfolge der gespielten Stücke so gut, dass sie genau wusste, wann sie sich bereit zuhalten hatte.

Von hinten, etwas abseits der Bühne, beobachtete sie ihren „Lebensinhalt." Obwohl sie ihn schon so oft im Umgang mit seinem Instrument beobachtet hatte, wurde sie nicht müde zuzusehen, wie der Bogen mit atemberaubender Geschwindigkeit über die Saiten springt. Der Virtuose steuerte ein perfektes Konzert an. Mit keiner Miene ließ er erkennen, dass es ihm seelisch nicht gut ging.

Nur Regenbogen kannte seine Gedanken und Gefühle. Ihr wurde hundeelend, wenn sie daran dachte, dass letztlich sie dafür verantwortlich war. Sie war so in seine Gedanken versunken, dass sie den Sturm, der aufgekommen war, erst bemerkte, als die Menschen auf ihren Sitzplätzen unruhig wurden.

Wäre es ein Grund für David, das Konzert zu unterbrechen? Oder es sogar vorzeitig zu beenden? Konnte sie bei einem derartig unberechenbaren Wind überhaupt ihren Auftritt wagen? Eine heftige Sturmböe fegte durchs Stadion, und ließ die Menschen auf ihren Sitzen für einen Moment erzittern.

Dennoch spielte David unbeirrt weiter.

Regenbogen war sich sicher, David würde auch noch spielen, wenn die Welt um ihn herum untergehen würde! Er erinnerte sie an einen Kapitän, der in ehrenvoller Pose mit seinem sinkenden Schiff unterging.

Der Sturm hatte sich genauso schnell gelegt, wie er gekommen war. Eigenartiger Weise ließ er im hintersten Winkel ihres Kopfes eine unklare Erinnerung auftauchen. Aber bevor Regenbogen diese Erinnerung dingfest machen konnte, war sie ihr auch schon wieder entglitten.

„Ach was", sagte Regenbogen und versuchte sich wieder auf die Musik und den bevor stehenden Auftritt zu konzentrieren. Mit ihren Gedanken spürte sie in die Köpfe der Menschen hinein, die unmittelbar in ihrer Nähe standen. Pandora war also nicht hier, stellte sie fest. Bestimmt wusste sie schon, dass ich nach Hause geflogen war. Aber sie konnte unmöglich wissen, dass die Elfe wieder hier war, es sei denn sie hatte sie schon entdeckt.

Eigentlich war es nach Menschenermessen nicht möglich in knapp 20 Stunden nach Kanada und wieder zurück zu fliegen. Damit gab sie also Pandora noch mehr Stoff, um über sie nachzudenken. Falls die Managerin nicht wusste, dass Regenbogen hier war, hatte sie auf jeden Fall gute Chancen wenigstens den heutigen Tag zu überleben.

Ein weiterer Tag, der ihr mit David geschenkt wurde. Einer der Techniker kam auf Regenbogen zu und bat sie für ihren Auftritt unter die Bühne auf ihre Startposition zu gehen.

Allmählich wurde Regenbogen nervös. Nochmals kontrollierte sie die Gedanken der Menschen in der Nähe, ob sie sie nun sah oder nicht. Aber wieder Fehlanzeige. Niemand wollte ihr was Böses - noch nicht! Da machte David bereits die Ansage zu seinem nächsten Stück. Wie immer war es das letzte Stück vor der Pause, in dem Regenbogen ihre Kür flog.

Regenbogen machte sich also startklar. Als sie mit den Aufzug auf die Bühne gehoben wurde und sich in die Luft abstieß, spürte sie einen winzigen Augenblick lang die Überraschung aller. Der kurze Moment, in dem das Zögern des Geigers zu spüren war, hatte er gekonnt ausgeglichen.

David spielte das Stück so gefühlvoll, wie sie es bisher noch nicht erlebt hatte. Immer wieder glitt sein Blick nach oben und suchte nach der Elfe, als könnte er seinen Augen nicht trauen. Mit der letzten Note, die gespielt wurde, landete auch die Elfe sanft wieder hinter David auf ihren Füssen. Nachdem der Applaus langsam sein Ende nahm, bedankte sich der Geigen, und ging von der Bühne. Er deutete Regenbogen an, ihn zu folgen.

Als David meinte, unbeobachtet zu sein, stürmte er auf Regenbogen zu und küsste sie überschwänglich auf beide Wangen.

„Ich freue mich so, … du bist zurückgekommen. Also hast du mir verziehen?", fragte er leise und sah ihr dabei fest in die Augen. Regenbogen senkte den Blick und sagte: „Ich liebe dich, David. Und lieben heißt, niemals um Verzeihung bitten zu müssen." David hob seine Augenbrauen erstaunt nach oben: „Ah-ha, wo hast du denn den Spruch aufgegabelt?"

Obwohl Regenbogen etwas flau im Magen war, brachte sie diese Antwort zum Lachen. „Komm mit, in meine Garderobe, bitte", forderte er die Elfe auf, nachdem ein Techniker Regenbogen von ihren Flügeln befreit hatte.

Kaum hatte David die Tür hinter sich geschlossen, umklammerte er die Taille der Elfe mit beiden Händen. Dann hob er sie mit Leichtigkeit über seinen Kopf und drehte sich mit ihr ein paar Mal schnell im Kreis. Danach stellte er sie wieder auf ihre Füße zurück, aber nur, um sie sofort wie verrückt an sich zupressen. Er bedeckte ihr Gesicht mit wilden Küssen.

Dabei sagte er fast atemlos: „Ich weiß, ich habe kein Recht dazu, dich zu bitten, bei mir zu bleiben. Aber du würdest mich wirklich sehr glücklich machen." Bevor Regenbogen auch nur den Mund öffnen konnte, küsste er sie so heftig und Leidenschaftlich darauf, dass ihr ganz schummrig wurde.

„Ich habe mich entschieden, David, sonst wäre ich nicht zurückgekommen", versuchte Regenbogen zwischendurch, beim Luftholen, zusagen. Aber sie wusste nicht, ob David es mitbekommen hatte, da er schon wieder zu einer neuen Kussattacke übergegangen war. Seine Gedanken zu hören war auch völlig sinnlos, weil er nur Genuss- und Glücksmomente abspulte. Außerdem war Regenbogen selber so benebelt von seinen Küssen, dass sie sich wünschte, er würde niemals damit aufhören.

Eine weibliche Stimme verkündete per Lautsprecher das Ende der Pause in fünf Minuten. Wiederwillig löste David sich von Regenbogen, nicht ohne nochmals an ihren Lippen zu saugen. „Wie habe ich den Geschmack von frischen Obst vermisst", dachte er dabei. Regenbogen erheiterten seine Gedanken so, dass sie laut auflachen musste.

Da platzte, ohne anzuklopfen, Pandora in Davids Garderobe. „Sie sind ja wieder da Annabella", stellte sie mit einem leichten Lächeln fest. „Wie schön, dass ja doch noch alles geklappt hat und sie rechtzeitig kommen konnten." Das sagte sie so zuckersüß, dass sogar David die Lüge in ihren Worten heraushören konnte. Beunruhigt schaute er von Pandora zu Regenbogen. Er las die Angst in Regenbogens Augen.

„Noch drei Minuten bis zum Auftritt", hörten sie die gleiche Stimme gelangweilt wiederholen.

„Ich muss auf die Bühne", sagte David zerstreut. Er fühlte sich gar nicht wohl dabei, Regenbogen alleine zulassen. „Ich würde mich noch gerne umziehen, Pandora", forderte David seine Managerin auf, die Garderobe zu verlassen. Diese warf Regenbogen noch einen letzten Blick zu und ging schwungvoll hinaus.

„Sie will mich tatsächlich töten, so sehr hasst sie mich. Heute noch …", hauchte Regenbogen ungläubig.

„Was hat sie vor?", fragte David beunruhigt nach, während er sein verschwitztes Hemd gegen ein frisches austauschte.

„Wenn ich die Zugabe fliege, hat sie vor die Sicherung zu lösen."

„Das wird sie nicht wagen, vor all den Leuten", warf der Geiger ein. Doch glaubte er selbst nicht so recht, was er da sagte.

„Ich denke schon, … wenn es aussieht wie ein Unfall", war das Mädchen überzeugt.

„Gut, dann fliegst du eben nicht nochmal heute Abend", bestimmte er besorgt.

„Das ist doch egal, ob ich heute fliege oder in einer Woche. Irgendwann wird sie es schaffen und mich töten", gab Regenbogen David zu verstehen.

Der Geiger sah sich suchend im Zimmer um, als hoffte er irgendwo eine Antwort zu finden. „Sollen wir die Polizei rufen lassen?", fragte er zweifelnd.

„Und was sagst du ihnen? Das wir glauben, Pandora will mich töten. Das klingt doch lächerlich, findest du nicht?"

Auftritt in einer Minute", drängelte die Frauenstimme durch den Lautsprecher.

„Ich muss auf die Bühne, Schatz", sagte David mit heißerer Stimme. „Aber ich werde den Technikern und den Sicherheitsbeamten sagen, sie sollen ein Auge auf dich haben." Er streichelte Regenbogen noch einmal kurz über die Wange und küsste sie flüchtig auf die Stirn. Mit schnellen Schritten eilte er hinaus.

Komisch, je näher der scheinbar unvermeidliche Tod kam, umso ruhiger wurde die Elfe. All ihre Sinne schienen sich zu verschärfen. Sie hatte das Gefühl, nicht nur klarer zusehen, sondern auch empfänglicher zu sein für die Gedanken der Anderen. Sie hörte den Applaus des Publikums, als David die Bühne betrat. Und auch die gedämpfte Musik des Orchesters in seiner Garderobe.

Sie stellte sich vor dem Spiegel und betrachtete ihr Gesicht. Mit den Fingerspitzen berührte sie ihre Lippen. Sie spürte immer noch Davids Lippen auf ihren. Nach einer Weile sagte sie leise zu ihrem Spiegelbild: „Also dann, Regenbogen. Ich wünsche dir einen schnellen, schmerzlosen Tod. Mach`s gut."

Dann wandte sich die Elfe ab und verließ ebenfalls die Garderobe. Regenbogen stellte sich hinter die Bühne in den Eingang hinein und schaute von dort aus dem Konzert zu. Von ihrem Standplatz aus konnte sie nicht nur die Musiker und David beobachten, sondern auch dem regen Treiben der Techniker hinter der Bühne beiwohnen.

Wieso nur hatte sie das Gefühl, die Zeit verging jetzt viel schneller als sonst. Wollte diese Welt Regenbogen nicht mehr haben? Dass sie jetzt versuchte, sie so schnell wie möglich aus dem Leben zu stoßen? Regenbogen empfand das als eine persönliche Beleidigung. Trotzig warf sie den Kopf in den Nacken und sagte leise zu sich: „So nicht. Jetzt erst recht. Ich biete dir die Stirn."

Das Mädchen, das Regenbogen die künstlichen Flügel brachte, stutzte und sah Regenbogen verwirrt an. „Entschuldigung, ich rede immer mit mir selbst", erklärte sie ihrem Gegenüber.

Sobald Regenbogen angegurtet war, bekam sie tatsächlich weiche Knie. Sie machte sich fertig und stellte sich auf ihre Position. Ein tosender Applaus, verkündete das Ende des Konzerts. David bedankte sich beim Publikum und bei seiner Band.

Kurz hörte sie seine Gedanken zu ihr abschweifen. „Ich passe auf dich auf", dachte er ganz intensiv. „Danke, ich liebe dich", pflanzte Regenbogen ihre Gedanken aus der Entfernung in Davids Kopf ein.

Der Geiger musste sich dieses Mal wirklich zwingen, dem Publikum die verdiente Zugabe zu leisten. Die Angst um sein Mädchen ließ ihn zögern. Regenbogen hatte Recht Pandora würde immer einen Weg finden, die Elfe aus dem Weg zu räumen, wenn sie darauf versessen war.

Als David die Zugabe anstimmte, flatterte die Elfe nochmals an diesen Abend in die Höhe. Trotz ihrer Wachsamkeit, drehte sie geschickt ihre Runden und machte spielerisch aussehende Drehungen in der Luft. David sah auffallend oft zu ihr hinauf und lächelte ihr dabei aufmunternd zu.

Da geschah es plötzlich. Mitten im Musikstück hatte Regenbogen das Gefühl, als verliere sie die Kontrolle über ihren Körper. Die Hydraulik ließ sich nicht mehr von ihr steuern. Immer schneller flog sie über die Bühne und bildete damit eine ungewollte Disharmonie zur Musik. Sie drehte sich ungewollt um ihre eigene Achse, so schnell, das sie nicht mehr ausmachen konnte, wo oben oder unten war.

Sofort, als David bemerkte, dass etwas nicht stimmte, gab er Franck zu verstehen, das Musikstück an einer geeigneten Stelle ausklingen zulassen. Er war Profi genug, um zu wissen, dass man nicht einfach Mitten im Stück aufhörte zu spielen. Jetzt bemerkte sogar das Publikum, dass mit dem Schmetterling über der Bühne etwas nicht rund läuft. Es wurde zusehends unruhiger.

„Hoffentlich hält sie das durch", dachte David und musste mitansehen, wie seine kleine Elfe, fast schon wie ein Torpedo, über seinen Kopf hinweg sauste. Da zerbarsten die unechten Flügel und flogen Regenbogen um die Ohren, bevor sie dann stückchenweise, mit störendem Knistern, ins Orchester fielen. Die leichten Teile verursachten bei einigen Musikern kleine Kratzer.

Doch plötzlich löste sich der Gurt um Regenbogens Bauch. Die Elfe machte urplötzlich eine ungewollte Drehung nach vorne. Mit den Händen rudernd versuchte sie, irgendwo Halt zubekommen. Doch ihr Griff ging nur ins Leere. Mit Davids letztem Bogenstrichs stürzte auch die Elfe in die Tiefe.

Regenbogen hätte ihre Flügel nicht ausbreiten können, selbst wenn sie gewollt hätte. Ihr war vom Schnellen hin und her und vom Drehen um sich selbst so schwindlig, dass sie völlig die Orientierung verloren hatte.

Jetzt geschahen mehrere Dinge zeitgleich: Während Regenbogen zu Boden fiel, schleuderte David seine Geige in die Luft. Er hoffte inständig, irgendjemand würde sie auffangen. Sofort lief er los und stieß dabei alles bei Seite, was ihm im Weg stand. Er wollte versuchen, Regenbogen aufzufangen und so ihren Fall zu mindern. Während David auf die Stelle zuraste, wo voraussichtlich die Landung der Elfe war, stob das gesamte Orchester von dieser Stelle auseinander. Niemand legte anscheinend Wert darauf, von dem zarten Geschöpf erschlagen zu werden.

Untermalt wurde das Ganze vom hysterischen Geschrei des Publikums.

Aber etwas war sehr eigenartig bei der ganzen Szene. Regenbogen und die Geige fielen nicht wie erwartet, einfach herunter. Sie fielen beide in Zeitlupentempo.

David kniff einmal kurz die Augen zusammen, um sicher zu gehen, dass er richtig sah. „Hatte Regenbogen etwa auch Einfluss auf die Erdanziehungskraft? Oder konnte sie ihre „Fall-Geschwindigkeit" beeinflussen?", fragte er sich.

Die Geige, die David hoch nach oben geschleudert hatte, blieb im höchsten Punkt plötzlich für einige Sekunden in der Luft stehen. Danach schwebte sie, quasi schwerelos, wie ein Herbstblatt an einen sonnigen Morgen, unnatürlich sanft und unversehrt zu Boden.

Auch bei Regenbogen war dieses Phänomen zu beobachten. Zuerst fiel sie einige Meter tief, wie ein Stein. Dann lag sie, wie durch Magie, für Sekunden, in der Luft, um dann in Zeitlupe zu Boden zu schweben.

David hatte also jetzt alle Zeit der Welt, um sich unter den fallenden Körper der Elfe zu stellen. Langsam wie ein leichtes Federkissen schmiegte sich der kleine Körper des Mädchens in seine Arme.

Ein gigantischer Applaus setzte im ganzen Stadion ein. Tausende waren Zeugen der merkwürdigen Rettungsaktion. Wie er das allerdings der Presse erklären würde, musste sich der Musiker noch überlegen. Aber das hatte noch Zeit. David war glücklich, weil Regenbogen unversehrt und am Leben geblieben war. Mit Vergnügen hielt er sie in seine Armen, wäre da nicht …

„Was zum Henker, war den das", dachte David, und sein Glück wurde auf einmal getrübt. Wie er so Regenbogen fest an sich drückte, waren deutlich zwei kräftige Männerarme, zwischen ihm und Regenbogen zu spüren, die er aber nicht sehen konnte.

„Hey, Finger weg. Das ist mein Mädchen", raunzte David wen auch immer an. „Oh, tut mir leid, ich habe gerade „deinem Mädchen" das Leben gerettet", motzte eine Stimme leise zurück. „Wenn du sie jetzt sicher halten kannst, kann ich ja loslassen."

David fühlte den fremden Atem in seinem Gesicht. Der unsichtbare Mann stand also genau vor ihm. „Das ist Sturmböe, ein Elf", klang Regenbogens Stimme in seinem Kopf. „Ich bin froh, dass sie mir gefolgt sind." „Sie? Gibt es da noch mehr?", dachte David und sah Regenbogen fragend an.

Die lächelte und nickte nur. „Deine Geige hat meine Freundin Morgentau aufgefangen", flüsterte die Elfe an Davids Hals.

„Dafür werde ich ihr auf ewig dankbar sein", erwiderte David. „Bist du denn in Ordnung?", fragte er jetzt lauter die Akrobatin. „Bis auf ein paar kleine Kratzer, ja", begutachtete Regenbogen ihre Arme.

Der Violinist sah sich um. Das Publikum war zum größten Teil schon im Aufbruch. Sicherheitsbeamte schirmten die Bühne ab. Die erste Schreckensstarre hatte sich auch im Orchester gelegt. Viele packten bereits ihre Instrumente weg und unterhielten sich noch nebenbei über das mysteriöse Ereignis. Rettungskräfte hatten sich endlich bis zu David durchgekämpft und wollten helfen. Regenbogen sollte sich hinstellen und testen, ob sie auf eigenen Beinen laufen konnte. Erst als David versicherte, dass es ihnen gut ging, zogen sie sich zurück.

Das Technikteam untersuchte die kaputten Gurte und die Hydraulik. Der Leiter und Verantwortliche kam auf David zu und entschuldigte sich vielmals. „Herr Jarretti, es tut mir leid. Ich weiß nicht, wie so etwas passieren konnte. Ich versichere ihnen, wir haben nur hochwertiges Material benützt und vor dem Auftritt nochmals alles kontrolliert. Natürlich übernehme ich die volle Verantwortung für diesen Fehler und werde sofort meine Kündigung einreichen."

David hob beide Hände und versuchte den Techniker zu beruhigen und seinen Wortschwall einzudämmen. „Ich bin mir sicher, dass sie keine Schuld trifft. Ich habe nach wie vor absolutes Vertrauen zu ihnen und ihrer Arbeit. Bitte vergessen sie das mit der Kündigung." David nickte dem Mann noch aufmunternd zu und ließ ihn stehen.

Mittlerweile waren die Aufräumungsarbeiten auf der Bühne voll im Gange. David holte seine Geige, die Morgentau auf den Flügel gelegt hatte, fasste Regenbogen bei der Hand und zog sie mit sich.

„Komm lass uns hier verschwinden", sagte er und wurde wieder nervös. „Wenn ich nur wüsste, wo Pandora ist, wäre mir wesentlich wohler. Natürlich werde ich den Vertrag mit ihr sofort lösen, ist doch klar."

„David, du hast keine Beweise, nur das, was ich dir gesagt habe", wurde jetzt auch Regenbogen kribbelig.

David führte Regenbogen den langen Gang entlang bis zu seiner Garderobe. Er öffnete die Tür und schaltete das Licht an. Dann verstaute er seine Geige im Koffer und sammelte flink seine Sachen ein, die im ganzen Zimmer verstreut herum lagen. In der Zwischenzeit hatte sich Regenbogen in ein anderes Out-fit begeben und lehnte sich nun lässig an den Türrahmen. Sie trug jetzt eine hellblaue ausgewaschene Jeans und ein schlichtes weißes T-Shirt dazu.

„Dass du jemals deine Geige für mich opfern würdest, ist mir unbegreiflich. Ich dachte, sie ist dir heilig? Und es gäbe nichts Wertvolleres auf der Welt", sagte die Elfe verwundert, während sie David mit ihren Blicken folgte.

„Du bist das Wertvollste auf der Welt, das ich habe", antwortete David und hörte für einen Augenblick auf, seine Reisetasche „zu mästen", indem er versuchte seine Kleidung mit der Faust hineinzustopfen. „Das ist mir so richtig klar geworden, als du weg warst. Der Schmerz in meiner Brust war unerträglich", fügte er leise hinzu. „Ich fühlte mich wie ein Suchtkranker bei Entzug. Ich bin total süchtig nach dir."

Kaum hatte er das laut ausgesprochen, wusste er, dass es die absolute Wahrheit war. Er brauchte Regenbogen wie eine berauschende Droge.

„Aber ich muss dich trotzdem enttäuschen, so seltsam es auch klingen mag, die Geige in die Luft zuwerfen, war in diesem Moment die einzige Möglichkeit sie zu retten."

„Ich glaube, das verstehe ich nicht. Das musst du mir erklären", überlegte die Elfe.

„Die Möglichkeit, dass die Geige bei dem ganzen Tumult zertreten oder zerbrochen wird, wäre höher gewesen, wenn ich sie in der Hand behalten hätte. Darum habe ich sie schweren Herzens in die Luft geworfen, in der Hoffnung, jemand würde sie auffangen oder so." David versuchte, während er sprach, den Reißverschluss seiner Reisetasche zu schließen. Dann sah er auf und ergänzte: „Dass es eine Elfe sein würde, fand ich dann sehr passend."

# Kapitel 32

„Ok hab alles, wir können gehen", sagte David nervös und blickte sich dabei noch einmal in seiner Garderobe um.

Da hörten sie auf einmal auf dem Flur eine bekannte Stimme, aufgebracht schimpfte: „Ich kann es nicht glauben! Du lebst noch", fuhr Pandora Regenbogen wenig später verachtend an. „Ich hatte doch alles so gut eingefädelt!"

Regenbogen hatte sich schon beim ersten Wort, das Pandora an sie richtete, panisch zu ihr herum gedreht.

„Wie heiß es doch immer so schön: „Unkraut verdirbt nicht." Da ist was Wahres dran", zischte die Managerin durch ihre Zähne die Elfe an.

Pandora war kurz vor Regenbogen stehen geblieben und versperrte ihr den Weg. Ihre Augen sprühten förmlich Funken, als sie die vor Angst erstarrte Elfe ansah. David, der genauso schockiert war wie Regenbogen, fand als Erster wieder seine Stimme: „Wie konntest du so etwas tun? Du hättest sie töten können!"

„Genau das war der Plan", sagte sie so kalt, dass es Regenbogen fröstelte.

„Aber Pandora, ... warum, was hat sie dir getan? Wie kann man denn einen Menschen nur so hassen, dass man seinen Tod wünscht?", war es dem Geiger unbegreiflich.

„Einen Menschen, ha ... DU weißt genau, dass sie das nicht ist. Was sie auch immer ist, ... sie ist kein Mensch", behauptete seine Managerin mit wutverzerrtem Gesicht. „Und du liebst sie auch noch, ... wie widerlich ist das denn!", schrie sie jetzt.

David schüttelte langsam den Kopf und starrte dabei weiter Pandora an. Er konnte nicht glauben, was er da hörte.

„David, ICH habe dir mein Leben geschenkt. ICH war immer für dich da. Hast du denn gar nicht gemerkt, was ich für dich empfinde? ... Ich liebe dich", sagte sie fast flehend.

David war einen kurzen Moment sprachlos, dann schüttelte er verständnislos den Kopf: „Du hast mir nicht dein Leben geschenkt. Ich habe gefiedelt und du hast gesagt, wo. Ich habe dabei nie gemerkt, dass du andere Interessen an mir hast, als Geld zu verdienen. Ich mag dich, … Pandora. Ich finde dich ganz ok, … aber ich „liebe" dich nicht!", entgegnete der Musiker scharf.

„Das glaub ich dir nicht, David. Wir wären das perfekte Paar, wenn die uns nicht im Weg stehen würde", Pandora deutete dabei mit ihren Kopf auf die Elfe, die immer noch zwischen David und der Managerin stand, als wäre sie eine Trennwand.

Doch plötzlich riss die Elfe schreckgeweitet ihre Augen auf und wich dabei einen Schritt zurück. David, der etwas hinter Regenbogen stand, wusste zuerst nicht warum, bis er Pandora ganz im Blickfeld hatte. Seine Managerin hatte urplötzlich einen spitzen, mattfunkelnden Gegenstand hinter ihren Rücken hervorgeholt. Sie hatte die Faust fest darum geballt. Schnell entschlossen holte sie aus und machte einen großen Schritt auf Regenbogen zu.

„Nein Pandora, … tu es nicht", wollte David noch sagen, aber statt der letzten drei Worte sprudelte bereits Blut aus seinem Mund.

Der Virtuose hatte sich schützend vor Regenbogen geworfen und dabei den kräftigen Stoß mit einem Schraubenzieher erhalten. Der harte Gegenstand steckte bis zum Schaft in seinen Bauch, knapp unterhalb des Rippenbogens. David schaute wie gebannt auf seinen Bauch, als könnte er nicht glauben, was er da sah. Während bei jeden Atemzug, den er tat, unablässig Blut stoßweise aus seinen Mund spritzte.

Dann glitten seine Augen anklagend zu Pandora, bevor er erst unsanft auf seine Knie fiel und anschließend am Boden stöhnend zusammensackte.

„David, ich wollte nicht dich …", versuchte Pandora noch zusagen. Aber die Angst vor der Tat ließ sie umdrehen und weglaufen.

„David", formte Regenbogen mit den Lippen, aber es kam kein begleitender Laut dabei heraus. Sie fiel neben ihm auf den Boden und wusste zum ersten Mal in ihrem Leben nicht, was sie tun sollte. „Hilfe", dachte sie nur noch und kämpfte mit den Tränen. Mittlerweile hatte sich eine beachtliche Blutlache gebildet, die auch Regenbogens Jeans tränkte. Das weiße Hemd des Künstlers war bereits am Oberkörper dunkelrot eingefärbt.

An der Stelle, wo der Schaft des Schraubenziehers aus Davids Körper herausragte, ließen die zerrissenen, langen, rottropfenden Fasern des Hemdes an Szenen aus einem Gruselfilms erinnern. Der Geiger atmete nur noch flach. Sein Blick huschte immer wieder hilfesuchend zu Regenbogen. Er versuchte zusprechen, aber der Speichel, der sich mit seinem Blut vermischt hatte, bildete nur einen roten Schaum vor seinen Lippen.

„Bitte nicht sterben", flehte Regenbogen ihn an. „Ich lasse nicht zu, dass du stirbst." Die Verzweiflung stand in Regenbogens Gesicht, als sie nochmals „Bitte helft mir", flüsterte.

Da tauchte auf einmal Morgentau in der offenen Tür auf. „Ach du meine Güte, was ist denn hier passiert?", fragte die Elfe angeekelt. „Er ist zwar nur ein Mensch, aber das hat er bestimmt nicht verdient."

Regenbogen überging die Bemerkung ihrer Freundin. „Morgentau, was soll ich nur tun, hilf mir." Die Panik die sich in der Elfe breit gemacht hatte, ließ ihre Stimme zittern.

David hatte soeben das Bewusstsein verloren, was Regenbogen noch ängstlicher machte.

„Was soll das heißen? - Was soll ich tun?", fragte Morgentau herausfordernd, und schüttelte Regenbogen dabei leicht an der Schulter. „Du ... du hast doch nicht etwa deine Zauberkraft verloren, oder?"

„Nein, hab ich nicht", entgegnete Regenbogen und wurde sofort wütend auf ihre Freundin. „Ich kann das Ding nicht aus seinen Körper ziehen. Und ... und wie soll ich ihn hier heilen, wo ständig Menschen auftauchen könnten. Morgentau schnell, lass dir was einfallen."

Regenbogen hatte so schnell gesprochen und dabei so wild um sich schlagend gestikuliert, dass Morgentau um ihre Gesundheit bangte.

„Hmm, ich kann ihm das Zeug aber auch nicht aus seinem Körper ziehen", bedauerte Morgentau und bekam etwas Mitleid mit ihrer Freundin. „Tut mir leid, ich kann mich einfach nicht überwinden."

„Wir brauchen dringend Hilfe", dachten jetzt beide Elfen konzentriert. Dabei zogen sie gemeinsam den schlaffen Körper vorsichtig in die Garderobe, um die Tür so gut es ging, zu schließen. David stöhnte dabei vor Schmerzen schwer auf. Sie erschraken beide, als die Tür gleich darauf wieder aufgedrückt wurde. Aber es war nur Sturmböe, der ihren gedanklichen Hilferufen nachgekommen war.

„Oh Mann, was ist denn das für`ne Sauerei", äußerte er trocken, als er David in der blutnassen Lache liegen sah. „So viel Blut bei einem einzelnen Menschen, hab ich seit dem Bürgerkrieg nicht mehr erlebt."

„Sturmböe sei endlich still. Hilf uns lieber. Du musst das Teil da aus ihm herausziehen. Kannst du das?", bat ihm Regenbogen.

„Ich tu´s, aber nur für dich, Regenbogen. Denn sonst ist mir dieser Mensch egal."

Beide Mädchen rückten zur Seite und ließen Sturmböe zu David. Der ging neben ihm in die Hocke und umfasste mit einer Hand den blutverschmierten Schaft des Schraubenziehers. Allein bei dieser kleinen Berührung stöhnte David wieder.

„Sei bitte vorsichtig, du tust ihm weh", rügte Regenbogen ihn.

„So wissen wir wenigstens, das er noch am Leben ist", erwiderte Sturmböe sarkastisch. Mit einem entschlossenen, kräftigen Ruck zog der Elf den Schraubenzieher aus der Wunde. David schrie bei dieser Aktion laut auf. Wieder trat dabei jede Menge Blut aus seinem Mund und der Bauchwunde.

Sturmböe warf das blutverschmierte Werkzeug achtlos in die nächste Ecke. Dann ging er zum Waschbecken, um das Blut von seinen Händen zu waschen.

„Na los, fang schon an", forderte Sturmböe über die Schulter hinweg Regenbogen auf.

„Du musst noch etwas für mich tun", sprach sie leise, ohne den Blick von David zu nehmen. „Ich kann es nicht brauchen, dass hier jemand hereinplatzt. Kannst du bitte dafür sorgen?"

„Ja klar, mach ich doch gerne", grinste jetzt der Elf süffisant und verschwand zur Tür hinaus.

„Du musst dich beeilen, bevor er überhaupt kein Blut mehr hat. Sein Körper wird immer kälter", machte Morgentau ihre Freundin aufmerksam.

Regenbogen nickte und lauschte angestrengt in die Stille hinein, bis sie das hörte, worauf sie gehofft hatte.

Offenbar war draußen ein heftiger Wind aufgekommen. Sogar in den Gängen fegte er durch offenstehende Türen hindurch. Mit einem lauten Knall, ließ er die Tür von Davids Garderobe ins Schloss fallen. Als ob das für Regenbogen der Startschuss war, schloss sie ihre Augen und hob ihre blutverklebten Hände über David. Augenblicklich erschien der vertraute kleine, aber wunderschön leuchtende Regenbogen. Er tauchte David und die ganze Szene in ein unnatürlich wirkendes Farbspektrum. Nach einigen Minuten, in denen Regenbogen reglos verharrt hatte, machte sich Morgentau an Davids Hemd zu schaffen.

„Bitte lenk mich jetzt nicht ab", fuhr Regenbogen ihre Freundin genervt an.

„Ich hab nur sein Hemd geöffnet, um zusehen, wie lange es noch dauert", gab Morgentau entschuldigend zurück. „Ich muss sagen, für einen Menschen sieht er wirklich nicht schlecht aus", fügte sich kleinlaut hinzu.

Der starke Wind, schien in einen heftigen Sturm übergegangen zu sein. Immer wieder jagten heulende Sturmböen durch die langen Gänge und Räume. Von draußen konnte man aufgeregte Männerstimmen gedämpft rufen hören. Anscheinen hatte die Männer alle Hände voll zu tun, so dass keiner von ihnen abkömmlich sein konnte. Sturmböe machte offenbar einen „guten Job." Wenn es darum ging, die Menschen zu ärgern, musste man ihn nicht erst lange darum bitten.

Regenbogen musste ihre ganze Geduld aufbringen, um nicht zwischendurch abzubrechen, um zu sehen, wie die Wunde verheilte. Es war für die Heilung das Beste, den Zauber nicht zu unterbrechen. Wie lange es noch dauern würde, war ihr nicht klar. Weil die Zeit drängte, hatte sie darum keine Minute verschwendet, um das genaue Ausmaß seiner Verletzung festzustellen.

„Siehst du schon eine Besserung", fragte sie Morgentau, die es nach ca. einer Stunde langweilte, Davids Bauch beobachten zu müssen.

„Um das festzustellen, müsste ich seinen Bauch abtasten. Aber ich finde das ganze Blut widerlich, darum tu ich es nicht", war ihre logische, wenn auch unbefriedigende Antwort.

Die Elfe ließ sich davon ablenken und verdrehte die Augen, was den Regenbogen, der über Davids Körper gespannt war, kurz flackern ließ.

„Du könntest mir ruhig mal helfen", forderte Regenbogen nach einer weiteren Stunde ihre Freundin auf. Ihr taten schon die ausgestreckten Arme weh. Ein kurzer Blick auf Davids Oberkörper zeigte ihr, dass immer noch etwas Blut aus der Wunde tropfte.

„Schön, ich helfe dir", stöhnte Morgentau, „aber nur, weil ich so schnell wie möglich wieder nach Hause will."

Morgentau setzte sich im Schneidersitz bequem neben David, sorgsam darauf bedacht, kein Blut ab zubekommen. Anschließend schob sie ihre Hände unter den erzeugten Regenbogen von ihrer Freundin. Auch sie schloss die Augen und konzentrierte sich.

Ein feiner Nebel entstand unter ihren Händen und breitete sich unter dem Zelt aus Farben aus. Er gab das bunte Licht verschwommen wieder. Und erinnerte an eine Disco, in der eine Nebelmaschine die blinkenden Lichterspots zu Farbklecksen vermischte.

Wenn die Situation nicht so ernst gewesen wäre, hätte Regenbogen wirklich vor Entzücken dahin schmelzen können. Nach und nach verbanden sich die Nebelteilchen, zu winzigen Tropfen, die das bunte Licht jetzt tauschendfach widerspiegelten. Langsam, nach ca. drei Stunden konnten sie beobachten, dass sich auf der Wunde ein roter Blutschorf gebildet hatte. Morgentau und Regenbogen sahen es gleichzeitig.

„Wir sind ein gutes Team", sagte Morgentau beeindruckt. „Ja, das Beste das es gibt", bestätigte Regenbogen glücklich.

Draußen schien der Sturm immer noch nicht seinen Höhepunkt erreicht zu haben. Sie hörten Gegenstände herunterfallen und Männer, die sich hektisch Anweisungen zuschrien.

So konnten die beiden Elfen wenigstens ungestört die Heilung weiter fortsetzen. Sie hielten ihren Zauber aus Farben und glitzernden Wasserperlen aufrecht, obwohl die Konzentration zunehmend schwieriger wurde. Es ging schon fast in die Morgenstunden, als David endlich seine Augen aufschlug.

Er musste blinzeln, weil ihn die hellen, funkelnden Wassertropfen stark blendeten. Er hatte das Gefühl, in einen Spiegel zu sehen, in dem das Sonnenlicht seine Strahlen warf und von dort wieder reflektiert wurde. Morgentau machte sich unsichtbar und entschied sich, „ihren Zauber" ausklingen zu lassen. Sie zog ihre Hände unter dem Lichterschirm heraus. Zurück blieb nur ein feuchter Dunst auf Davids Haut und seiner Kleidung.

Regenbogen wollte lieber auf Nummer sicher gehen und fragte David zuerst: „Wie geht es dir?"

„Gut, warum? Wieso liege ich den auf dem Boden?", wunderte er sich und wollte aufstehen.

„Halt, keine Bewegung", befahl Regenbogen streng, „Ich muss erst in deinen Körper spüren und fühlen wie es dir geht. So lange musst du also noch liegen bleiben."

Zum letzten Mal sammelte sie all ihre Energie und versetzte sich gedanklich in seinen Kopf. Aber sie konnte keine Verletzungen mehr finden. Vorsichtshalber fragte sie nach: „Versuch mal dich in deinem Körper umzuschauen. Tut dir etwas weh? Oder ist etwas anders als sonst?"

Die Frage belustigte David. Er hatte Mühe den nötigen Ernst zu zeigen. Dennoch tat er seinem Mädchen den Gefallen. „Nein, es tut nichts weh … nicht einmal die linke Schulter", wie er feststellte. Nach seinem Auftritt hatte der Geiger ab und zu Probleme mit ihr.

„Dann wollen wir mal hoffen, dass es stimmt", äußerte die Elfe und hob auch ihren Zauber auf.

Langsam und etwas benebelt stand David auf. Erschrocken starrte er seine, mit Blut bedeckten Hände an. Dann fiel sein Blick auf den Spiegel. Sein Anblick ließ ihn heftig zusammen fahren. Er sah aus, als hätte er eine Blutbank überfallen, und im Heißhunger sämtliche Blutkonserven gierig geleert. Er blickte an sich herab. Seine Augen blieben an der riesigen Blutlache am Boden hängen. Sein Aussehen und die nähere Umgebung ließen ihn das Bild, das sich in seinen Kopf geformt hatte, festigen. Regenbogen sah auch kein bisschen besser aus, nur das ihr Gesicht keine Blutspuren vorzuweisen hatte.

„Was war denn hier los?", fragte er verwirrt. „Pandora", flüsterte Regenbogen nur und wurde durch die Erinnerung daran kreidebleich.

Langsam kehrte die Erinnerung bei David zurück. „Wo ist sie?", fragte er zähneknirschend. „Keine Ahnung. Sie ist weggelaufen."

„Wir müssen sie unbedingt suchen und die Polizei einschalten. Sonst passiert noch mehr."

David ging zum Waschbecken, zog sein verblutetes Hemd aus und reinigte sich so gut es eben ging; Gesicht, Hände und den Oberkörper. Dann putzte er sich gründlich die Zähne, um den lästigen Geschmack von Eisen loszuwerden, den das Blut in seinem Mund bei ihm hinterlassen hatte. Anschließend tastete er nach der Einstichstelle, die auf der linken Seite seines Bauchs zu finden war. Aber sie war so klein und gut verheilt, dass David erst nach der kleinen, hellroten Narbe suchen musste.

„Hast du sehr gut hinbekommen", lobte er Regenbogen mit immer noch nacktem Oberkörper.

„Allein hätte ich das dieses Mal nicht geschafft. Du warst sehr schwer verletzt und hast ziemlich viel Blut verloren, weiß du?" Dabei zeigte sie mit der Hand auf die große Blutlache am Boden. „Meine Freundin hat mir dabei geholfen. Morgentau, würdest du dich bitte zeigen", wurde die Elfe aufgefordert.

„Nein, er ist ein Mensch. Auch wenn du ihm vertraust, ich tu es nicht", erklang eine Stimme ohne dazugehörigen Körper aus einer Ecke.

David schielte zu Regenbogen und lächelte: „Du musst dich nicht zeigen, wenn du nicht willst", sagte er verständnisvoll. „Ich wollte mich nur bedanken, dass du mein Leben gerettet hast; also vielen Dank dafür."

„Ich danke dir auch für deinen selbstlosen Einsatz vorhin. Du hast einer Elfe das Leben gerettet, das würden nicht viele Menschen tun."

David nickte unbestimmt in die Ecke, woher die Stimme zu kommen schien. Danach hole er sein Hemd aus der Tasche, das er vor der Pause getragen hatte und schlüpfte hinein. Es war noch etwas feucht, vom Schweiß, aber wenigstens hatte es keine Blutflecke.

David deutete auf Regenbogens Kleidung, und sagte: „So kannst du auch nicht hier raus marschieren."

Regenbogen schaute an sich hinunter: „Stimmt, sieht nicht so gut aus." Im selben Moment, als sie die Worte ausgesprochen hatte, hatte sie auch schon etwas Anderes an. Sie trug jetzt eine dunkelblaue Jeans und ein cremefarbenes T-Shirt mit der Aufschrift: „Cross Over Show, David Jarretti"

Als der Geiger das sah, lachte er auf: „Du machst mich ganz verlegen." „Ich bin halt ein Fan von dir", gab sie achselzuckend zurück und küsste ihn auf den Mund.

„Ich muss hier raus. Das ganze „Geturtel" wird mir zu viel", ließ Morgentau hören und verschwand hinaus.

„Ich möchte auch so schnell wie möglich von hier weg", entschied David und wollte gerade sein Hemd zuknöpfen, als die Tür stürmisch aufgerissen wurde.

Vier Mann in Security Outfit erschienen im Türrahmen. Entsetzen machte sich in ihren Gesichtern breit, als sie den bereits eintrocknenden Blutfleck am Boden sahen. Irritiert wechselte ihr Blick vom Boden zum Geiger und wieder zurück. David verstand sofort die Problematik der Situation und suchte nach einer Ausrede: „Beim Rasieren geschnitten", erklärte er schnell, ohne groß darüber nachzudenken.

„Ah", gab ein großer, mit Muskeln bepackter Mann in Springerstiefeln von sich. Aus gutem Grund schien ihm die Antwort unzureichend. Da David einen ständigen Drei-Tage-Bart aufweisen konnte und sich dort keinerlei Schnittwunden befanden, die eine solche Menge Blut rechtfertigen würde.

„Ähm", räusperte sich David, „es gibt ja schließlich genügend andere Körperstellen, die man durch unangebrachten Haarwuchs stutzen möchte", versuchte er seine erste Antwort zu unterstützen.

Der Muskelmann, allen Anschein nach der „Ranghöchste", schien die für ihn in Frage kommenden Körperzonen zu überdenken.

„Es ist meine Schuld", mischte sich unterdessen Regenbogen voreilig ein und machte das Ganze dadurch leider auch nicht besser. „Ich habe ihn rasiert und ihn dabei aus Versehen geschnitten."

Jetzt wusste der Rambo in Großformat gar nichts mehr zu erwidern. Er versuchte sich nur vorzustellen, um welche Körperstelle im Speziellen es sich handeln könnte, bei der man Erstens, Hilfe bei der Rasur gebrauchen könnte. Und Zweitens, wo man dabei auch noch solche Unmenge an Blut verlieren würde.

David spürte, wie er ungewollt auch noch rot wurde. Verlegen knöpfte er endlich sein Hemd zu. Das zeigte dem Uniformierten, dass er auf der richtigen Fährte war. „Vielleicht war der Geiger ja ein Masochist?", dachte er. „Denn wer sonst ist so gut drauf, wenn man ihm sein bestes Stück aufschlitzt."

„Also, ich muss schon sagen, bei allem Respekt Herr Jarretti, sie veranstalten hier „Rasur-Spielchen", während da draußen gerade die Welt untergeht!", entrüstete sich der Security.

„Wirklich?", fragte David interessiert. „Bei meinem Konzert war doch noch alles in bester Ordnung."

„Das war ja auch schon vor sechs Stunden vorbei", wurde David aufgeklärt.

David entfuhr ein erstauntes „Oh." So lange hatte also Regenbogen versucht ihm zu helfen.

Der Sicherheitsmann deutete diesen Laut des Erstaunens allerdings anders. Er fühlte sich bestätigt, in seiner Vermutung, dass der Geiger von seiner Begleitung einfach zu abgelenkt war, um auf solche belanglosen Sachen zu achten, wie z. B. das „Jüngste Gericht."

Die stechenden Blicke der Männer, ließen Davids Gesichtsfarbe nochmals eine Nuance dunkler werden. Trotzdem fand er das Ganze eher lustig.

„Ich bin müde", gähnte Regenbogen ungeniert.

„Ja, komm, wir gehen dann mal. Auf Wiedersehen, meine Herren und schönen Abend noch", grüßte David freundlich und quetschte sich mit Regenbogen im Schlepptau an den Männern vorbei zur Tür hinaus.

„Einen Moment noch Herr Jarretti, bitte. Können sie mir mit 100% Sicherheit sagen, dass das Blut hier am Boden von ihnen stammt. Und nicht von einer Leiche, die wir vielleicht später irgendwo finden werden", fragte Rambo vorsichtshalber noch mal nach.

David konnte ein Lachen kaum unterdrücken und antwortete: „Ja sie haben mein Wort. Aber wenn sie einen DNA-Vergleich brauchen, bitte bedienen sie sich."

„Nein, mir reicht ihr Wort", erwiderte der Security schnell.

# Kapitel 33

„Was hab ich nur getan? Was hab ich nur getan?", murmelte Pandora verzweifelt vor sich hin. Schnell lief sie in ihren hohen Schuhen den langen Korridor entlang, auf der Suche nach einem Weg nach draußen.

Sie wollte sich mit den Händen über das Gesicht fahren, da sah sie, dass sie blutbespritzt waren. Oh Gott, es war Davids Blut, dachte sie entsetzt. Hoffentlich war er nicht zu schwer verletzt. Hoffentlich konnte er ihr das verzeihen. Oder war er tot? Nein, er konnte einfach nicht tot sein.

„Bitte, bitte lass ihn nicht tot sein", flehte sie, den Blick kurz zum Himmel gerichtet.

Sie öffnete wieder einer der unzähligen schweren Feuertüren, in der Hoffnung dieses Mal nach draußen zu gelangen. Aber es war nur ein großer Toilettenraum. Sie wollte die Tür schon wieder zuwerfen, da erinnerte sie sich an ihre blutverschmierten Hände. Pandora trat vor das Waschbecken und öffnete den Wasserhahn. Das kalte Wasser ließ sie zuerst zusammenzucken. Es färbte sich leicht rot und ließ das strahlend weiße Porzellanbecken schmutzig und gelb werden.

Ein unangenehmer Geruch von rostigen Eisen stieg ihr in die Nase, als sich das Blut langsam von ihren Händen löste. Sie hielt eine Hand unter den Seifenspender und drückte mit der Anderen den Hebel zurück. Sofort wurde dieser auch mit tropfenden, verwässerten Blut unschön verschmiert. Schnell verteilte sie den weißen Schaum auf ihren Händen. Als sie ihn abwaschen wollte, war er wie alles andere auch gelblich und hässlich geworden.

„An deinen Händen klebt Davids Blut", schleuderte sie vorwurfsvoll ihrem Spiegelbild entgegen.

Dieser Anschuldigung war zu viel. Ihre wurde heiß und kalt zugleich. Bevor sie es richtig wahrnehmen konnte, erbrach sie sich in das Waschbecken.

Sie wollte sich das Gesicht mit kaltem Wasser abwaschen, aber ihre Hände rochen immer noch nach Eisen. Pandora ging zu einem anderen Waschbecken, eines das noch im jungfräulichen Weiß strahlte. Nochmals wusch sie sich mit viel Seife die Hände. Zaghaft schnupperte sie an ihren Fingern. Aber der komische Geruch nach Eisen gewann neben der Seife wieder die Oberhand. Vielleicht hatte sich ja der Geruch in ihrer Erinnerung so festgesetzt, dass er jetzt einfach fest mit David verbunden war.

David, ... vielleicht sollte sie zurückkehren, um zu sehen, ob es ihm gut ging. Aber wie sollte es einem gut gehen, wenn er ein ca. 15 cm langes, spitzes Eisen im Bauch stecken hatte? „Hoffentlich war er nicht tot", dachte sie wiederholt verzweifelt. Und wenn es so wäre? Dann war sie daran schuld. ICH habe ihn getötet! Konnte das sein? War sie eine Mörderin?

Diese Gedanken ließen ihren Magen abermals zusammenziehen und alles von sich geben, was er noch zu bieten hatte.

Pandora wollte sich den Mund mit Wasser ausspülen, aber der neue heftige Würgereiz ließ sich einfach nicht mehr zurück halten.

„Beruhige dich", sprach sie ihrem Spiegelbild selber leise zu. „Beruhige dich ... komm schon."

Sie holte ein paar Mal tief Luft und stieß sie dann mit einem Seufzer wieder aus. So gerne wollte sie wissen, wie es David ging. Aber sie hatte Angst. Was, wenn er wirklich tot war. Pandora schüttelte heftig den Kopf.

Sie wollte ihm doch nichts tun! Ihm niemals! Sie hatte sein Leben durchgeplant. Dadurch wusste sie immer, wo er gerade war und was er gerade machte. Das war für sie ein sehr beruhigendes Gefühl. Es fühlte sich fast an wie in einer Ehe.

Bis das fremde Mädchen aufgetaucht war. Dann war alles vorbei. Oh, wie sie dieses, was auch immer, hasste. Wie konnte David es nur zulassen, das sich dieses „Etwas" so zwischen sie stellte. Das Mädchen hatte alles kaputt gemacht, ihre ganze Beziehung zu David. Alles, was sie für ihn und sich aufgebaut hatte. David war IHR Leben geworden. Was konnte sie denn mit ihrem Leben anfangen, wenn er nicht mehr war?

Konnte sie denn dann überhaupt noch etwas anfangen? Sie würde ins Gefängnis kommen. Ihr Leben hinter Gittern beenden. War das denn noch ein Leben? Ein Leben, an dem sie jeden Tag erinnert wurde, warum sie dort war. Wegen eines Mordes!

Nein, so wollte sie nicht leben. Das brachte sie bestimmt nicht fertig. Was war die Alternative? ... Weglaufen? ... Wohin? ... Und ohne David...!!!

Nein, er konnte einfach nicht tot sein. Das konnte er ihr einfach nicht antun! Pandora sah ihr Spiegelbild wütend an. Dann drehte sie sich auf den Absätzen um und rannte zur Tür hinaus und weiter den langen Korridor entlang.

Sie wusste nicht wie lange die Strecke war, die sie zurückgelegt hatte, nur dass ihr auf einmal die Luft wegblieb. Als sich ein Seitenstechen bemerkbar gemacht hatte, blieb sie stehen und lehnte sich keuchend gegen die Wand. Ihre Füße begangen auch schon zu schmerzen.

Wieso war sie nie mit David joggen gegangen, fragte sie sich jetzt. Ihre Kondition wäre heute wesentlich besser. Sein regelmäßiges „Sportprogramm" hatte sie immer belächelt. Vielleicht wären sie sich dabei ja näher gekommen. So wie dieses andere Mädchen, das er angeblich so kennengelernt hatte. Aber jetzt war es zu spät.

Hoffentlich war er noch nicht gestorben. Immer wieder musste sie diesen Wunsch denken. Vielleicht hatte ja diese hohle Nuss so viel Grips, um einen Krankenwagen zu holen. Pandora richtete sich wieder auf. Da fiel ihr Blick auf ein Schild über einer Tür mit der Aufschrift: „Notausgang." Sie ging auf die Tür zu und drückte die Klinke herab. Die Tür ließ sie aber nicht bewegen. Vielleicht war sie verschlossen?

Pandora versuchte es noch einmal. Mit ihrem ganzen Körper stemmte sie sich dagegen. Schwer ließ sich die Türe schließlich aufdrücken.

Draußen hatte sich ein fürchterlicher Sturm gebildet, der fest gegen die schwere Türe drückte. Im Nu blies er ihr durch die Haare, bauschte ihre Kleidung auf und ließ dürre Äste auf ihren Kopf regnen. Zitternd schaute Pandora in die schwarze Umgebung. Sie hatte keine Ahnung, wo sie sich befand. Krachend fiel hinter ihr die Tür ins Schloss und ließ die Managerin vor Scheck einen spitzen Schrei ausstoßen. Lächerlich, so etwas. Sie war nie ein ängstlicher Typ gewesen.

Vor ihr lag ein steiler Hang. Vielleicht würde sie mehr erkennen, wenn sie auf seine Anhöhe klettern würde. Der Sturm wurde immer stärker. Pandora musste ihre ganze Kraft aufbieten, um die Anhöhe zu erreichen.

Mit den Händen hielt sie sich dabei an kleinen Sträuchern am Boden fest. Diese hatten zum Teil Dornen. Sie zerstachen ihr schmerzhaft die Hände und blieben an ihrer Kleidung hängen. Pandora fluchte laut.

Oben angekommen spürte sie die ganze Kraft des Sturms. Er schien immer heftiger zu werden. Sie musste sich in die Hocke begeben, um nicht mitgerissen zu werden. Der Wetterbericht hatte nichts von einem Sturm verlauten lassen, kam ihr ganz plötzlich in den Sinn. Suchend sah sie sich in dem gutbeleuchteten Gelände um. In der Ferne entdeckte sie einen Parkplatz. Sicher würde sie dort irgendwo ein Taxi finden. Sie war ja schließlich in einer Großstadt.

Pandora stolperte beim ersten Schritt auf ihr Ziel und stürzte den mit kleinen dornigen Rosenhecken bestückten Abhang hinunter. Dabei zerriss nicht nur ihre Bluse. Auch im Gesicht hatte sie einige lange Kratzer abbekommen, aus denen winzige Blutperlen hervor quollen. Wieder dachte sie an Regenbogen und verfluchte sie. Wenn sie nicht gewesen wäre, wäre das alles nie passiert!

Stöhnend rappelte Pandora sich mühsam auf, nur um gleich wieder zu Fall gebracht zu werden. Der zu einem Orkan heranwachsende Sturm hatte ihr einen eisernen Mülleimer direkt an das Schienenbein geschleudert. Mit schmerzverzerrtem Gesicht rieb sie mit der Hand über den werdenden Bluterguss.

Der Orkan schien alles mitzunehmen, was nicht stark genug war, um ihm Stand zu halten. Die Managerin kam nur langsam voran. Es kam ihr so vor, als wollte das Wetter sie daran hindern, wegzukommen. Sie traf auf einen kleinen asphaltierten Weg und war schon darüber erleichtert, nicht ständig mit den Absätzen im weichen Grasboden einzusinken. Doch da hatte sie sich zu früh gefreut.

Nicht mehr auf den Boden achtend, war sie mit dem Absatz in ein Regenablaufgitter steckengeblieben und wäre beim nächsten Schritt beinahe vorneüber gefallen. Mit aller Gewalt versuchte sie ihren Schuh wieder freizubekommen.

Aber da passierte es. Ein Strommast in der Nähe knickte wie ein Streichholz um und fiel direkt auf Pandora. Er traf sie hart am Kopf und riss sie zu Boden. Starr vor Entsetzen hatte die Managerin ihn fallen gesehen, aber keine Möglichkeit mehr gehabt, davonzukommen. Sie war mit ihrem

Fuß gefangen, wie ein Bär in einem Fangeisen. Mit einer klaffenden Wunde am Kopf lag sie unter dem Strommast eingeklemmt. Ein Funkenregen sprühte vom Stromkabel auf sie nieder und hinterließ schmerzhafte Verbrennungen auf ihrem ganzen Körper. Pandora unternahm noch einen schwachen Versuch sich zu befreien, dann verlor sie das Bewusstsein ...

**Kapitel 34**

„Seit ich dich kenne, bin ich ständig müde", stellte Regenbogen sachlich fest und schielte sehnsüchtig zu dem Hotelbett hinüber. Sie hatten erst einmal gefrühstückt, als sie am frühen Morgen zum Hotel zurückgekommen waren. Der Schlaf musste warten, entschied David. Weil sie um neun Uhr schon am Flughafen sein mussten, wurde erst einmal gepackt.

Am Empfang hatte sich David nach Pandora erkundigt. Dort hatte man ihm gesagt, dass seine Managerin noch nicht wieder aufgetaucht war. Im Gehen fiel Davids Blick zufällig auf die Tageszeitung, die am Tresen für alle Hotelgäste auflag. Er stutzte und blieb dann kurz stehen, um die Schlagzeile auf dem Titelblatt zu lesen.

„Vom Fischer zum Millionär", war dort in großen, fetten Buchstaben abgedruckt. „Einem Fischer waren bei seinem Fang einige Fische aus der Ostsee ins Netz gegangen, die einen Millionen schweren Inhalt in ihren Mägen hatten", stand unter einem großen Bild. Es zeigte einen Mann, der gerade einen fetten Fisch stolz in die Höhe hielt. David lachte in sich hinein und war sehr stolz auf seine Elfe, als er ihr das erzählte.

Sie wollten gerade in ihr Taxi steigen, als der Hotelportier ihnen nachgeeilt kam. „Herr Jarretti, entschuldigen sie bitte."

„Ja, was gibt es", drehte sich David zu ihm um. „Ein Herr von der Kripo hätte sie gerne gesprochen. Er wartet in der Hotelhalle auf sie."

David sah kurz auf seine Armbanduhr und sagte: „Na gut, aber nur kurz. Ich möchte den Flug nicht verpassen."

„Ich komme mit", entschied Regenbogen und beide folgten dem Portier ins Hotel zurück.

In einer Sitzgruppe saß ein älterer Mann mit leichtem Bauchansatz. Man konnte auf den ersten Blick erkennen, dass er ein „Elvis-Fan" war und ein Anhänger der 60ziger Jahre. Wenn auch seine Haare schon sehr spärlich auf seinen Kopf zu sehen waren, konnte man doch den Ansatz einer Elvis-Locke erkennen. Als David mit Regenbogen an der Hand auf ihn zukam, versuchte er sich aus den niedrigen, weichen Polstern heraus zu quälen. Das nahm einige Zeit in Anspruch, was David veranlasste nochmals nervös auf die Uhr zu blicken.

Der Beamte griff in seine Jackentasche und zog einen Dienstausweis hervor. „Hauptkommissar Hintermaier", stellte er sich vor und hielt David dabei den Ausweis unter die Nase. „Sie sind Herr Jarretti?"

„Ja, um was geht es den bitte, Herr Hintermaier?", fragte David misstrauisch, und dachte dabei an die Blutpfütze in seiner Garderobe. „Unser Flug geht bald. Bitte haben sie Verständnis, wenn ich sie bitte, sich kurz zu halten."

„Natürlich", nuschelte der Beamte, räusperte sich und wurde dabei rotgesichtig. „Pandora, ist ihre Managerin?" David wurde augenblicklich hellhörig, und wechselte mit Regenbogen einen kurzen Blick. „Ja, warum?"

„Ich muss ihnen leider mitteilen, dass sie einen Unfall hatte", erklärte er und bedachte David mit einem prüfenden Blick. Der Geiger sah zu Boden, und erwiderte: „Das tut mir leid. Sie war letzte Nacht etwas durch den Wind." David sprach langsam und wählte seine Worte sorgfältig aus. Er wollte nichts von den Ereignissen der vergangenen Nacht erzählen, vor allem um Regenbogen zu schützen.

„In welchem Krankenhaus ist sie denn? Ist sie schwer verletzt?", fragte er. In dem Moment wurde Regenbogen schon kreidebleich, da sie die Antwort schon kannte.

„Sie ist bei dem Unfall ums Leben gekommen", teilt ihnen der Polizist einfühlsam mit.

Regenbogen entfuhr ein entsetzter Laut. Bestürzt hielt sie sich eine Hand vor dem Mund. Natürlich wollte Pandora die Elfe töten und Regenbogen hatte Angst vor ihr. Aber dass sie jetzt tot sein sollte, entsetzte Regenbogen trotzdem.

„Wie ist das den passiert", fragte David nach. Auch er war betroffen, vom plötzlichen Tod seiner Managerin zu erfahren.

„Sie ist nach ihrem Konzert in den heftigen Sturm gekommen, der vergangene Nacht gewütet hatte. Ein umknickender Strommast hat sie erschlagen. Es hat eine Zeit lang gedauert, bis man sie identifizieren konnte. Sie war auch leider nicht das einzige Sturmopfer heute Nacht."

„Oh, Sturmböe", flüsterte die Elfe schockiert.

„Von Böe konnte man dabei bestimmt nicht mehr sprechen, das war schon ein ausgewachsener Orkan", wandte sich der „Elvis-Verschnitt" an Regenbogen, der sie, zum Glück, missverstand.

„Sind noch irgendwelche Papiere zu unterschreiben?" fragte David betroffen mit heißerer Stimme nach.

„Nein, Herr van der Bergen hat das alles schon erledigt. Die Leiche wird erst freigegeben, wenn die Obduktion abgeschlossen ist. Dann können Sie sie überführen lassen", während der Kommissar das sagte, kratzte er sich nachdenklich am Hinterkopf.

Verwirrt sah David nochmals auf die Uhr: „Es tut mir alles sehr leid, Herr …", entschuldigte sich David; er hatte den Namen des Beamten schon wieder vergessen. „Aber wir müssen unseren Flug noch erwischen."

„Ja, natürlich, sie können gehen. Auf Wiedersehen." Die beiden Männer gaben sich die Hand. David fasste nach Regenbogens Hand und führte sie zum wartenden Taxi. Die ganze Fahrt zum Flughafen sagte keiner von Beiden ein Wort. Regenbogen war in die Gedanken von David versunken und verstand sein „Wechselbad der Gefühle." Der Violinist wollte sich ohnehin von Pandora trennen, aber nicht auf solch eine Weise. Natürlich war er erleichtert, weil sein Mädchen jetzt nicht mehr bedroht wurde. Doch war er auch der Meinung, dass Pandora so einen grausamen Tod nicht verdient hätte.

Nachdem sie ihr Gepäck aufgegeben hatten, nahm David Regenbogen fest in seine Arme. Er wollte seiner Elfe Halt und Geborgenheit geben und merkte nicht, dass er die beiden Dinge eigentlich jetzt dringender brauchte als sie.

„Du brauchst jetzt keine Angst mehr zu haben, Schatz. Dein Geheimnis ist jetzt wieder sicher", flüsterte er ihr ins Ohr. Dann küsste er sie. Erst auf die Stirn, dann auf beide Augen und schließlich auf den Mund.

# Kapitel 35 🦋

Nachdem sie nach einem unspektakulären Flug in Hamburg angekommen waren, ließ sich der Geiger sein Gepäck aufs Zimmer bringen. Er hatte alle Hände voll zu tun, um Regenbogen, die vor Müdigkeit kaum mehr stehen konnte, ins Zimmer zu tragen. Vorsichtig, um sie nicht zu wecken, legte er sie auf das Bett, streifte ihr die Schuhe ab und deckte sie zu. Er selbst spürte keine Müdigkeit, weil er ja durch Regenbogens Heilung gut und entspannt geschlafen hatte.

David schloss die Tür zum Schlafzimmer, nahm er seine Geige zur Hand und fing an mit leichten Stücken sich einzuspielen. Nach ca. einer Stunde ging er dazu über die Songs durchzuspielen, die im kommenden Konzert vorkommen sollten. Es war gegen 18 Uhr, als Regenbogen endlich erwachte. David spielte immer noch voller Hingabe. Regenbogen setzte sich verkehrt herum auf einen der Stühle und hörte ihm zu.

Da trat David hinter sie. Er legte, während er mit dem Bogen über die Geige strich, beide Arme um ihren Hals, und ließ sie somit teilhaben aus seiner Sicht, dem Gesang und der Technik des Instruments beizuwohnen. Regenbogen hielt ganz still, um ihn nicht abzulenken. Sie sah dabei seinem Spielen fasziniert zu und genoss seine Nähe.

Der Virtuose küsste Regenbogen auf die Wange und fragte schließlich: „Hast du denn keinen Hunger?"

„Doch schon, aber ich wollte warten, bis du fertig bist, mit dem Spielen und dich dann damit nerven", gab ihm Regenbogen frech zur Antwort.

„Ich bin nie mit dem Spielen fertig! Aber für dich würde ich unterbrechen", lächelte er sie an und legte seine Geige weg.

„Müssen wir zum Essen ins Restaurant gehen? Ich habe heute keine Lust unter Menschen zu gehen", fragte Regenbogen und schlug dabei verführerisch die Augen nieder.

„Nein, müssen wir nicht. Wenn du willst, können wir hier im Zimmer eine Kleinigkeit essen", schlug er vor. „Ich habe auch nicht viel Appetit. Das mit Pandora hat mich schon etwas mitgenommen", gab der Musiker zu. „Auch wenn ich froh darüber bin, dass sie dir jetzt nichts mehr antun kann."

David ließ sich ein Menü aufs Zimmer bringen. Regenbogen hatte nur den Wunsch nach einer großen Platte mit verschiedenen Obstsorten. Nachdem David gegessen hatte, kuschelte sich Regenbogen in seinen Arm.

„Heute Abend will ich dich ganz für mich alleine haben. Ich habe zu lange auf dich verzichten müssen", bestimmte sie, griff nach eine Aprikose und hielt sie David an die Lippen.

Der biss davon ab und sagte kauend: „Glück gehabt. Ich bin zwar im Voraus auf Jahre ausgebucht, aber heute hätte ich da noch einen Termin frei."

Regenbogen betrachtet die Bissstelle der Aprikose einen Augenblick, dann biss sie sich ein Stück daneben heraus und hielt sie David nochmals hin.

„Dann möchte ich von dir einen Terminkalender haben, in den du all deine freien Stunden mit mir verplanst", erwiderte sie und aß genussvoll den Rest der Frucht auf.

„Alles was du willst, meine Blume", murmelte er in ihr Haar hinein, während er den vertrauten Geruch nach einer Blumenwiese einzog. „Du bist heute und in Zukunft die wichtigste Person in meinen Leben."

Regenbogen legte ihren Kopf in seinen Schoss und zeichnete mit dem Finger die Form seiner Lippen nach. Das kitzelte David, darum öffnete er leicht seine Lippen. Das reizte die Elfe und sie erkundete mit ihrem Zeigefinger seinen Mund. Es wunderte sie, wie warm und weich sein Mund war. Viel wärmer, als bei einer Elfe.

David saugte etwas an ihrem Finger. Dann schob er eine Hand unter ihren Kopf, hob ihn an und küsste Regenbogen zart auf ihre weichen Lippen. Sie streifte während des Kusses über seine Bartstoppeln und legte dann die Hand in seinen Nacken. So schnell würde sie ihn nicht mehr loslassen.

Ihre Küsse wurden immer sinnlicher. Anders als sonst, war sie nicht zurückhaltend, sondern im Gegenteil, sie forderte ihn förmlich heraus. David bemühte sich seine Zärtlichkeiten in Grenzen zu halten; nicht mehr zu wollen, als sie ihm geben konnte. Aber Regenbogen machte es ihn heute nicht gerade leicht. Plötzlich schob David Regenbogen sanft von seinem Schoss, stand abrupt auf und ging schwer atmend zum Fenster. Dort blieb er stehen und ließ seinen Blick über den weitläufigen Hamburger Hafen schweifen, bis er seine Atmung wieder unter Kontrolle hatte.

„Was ist los? Hab ich etwas falsch gemacht?", fragte Regenbogen unsicher und setzte sich aufrecht auf das breite Sofa.

David atmete noch einmal tief durch, bis er antwortete: „Großer Gott ... nein. Regenbogen ... ich bin zwar in Abstinenz geübt, ... man könnte fast behaupten, ich habe sie erfunden, ... aber ich bin auch nur ein Mann." Wieder atmete er tief ein, dann sagte er sarkastisch: „Was sollte das werden ... vorhin? Eine Art „Elfen-Selbstmord?" ... Tut mir leid, aber dabei mache ich nicht mit. Mein Bedarf an Toten in meiner näheren Umgebung ist fürs Erste gedeckt!"

Die Sonne ging gerade unter. Riesige Containerschiffe stachen als schwarze Silhouetten gegen den scheinbar rot brennenden Himmel ab. David sagte nichts weiter dazu. Er war in den unwirklichen Anblick vor ihm versunken. Deshalb hatte er auch nicht bemerkt, dass Regenbogen hinter ihn getreten war. Sie schlang beide Arme langsam um seine Taille und legte ihre Wange zwischen seine Schulterblätter.

Dabei lauschte sie einen Moment auf seinen Herzschlag, bevor sie erwiderte: „Ich habe mich für dich entschieden, David. Also für ein Leben mit einem Menschen, und auch als ... Mensch, wenn es sein müsste. Und mit Allem, was dazu gehört, ... wenn es nach der Überlieferung geht."

„Heißt das, du stirbst nicht sofort, sondern wirst menschlich ... und letztlich also auch sterblich?", fragte David und ließ sich das erst einmal durch den Kopf gehen.

Dann löste David Regenbogens verschränkte Arme vor seinem Bauch, hob den rechten Arm und holte die Elfe vor seinen Körper.

„Aber das will ich nicht! Vielleicht wirst du ja meiner irgendwann einmal überdrüssig. Dann kannst du nie mehr zurück", empörte er sich und Traurigkeit lag in seiner Stimme.

Unbewusst berührten seine Hände die Stelle, an der die Flügel aus Regenbogens Rücken hervorkamen. Sie hingen schlaff, wie ein leicht glitzernder, weicher, fast durchsichtiger Stoff an ihrem Rücken hinunter. Regenbogen empfand die Berührung als angenehm. Augenblicklich spannten sich ihre Flügel straff hinter ihren Rücken. Sie ließen das Abendrot schwach durchschimmern. Es sah wunderschön aus, fand David. Umso mehr schmerzte ihn die Vorstellung, dass die Elfe ihre Flügel für ihn aufgeben wollte.

„Überdrüssig? Ich bin eine Elfe, meine Liebe ist beständiger als die des Menschen", sagte sie trotzig. „Außerdem, brauchen wir uns gar nicht darüber zu streiten, weil…"

„Weil ich dich sowieso nicht anfassen werde", fiel ihr David ins Wort.

„Nein, weil du dein Leben für mich gegeben hättest ohne groß darüber nachzudenken", versuchte die Elfe David etwas zu erklären.

David streifte immer noch über den Ansatz ihrer Flügel, und dachte nach. Dann sagte er etwas aufbrausend und schob dabei Regenbogen auf Armlänge von sich: „Ach so, und jetzt heißt es also für dich: „MEIN LEBEN FÜR DEINES" … und umgekehrt. T´schuldigung Regenbogen, aber jetzt wird es lächerlich."

Wütend stampfte Regenbogen mit dem Fuß auf und drehte David den Rücken zu, ohne Rücksicht auf Verluste. Sie hatte ihm voll mit dem Flügel eine „mitgegeben", so dass der Musiker zurücktaumelte. Dabei hatte David nicht nur jede Menge Flügelstaub auf die Wange abbekommen, nein, er hatte auch zum ersten Mal gespürt, wie viel Kraft in ihren Flügeln steckte.

„Würdest du mich bitte mal aussprechen lassen", wies sie ihn ärgerlich zurecht. Ihre Flügel standen leicht vibrierend zwischen ihnen, wie eine Spanische Wand.

„Das hat weh getan", brummte David stattdessen und rieb sich beleidigt die Wange.

„Du hast es verdient", gab sie spitz zurück. „Nein, … natürlich nicht … Es war keine Absicht. Ich habe vergessen, dass sie da sind", entschuldigte sich die Elfe. „Aber ich möchte dir etwas erklären und du, du fällst mir ständig ins Wort." Bei diesen Worten drehte sich die Elfe wieder zu David um.

Dieses Mal war er aber vorbereitet, und wich schnell zwei Schritte zurück, die Arme wie ein Boxer schützend nach oben gehalten. „Na schön, dann schieß Mal los." Skeptisch hob er die Augenbrauen, und verschränkte dabei die Arme vor der Brust.

Mittlerweile war es dunkel geworden. Der Mond spiegelte sich im Hafenwasser und brachte Regenbogens Flügel zum Glitzern. Dadurch erhellte sich das Zimmer auf eine geheimnisvolle, romantische Art.

Regenbogen sah David erst eine Minute lang prüfend an. Dann überlegte sie kurz: „Also, … du kennst die Überlieferung?", fing die Elfe an.

„Jep, kenn ich", nickte David kurz.

„Dann wiederhole sie", forderte sie ihn auf.

„Oh Mann, … muss das sein? Ich kenne sie doch", motzte der Geiger.

„Wenn du sie kennst, kannst du sie auch zitieren."

David verzog das Gesicht und verdrehte dabei die Augen: „Ok. … Bla, bla, bla, Sex mit einer Elfe, bla, bla, bla, Elfe tot, … oder so ungefähr."

„Naja, frei nach David Jarretti, würde ich sagen. Aber so in etwa stimmt es", gab die Elfe ihm Recht. „Ich hab mich mittlerweile umgehört, und weiß jetzt was es bedeuten soll. Nämlich, dass man damit in Kauf nimmt, seine Unsterblichkeit aufzugeben und auch die Zauberkräfte. Was unter uns gesagt, bei einem von uns beiden, sowieso zu einem vorzeitigen Tod führen würde, wenn ich mit dir zusammen lebte."

„Ha-ha", unterbrach sie David, er konnte sich diesen Ausruf einfach nicht verkneifen. Der böse Blick von Regenbogen ließ ihn jedoch jede weitere Bemerkung hinunter schlucken.

„Nachdem du aber letzte Nacht uneigennützig und aus Liebe zu mir dein Leben für meines geben wolltest… Oh du meine Güte, es ist erst eine Nacht her …!" Regenbogen legte sich, bei dieser Erinnerung, die Hand erschrocken auf den Mund. Dann fuhr sie fort mit ihrer Erklärung: „Ja, … jedenfalls gibt es dafür auch eine Überlieferung. Und die hat einen höheren Stellenwert als die Erste."

„Und braucht man für die auch erst ein Studium in Elfengrundrecht oder ein Elfenlexikon, um es zu verstehen", entfuhr es David unwillkürlich.

„Nein, ich finde sogar, dass es ganz einfach erklärt ist", zuckte Regenbogen dabei mit den Schultern.

„Ich will sie hören. Also sag schon", wurde David langsam ungeduldig.

Regenbogen stellte sich gerade vor David hin und zitierte feierlich: „Ein Menschenleben für eine Elfe hebt ein Elfenleben für einen Menschen auf."

David ließ sich denn Satz ein paar Mal durch den Kopf gehen. Dann hörte man nur den einen Laut von ihm: „Hmm."

„Ist doch sonnenklar! Die Elfe hat damit freie Wahl ihres Partners und freie Wahl, was ihr ganzes Leben betrifft", versuchte es Regenbogen dem Musiker begreiflich zu machen.

„Stimmt das denn auch wirklich? Ich möchte dich nicht verlieren", fragte er zweifelnd und kam ihr nahe.

David streifte mit dem Handrücken zart über ihre Wange und schob sie dann unter ihren Haaren in ihren Nacken, den er dann mit seinen Daumen liebkoste.

Regenbogen stellte sich auf die Zehenspitzen und küsste den Geiger auf den Hals, bis er schließlich den Kopf zu ihr nach unten neigte, um sie auf den Mund zu küssen. Zuerst küsste er sie zaghaft. Aber Regenbogen wollte mehr. Sie öffnete beim Küssen die Knöpfe von seinem Hemd und tastete sich streichelnd an seiner Brust entlang bis zum Bauchnabel hinunter.

Atemlos fragte er zwischen den Küssen nochmals: „Du bist dir wirklich ganz sicher?"

„Mmh", machte sie nur und ließ sich von ihrer Beschäftigung nicht ablenken.

Regenbogen zog David das Hemd aus und ließ es hinter ihm einfach auf den Boden fallen. Er fasste sie an der Taille und hob sie zu sich hoch. Das Mädchen schlang dabei ihre Beine um seinen Körper. Wie ein Klammeräffchen hing sie an ihm, die Flügel immer noch ausgebreitet. Sie hatten jetzt die Farben eines Regenbogens angenommen und leuchteten märchenhaft schön im Mondlicht.

Die Elfe hatte ihm einmal erzählt, in den Farben des Regenbogens leuchteten ihre Flügel nur, wenn sie total glücklich ist.

David trug seine Elfe ins Schlafzimmer und legte sie sachte auf dem Bett ab. Dann legte er sich dazu.

„Soll ich mich ausziehen", fragte die Elfe leise, und wurde doch etwas verlegen.

„Nein, ich will auch etwas zum Auspacken haben", murmelte er an ihren Hals, den er mit seinen Lippen streichelte. David ließ seine Hände über ihren schönen Körper wandern. Eigenartigerweise fingen seine Hände dabei leicht an zu zittern.

„Mache ich dich nervös", fragte Regenbogen lächelnd.

„Ein bisschen. Ich hatte ja schließlich noch nie was mit einer Elfe."

„Dann hoffe ich mal, dass das jetzt ein Dauerzustand wird", flüsterte Regenbogen und bekam eine Gänsehaut, von seinen Berührungen.

„Wehe dir, wenn du doch sterben solltest. Dann bring ich dich um!", nuschelte David, während er ihren kühlen Körper mit heißen Küssen bedeckte.

Am frühen Morgen wachte David ganz urplötzlich auf. Regenbogen lag in seinem Arm, die Haare verstrubbelt, um ihren Kopf. Er musste einfach wissen, ob es ihr gut ging, und sie noch am Leben war.

„Wie stellt man sowas nur bei einer Elfe fest", überlegte er. Sonst war sie immer vor ihm wach. Er wollte sie nicht aufwecken, aber es half alles nichts. Die Angst breitete sich in ihm aus. Vorsichtig streichelte er ihre Wange. Anschließend küsste er sie am Ohr und fing an, daran zu knabbern. „Regenbogen, geht es dir gut?", flüsterte er in ihr Ohr.

„Ja", hauchte sie zurück. „Ich bin glücklich. Müde, aber sehr glücklich."

„Ich bin auch glücklich … Darüber, dass du noch lebst. Und darüber, dass du bei mir bist", erklärte David zärtlich.

Erleichtert ließ er sich in das Kissen zurück sinken und dachte an die vergangene Nacht zurück. Sie war absolut perfekt gewesen. Es war die schönste Nacht seines Lebens, mit der schönsten Frau seines Lebens gewesen. Und nur er durfte diese Frau lieben, für immer.

War er nicht ein Glückspilz!

Regenbogen lächelte plötzlich. Sie lag im dösenden Zustand, halb wach und hatte die Gedanken von David mitverfolgt.

„Lachst du über mich", fragte David interessiert.

„Ich lache nicht, ich lächle nur … über deine Gedanken", berichtigte sie ihn.

„Ich glaube, daran werde ich mich nie gewöhnen, dass du Einblick in meine Geheimnisse hast", überlegte er zweifelnd und gab ihr einen Kuss.

„Weißt du noch, du hast einmal gesagt, der Anfang eines Regenbogens ist immer bei dir, nur das Ende ist immer wo anders", erinnerte David die Elfe.

„Ja, das sagte ich, ich weiß es noch. Und es stimmt auch", nickte sie bestätigend.

„Nein, es stimmt nicht", sagte David überzeugt. „Wo immer der Anfang war, … dein Anfang war, aber das Ende meines Regenbogens ist immer bei dir."

# Elfengedicht

Am Morgen,
Ich wach auf und streck die Nase in die Luft.
Der Raum, er ist erfüllt mit schwerem Frühlingsduft.
Der Flieder blüht weiß – endlich wieder,
die Amsel zwitschert ihre Lieder.
Ein Sonnenstrahl wärmt mein Gesicht,
ich schließ die Augen – spüre gern sein Licht.
Ein kühler Wind streicht durch mein wirres Haar,
er flüstert leis – steh auf, der Tag wird wunderbar.

Elke Kulot

## Danksagung

Der erste Dank gilt meinen Töchtern Finja und Jenny, die mich mit Ideen, Anregungen, aber auch mit Kritik durch mein Manuskript begleitet haben. Sie waren es auch, die mich immer wieder ermutigt haben, weiter zu schreiben, wenn ich aufgeben wollte; und die es ohne großes Murren hingenommen haben, wenn ich mal keine Zeit hatte für ihre kleinen Alltagsprobleme hatte.

Viel Arbeit haben sich meine Freundin Uschi Siebinger (Lehrerin) und mein Mann Georg (früher nebenberuflich Zeitungsredakteur) gemacht, die in zahllosen Stunden versucht haben die meisten Schreibfehler zu finden, zu entfernen und grammatikalische Unebenheiten zu „glätten". Dass das natürlich neben der eigentlichen Arbeit geschehen musste, verdient meine besondere Dankbarkeit. Eine zusätzliche „Tortur" für Georg war dabei sicher, dass er mit Elfen- und Liebesgeschichten eigentlich gar nichts anfangen kann.

Weiter möchte ich meiner Freundin und Arbeitskollegin Anna (Roswita) danken, die ich als erste „gezwungen" habe, das Manuskript zu lesen, um es zu kritisieren.

Ich bedanke mich auch bei allen Lesern, in der Hoffnung dass dieses Buch euren Geschmack getroffen hat, und ihr es weiter empfehlen werdet.

Zuletzt möchte ich mich auch noch bei einem bekannten Musiker bedanken, der mir als Vorlage für die Hauptperson gedient hat. Alle Ereignisse die im Buch vorkommen, sind natürlich meiner Fantasie entsprungen, und haben nicht das Geringste mit dem Leben meiner Vorlage zu tun.